华北抗日根据地及解放区文艺大系

陈 晋 郑恩兵 主编

《晋察冀日报》
文艺文献全编

散文报告文学

第十五卷

关小彬 编

河北出版传媒集团
河北教育出版社

图书在版编目（CIP）数据

《晋察冀日报》文艺文献全编．散文报告文学．第十五卷 / 关小彬编．-- 石家庄：河北教育出版社，2023.12
（华北抗日根据地及解放区文艺大系 / 陈晋，郑恩兵主编）
ISBN 978-7-5545-7647-2

Ⅰ．①晋… Ⅱ．①关… Ⅲ．①文艺-作品综合集-世界-现代②散文集-中国-现代③报告文学-作品集-中国-现代 Ⅳ．① I11 ② I266 ③ I25

中国国家版本馆 CIP 数据核字（2023）第 064037 号

书　　名	《晋察冀日报》文艺文献全编·散文报告文学·第十五卷
	JINCHAJI RIBAO WENYI WENXIAN QUANBIAN SANWEN BAOGAO WENXUE DI-SHIWU JUAN
编　　者	关小彬
责任编辑	任晓霞
装帧设计	郝　旭
出　　版	河北出版传媒集团
	河北教育出版社　http://www.hbep.com
	（石家庄市联盟路705号，050061）
印　　制	石家庄众旺彩印有限公司
开　　本	787毫米×1092毫米　1/16
印　　张	25.75
字　　数	330千字
版　　次	2023年12月第1版
印　　次	2023年12月第1次印刷
书　　号	ISBN 978-7-5545-7647-2
定　　价	148.00元

版权所有，侵权必究

丛书编委会

顾　问
陈平原　刘跃进　王长华　李　扬

编委会主任
吕新斌

编委会副主任
彭建强　孟庆凯　刘　月

主　编
陈　晋　郑恩兵

副主编
董素山　向　回　汪雅瑛

编　委（按姓氏笔画排序）
马春香　王少军　田浩军　包来军　吉　喆　刘书芳　刘贵廷
关小彬　杨　程　杨春生　宋少净　张　辉　张川平　赵　华
高露洋　郭义强　阎晓宏　梁晓晓

编纂说明

在中国共产党百年发展历程中，文艺始终是党领导人民开展进步事业的有机组成部分，是党在各个历史时期的中心工作的实时反映和重要推动力量。"华北抗日根据地及解放区文艺大系"，是一部全面展示抗日战争和解放战争时期华北地区党的历史创造、奋斗风采和形象建构的大型革命历史文艺文献丛书，对于深入研究华北地区革命文艺史、红色新闻史，弘扬伟大建党精神、梳理中国共产党人精神谱系，是必不可少的第一手资料，是我们在新时代坚定树立文化自信的重要思想资源。

一、编纂缘起

抗日战争及解放战争时期，华北地处各方政治与文化力量激烈博弈的前沿，这种特殊政治、军事、文化、地理环境中产生的革命文艺，具有鲜明的地域性特征，是五四新文化运动以来的革命文艺发展史上的突出标识。

但一直以来，由于史料文献整理不足，对华北抗日根据地及解放区文艺的研究，始终未能深入，其独特的地域性实践价值和蕴含的文化创新意义被严重遮蔽。这些史料文献主要以党报党刊的形式呈现，梳理汇编这些党报党刊中的革命文艺史料，借之以探索华北革命文艺的发展路径、发展方向、创造机制和创新经验，是深入贯彻习近平总书记关于"把红色资源利用好、把红色传统发扬好、把红色基因传承好"，"用好红色资源、赓续红色血脉"等系列重要讲话精神的有力举措，也是新时代文艺研究者不可推卸的责任。

2017年6月左右，我们去中国社科院文学所拜访时任所长刘跃进先生，协商合作研究事宜，寻求中国社科院文学所的帮助。请教过程中，刘先生建议我们结合地方特色，做好地方红色文艺文献的搜集整理与编纂出版工作。经过一段时间筹备，2017年底，我们以"河北红色经典系列丛书"为名，正式申报"2018年度河北省省级宣传文化发展专项资金"项目并成功立项，旨在通过选定刊行河北红色经典作品、梳理汇编河北红色经典研究资料、系统阐述河北红色经典发展历史等基础性工作，打造一个集大成式的河北红色经典文献资料库。

项目最初设计共二十四卷，包括六大板块：《河北红色经典史》一卷、《河北红色文艺作品选》六卷、《河北红色经典作家作品索引》三卷、《河北红色经典研究资料汇编》四卷、《〈晋察冀日报〉副刊文学作品全编》六卷、《晋冀鲁豫抗日根据地文艺作品及〈新华日报〉太行版文艺作品汇编》四卷。但在项目实施过程中，我们充分吸收专家意见，认为网络时代和大数据背景下的科研活动有了很大变化，《河北红色经典作家作品索引》与《河北红色经典研究资料汇编》的编纂工作，在当前学术生态中价值不大，并予以取消。同时，在项目实施过程中我们发现，《晋察冀日报》《人民日报》等党报除刊发大量文艺作品外，还有大量记录边区文艺工作者行迹，反映边区戏剧、音乐、文学、美术、舞蹈、曲艺活动与报刊书籍出版发行等各方面情况的文艺史料，以及体现我党文艺方向、方针变化的政策文件与重要领导讲话，是华北地域党和人民对敌作战的重要宣传武器，更是飘扬在华北地区军民心中一面旗帜。这些史料是华北地域革命文艺发生、发展与壮大的真实记录，对我们正确认识革命文艺的特点与历史地位有重要的决定性作用。

为此，我们精心整理了《〈晋察冀日报〉文艺文献全编》《晋冀鲁豫〈人民日报〉文艺文献全编》《〈晋察冀画报〉文艺文献全编》《晋察冀日报社人物志》（共五十一卷），同时收入全国抗战时期和解放战争时期与河北地域相关且被广大群众所喜爱并广泛传唱的红色文艺作品，结集为《河北红色文艺作品选》（共六卷），至此形成丛书目前的五大板块，而且将名称由"河北红色经典系列丛书"改为"华北抗日根据地及解放区文艺大系"，方便以后在此基础上做进一步拓展。

二、地域范围及文艺特质

华北抗日根据地包括当时山东、河北、山西、察哈尔、绥远、热河全部及豫北、苏北、皖北部分地区，分晋绥、晋察冀、晋冀豫、冀鲁豫、山东五大块。1941年，冀鲁豫合并到晋冀豫，称晋冀鲁豫。其中晋察冀抗日根据地作为开辟最早、地域最大、人口最众的模范抗日根据地，是华北抗日根据地的坚强堡垒，牵制和抗击了三分之一以上的华北日军和二分之一的伪军。

在河北及其邻省周边地区开辟与创建华北抗日根据地，是红军长征到达陕北之后党中央迅速做出的重大战略决策。这些根据地地处对日武装斗争最前线，不仅打开了抗战的新局面，成为华北敌后抗战的主战场，而且进行了新民主主义社会的实践探索，对解放战争的历史进程产生了巨大影响，成为我党开辟东北解放区的前进基地和逐鹿中原的战略后方。随着抗日根据地的开辟，延安文艺工作团、西北战地服务团、东北促进纵队干部队、八路军总政治部前线记者团等大批文艺工作者，随同党政干部一道陆续抵达华北，东北、平津的青年学生也纷纷冒着生命危险来到边区。他们一手拿枪，一手拿笔，深入农村与抗战前线，切身体会工农兵的生活，深刻了解工农兵的需求，从而根本上克服了艺术至上主义思想倾向。所以，华北抗日根据地及解放区文艺，既响应了伟大的民族抗战对文学艺术提出的时代要求，亦充分兼顾到广大人民群众的接受习惯和欣赏水平，真实地反映了华北人民火热的战斗与生产生活。很多作者本身就是农民、战士或基层工作者，他们把自己的经历和熟悉的人和事，通过小说、戏剧、诗歌、报告文学、歌曲、绘画、舞蹈等文艺样式记录下来，语言通俗平实，富有生活气息。由于产生于特定时代、特定区域而又适应特定需要，故而无论是题材、语言还是风格，在体现革命大众文艺共性的同时，又具有强烈的华北地域特性。

华北抗日根据地及解放区文艺的繁荣发展，是专业文艺工作者与工农兵群众共同创造的结果。人民群众不仅是革命文艺运动的主导主体、推进主体、受益主体，还是一切成败得失的评判主体。华北抗日根据地及解放区文艺，归根结底，是"以人民为中心"的文艺。

三、学术价值

今天的河北在抗日战争、解放战争时期是晋察冀、晋冀鲁豫两大根据地的中心区域，有着悠久的革命历史传统和丰厚的红色文化底蕴。据不完全统计，抗日战争和解放战争期间，仅晋察冀边区专区以上就办有报刊四百余种，编印图书五百余万册。如果将这种统计扩大到环绕河北的整个华北抗日根据地及解放区，时间扩展至从中国共产党成立到中华人民共和国成立，数据更为可观。这些红色图书、报刊的出版发行，团结了一大批来自全国各地的著名革命文艺家和专业文艺工作者，其中有大量文艺相关信息，是研究近现代中国革命文艺的重要史料。但因受当时物质条件及复杂局势影响，它们传播范围有限，保存困难，如今已普遍出现老化或损毁现象，面临着消失、断层的危险。

长期以来，由于对抢救、整理和利用红色文艺文献的意义认识不足，现行的科研评价、出版机制亦难以有效刺激科研工作者积极从事老旧报刊等红色文艺文献的系统整理，大量有待整理的红色文艺文献尚未进入学界的视野。特别是华北抗日根据地及解放区的文艺文献，有很多甚至还是学术盲区。如《冀中导报》《救国报》《边政导报》《冀南日报》《团结报》《前进报》《新察哈尔报》《冀热察导报》等各类党报，以及《冀热辽画报》《冀中画报》《北方文化》《五十年代》《新长城》《新群众》《诗建设》《诗战线》等期刊，虽有部分学者对其办报（刊）历程、思想以及传播等方面予以研究，但均无系统的文艺文献整理本。"华北抗日根据地及解放区文艺大系"整理的《晋察冀日报》、晋冀鲁豫《人民日报》、《晋察冀画报》，是当时华北抗日根据地及解放区党报党刊的典型代表，是党的理论和实践同文艺结合的主要媒介和载体，是华北革命文艺重要的传播平台。这些报刊，既客观记录了华北革命文艺的传播与发展，也完整展现了华北革命文艺的特殊使命与风格特征，具有极其重要的史料价值。在此基础上，我们还会将视角延伸到《晋绥日报》《新华日报·太行版》《新华日报·太岳版》等党报，不断地充实这套大型文献史料丛书，以此来系统建构华北抗日根据地及解放区的"文艺史料学"。

四、丛书特色

这套丛书的编纂，主要以抗日战争及解放战争期间华北境内各根据地、解放区出版、发行、制作之图书、期刊、报纸等红色文献中的文艺资料为内容。编纂特色主要包括：

（一）抢救珍贵历史文献，弘扬伟大建党精神。

华北抗日根据地及解放区的红色文献发行于条件艰苦的战争年代，数量少，印制质量粗糙，历经岁月的洗礼，留存下来的品相完好者已经很少，有些到今天已成孤本。这些文献作为特定历史时期和区域的产物，见证了中国共产党领导华北人民争取民族独立和人民解放的伟大历程，反映了华北近代社会的巨大变化，蕴含着珍贵的史料价值和鉴往知来的现实意义，是中国共产党领导的文艺事业、新闻出版事业与意识形态建设发展的历史见证。它们诠释了党的初心和使命，蕴含着坚定的理想信念与崇高的革命精神，到今天仍然具有强大的感染力与说服力，是陶冶情操、磨炼意志，走好新时代长征路的有效精神资源。抢救性搜集、整理与研究这些珍贵历史文献，有利于增强党政干部政治信仰，弘扬伟大建党精神和践行社会主义核心价值观。

（二）文艺与党史密切融合，拓展革命文艺与党史研究的新视野。

革命文艺作品的创作、发表和传播，和党的历史任务和奋斗实践是分不开的。在艰苦卓绝的革命岁月，奋斗前行的中国共产党始终强调，既要拿"枪杆子"，也要拿"笔杆子"。革命的文艺工作者，一手拿枪，一手拿笔，深入农村与抗战前线，以人民大众易于接受和欣赏的形式，宣传党的政策，推行党的方针，为中国共产党顺利完成不同历史阶段的中心任务和伟大使命发挥了独特而重要的作用。本套丛书收入的文献史料，主要是抗日战争与解放战争时期党报党刊中的文艺作品与文艺史料，它们鲜明生动地体现了党的历史，党领导人民争取民族独立、人民解放的奋斗历程和精神面貌，从而为学界从文艺角度研究党史和从党史角度研究文艺提供了有力支撑。

（三）作品汇编与史料梳理并行，还原革命文艺的历史场域。

"华北抗日根据地及解放区文艺大系"的编纂，全面辑录华北抗日根据地及解放区党报党刊上刊登的诗歌、小说、戏剧、报告文学、散文、歌曲、版画等文艺作品，并系统梳理当时文艺发生、发展、传播以及社会各界文艺活动的各类消息和报导，同时选编了大量的河北红色文艺作品作为补充。这种文艺史料与文艺作品的配合整理，还原了革命文艺的历史场域，有利于构建对革命文艺的科学认识。

五、丛书内容

（一）《〈晋察冀日报〉文艺文献全编》共三十八卷：

诗歌三卷

戏剧一卷

小说二卷

文艺评论三卷

文艺史料九卷

外国文艺二卷

散文报告文学十七卷

歌曲版画一卷

（二）《晋冀鲁豫〈人民日报〉文艺文献全编》共十一卷：

诗歌一卷

戏剧、小说、文艺评论一卷

散文报告文学五卷

文艺史料四卷

（三）《〈晋察冀画报〉文艺文献全编》一卷

（四）《晋察冀日报社人物志》一卷

（五）《河北红色文艺作品选》共六卷：

诗歌一卷

戏剧一卷

散文一卷

小说三卷

六、编纂体例

（一）整套丛书题材丰富、门类众多，在体裁上不做强行统一。

（二）丛书中所录作品均为当年报刊发表的原文。为确保丛书的文献性、学术性、专业性和资料性，丛书编辑加工的总原则为保持文献原貌，内容上不做改动。

（三）文字的使用

1. 丛书中文字的使用以2013年教育部、国家语言文字工作委员会公布的《通用规范汉字表》为准。

2. 丛书中的古体字、通假字、俗体字，以及所涉及姓名字号、职官地理等专用字，均予保留。

3. 丛书原文字迹模糊残损，但仍可辨认或可依上下文校正，以字外加方框"□"表示；原文缺字或无法辨识，且无法校补，每字以一个方框"□"表示；如无法统计所缺字数，则以"⬚"表示。

4. 丛书中数字的使用，保持原貌。

（四）标点符号及其他符号的使用

1. 丛书在不改变原文意义的情况下，将旧式标点改作现行标点符号。

2. 丛书原文中出现代表文字的符号，如"×""△""○""▲"等，保持原貌。

3. 丛书原文中的着重号、专名号等不再保留。

（五）其他

1. 丛书原文中的注释，保持原貌；编者亦出部分注释，供读者参考。

2. 因为原始文献本身产生于战争年代，保存不易，漫漶不清处较多，丛书疏误之处在所难免，希望专家读者批评指正。

七、鸣谢

本套丛书得以顺利面世，要特别感谢中共河北省委宣传部、河北省社会科学院、河北教育出版社的资金支持，以及北京大学陈平原教授、中国社科院文学所刘跃进研究员、南开大学文学院李扬教授、河北师范大学文学院王长华教授等，为丛书编纂提供了多方面的学术支撑；晋察冀日报社老报人及报史研究会诸位老师，中国社科院文学所现代室、中国丁玲研究会、中国现代文学馆各位专家，也在丛书编纂过程中提出了许多建设性意见；院内外的数十位年轻科研工作者，在原文录入和校对方面付出了艰辛劳动，确保了项目的顺利进行。在此一并致谢。

把艺术交给大众（代序）
——祝贺"华北抗日根据地及解放区文艺大系"结集问世

中国社会科学院　刘跃进

  由河北省社会科学院文学研究所编纂、河北教育出版社出版的"华北抗日根据地及解放区文艺大系"结集问世，值得庆贺。

  文艺是时代前进的号角。1937年7月7日，卢沟桥事变爆发，全面抗战由此而起。广大的爱国知识分子和青年学生，表现出同仇敌忾的民族气节，走出书斋，走出校园，用知识，用智慧，用不屈的精神力量唤醒民众，用实际行动担负起抗日救亡的历史重任。在此后的岁月里，延安文艺和华北抗日根据地及解放区文艺，是中国共产党领导下的两大主体，双峰并峙，展示着那个时代的风貌，引领了那个时代的风气。

  随着抗日根据地的开辟，延安文艺工作团、西北战地服务团、东北促进纵队干部队、八路军总政治部前线记者团等大批文艺工作者，随同党政干部一道陆续抵达华北，东北、平津的青年学生也纷纷冒着生命危险来到边区。他们一方面积极创作大量街头剧、活报剧、街头诗、墙头小说、木刻版画、歌曲、舞蹈等革命文艺，开展抗日救亡宣传运动；一方面也通过开办文艺干训班，开展各行业、各阶层甚至全民的文艺创作与评选活动，吸引工农兵群众加入文艺队伍，掀起了"晋察冀一周""冀中一日"等具有深化性质的群众写作运动，以及"创造模范村剧团""穷人乐"等群众戏剧运动，为晋察冀文艺史添上了浓墨重彩的一笔。

说到这里，我想起2009年参加《北平学生移动剧团团体日记》捐赠仪式的一段往事。从1937年到1938年，在中国抗战史上唯一以大学生组成的"北平学生移动剧团"在长达一年半的时间里，历尽艰难，转辗于国民党第五战区的各个战场，演出话剧，创办报纸，宣传抗日，鼓舞斗志，谱写出响彻云霄的时代赞歌。移动剧团的成员每人一周轮流记述，用日记形式记录了那段不平凡的岁月，《北平学生移动剧团团体日记》就是这部历史的记录。它不是写给个人看的私密记录，也不是为将来面世扬名。作者完全出于一种历史责任，真实客观地记录了那段鲜为人知的历史，体现出强烈的史家意识。日记封面上有这样一段题记，"北平学生移动剧团·愿我永恒·中华民国二十七年二月二十三日始·璧华"。孤立地看这部日记，也许没有什么轰轰烈烈的战斗业绩，也没有什么感人肺腑的情感纠结。客观、平实是它的本色，正是这种本色，为那个历史年代留下一段真实。"北平学生移动剧团"的抗日活动，是文艺工作者投身抗日洪流中的一个历史缩影。

随着抗战的胜利，察哈尔省会张家口解放，晋察冀文协、晋察冀剧协、晋察冀音协、晋察冀美协、晋察冀通讯社、晋察冀边区剧社、晋察冀日报社、晋察冀画报社等文化团体随中共晋察冀中央局和军区领导先后开赴华北根据地，一大批文艺工作者也随之来到华北，开展丰富多彩的文艺活动。他们坚持毛泽东《在延安文艺座谈会上的讲话》中指出的方向，一手拿枪，一手拿笔，深入农村与抗战前线，既为切身体会工农兵的生活，也为深刻了解工农兵的需求，从而在根本上克服了自身相当普遍和严重的艺术至上主义思想倾向，为工农兵而创作，为工农兵所利用，以人民大众易于接受和欣赏的形式，普遍写人民大众的生产战斗故事。譬如左翼作家邵子南，于1938年10月随西战团到晋察冀，主持战地社日常工作，主编《诗建设》；1943年整风运动后，他到阜平任小学教员，在反"扫荡"中与群众、民兵一起转移、战斗，还直接在五丈湾跟随李勇的游击组对日寇展开地雷战；1944年5月随团回延安，在鲁艺任教，后调陕甘宁文协搞专业创作，开始大量创作反映晋察冀边区生活的小说。他以亲身体验为基础创作的短篇小说《李勇大摆地雷阵》（后改为《地雷阵》），运用阜平农民群众的语言，以口语化方式讲述了爆炸英雄李勇的抗日故事，明显吸取了民间说唱文学的优点，特别是在白话叙述中还插入不少快板式的韵白，更适合群众的喜好，因而在当时广为流传，家喻户晓，起到了很大的宣传鼓动作用。其他作品，如《荷花淀》《太阳照在桑干河上》《漳河水》《赶车传》《王九诉苦》《孟祥英翻身》《新儿女英雄传》《白求恩大夫》《我的两家房东》《穷人乐》《李殿冰》《戎冠秀》《没有共产党就没有中国》《团结就是力量》《没有土地的人们》《白毛女》等，都是成功的文艺典范，在现代中国文学史上占据比较重要的位置。

在华北抗日根据地及解放区的文艺创作成果中，还有数以万计的文艺作品和极具研究价值的文艺史料刊发在根据地及解放区所办的报刊上。很多作者，本身就是农民、战士或基层工作者。他们把自己的经历和熟悉的人和事，通过小说、戏剧、诗歌、报告文学、歌曲、绘画、舞蹈等文艺样式记录下来，语言通俗，富有生活气息。人民既是历史的创造者，也是历史的见证者；既是历史的"剧中人"，也是历史的"剧作者"。让故事中的人物自己编词、自己表演的创作方式，很好地反映出人民的心声，并让人民群众从生动活泼的艺术作品中得到教育，这确实是一个成功的尝试。

配合党的中心工作，"把艺术交给大众"，通过文艺唤醒大众，这已成为华北文艺工作者的自觉意识。他们积极响应伟大的民族抗战对文学艺术提出的时代要求，充分兼顾到广大人民群众的接受习惯和欣赏水平，创作了大量的作品，真实地反映了燕赵儿女火热的战斗与生产生活，起到了良好的宣传教育与鼓动激励效果。刘萧无编排新闻报道剧《李殿冰》，编剧与演员一起住到李殿冰家里，以便于熟悉主人公的生活，搜集真实生动的群众语言，还模仿他们的动作，理解他们的心理，甚至还让主人公李殿冰等直接参与剧本的修改和编排。描写群众的生活，邀请群众参与创作，这是当时文艺工作者走群众路线的生动体现。该剧演出后获得当地老百姓的极大赞赏，鲁中实验剧团还专门学习该剧的创作方法，创编了三幕五场话剧《过关》。艾思奇《前方文艺运动的新范例》更是誉其开创了前方文艺的新范例。抗敌剧社的《王老三减租小唱》、冀中火线剧社的话剧《我们的母亲》，也都具有这种特色。

这些文艺作品，可能略显仓促，有的甚至急就于战火中，所以在素材提炼、人物形象塑造以及语言的使用、细节的刻画等方面还有很多不足。但是，这不是一般意义上的创作，而是燕赵大地为争取民族独立、人民解放的集体记忆和行动号角，是中国革命事业的重要组成部分。华北抗日根据地及解放区的文艺，有很多这样未经沉淀的纪实作品，不管其艺术性如何，但在发动群众、组织群众、铸就抗击日寇和国民党反动派铜墙铁壁方面，发挥了无可替代的作用。20世纪五六十年代，河北地区涌现出大量的红色经典，便是华北抗日根据地及解放区文艺的传承和发展。

2017年6月，河北省社科院文学所郑恩兵所长来京与我们协商合作研究事宜。我根据所了解的信息，建议他们结合地方特色，做好地方红色文艺文献的搜集整理与编纂出版工作。"华北抗日根据地及解放区文艺大系"就是那次商讨的成果。全书由五个部分组成：第一部分为《晋察冀日报》文艺文献全编，第二部分为晋冀鲁豫《人民日报》文艺文献全编，第三部分为《晋察冀画报》文艺文献全编，第四部分为晋察冀日报社人物志，第五部分为河北红色文艺作品选。全书收录各种文体的作品六千余种，包括小说、诗歌、文艺评论、戏剧、报告文学、散文、文艺通讯、美术、书法和音乐、文艺史料，还有文艺信息、文艺广告，基本涵盖了华北抗日根据地及解放区的文艺创作情况，具有很高的研究价值。

时值中华人民共和国成立七十五周年之际，我们有机会阅读这部皇皇五十余册的"华北抗日根据地及解放区文艺大系"，更加深切地感受到新中国的建立真是来之不易，她是无数条战线的可歌可泣的人们不懈奋斗的结果。在这样一个特殊的日子里，我们感念当年那些有名无名的作者，感谢参与整理工作的学者，当然，更要感激我们这个伟大的时代。

目录

共产党帮我翻了身 1

生活的回忆 4

"领袖"的价格 7

紧张活跃的大会 8

烈士的血不是白流的 13

供奉一个长生禄位吧？ 16

"我要参加共产党" 18

魔爪血影 22

忆 25

家信往来 27

《推背图》说 30

护送五百里 32

"难民"谈 35

在医院里 36

人不如畜 42

生活在战斗中的工人们 43

"武力崇拜"与"盲目服从" 47

束缚妓女的千斤锁链被打碎了 49

人间真正的上帝——人民 55

军队人民一条心　血肉相连一家人 57

宋院长休矣！ 61

三粒子弹 63

点滴	67
人民的运动是阻不住的	69
我的同学刘善本上尉	71
县政府门前	73
并非翻版	78
从重庆到南京	79
戏法不可常变	83
乏内战	85
曹大胜和他的枪	88
东江人民泣别子弟兵	92
牛的示威及其他	95
奴才相	98
从广东到烟台	99
周保中将军	103
杂感	107
如此"尊师重道"	110
写在雨夜	114
闻一多先生的死	117
悼公朴师	119
此处禁止播种	121
忆公朴先生	123
北平剪影	125
阴风袭上海	127
零感	129
读报杂感	131
抗议逮捕青年	134

"代表"与"狗牙"	137
哀悼闻一多先生控诉中国法西斯匪帮的滔天罪行	139
夏天的太阳	143
人民胜利的前奏	146
上海风景	148
悼关向应同志	149
大众杂感	151
流氓政治与政治流氓	154
悼刘光同志	156
浴血而立的中国人民！	158
悼行知先生	161
忆行知先生	164
归来人	166
我是怎样开始学文化的？	170
论继承	174
伟大的行进	176
恶霸刘长富的血债	179
迫害	182
猎犬之猎	186
两军阵前	188
欺骗	191
从一个启事谈起	193
坑杀抗属	195
鸭绿江边的安东	197
飞沙与沙漠	205
神气"报德"及其他	208

"敌友"考	210
胜利突围	212
为着老乡的麦子	215
阴谋	217
在古北口	218
没饭吃的故事	223
由"绑架青年"谈起	229
"乐善好施"	231
南征散记	233
孩子们	238
寂寞的空房	241
出发前后	245
雪山和冰桥	248
翻身就要翻到底	252
"假如明天战争"	254
驰骋大平原	256
血的礼赞	260
阎锡山控制逃兵"妙计"	262
人民的幽默	263
勇士们开辟的道路	264
陶行知先生与育才学校	268
阎锡山的"人格"	270
人民的军队	272
从东北来	276
老王	291
三言两语	293

南渡长江	294
这是什么的一年呵?!	298
战斗在江南	301
快乐的张万福屯	309
朔岱平川见闻记	312
访问刘善本上尉	316
误炸无罪	319
赛阎罗王季芗	320
八面山中	325
三〇二次客车遇难记	333
羊圈夜话	335
胜利的会师中原	339
"还乡队"的凯旋	346
美化的北平	348
"入主出奴"	351
必须勇敢地自卫	352
架梯勇士	354
汉奸主犯	356
美军在中国	358
新题目老文章	361
悲惨奇闻	363
人民的幽默	366
从两封信谈起	367
壮丁的虐杀和买卖	369
大同——就这么一团糟!	373
珍贵的考验	376

死不瞑目 …………………………………………………… 377
拉和撞 ……………………………………………………… 379
北平漫记 …………………………………………………… 381

共产党帮我翻了身

胡万祥 口述　陈英 代笔

七月一日是中国共产党廿五周年纪念日,我没有什么别的办法来纪念,就拿我的翻身、对共产党的认识做个深刻的回忆来纪念吧!我是个穷人,过去曾做过短工,当过学徒,拉过洋车,家里房无一间,地无一分。我祖母给人家当奶娘,挣了几个钱,买了几亩地,要了一所房子,这样一家老小刚刚能维持生活。后来父亲借了点债,私人搭伙做买卖,想赚几个钱,不料又被人欺骗了,钱也没有赚回,把本钱也没了。没有办法,每年地里辛苦一年的收成,都打了利钱还不够。这样利变本,本变利,闹得越来越还不起。每年一到腊月要过年了,我一家子就算到过鬼门关的时候了,要账的不离门,逼得一家子东藏西躲。一直等到大年初一人家都放鞭炮,接神,吃了饺子,我们一家子才敢偷偷地回到家去。毫无办法,只好将仅有的土地全部卖掉付账,将自己祖宗的坟墓也当出去了。产业卖了一干二净,只好替人家做短工。农闲时,无工可做,全家只得瞪着眼挨饿,拾棒子挑着吃,吃高粱蒸豆腐渣。日本鬼子来了横抢竖夺又加上发了大水,租的人家地里的庄稼全被水淹了,天灾人祸,就更遭殃。弟弟挨不了饿逃荒去了,八十余岁的老祖母也病在床上,哭着催促我赶快走出去找寻活路。我怎么能舍得丢下八十多岁的老祖母去求生呢?后来老祖母病死,没有办法出殓,将最后的一点财产庄户出卖掉,总算打发了老祖母尽了一点穷孝心。家里没法过活,带着老婆孩子到张家口来了。没有别的能力又没有钱,就拉了洋车。人生地不熟,常拉错了,不知受了多少汉奸特务的打骂,也不敢多向人家要钱,每天挣得不够一家的吃用。再加上敌人的苛捐杂税,说不上来的捐,什么人口捐、苦力捐、卫生捐、彩票钱、□金捐、献铜献铁等不下十数种。如果有个下雨阴天或者有病，也得勉强着出车；不出车，锅盖都掀不开。有时下雨□不下钱，就饿得孩子们乱哭乱叫，自己不忍心看这悲惨的情形，每天不管多么晚也得挣点钱才回家来。饿着还不算，穷人有谁看得起，整天都去人家眼皮底下过日子。咱穷是穷，可是穷死也不向人家低声讨要，硬着骨头干。俗话说：“马瘦毛长奄拉鬃，穷人说话没人听！"真是一点也不假，谁还看得见我。我一想起过去的生活来，就好像用针穿着我的心一样难受。我回想过去，我又想到了今天，我胡万祥现在也像个人了，我也觉得我是个张家口市的主人翁了。现在的胡万祥和从前的胡万祥真好像两个人，过去我胡万祥是个受饥挨饿被社会所最瞧不起的穷汉子，过着不像人的日子；共产党八路军来了后，我已经是个翻了身的胡万祥了。过去被人瞧不起，受人鄙视、贫困饥饿均在共产党领导下翻过来了，我现在有了吃的、有了穿的。八路军到张家口，就发粮救济灾难民。从八路军来至现在，我始终没有受过困。小米有的吃，还常吃白面，生活改善了，将我的两个孩子也送到学校去念书了。我不仅有了生活，八路军来了还变了天，穷人再不受人鄙视了。我认识清楚了共产党八路军是真为人民服务的，我就下定了决心跟着共产党八路军走。我这个死里逃生的人，不干还等着什么？我下定了最后决心，要跟着共产党为人民服务到底。我首先积极参加组织洋车工会，组织民校；后来老百姓看我为人民办事负责任，就选我当上了街长；后来选举参议会时，人民又把我选上了参议员。我过去是谁都瞧不起的穷小子，今天也当上了街长，当上了参议员，这可真的是变了天。在纪念共产党二十五周年纪念日的时候，我深深地回忆到我的翻身，我的生活、政治地位的提高是谁给我的？是共产党给我的，八路军给我的。饮水不要忘了思源，我永远忘不了共产党对我们人民的好处，我愿跟着共产党为人民服务到底。国民党不遵守停战协定，一意想挑动内战，共产党八路军用血肉保卫了我们人民的利益，我们决不能再叫国民党反动派来侵犯我们。我有信心，人民的力量是强大的，共产党是代表人民利益的，谁敢侵犯我们，我们就给以坚决抵抗。另外，我对共产党八路军为人民服务的精神太佩服了，我对共产党的政策表示万分拥护。仅就参议会的一个例子来讲，充分地表现了共产党和人民血肉不分的关系和民主的精神。杨市长报告八路军进张家口以来的财政开支，什么用了多少，还亏空多少，有条有理，真是比掌柜的报告□还清楚哩！这样的事情不用说日本人在时没有，连国民党在时也从没看见过。参议会后修堤筑岸，群众哪一个不说八路军是真为人民服务的？出之于民，用之于民，一点也不假。共产党处处为人民着想，怎能不叫人民真心地拥护他呢？我是个无知识的人，就用这篇回忆来纪念中国共产党二十五周年吧！最后我愿赤诚高呼几个口号：中华民族解放万岁！中国共产党万岁！

（《晋察冀日报》1946 年 7 月 1 日）

生活的回忆

刘鹏夫

当我还在童年,过着学校生活的时候,万恶的敌人打进唐县来了,它破坏了我的学校生活。当时满望战争结束,重进学校,但一个接一个的不幸消息传来了……

记得那是阴历的八月间,大批的中央军退下来了,到村后翻箱倒柜,拉走了我家的牛,抢走了我家的钱,抓走了我家的工人,稍一不顺心就骂道:"亡国奴们!不要脸!"哎呀!莫非他们注定了要我们当亡国奴?

混乱的局面开始了,军队走光了,县官逃跑了,土匪逃兵遍地,敌人的特务汉奸到处造谣活动。谁能保障自己的生命呢?听天由命吧!

敌人的铁蹄踏到了,村庄变成灰烬,乡亲们面面相觑,县城插上了日本旗。

三八年一个秋末的上午有一个老乡从集上带来了传单,上面有"八路军北上抗日"。这个消息很快地传遍了,都说这是红军,是共产党。八路军真个到村上来了,带着半信半疑的好奇心去接近他们,他劈头向我们说:"我们就是共产党八路军,我们是主张坚决抗日的,你看我们杀人放火吗?!"我带着爱国的热情,参加了抗日工作,共产党已成为抚育我的姆妈了!

敌人对根据地的围攻开始了,我当时正在害病,同志们扶我,替我背上行李,在路上亲切地照顾我,我深深地感到了这种无比的友爱、温暖。

记得一九四三年敌人对我们进行了三个月的秋季大"扫荡"。有一天下着大雨，秋末的气候已有些冷气，敌人晚上驻在离村五里地的村庄，可以清晰地看到山头上敌人的哨棚，老乡们老老小小怎能在泥泞的道上、潮湿的野外转移呢？大个子的村长和粗壮的民兵队长，皱起眉头盘算着……民兵队长说："算了吧！谁也不用转移了！我负责任！"在当时这样的情况下不少的人会怀疑"这个人太冒险了"。天幕拉下来，雨还在下着，民兵们背着地雷、大枪，带着手榴弹，去监视敌人、警戒敌人了。换回来的人，拖着被雨淋湿的沉重的棉袍，满脚的泥，谈论着哪个村子着火了，哨上的鬼子也在棚里烤火……一班一班地换到天明，群众走出家门到民兵中队部探问着情况，说道："还是你们！要不然今夜这大人、孩子可不知怎样受罪呢！"……民兵们就这样保卫着自己的家园。

我还记得，有一次敌人集中了优势兵力进行其所谓"毁灭性的扫荡"时，我们走过一个山地——这是刚才作过战的战场，在一个天然荫蔽的后面，露出了二个举起的手榴弹，向我们喊道："你们是敌人，过来拼吧！"突然的情况使我们都发了愣，经详细说明才知是两个受伤的同志，他们握着手榴弹，枪上安着刺刀，神志已有些昏迷。

我还记得，在一次敌人的"扫荡"中我们三十多位老乡被敌人包围了，刺刀逼到脸上，汉奸们问着："地雷埋在哪里？""八路军在哪里？""村干部在什么地方？""粮食坚壁在哪里？"但得到的回答是："不知道。"五十多岁的老人吴国林，破口大骂。这次二十八个同胞被惨杀了，但敌人除了落得两只血腥的手外，又有什么收获呢？边区这样的例子太多了，而这仅是我家乡发生的事情，而且也不是唯一的例子。

我还记得很多见到的事实……我已由一个儿童被共产党抚育成一个青年了，我已经初步地了解到"恨"与"爱"。谁若再说"杀人放火",而且真个来解放区杀人放火,我已经懂得如何对付了。

有一个劳动英雄,向我说:"唉!以前的日子再也不敢想它了,很小就出去给人家放羊,一年到头弄不到一身衣穿!爷饿死了,我去采了一把树叶,地主说,还长着喂猪呢!爹被扣起来了,而且挨了罚……这样的日子永远不许它再来了。""你看我今年的生产计划如何?够吃而且还有剩余呢!生在咱们这个地方我算是幸福了。谁若再带来这样的日子,我也不允许。"他朴实的面孔上显出几许庄严的神气。一个老太太向我说:"我还小的时候是个荒年,树叶子吃光了,而当时的官儿们光是要捐,谁管呢?这时天不下雨,政府就领着防旱备荒,挑水点种,二十八年发大水的时候和三十年鬼子'扫荡'后留下的灾情,要不是咱们的政府谁还能过下去呢?世道变了,我要努力活着,享享民主自由的幸福……"他们向我说明了只有共产党才是劳动人民的谋福者、人民的救星。

回忆起这一段的生活,我很自慰,自慰在中国共产党教养下长大了,当你生日的今天,让我说出自己心中诚挚的话:

祝毛主席健康!

(《晋察冀日报》1946年7月2日,《副刊》第37期)

"领袖"的价格

程钧昌

北平报载,《违警法》现在又加上一条:凡对"领袖"像"不敬"者科以二十元罚金。老实说,如果事情真如纸面上所写的那样"公事公办",就是说,凡对"领袖"像"不敬"者仅仅科以二十元罚金,而不致有被特种人物盯梢和迫害的危险,那么,为了方便,我倒是拥护这一条规定的。假如我重到北平去看电影,每当那瘦骨嶙峋的光脑袋带着那副可厌的伪诈而矜持的神情在银幕上出现时,我一定懒得站起来,而只准备着二十元法币交给那气势汹汹地向我走来索取在百物腾贵之中低到无法再低的"领袖"尊严的价格的警察。我相信,纵然生活已万分艰难,北平的观众也决不会吝惜这一点开支的,他们将惊喜于"领袖"价格的便宜,并且领会到这正是美货在中国市场泛滥倾销的必然结果之一,然而他们事实上不能如此,因为,谁都知道:在"领袖"的尊严下面,不仅要老百姓的钱,而且要老百姓的血。

最后,在这声明一句:我这篇短文如果竟然能够在北平的刊物上转载的话,那么,我的稿费也不要了,就请交给警察局作为"罚金"吧!

(《晋察冀日报》1946年7月2日,《副刊》第37期)

紧张活跃的大会
——记民生电业公司庆祝中国共产党二十五周年纪念大会

夏园

七月一日午后一点，民生电业公司楼上楼下的电铃特别活泼和高兴地响起来，职工同志们兴致勃勃地涌进会场，大家在大会主席没有临场之前齐整合唱《没有共产党就没有中国》和《毛泽东之歌》。

会场正面挂着鲜红的共产党的党旗、毛主席和朱总司令的大相片，职工同志们看着可敬可爱的人民领袖的姿容，心里加倍温暖，增强了信心，歌声越发响亮和雄壮起来。

大会开了，首先是唱歌。陈文庚同志报告纪念"七一"的意义后，马林同志即开始报告中国共产党的历史，他把中国共产党从诞生那一天起，一直到今天，二十五年来所经历的艰难困苦和一天比一天壮大的事实详细地讲述。职工同志们热心听讲，眉目之间显明地流露出深深的感动和对中国共产党无限信任的真挚感情。副经理陈儒仁同志是二十多年的老职工，他亲眼看着电业公司在抗战以前由中国大资本家经营起来，榨取工人的血汗，又企图和日本人合作，中国军阀又怎样解散工会；日寇占领以后，电业公司的工人们怎样遭受了八年苛毒的压迫和非人的待遇；日寇投降时，他们职工同志们怎样奋勇保卫了工厂，没有丝毫损失。"没有共产党和八路军，我们怎能解放？怎能翻身？怎么能够享有选举权和被选权？"适逢中国共产党二十五周年纪念，周恩来同志发表了谈判经过，他真是感慨无限，讲了许多心里话，他说："国民党反动派在美国帝国主义分子援助之下，进攻解放区，屠杀人民，想把我们无产阶级及中国人民重新拉到十八层地狱里去，我们决不答应，坚决反对退出察、热两省和烟台、威海卫的无理要求，这种要求真是岂有此理！共产党是我们无产阶级的党，我们跟着共产党走，便有活路；要是情愿叫国民党来统治，只好饿瘪肚子，那是一条死路！"

陈副经理虽然不是大学毕业，然而他的讲话有条有理，出口成章，措词造句非常高妙动人，一字一句都打进听众心里，什么原因呢？说的全是真情实话。

在医务所服务的女同志徐凤是从国民党用狼牙棍棒法律统治的北平来的，她身临其境，领教了国民党假民主政治压迫的苦味，又体验了共产党领导的新解放区张家口的真正民主自由生活，两下对比起来观察，更为明确生动：

"国民党统治区北平的妇女过的是寄生虫生活，经济不能独立、政治没有地位，大多数变成商品，实在可怜！到张家口来日子很短，可是我亲眼看见这里的妇女在政治上有地位，生活有了自由，完全解放了，这是谁的力量呢？——当然我们应该感谢中国共产党。"

职工同志唐玉山还没有登上讲坛，震人耳聋的掌声便四下响起，接连十几分钟不断，这是因为老工友唐玉山是工作积极的一位，为人亲切和蔼，虚心学习，模样生得滑稽，性情也很活泼，有纯洁的儿童一般天真的心灵，所以他受到群众一致的欢迎。

他的讲话最为生动，全场听众一声不响，都伸直脖子，很怕漏掉一个字地洗耳聆听：

"我今年是四十六岁的人啦！"他热烈地用响亮的声音说，"活了四十六岁，我可从来没有吃过好东西，仅仅是咸盐吃了好几十麻袋！这话怎样讲呢？老是吃青草树叶啦，没有味道就多加咸盐，到后来呢，咸盐也弄不到喽！

"从前，国民党二十九军在这驻防的时候，经过他们步哨，老远就得摘下帽头,连连鞠躬,还是战战兢兢地,害怕出事,日本在时也是一样;可是八路军一来,我有了自行车骑,走过警察岗位,不用下来,挺着腰板就过来啦;再有,八路军把人民解放以后,现在我家里还有五袋白面、三十八斤大米,下班回家,猪肉一炖,酒壶一捏,电线匣子一开,呜呜一唱,这多美呀!

"老朋友们,请问:除了共产党还有谁能给咱们这样的待遇?

"我是威海卫的人,在张家口做工,国民党这回叫我们退出察、热两省还有烟台、威海卫,请问国民党,叫我上哪儿去呀?"

老工友唐玉山说到这里,气愤愤地大声呐喊:

"我情愿和那些王八蛋拼了,就是死在他们美式炸弹之下变鬼,我也不答应让出一分一厘已经解放了的土地!"

他的话像暴风雨似的卷过会场,引起雷般掌声的轰鸣。

在自由讲话时间,许许多多职工争前恐后、自动地跑到台上讲话,有两位不擅长讲话的工友,也挣扎着说出憋在心里要是不说就难受得要命的话。没有发表谈话的人,有许多嘴唇在动着,不住地咽着唾沫,身体不停地移动。看那模样,肚子里的话像有硬实的发条□得太紧,再不吐露,就要炸开一样。

许多工友提出意见:

"给毛主席、朱总司令打电报,不要再让步,如果反动派不停止向人民的进攻,就要进行有力的反击!"

"要求美军,赶快撤离中国,回他们老家去!"

"打电报给蒋介石,我们全都反对他一党专政,屠杀老百姓!"

职工又提出这样一个新的意见:

"听说毛主席在延安,办公用的是油灯;我们在这里,干的活有限,还用电灯,心里实在……不很舒服。我们要求公司答应:我们派人到延安去,给毛主席装设一个小型发电机,安上电灯,毛主席办公好方便一些！"

"赞成！赞成！"

"完全同意！"

公司经理刘建章同志立即发表他代表公司同意大家的意见："给毛主席装置小型发电机和安设电灯的事是我们公司力量所能办到的事情，一定进行。"刘建章同志首先决定：谁去延安进行这个工作，一切旅费由公司支给，工资照发，详细办法由工会另行周密的计划。

职工同志有许多报志愿的，纷纷立起，高举着手如林，高声呐喊：

"我去！我去！"

"我也愿意去……"

"我早想看看毛主席。"

大家讨论的结果，这个问题会外研究计划，必尽一切力量促其实现，以不负职工同志们热烈的期望。

最后由刘建章同志讲话，他联系说到面临着当前的国际、国内的局面，在国民党反动派多次谈判毫无诚意，企图大举进攻人民的事实面前，职工同志们应该采取什么样的态度："我们要做长期打算，不但定计划，照旧实行，而且要更积极，我们还要武装起来，英勇地保卫我们的工厂！"

大家一致拥护刘建章同志坚决反对国民党无理要求和大家巩固地团结在自己的先锋队——共产党的周围的正确主张。大会到午后五点半钟，高喊着下面的口号兴奋地散会：

"中国共产党是中国人民独立解放的旗帜！"

"制止国民党反动派独裁、内战、屠杀人民的暴行！"

"拥护中国共产党和中国人民领袖毛主席！"

"没有共产党就没有今天的中国！"

"中国共产党万岁!"

"工人阶级解放万岁!"

(《晋察冀日报》1946年7月3日)

烈士的血不是白流的

立宁

今天党伟大的二十五年生日，录下我经常记住的事，作为纪念。

一九二七年大革命烽火燃烧到长沙，我才十二岁，正在城区第十二小学校四年级念书。由于我是老学生吧，被选为学生会主席、儿童团副团长。学校里组织讲演队，我们儿童居然起了底稿送给先生看了去到街头宣传。那时流行的歌子："打倒列强，除军阀……"我们这群孩子都兴高采烈地唱着。大街小巷广大人民是欢乐的，工会、农民协会威望很高，只有土豪劣绅才恐慌。

那时我父亲是湖南全省总工会秘书长。我的音乐教师是旱烟铺的老板，他打了学徒被传到总工会去了。音乐老师害怕，托我要求父亲为他向总工会讲情；当时总工会委员长郭亮同志摸着我的脑袋，笑着说："老师被扣了。"我当时一句话也不会说，腼腆地依在父亲和郭亮同志的旁边！

郭亮同志是很有气魄的人物，他领导工人斗争，自己第一个卧在铁轨上阻止火车行驶，真是无产阶级大无畏精神！

后来蒋介石叛变孙中山先生"联俄、联共、扶助农工"三大政策，实行"四一二"清党大屠杀。许克祥在长沙袭击湖南全省总工会，共产党员与革命的志士都需要隐蔽起来。父亲改名换姓到了武汉，任省委秘书。我母亲带我们弟妹找到武汉时，郭亮同志送来二千四百铜元，那时党处在困难期中。我父亲在大风雪下日夜工作暴病而亡，郭亮同志被反动派在岳阳抓住砍下脑袋，装在木笼子里示众七天，以示反动派的残暴，借以吓唬群众，镇压革命！

但是革命是镇压不住的！不是吗？武汉三镇党仍然在活动，我当学徒的勤余米号，就是党的济难会机关，大约一九二八年腊月底被国民党反动派破获了，一位陈正卿同志被枪决了，一位钱春甸同志被判五年徒刑，在二十年武汉大水时，淹死在狱中。

由于我年幼，才十三四岁，被释放了，与哥哥一道抵上海。哥哥在申新纱厂做工，我在华大学徒。哥哥做工与何孟雄同志认识了，何孟雄找我母亲提出意见说："大嫂子不应把儿子留在家里，应该贡献给社会。"从此我哥哥活动于沪东沪西，散布共产主义种子，宣传组织工人与资本家斗争。他们一天吃一根油条一大饼（三个铜子一个），甚至睡水门汀都不顾。记得他们做的歌子："青工身体未长成，做夜活，礼拜工，一刻不休停，打骂又罚工，工钿两毛钱……"我有个排字同事胡鹤馨也会唱的。

有一次我回家看妈，在华德路申新纱厂工人寄宿弄堂口碰到哥哥，我对他说："做夜工也不给钱。"哥哥坚决地说："革命，只有革命。"以后他到莫斯科去了，回国后到牯岭路太平洋印刷公司看我，手里拿着报纸，给了我六角小洋。以后我到他机关里去看他，在楼梯口等了三个多钟点，差不多半夜才回来，他说预备叫我到党的秘密印刷机关去工作，谁知这以后是永别呢！他与何孟雄、林育南、李求实、龙大道等同志被蒋介石反动派抓去了。

我只能从母亲那里得知他们在法庭上英勇的气概，说："死我们一个，会有十个跟上的！"龙大道对我哥说："立安，准备死吧！"真是视死如归的精神！

今天我们看得很清楚，的确不仅有"十个跟上"，而且是成千成万的共产党员跟上与发展了，所有烈士的血不是白流的。

在延安我经过党的教育与烈士的感召，在印刷厂里排字八小时达到一万二千字。沈镇衍同志马上出快报，影响全厂，从此印刷厂其他同志生产量也大大提高。我带病做工，自己引以为傲，但仔细看看，很多同志也带病做工,就觉得自己没有什么值得骄傲的,都是差不多啊!

由于上述情形,一九四〇年、四一年我得过总工会劳英奖章。劳动英雄是很多的,用不着骄傲,要更好地工作,虚心地接受别人意见,天天洗脸。

我想在我这小小的身上,已感受到党的光芒的一角。党的事业一定会胜利的!

(《晋察冀日报》1946年7月3日,《副刊》第38期)

供奉一个长生禄位吧？

周又协

我是广灵一区西加斗村人，名叫周又协，在民国十九年十二月二十五日，买了我村大财主王建功的浑水地八十九亩（死契），经中人王世凯言明地价大钱四千三百吊整，其钱笔下交清，并不欠少，约上还盖卖主的手章三个，压在钱码上边。我就向旧日的政府领取草契纸三张填上税契，又叫本村旧日的公证人签名盖官印，就办理了税契的手续。不想王建功不谋正业，专门花钱，吃喝嫖赌嗜好全有，忽然想起了诓人的心理，将卖给我的地又转卖给蔚县大商号成德本，我已经花了许多脚钱、粪钱、籽种钱，地也通种上了，成德本凭他的买卖大、有钱，雇了一伙赖小子把我种了的地又翻种了。后来没法只得向旧日政府去告，等了四五天将我三人一起叫到政府审问，原来成德本这钱是王建功该的旧债，无法补还，成德本强迫要钱，王建功就将卖给我的这地又写给成德本的死契了。头一堂就将这地断给了我，叫王建功还给成德本的债。我以为又可以安心种地了，不想成德本花了三百块银元，雇了一个久走衙门的讼棍，暗地里还不知道花了多少钱，又告下二次，将我的地又断给了他。后来成德本怕我再告，立时将这地贱贱地就赶快卖了，我落了个有地契没地种。可见那时的政府是专为有钱的人设置的，不为老百姓设想，真是"衙门本是朝南开，有理没钱休进来"。在那时候我连讼费也没有，花门保更是没有。那旧日的政府好像做买卖的，有钱买理，没钱无理，钱二抵不了钱大，冤死无钱不能申告。后来我一看我本是无钱的人家，还能花得过成德本和王建功财主大商号去吗？没法，忍耐受穷含冤到今，我只说没有申说的日子了，那就算是叫他诓了，我已经五十多岁了，再能活几年呢？

哈哈，梦想不到去年八月间八路军来，解放了我们广灵城。有一次区干部下乡开会说："有仇的报仇，有冤的申冤。"我听到这"申冤"二字，心上一想，我申冤吧？……唉！不说了，说还是人家有钱的有理。可是我这事在村中人所共知，有一个区干部见我欲说欲不说，他说："你莫非有什么意见吗？"我借他的口气说："可不是，我有十七年的冤屈没处申！"区干部说："你有什么冤屈只管说，咱们是专为老百姓办事的，只要你说的合理，咱们就能解决。"我说："哈呀！这回可见了青天啦！"我便一一将经过告诉他。区干部经调查确是实情，马上叫王建功给我补了陵地八十九亩。我听见这话说给我补地，真是乐极了！一想今天没的吃，赶过年吃的穿的做的通有啦，哈哈，真乐呀！要不是共产党把我们解放出来，我绝没有出头的日子了。可是我也没法谢谢我的救命星了，供奉一个长生禄位吧？也是不合适的，只好登报申明！我那十七年的冤屈今日共产党与我洗清了！最后说一句：

共产党万岁！

毛泽东同志永远和我们在一起，祝你健康！

第一区的全体干部们，我祝你们子孙吉昌！享受人间的幸福和快乐！

（《晋察冀日报》1946 年 7 月 3 日，《副刊》第 38 期）

"我要参加共产党"

戈□

一九四二年炎夏,我兀自行进在拒马河畔。

前面,在路旁石砌的垯根,一个农民在那里蹲着,困倦地像在打盹,但藏在土红色的破草帽下面的那双眼睛,却不时地向我这边偷偷地望望,又低下头去。我走近他时,他腾地站了起来,使我吃了一惊!

"我的眼真还管用,没有把你看错——你到哪里去?"

当他向我问话时,才辨别出他是西河村农会主任。

"到十渡村去。"我边说着,脚步缓停地由他身边走了过去。

"喂!待一会儿,有要紧事儿跟你说。"他很急的,伸长着脖子叫住我。我停住了脚,回来,和他一块坐在垯根的阴凉处。

静默片刻,他不安地又站了起来,向四周眺望了下,才放心地又坐了下去,把屁股下面坐着的石头,向我挨近了一点,小声小气,恐怕使第三个人听见似的说:

"我入党行吗?"

"入什么党?"我问。

"共产党哗。"

"怎么想起入党来呢?"我奇怪地问。

"我以为我早是个共产党啦,怎样张主任说我还不是哩?"我听了就想笑,但没有笑,马上想起在区里听张主任说过的这回有趣的事。

区农会张主任前几天在西河村作统累税工作。一天正午,别的村干部都回家吃午饭去了,他在山庄上住,来回有五六里路,恐怕耽搁

了工作，没有回去，区农会张主任就和他拉起话来：

"你说共产党、八路军好不好？"

"怎样不好，不好我还参加？"他毫不犹豫地回答。

张主任听了有些奇怪，问他是什么时候参加的。

"咱们农会不就是共产党吗？"这句话惹得张主任咯咯地笑出声来，把他笑得莫名其妙，脸红得像块红布，汗珠由额上湿漉漉地渗了出来，很难为情的。张主任觉得不对，立时理智下来，以诚恳的态度说明农会不是共产党……作了一番解释，这场趣事才收了场。

自从此事发生后，他心里像翻腾着的拒马河里的水似的，不安起来了！

"怎么参加了农会还不是共产党？"时常在他脑子里打转转，每当他自己一个人的时候，常自言自语地说出口来，但他没有轻易和别人说过。

我和他相识，还是一九四一年的事。那时敌人"扫荡"抗日根据地，白天带着洋狗漫山遍野地进行搜索。敌人知道山上水缺，夜里沿拒马河都设上监视哨，专门对付我夜间偷水的军民。一天，在对面不见人的黑夜里，他背着水桶，蹑手蹑脚地走下山去，到拒马河里去偷水。往回走的时候，因为水不太满，水桶里发出"咣当，咣当"的声音，在静静的深夜里听得很远，敌人的哨兵便向水声响处疯狂地放了一阵乱枪。他在一块大石头后面蹲了好久，枪声停下去时，才又背起水桶，在茫茫的黑夜里，用两只手摸索着崎岖的山道，活像一只载重的牛，慢慢地爬上山去。

白天，在山头上放"山头哨"变着法儿打击敌人。夜来了，就下山去搞情况，或到拒马河去偷水。半个多月的时间，他的面孔蜡黄消瘦了，眼睛里抽出了红丝，但他是不肯向别人说的。在这艰苦的时间里，我和他总在一起并肩作战，成了知心的朋友了。

"我入共产党，共产党要我吗?"他像天真好奇的孩子，遇到一个不解的难题，急需求得答案似的催问。

"为什么非要参加共产党？"又开始了我们的谈话。

"说句良心话吧，"他用手拍着心口说，"共产党救了我，共产党来了我才当成了人！过去，父母早死，家里穷得干净，真是'站起来一根，蹲下去一堆'。到人家门上要碗饭，谁把你当人看！——现在天翻了过来，从十八层地狱，一下子翻到天堂上来了。"他兴奋起来了。

太阳渐渐地偏向西了，农民们赤着上身，酱紫色的皮肤和肩上的锄头，在太阳的辉映下，一闪一闪地发着亮光。起晌了，路上的行人也逐渐多了起来。

"咱们留点心，慢慢地找共产党吧，找到了，问问是不是要你。"我想出这样一句话来安慰他。

"你们县区干部还不都是共产党吗？"他却怀疑地问。

"不，你没有听说共产党有'三三制'政策吗？……"我又给作了一番解释。他总感到有些失望后的疑心，两眼满是苦楚似的直望着我，我内心感到窘迫与不安！匆匆地离开了他，已走出有几十步远了，还听见他颤抖的声音在喊：

"喂，可别忘了啊！"

而我的心在盘算着，他是否已够入党的条件……

★★★★★★

这天，我又到十渡村去进行工作。

晚饭后，太阳挂在西山的林梢，我在村南柿树林里散步。九团战士们在广阔的操场上跳高，跳远，跳障碍物，或用手巾丢蛋……做着各种游戏玩。我趋近参观，在两个战士跳高竞赛最后决赛的紧急场面，突然谁在后面用手重重地在我肩上拍了一下。我扭过头去看，原来是一个高高的个儿,穿着一身草绿色的军装的战士,椭圆红润的脸蛋上堆满了笑容,很亲热地来拉我的手,我却有些发怔。

"不认得我了吧?"他笑着等我的答话,见我一时答不出,他自己马上介绍说,"我叫王××,西河的,那天在拒马河……"

啊啊啊,太出乎我意料了!

"你怎么参加了部队?入党了吗?"我奇怪地问。

"鬼子不让咱好好地过日子嘛。"他顿了顿,又补充说,"领导别人,自己不做在前面,怎么样别人呢?!"

"入党了吗?"我又追问他。

"……"他没有回答,只是点了点头,像遇见一件什么应心的事,抿不住嘴地笑。

村子里,飞出了尖锐的哨音,渐渐地落在操场上来了,每一声刺耳的哨音之后,紧接着便是一声"开党员大会去哇"的叫喊。

"再见吧,开会去啦,今天晚上检讨群众纪律。敬礼!"

他和其他战士一起,蹦着跳着,一会儿,被黄昏笼罩下的十渡村,一切又静寂下去。拒马河水不疲倦地向东奔流着,哗哗的水声,却高唱起来了。

(《晋察冀日报》1946年7月4日,《副刊》第39期)

魔爪血影

——记南京下关惨案

"他们的血是不会白流的！它将在未来和平民主运动里得到应有的代价。这不只是对代表团的殴打和侮辱！而是对上海人民，对整个中华儿女们的殴打和侮辱！这是现代中国的一件不幸的流血惨案。"

——六月二十五日沪《联合晚报》语

【新华社延安三日电】二十三日上午十一时，沪市各界反对内战晋京请愿代表马叙伦等十余人，在十万群众的热烈欢送下，搭着京沪车由沪起程了。下午五时车过镇江，他们就被一批特务暴徒包围，留难，辱骂。这批特务暴徒想把他们扣留在镇江，然后"收拾"他们；但在代表们的严词斥责下，这批宵小之徒终于悻悻地爬下车去了。

下午七时车抵下关车站，国民党当局已在车站上布置好残害请愿团的陷阱，他们禁止挑夫上车去搬运代表团的行李，阻延他们下车的时间。等到马氏一行下车踏上月台，预伏在站上的大批特务暴徒，立刻将他们团团包围，由两个自称"苏北难民代表"的特务出面，向请愿团提出许多荒谬的要求，请愿团秘书胡子婴女士代表答词说："只要中国国内战争彻底停止，离家的难民就可以回家了……"话犹未了，四周骂声大起，跟着一个穿着黑衣的彪形大汉，一声喊打，这批法西斯野兽就一拥而上，拳足交加，将马氏等一顿殴打。

参加行凶的暴徒特务愈来愈多，而照例在车站上"维持秩序"的宪警，却变得寥寥无几了。代表们由月台上退到候车室。马先生被打得有气无力地躺在沙发上。特务暴徒把候车室团团包围，大声叫着："非叫姓马的出来不行！""打倒马叙伦！""打倒周恩来！""打倒共产党!"……在场的宪警亦配合特务暴徒强迫马氏一行立刻乘夜车返沪,当为马氏等严正拒绝。

代表团看不下去了,派大明公司总经理阎实航先生出来讲时,特务暴徒高喊:"不要听!"并狂吠:"跪下来!""共产党跪下来!"阎氏愤慨地说:"我和日本人打过几年仗,在日本人刀枪下我也没有下过跪,要跪办不到!要枪毙枪毙好了!"……喊打的声音突然从车站门口的广场上涌起了!一群法西斯野兽在那里包围与殴打着前来采访的几个记者,里面有《大公报》记者高集、《新民报》女记者浦熙修、《益世报》记者徐斌与《大刚报》记者徐士年四人。"打那个女的!""那个男的也不是好东西!"拳脚向他们乱挥。

高集和浦熙修两人在重重包围中冲了出来,转到了候车室里。这时《大公报》下关分销处职员戴有龄赶到,想拯救高集出险,高集刚跟他走出候车室,又被包围起来,在拳打脚踢下,只得再退回候车室。

市政府新闻处专员钱江潮闻讯赶到车站,和行凶头子接洽放记者出去,头子答应了。高、浦二人便跟着钱江潮出站,但是走到广场又被特务暴徒围住痛殴,钱江潮也未幸免。

一辆满载宪兵的大卡车开到车站,高、浦两人就趁机再图突围重返候车室,但已被打了三次。这批开来的宪兵奉命分散地站在距离候车室很远的地方,他们是这样地"镇静",好像根本没有看见请愿团被围在候车室里。

深夜十一时了,候车室仍被重重包围,马氏等的处境更加险恶。特务暴徒愈来愈多,宪警愈来愈少,最后在候车室附近只剩一个宪兵在那里"观阵"了。再次的凶殴又开始,特务暴徒在喊打声中冲进了候车室,其中一群是打破了候车室的玻璃窗而跳进去的,他们拿起座椅板凳等作为武器,向马氏等痛殴又达数十分钟。

六十二岁的马叙伦老先生头部均被殴,受伤甚重。阎实航遍体鳞伤,面部最重。雷洁琼女士头部受木棍重击,胸部被皮靴踢伤,吐血不止。陈震中头部、胸部均受重伤。其他请愿代表也多被打,记者高集头部伤最重,血流满面,右眼球突出。浦熙修头发被扯去了一大把,腰部、胸部、头部都挨了打。南京民盟代表团派赴车站欢迎马氏等的代表叶笃义亦被打重伤。所有受伤诸氏衣服都被撕烂,满身血污。

在被打时马氏等身上所带的钢笔、手表及钱票等物,都被特务暴徒一抢而光。当雷洁琼被打昏时,一群特务暴徒蜂拥上前争着抢劫她手中所握的一个皮包(内藏钱票十万余元)。有一个匪徒因她握得很紧,竟伸嘴咬掉了她手上的一块肉,然后将皮包抢走。

南京中国银行女职员路芝女士,因公前往车站,亦横遭这群法西斯野兽围住殴伤,身上衣服竟被撕得一丝不剩,后来向一老妪借得长衣一件,才得离站返寓。

这批法西斯匪徒自下午七时一直打到夜半十二时,最后经民盟与中共代表数小时之辗转交涉,及冯玉祥、李济深等氏的努力,好容易才有一批宪警从城里姗姗而来。这批宪警到了车站,他们不去搜捕特务暴徒,倒想把和平请愿的代表们"招待"到宪兵司令部去。虽然他们知道代表们中间有几个伤势已经非常严重,经过各代表据理力争,才算免了这一"招待",而被押送到医院里去了。

人民代表的血不会白流的!法西斯匪徒想用武力把反对内战运动镇压下去的企图,是失败了!听吧!全国人民要求和平的声浪是更加高昂了!(材料摘自京沪报纸)

(《晋察冀日报》1946年7月5日)

忆

宋玳

苏联影片《克隆斯达海军》很使我感动，尤其是其中一个场面——起义的海军因众寡悬殊、弹尽援绝而被白军俘去后，被敌人用绳子吊着大黄石挂在脖子上，推到海里去。英勇的海军们坚强不屈地牺牲了，只有几顶海军帽，在起伏的波浪上漂浮……这情景更使我激动得眼泪注满了眼眶，它又一次唤起了埋在心底十多年的记忆。

那年正发大水，我家门前也是一片汪洋，街上都可以行船。这种时候，不懂事的孩子们，常是最乐意的，我也常跟着堂兄在台阶下捉小鱼玩。那天午后，雨已经停了，水退下去二三寸，人们都赤着脚在水里走来走去。这时，骚动人们的消息，纷纷攘攘传开了，大人们议论着，并向街底桥那边走去，我也莫名其妙地跟着。

桥两岸已拥簇着好些人，我个子小挤不到人前去，只好立在桥顶上，头从栏杆里伸出去，只见有两具尸首躺在岸边，一具还半浮在河滩上。远远看去，脸像是豆腐做的，手脚是一色浮肿，脖子下红色的领带黏在一边，红色的布条缠在左胳臂上，胸前的黄石还没有卸下……

老人们说，这些尸首胸前胸后被挂着黄石，腰里还缠着黄石，竟能浮出来，一定是些冤鬼，想叫大家给他申冤呀！有的人说，这是上个月被杀死的工友，家住在西城根草棚里，所以尸首从城外运河浮进来，到这再也不过桥洞去；又说请县长大人验尸，好半天也不见来……

当时我并不知道他们怎么被杀害，又怎么被挂着黄石沉到河底去的。但我小小的心灵，感到说不出的难受。看到几个蓬头的妇女来认尸，听到她们尖锐的嚎哭，我也哭起来了！

后来我才知道，那是"四一二"苦迭挞时代，白色恐怖非常厉害，到处暗杀，到处逮捕，这些革命的工友也就这么牺牲的。——据说一天夜晚，工贼杨某以"工会"名义召集他们去开会，在途中把他们杀死，就沉到城外运河里了。后来杨某靠着他那双血手，搂着统治者的脖子，做了某厂经理，也靠了他那双血手，娶了两姊妹做老婆……

★★★★★

十几年来，每当听到反动派逮捕与暗杀时，这印象就浮现我眼前，对我是一种对统治阶级憎恨的鞭策。十几年来，反动派屠杀了多少有血性的工人！制造了多少次屠杀人民的惨案！抗战胜利后，上海、重庆等地的工友们，为了争取民主，获得衣食的饱暖，仍不断被杀害。反动派的血手就没有让血迹干过一天，一刻，或一分一秒。可是代表工人阶级的共产党与八路军，难道被他们杀尽了吗？没有，也绝对不可能。共产党不已延绵了二十五年，而一天天地强大了吗？难道这不足给高唱"赤匪有一个杀一个"的反动派以教训吗？难道这不能告慰于成千万被难的工友同志们吗？难道这还不能坚定工人阶级要获得胜利的信心吗？难道这还不足告诉帮凶们，我们是消灭不了的吗？

（《晋察冀日报》1946年7月5日，《副刊》第40期）

家信往来

——连队生活琐记之一

徐曙

万通吾儿见字：前接来信，得悉吾儿五月中可能回家，所以家中将汝完婚之事，已择定六月初八日，至于嫁娶所用的东西，亦已完全操办妥当，望吾儿见字后急速回家，千万勿误。再者，家中老幼都各安好，勿念可也！别不多嘱。母谕。

早上，连上收到了几封战士的家信，这封是通讯员杨万通的母亲寄来的，连长念完了向指导员说：

"这下子，该杨万通闹情绪啦！指导员！这问题只好由你来进行解释教育啦！"边说边把信递过来，指导员没吭气，扭头就往外走，嘴里直叨叨：

"我去营部一趟，看教导员怎么处理吧！"

刚去不一会儿，指导员又返回来了，把信往桌子上一扔，呼地就躺到床上。

"回来得这么快？"连长有些不相信似的问。

"没去营部。"

"怎么啦？"

"嗨！反正……报告给教导员，也还得靠咱们来解决咩！"指导员用冀中特有的尾音，说完了"咩"字以后，接着就叫，"杨万通！杨万通！"

"有！"院里传来一声不怎么响亮的回答，跟着杨万通进来了。

"这是你家来的信。"

杨万通接过信，匆忙地敬了个礼，出去了。

连长摇了摇头，不知道是在向谁说："别看杨万通个儿不高，说起话来慢腾腾地像个'黏糊人'，可人家战斗的功夫……真不赖呆！年上绥远××战斗的时候，杨万通就不止一次地从敌人封锁得很严密的火力网里钻出来钻进去，去找友军联络，要不是他机动灵活，善于利用地形地物的话，非撂倒在那儿不行！"连长接着转向指导员，郑重地说：

"这问题……还得你去解决喽！我可没这份耐性。"

指导员的鼻孔似乎哼了一下："同志！思想问题可不是一半天就能搞通了的，先让杨万通个人去进行自我斗争唓！"

午睡时候，杨万通没有睡，连长也没睡，指导员呢，他躺在床上瞪着两眼直"发蹦"。

午睡起床号刚吹过。

"报告！"

"进来！"

杨万通进来了："指导员！你有空唓？我想找你谈谈……"

指导员一口碌坐了起来："谈谈也好，不过……这事全靠你自己来掌握啦，你自己什么都明白的，今天的形势……"

"指导员！"杨万通抢着说，"这样的事情也不光我一个人，别的人也都站稳了立场，如今和平不和平，还没保险，我个人……我杨万通不能特殊！指导员，我写了封回信，你看看……看我说的意思对不？"说着张开出汗的手掌，把信交给了指导员。

指导员把信摊开在桌子上，连长也凑了过来。

母亲大人尊前：敬禀者，来谕叫儿回家完婚之事，亦已知道。儿在今春去信曾说到五月中可能回家一看，现根据目前形势来说，又不可能了。加上眼下部队正在练兵，请假之事，很难出口。再者，咱家地区环境不好，儿若回家，恐怕发生意外问题

（注）。考虑再三，暂时是不能回去，万望大人原谅。见信后请向女方商量延期举行最好，一候时局许可，儿定请假回家一行，勿必挂念。

敬请

福安

儿万通

大家看完了信，指导员抬起眼睛望着杨万通，杨万通低下头。然后指导员和连长的眼睛碰在了一起，两个人会意地笑了。（抗敌剧社前方工作队通讯）

（注）按：杨万通的家乡已被蒋军抢占。

（《晋察冀日报》1946年7月5日，《副刊》第40期）

《推背图》说

胡椒

中国民间流传得很广的一个故事：张三将银子三十两埋在地里面，怕人知道，就在上面竖一块木板，写道"此地无银三十两"。隔壁的阿二因此将银子掘了去，也怕人发觉，就在木板的那一面添上一句道"隔壁阿二未曾偷"。

或许有人不会相信，世界上哪有张三、阿二这样的傻家伙，不过是编出来博人一笑而已。其实张三、阿二的徒子徒孙是到处都有的，现在甚至连许多留过洋，身任政府大员的绝顶聪明的人，也都出自张三、阿二的门下。

南京下关惨案一发生，张三、阿二的门生们立刻就忙着竖木板，说：这事与政府无干，是"难民"所为。由这，很容易使人联想起重庆较场口血案和北平中山公园血案的"难民"行凶。

张三失银一次，第二次是否再竖木板，年久失传，无从查考。而现代的张三、阿二到底更"聪明"得多，居然竖了一次又竖二次、三次，大概还准备再竖下去，连木板上的字都用不着改，也可谓青出于蓝。

十几年前鲁迅先生给我们发现了一张《推背图》，据他的解释，"推背"的意思是说：正面文章要从反面去看，可以预测未来，经他实验，效果很好。

官家的消息素来是声誉极好的，凡是一个消息得之官方，身价百倍，谁能不信。自从出了张三、阿二，木板竖多了，渐渐失掉信用。倘懂得"推背"之法，官家消息还是可信的，差不多条条都是预言，姑举数例：

1. 共军在×地集结重兵，准备攻××。

2. 共军在×地大抓壮丁，强征军粮。

3. ×地共军烧杀淫掠，其惨甚于日寇。

4. 政府对共军绝不采取军事行动。

5. 美国军事援华不是帮助中国打内战（美代理国务卿亚泽森语）。

诸如此类的消息，从正面去看常摸不清路数，但从"背"面一"推"，立刻图穷匕见，且可预卜将来。

《推背图》的效用近一点说从"九一八"以后继续了十四五年，一直到今天还是屡试屡验，根据多少年血的经验，《推背图》流行的时代，也就是中国人民受苦难的时代。不过打碎《推背图》的时代也不再远了，我们有这信心。

（《晋察冀日报》1946 年 7 月 6 日，《副刊》第 41 期）

护送五百里

——追记一九四五年三月×团护送美国朋友

炯炎　泾水生

我们为谁千辛万苦？
我们为谁流血舍命？

刚打完了小白峪堡垒，没有休息，连夜又出发执行护送美国朋友的任务！

雁北三月的晚上，冷风刺骨。团长的马嘴上吊起了冰穗子，铁脚岭闪着银白的雪光，远远地飘来几声步枪和手榴弹的爆炸声，队伍紧张而安静地从大营据点的脚下通过。我们绷紧了跳动的心，上起刺刀，拔出手榴弹。十一个美国朋友，十一匹枣红的骑马，七匹驮着白米、面粉、花生酒麦的驮子，紧随着前哨部队。

滹沱河的冰块和激流厮打着。没有桥，我们扯下绑带，挽起裤腿，牵引起美国朋友的马缰，坚忍着钢刀扎心般的冰凉，勇敢地涉水而过！

第二天，我们跨上了绵亘的群山，白天连着黑夜，黑夜连着白天，过了这个山，爬上那座岭，几十里没有人烟。脚上起了泡用雪擦，渴了吃冰块、野酸果，山风打着呼啸，雪粒扑着脸，碰到泞滑的冰坡、隘路，战士们架起美国朋友和行李通过。由于过度疲劳、饥饿、煎熬，我们的战友，杀鬼子的英雄——范书增同志口吐白沫，永远倒在五十里地的铁脚岭上！

三月十五日的上午，部队停在岱北山上休息。美国朋友下了马，疲倦地睡熟了，只有观察组吉伦上尉和战士们谈着敌后打仗的故事，

他拿起战士的三八枪在摸弄。"你的三八枪好用？""好用！这是从敌人手里夺来的。""打死过几个日本人？""十一个。""美国和中国是好朋友！""好朋友。我们愿意和美国人民合作，早点打败日本法西斯！"美国军官高兴了："我们回去用飞机给你们运机关枪、自动步枪、大炮……""假如有好武器，我们会打得更好！"

战士们像忘记了疲劳，一堆一堆地说着，笑着，读报，写日记，擦枪，打冰块。山脚下的平川，点缀着三座堡垒，两个村庄吐着腾空的烟火。断续的枪声在响，人惨叫，狗吠着！

经过了七天的行军，走了整整五百里的山路，队伍开进了晋绥军区边界的炭峪村，那是鸡鸣天快亮的时候，人们放轻了心，队伍进房就瞌睡了。当早晨太阳从东山豁儿跳出的时候，村里的老人、孩子、娘儿们就议论开了："八路又送大鼻子洋人来了！""是到延安去的，还有日本人的大洋马呢！"村干部忙着找米弄柴，真像来了要好的亲友。

这天九点钟，起床号未落，侦察员来报告："敌人的追兵赶上来了。"为了十一个美国朋友的安全，有一个连队掩护离开驻地。机关枪吼叫起来，团长和美国朋友亲切地握手告别，美国军官们感激不尽地说："你们比中央军好，我们在南边的观察组，在他们保护下失踪了！""回去，我们要求政府给你们极大的帮助！"大家欢呼，拍手……

美国朋友向着贺龙将军××支队司令部去了！我们和敌人在段村堡展开了激烈的战斗！

狡猾的日本贼寇，曾几次想歼灭护送外国人的八路军，敌人半路上虽未赶上堵击，但大同××旅团司令部早已定出了恶毒的计划，以一个日兵大队、六个伪军中队，约一千五百人的兵力，附迫击炮两门、重机枪三挺、轻机枪十一挺，以五倍于我的兵力，企图全歼我们。

敌人分三路向我们合击包抄上来，×连和鬼子兵杀在一起，敌人怪声地嘶叫："快交出外国大鼻子来，不然完全打死你们。"我们的回答是一阵手榴弹和刺刀。二排长庞建德、一班长吴受珠，在敌群里杀了几个回合，刺死六个日本鬼子，最后用三个手榴弹和敌人炸死在一块。战士安吉增负了伤，趴在雪坑里，炸死四个警察，在最危急的时候，举起手榴弹高呼："小子们来吧！"伪警察吓住了，绕着弯未敢动他，晚上脱险归队。副排长胡牛小被敌人的指挥刀劈掉了一只膀子，还和矮鬼子厮打一阵。刘怀英、杨百岁临死高呼："中国人民美国人民朋友万岁！毛泽东万岁！"……战斗坚持了五个钟头，敌人没捉到外国人，却拖回了百余具死尸和伤兵。我们也牺牲、负伤了六十几个苦战数年的好战友。他们为了中美人民的友谊，鲜血染红了雁北三月的雪地！

如今是胜利后的日子了，写到这里，我们不禁想起了美国政府帮助中国反动派屠杀中国人民，想起一年前流血牺牲的战友们该是多么悲痛愤怒啊！今天正躺在医院里的战友安吉增、锯了腿的梁志镜，听到美国的火箭炮、机关枪在向中国人民开火，射击，他们愤怒地喊出："反对美国帝国主义分子对华反动政策，赶快撤出在华美军，停止帮助反动派打内战！"

一九四六年六月十四日脱稿于阳高

（《晋察冀日报》1946年7月9日）

"难民"谈

周克平

明明马歇尔骂的是"顽固分子",但中央社译的是"不妥协分子";明明自己建议要交给马歇尔的是中国政治军事的"最后决定权"(Final decision),对老百姓说是"仲裁权"。看来依照 Civil law 译作"民法"的前例,不久连内战(Civil war)也会译作"民战"了。"民战"者,"民众互殴"也。

奇怪,当国民党反动派"决不轻言牺牲"而逃向峨眉山下,以"空间换时间"时,他们忘记了千百万的难民。

当国民党反动派在峨眉山下抓兵征实,专卖专利,观战而不抗战时他们也忘记了千百万的难民。

当国民党反动派满天飞翔"接收"各城市的当儿,他们仍然忘了千百万的难民。

可是,当他们唆使特务暴徒捣乱北平执行部,在中山公园音乐堂殴打陈瑾昆诸先生,以及殴打上海市民的和平代表时他们却记起"难民"来,于是他们说:"难民"要还乡,这是"难民"打的,这叫"下关冲突"。

现在反动派如此重视"难民",想不久还会给"难民"们美械美装,让这些特殊难民组成"武装还乡队"吧?

但是,那些真正饿着肚子,徘徊于十字街口的难民,却一直没有人理会,他们从没有与民主人士冲突过,他们从没有参与任何"捣乱"与"殴打"的场面。

"难民"!"难民"!看来三百六十行中,势必要加上一行"职业难民"了,因为这名词,远比"职业特务"漂亮得多!

(《晋察冀日报》1946年7月9日,《副刊》第42期)

在 医 院 里

仓夷

我生病了,发高烧,躺在北平××医院三等病房的一张病床上。

穿白长衣的医生给我抽了血,验了体温,问明了我过去生病的历史,就让我安静地躺着。我心里老挂记着医院外面的同志们,他们现在在做些什么呢?他们什么时候来看我呢?他们现在工作都很忙,刚到这里,许多事要做,他们不用来看我了。在这医院里养病有医生,有看护,不是挺好吗?但是我还是希望有同志来看我,哪怕看我一下就走也可。这里我没有一个认识的人,这里有中央军的军官在对面窗前坐着吃梨,有胡子斑白的老先生在难堪地呕吐,也有斜卧在病床上两眼老盯着人的大商人。而我,是一个在这里治病的八路军的干部。

我静静地躺着养病,我不想说话,不想要什么东西。我想医生和看护,一定会照着我的病给我吃药,把我治好的。我一心一意地想赶快好了,让我出院。住在这院里,实在闷死人呢!

在这三等病房里,我是最安静的一个病人了,我不喊痛,也不叫饿,我一句话也不说,整天地躺着。在我左边是一个长头发獠牙齿的病人,他最不安静了。他昨天整整睡了一天,没有吃饭,没有哼声。我几次地侧转着身偷看他,我以为他是死了,不然他为什么整天不哼声,光张着嘴,身体一动也不动,医生看护也不来看他呢?我有些怕,要是死了,躺在我的旁边,多么隔腻呀!可是今早晨他就开始哼叫了。他把被子掀开,露着胸脯,大声地呻吟。看护几次给他盖被,他都掀开了,而且哭叫起来,像神志清醒的人在说话一样,他说:"你们是要把我饿死吧!我一天都没有吃东西,你们不管啦?"有一个看护盯了他一眼,埋怨地说:"饭给你端上来,叫你吃你不吃,你又说不给你吃东西啦。"病人也好像听见了，心里很反感，继续地叫骂，把裤子也脱掉了，看护都远远地躲开，不来照顾他，也不用眼睛来看他。一个喜欢教训人，喜欢说"你明白吗"的穿粉红旗袍的女医生，很生气地打电话，叫病人的亲戚来把他领走。病人知道要赶他出院，倒安静起来，连连说："快把我弄出去吧！呀！我罪受够啦!"一会儿，他的亲戚来了，是个买卖人的打扮，一进院就被那女医生责备一顿，问了几个"你明白吗"，那病人就带着高烧出院了。

这病人是个商店里的职员，因为喝酒过度伤了身体，进院来两天两夜，昏迷不醒。

在我的右旁，有一个老头病着。女医生一早就忙着打电话，叫病人亲戚来接他出去。他的病还没有好，在这里养了十来天，可是烧还没有退，棉被严密地盖着，脸色浮肿苍白，胡须就显得又黑又疏又长。中午他家里来了人，是一个中年妇女，穿黑棉袍，脸色很凄苦，看见男人躺在病床上，烧还没有退，她伸手轻轻地按他的额角，把棉被牵好给他盖严，两只眼睛有些闪烁，脸上鼻梁和鬓角不断地流汗，显然她是很匆忙赶来的，但是立在床旁沉默了好久，没有说话，不时地抬头望着其他病床上的病人，好像她知道，自己狼狈的窘态，一定会被人看出来。突然那个穿粉红旗袍的女医生向她走来，声气冰冷地问她：

"他是你男人吗？"

"是的。"

"到了期了，带来钱吗？没带来钱，马上出院。"

"他还发烧。"

"发烧怎样，这是医院，医院不是救济院，你明白吗？"

病人已经醒了，瞪着两只发红的眼睛，望着妻子，挣扎着要翻起身来，想坐一会，但是坐不住，又倒下去。女的知道央求没有办法，就自己给病人穿上棉衣裤，算了账，扶着丈夫颠颠倒倒地走出三号病房的大门。全房的病号都瞪着两只眼睛看着。我躺在病床上，忘了自己身上的病痛，心里很不安，想对那女医生问几句话，想起她那"你明白吗"，就再没有开口。

但是吵得最惹人注意的还是那个坐在对面窗前吃梨的军官，他身体已经很健康，每天早上起床很早，穿着衬衣在病房里大踏步地行走。他的一切举动，在病人看来是很羡慕的，能够大踏步走路，能够四五口就吃掉一个梨；吃饭的时候，有面包、鸡蛋、牛奶，一面吞嚼着一面还仔细欣赏着盘碗里的饭菜。那女医生走近他好几次了，问他：

"你病好了，什么时候出院？"

他瞪了她一眼：

"这还用你问吗？我还愿意住院吗？上级还没有来命令。"

今早晨这位军官大概是要出院了，一早就起来打扮，把一个大皮箱打开，拿出一身绿呢军服穿着，上尉的领章钉得端端正正的，穿着走了几步；向全身察看一遍，又脱下来，换了另一套颜色浅一些的；又走了几步，察看全身一遍，才适意地坐在病床旁的椅上，吃着仆役送来的早点。这时候突然来了一个满脸涂白粉、嘴唇涂胭脂、画眉、卷发、穿红大氅的女人，坐在他的对面，对他说什么话。他眼睛抬也不抬，只顾自己吃东西，吃了东西，用手巾擦了嘴，就躺在病床上，也不理这女人。这女人还叨叨地说着，那军官不耐烦地回了她一句，她就突然声音尖锐，吵起架来，引得全房的病号全都注目、猜疑。

"你为什么给她写信？你不能这样地欺骗我！你把我当人不……？……你……"

女的竟用手帕擦着眼泪，呜呜地哭起来，她哭的样子像是装出来的。

这军官变得很尴尬，好像是在向她承认错误，女的还不肯平息。医院里的仆役、看护，都远远地立着观望，整个三等病房病人的注意力，都被吸引到这两个争吵者的身上，后来见那军官给她一大袋白米，还给她一叠钞票，那女人才悻悻而去。随着这个军官就叫进两个黄包车夫，把他的皮箱行李都搬出去。

这个军官是刚从重庆飞来的，女的是××大学的女学生，两人热了一阵，结了婚；后来女的发现他又和另一个女人搭上，所以来这里争吵的。

我躺在这样的医院里养病，这是第一次。我是个老病号，常常生病，但过去生病都是在解放区里，那里有我们自己的医院，那里没有这样的军官，没有这样的穿红旗袍的常责问"你明白吗"的女医生。那里虽然药品缺乏，但是医生的认真看病和看护的热心照顾，能使我很安心地躺在病床上。而在这个医院里，我却实在不愿待下去。下午看护给我验体温，我冒昧地问了她一句：

"烧退了吧？"

她瞪了我一眼，笑了，点点头。我说：

"烧要退了我明天就出院。"

她说：

"你给医生说说，我不负这个责任。"

我再没有说什么，就是盼望老余或小沈会来看我。他们都很忙，住得离这里也很远，但是老是想见他们。他们两天就来看我一次，告诉我一些同志们工作的情况：我们的《解放日报》快在这里出版了，我们买了一幢楼房，我们又从解放区来了一批工作同志。许多好消息使我精神振奋。他们一来就问我：这几天能吃饭吗？伙食好不好？需要什么东西？我说都不错，就是这个环境不好，看不见咱们的报，外间发生什么事都不知道。后来他们每次来，就给我带来报纸。今日他们该来了，可是没有来，那个验体温的戴白发罩的看护把所有的病人体温验完后，就在面盆里洗手。她回过头来望了我一眼，又低头在洗手。

她站在我的床旁问我说：

"那个常来看你的是叶剑英将军吗？"

我说："不是，是我们工作同志，叶剑英将军工作很忙。"

"他也是八路军？"

"唔。"

"你们八路军来北平很多吧？"

"唔。"

"你当了几年八路军呢？你的家在哪里？你不想家吗？"

一个细高个的看护看见我们在谈话，好奇地站过来，问我这问我那。一个戴金边眼镜态度优雅的看护也站在我的床边，笑微微地望着我，指着那西边走廊对我说：

"今天你们的人来了好多，来看病的，都拿着报纸、画报，坐在靠椅上等，很守规矩呢！不吵不闹，说话可斯文呢！"

"叶委员也来照X光。叶委员留一抹短胡，可精神呢！"

她们看见我并不可怕，并不像那些报纸宣传的杀人放火的恶魔，就兴致勃勃地围着我问起问题来。他们告诉我：那西院头等病房住着大汉奸王胡子（王揖唐）和东北保安司令杜聿明。二等房间有一位中央军的团长太太养病，忽然说丢了十万法币，把打扫房子的工友捉去审问了。她们问我：八路军是不是捉到她们要枪毙？八路军是不是养下孩子自己不养，送给别人；孩子也不认父母，各管各的？解放区好不好？她们能不能去？那个穿红旗袍的女医生看见大家都围着我，谈了两三个钟头不肯散，就过来干涉说：

"你们让病人好好休息吧！别谈话多了又发起烧！"

我说："好吧，我不谈了！"她们也叫我好好休息，并且给我倒了一杯开水，叫我喝。我喝了，躺在床上，一会儿工友、看护，又悄悄地跑到我的床旁，问我八路军共产党的事，而且眼光带着羡慕的神气。一个女基督教徒是最善辩的，但是我没有和她辩论，我只给提示与引导她把问题往全面的深处思考。她很忙碌，一会儿走了，忙了一阵，又回来，弯着腰，右手手指指着左手手掌心，和我谈论，慢慢她是语气和缓下来了。她们向我要解放区的报纸看，要画报看，给我验体温时，也格外认真似的，听见我咳嗽，就自动给我倒些药吃。她们劝我多住几天院，等身体的烧完全退后再出去，她们想到解放区去看看，问我到解放区去有没有危险，我都耐心地一条一条地告诉她们。

第二天，老余来了，我们准备出院，看护、工友、医生都叫我多住一两天，医生还给我包了一包药，工友们问明我的住址，说以后有空要去找我。看护们也说："你要有空常来这里玩。"我说："好。"一个看护问我："你住在哪里？"另一个看护起初表示很同意这个发问，瞪着眼睛等我回答，可是马上又警觉地说："呀！不行，你们是八路军，他们会抓你们呢！"我说："不会抓！现在和了。"她们都相顾而笑，那个戴金丝眼镜的就说："要是国民党不抓你们，我们一定去找你们玩！"

老余帮我提着手提包，要给我雇洋车，我说慢慢走吧！老余还一路小心地或左或右地照顾我。我心里被这医院里几天来的印象萦扰着，看见街上车来马去、忙忙碌碌，想到这医院里的生活，像看了旧社会里的一幕电影一样。

（《晋察冀日报》1946年7月9日，《副刊》第42期）

人 不 如 畜

  天津美军当局,规定华人因美军肇祸致死的,一律赔偿十万元;驴子致死的,赔偿十三万五千元。因此联合社的记者说:"华北美军发觉,在这个多产的国家里,人命是非常便宜的。"这就是美国人对中国人的"估价"。

          《商务日报》四月十六日

(《晋察冀日报》1946 年 7 月 9 日,《副刊》第 42 期)

生活在战斗中的工人们

鲁沂

一九四三年秋季反"扫荡"。在平山琉璃河两面的大山上,我们的工人武装连——我们的战时工厂(注),在此写下了光辉的史页!厂长段秀芝、女指导员徐伟立同志,领导一百多个男女工人,进行了胜利的反"扫荡!"

一

记得九月二十三号的上午,敌人从我们的工厂驻地——老坟村,搜索了二十多天之后,垂头丧气地撤走了。我们的工人哨兵,爬在山顶上,把消息传到了隐蔽在山沟里正在哒哒转动着飞轮的工人们。大家都兴奋地唱着"游击队"歌,加倍地完成着工作。傍晚,大家都要求去把我们坚壁的东西取回来。当时大雨下来了,夜黑得伸手不见掌,工人们那种火热地要求说:"下刀子也要去!"我们便在赵家庄集合出发了。大队像一条巨蛇似的,蜿蜒着,爬着六里多高的大山,路已经看不见了,我们攀扶着山上的小树、野棘,一个拉着一个,在闪电的照耀下,摸索着前进。连长带着两个工人武装班,在顶前边担任着搜索和侦察。女指导员带着几个女同志走在当中,不时地小声地传着口令,前后联络着,鼓动着大家的情绪。每个人的衣裳都湿透了,脚碰裂了,手划破了,但是谁也不说话,谁也忘记了什么是苦。我们刚爬上山顶,就听见四外狗咬狼嚎的恐怖声,敌人哨棚上的枪鸣,以及闪电、爆雷……每个人的呼吸,都紧张地□动着,每个人的心,都隐伏着无限的兴奋和愉快……

终于在下雨点的时候,我们个个都变成落水鸡似的,到了老坟村，找到了我们坚壁东西的洞口，大家才算喘了一口气；紧接着刻不容缓地，又把我们的两千多双鞋底子、鞋帮子，三百多匹布，几十捆麻绳，四五架缝衣机，等等，从洞里都取出来。于是大家都不顾命地背着，真不知是从哪里来的那股子劲呵！像我们年轻的小女工左均均，居然一下子就背了三十多斤一捆的鞋底子，五十多岁的老工人任尚凯也背了四十多斤重的一捆！女指导员徐伟立，脚上的疮还没好，仍起着模范作用，也扛上了三十来斤的一捆！特别大个子杜臣文，和谁比赛似的憋着劲，带着他全副武装，还背了二百多双鞋底子……

往回走的时候，雨下得更大了，连声雷、山洪，惊天动地地响着。路迷失了，东西在肩膀上，一时比一时地加重着，血、汗和雨水交流着。走一步滑一步，我们吃力地攀磨着小树、野草往上爬，一不小心就会滚到深谷里去的。可是大家都忘记了苦，忘记了疼，忘记了害怕和一切，英勇顽强地和艰难搏斗着，一个接着一个，蜿蜒的一条巨蛇似的，又爬上山了。在黎明的时候，我们又胜利地转回了目的地。

二

反"扫荡"进行了一个多月了，四面的交通都已断绝，我们早已失掉了与各方面的联系，整天听到炮声隆隆地漫山遍野地响着，我们被困在这一带的山地里。敌人的"梳篦战术"搜来搜去，我们就和它转来转去。敌人早已发觉我们这个工人武装连了，但是找不到，它是没有办法！有几天利用了一大批汉奸、特务，化装成逃难的老乡，到处侦察捉拿我们的工人，高喊着："拿到了一个工人赏洋一万元。"我们就在柏山村的南山坡上，按着机子，石板就是我们的板凳、桌子，山涧水代替了滑士林，连天连夜地突击着冬装和棉鞋……

十月三号的下午，敌人已侦察清楚我们的方向了，便集结了三百多人，半夜出发，企图黎明攻击，一网打尽我们这支工人武装！

我们机警而沉着的工人侦察班，早已把敌人出发的消息，报告连长指导员，在黎明以前，转移到柏山北面的大山上去了。

第二天天刚明，敌人的先头部队，扑空地蹒跚在柏山的南山坡上，没精打采地往四野里放着空枪，像群饿狼一样，疯狂地乱嚎乱叫着，将他们自己陷在恐怖的失望里……

我们的侦察班李班长和七八个弟兄，蹲在柏山的北山上，仔细地监视着敌人，不断地给山背后正在工作着的同志们递着报告。劳动英雄祝庆昌头上的汗珠，真比黄豆还大的，一个连一个滚下来。缝纫组长李国卿、董世英、张德胜几个同志，多少天来为了赶做前方（其实这时无所谓前后方的）战士的冬装，眼都熬红了。大家为了响亮回答党和上级的号召——"在战斗中抓紧生产，创造大批劳动英雄！"——不放松一分钟、一秒！都忘记了什么叫疲劳！

敌人漫山遍野地乱搜着，炮弹毫无目标地乱打着，有时也从我们正工作着工人的头顶上嘶嘶地飞过，开花，爆炸，还有飞机低飞着侦察示威，但那才是吓唬小孩子呢！我们的每一个人，安定地工作着。这种几年来的炮火的洗礼，已经把我们锻炼得镇静而勇敢了，只要是鬼子扑不到我们的跟前，我们是不随便跑的，机子仍哒哒哒地响着，鞋帮和鞋底仍呲呲地上着。后来鬼子真逼近我们山前了，于是这才急速地把上好的棉鞋、砸成的冬衣，稳当地放在早已看好的石洞里，坚壁起来；搬上没做好的材料、机子，像古时的游牧部落一样，又从这一山沟转移到另一山沟里，继续地工作着……

三

十一月五号的早晨，刮过一夜的西北风，漫山遍野都盖上了一层银白的雪，天气骤然冷得刺骨，我们住在这一带，连烧柴都没有了。

司务长何汉英同志便亲自带着几个伙夫，到山上去打柴烧饭。有些老工人和病号都自动跑到伙房去淘米、洗菜。我们年轻的工人就赶忙把一片雪地扫了，在广场上又开了工。

凛凛的北风呵，一刻也不稍停地呼啸着，我们很多同志都还光着脚板子，穿着灯笼裤呢！我们的砸衣裳机子蹬得稍慢就不转了，而我们每个同志并无任何怨言。我们知道这个苦是敌人给我们的，我们只有更加千倍地痛恨敌人！我们想到正和敌人洒血搏斗的战士，他们或许比我们更苦。我们只有以炽烈的劳动，抗住风！抗住雪！以坚韧不屈的信念，来安慰着我们自己！

在这一天傍黑的时候，我们都最后检查了一下党和上级交给我们的任务，大家都愉快地笑着、唱着。我们的女工崔桂珍，不到六个钟头，就上了十二双鞋；我们的老工人李进忠，身上有病，也突击了九双；其他每个人都超过了原定的数目！

反"扫荡"胜利地结束了。我们的战时工厂——我们的工人武装连，在三个多月的过程中，不放松地坚持着战斗和生产，克服着种种困难与艰险，完成了一切任务！我们的六十三岁的老英雄杜占雪同志，模范的共产党员，领着十几个童工、女工，还帮助老乡种了十五六亩麦子，拔了十多亩菜，割了二十多亩玉茭子和谷子。

（注）工人武装连是我们工厂的临时组织。

（《晋察冀日报》1946年7月10日，《副刊》第43期）

"武力崇拜"与"盲目服从"

萧殷

报载,日本战犯第一个证人纳珍,证明日本军事训练对日本学生思想之恶劣影响时称:"日本军事训练制度,系日本成为极端的黩武国家主义(即法西斯主义),使一般国民对武力疯狂崇拜及盲目服从之主要原因。"

真可怜!美人纳珍以为这是新发现,比起中国反动派来,真是"小巫见大巫",未免显得太落后了。其实,蒋介石于十五年前即开始强迫全国学生军训。对于军训的意义与效果,他早年留住日本时期已"胸有成竹",后复集拿破仑、曾国藩等中外军阀学说之大成,加上他自己血腥的经验,熔为一炉,当然有"独到之处",是理所当然。

反动派所豢养的那一大批特工分子(有时叫"职业难民"亦可),当然都是"疯狂崇拜武力"的。他们不仅主张"铁血""收复"东北,主张"难民"武力"还乡",即对于手无寸铁的为民主呼吁的陈瑾昆先生,为和平请愿的马叙伦先生等也要以拳头、石块、鸡蛋的武力来解决。——这正是军训和特种训练的结果,这种行动恰好切合了反动派头子的宿愿。要是能使全国人民都变成"职业难民",都能"盲目服从",那么"儿皇帝"准做定了,美丽的梦也实现了,那时"朕即国家",多么威风!

这是一个极大的诱惑,于是决心下令"训",大训特训!迫令全国高中毕业生一律军训一年始准领文凭。在南京、北平、庐山设夏令营,命令各地保甲长从速军训,加强爪牙;强迫北平市民组织"国民自卫团",加紧军事训练,令济南市民普遍军训,连自由职业者也不准例外。

军训的意义与效果已"洞若观火",那么,如何"训"呢?请看中国法西斯头子于一九三九年在党政训练班所讲的"军事训练基本动作的意义和效用"吧!这篇演说"精辟"地发挥了所有中外军阀及其法西斯祖宗关于军训方法的学说,真是"登峰造极",诚不愧为"希、墨、东、×""世界四大领袖"之一了。

他在这篇演说中,竟以四分之三的时间来谈"立正"这"基本动作"的意义与效用。他说"这基本动作,比什么学问都紧要",因为这"不但是军事训练的起点,而且是军事训练的重点"。为什么呢?盖"立正就是身定与心定二者交融为一的姿势","身定之后,则能气定;气定之后,则能凝神;凝神之后,才能静肃;静肃之后,长官才能教他。受教的人,也才能专心致志,心领神会,切实做到,然后乃能达于至善(即盲从)的境地"。否则,"一切的思想行动,一定杂乱无章"。

好家伙!说了半天,竟原来只有一句话,就是"你要专心听教",以便做"武力疯狂崇拜"与"盲目服从"的模范,以利制造内战!这是关系他的"帝运"之存亡,无怪他说到"比什么学问都紧要"了!

但是不要想象得太美丽了!人民不是三岁孩提,也不是傻瓜。现实的苦难和"惨胜"之灾,比任何"训练"都更有用处。反动派尽管有自由强迫人去"训",但谁能担保你不"训"出千万个刘善本呢?!

(《晋察冀日报》1946 年 7 月 10 日,《副刊》第 43 期)

束缚妓女的千斤锁链被打碎了

程海洲

一

提起妓女这种人来,这是在社会上历来被看作最下贱与最无耻的一种女人,而在实际上旧社会早已不把她们当作人来看待,而是当作一种取乐的玩具、一种可以任意玩弄与侮辱的奴隶了。妓女和日常的妇女是没有什么两样的,但她们为什么会遭逢到这种被侮辱与玩弄的境遇呢?她们为什么要做这种最下贱与最无耻的事情呢?这到底都是谁的罪恶呢?

不了解妓女真实生活的人,每天看见她们穿着花旗袍、高跟鞋,抹口红,烫头发,拿着手皮包的那种样子,一定会认为她们过的是一种轻松自在、花天酒地的生活吧?不然她们在大街上为什么总是带着一副"笑"容呢?是的,她们在大街上,在嫖客面前是一定要"笑"的,她们为了讨有钱老爷们的欢喜,是一定要打扮得尽量"漂亮"一点的,但是谁知道在这些表面的"笑容"与"打扮"后面,在隔一层旗袍的内心里,是隐藏着多少辛酸的眼泪呢?

我应当承认我对于妓女生活的了解是非常不够的,但是仅就最近在张家口市的调查所得,我感到这已经足够悲惨的了。

张家口在民国十五六年间即有妓女六七百人,当时仅桥东一地即有妓馆四十八家,敌伪统治时期有妓女一千二百余人。去年张家口解放后九月间进行登记时,尚有妓馆五十二家,妓女五百六十二人。根据统计,所有这些妓女都是由于贫困被卖入、被拐骗、被逼迫而陷入了这个无边的苦海,她们的身价仅不过百元到数百元伪币,而在过去则是几块到几十块白洋；抵押期限普通为五年到六年，多则十余年，很多是无限押期。她们的卖身契就握在领家与鸨婆们手里，而这就成为任意奴役与压迫妓女们的可靠把握。领家与鸨婆是专门做人肉生意的人，他们善于利用与制造别人的灾难，善于欺诈与拐骗，善于威吓，更善于利诱，使良家女子一入妓院，即等于进入虎口，套上了千斤锁链。对妓女的苛待是深重的，这里只要举张家口的一个领家王秀明的例子，就可见一斑了。据调查所知，王秀明，一共买过七个姑娘，年龄都在廿岁以下。奴隶主对于奴隶不是都要实行"初夜权"的吗？在这七个姑娘中，除了两个年岁还小以外，其余五个都经过他的糟蹋以后，被送进了窑子。二姑娘林××混出病来，不给医治，转送四等窑子，因挣钱少，常常被嘴里塞上棉花，打得死去活来。惨无人道的虐待，逼得林××无可奈何即逃往北平，王秀明追到北平把她捉回来，生生地把人逼死了。三姑娘入妓馆后，脖子上生了疙瘩，不给医治，每天逼她做饭打杂，不顺眼就骂，不会则打，被践踏得不成样子。四姑娘李××生了病不给治，嫌挣钱少，常毒打她（八路军解放张市后，李××控告了王秀明）。他买的两个小姑娘，一个叫吴××，今年才十五岁，一个叫王××，今年十二岁。吴××常被打昏过去，用冷水喷过来再打。王××的头上和身上，被打得青紫疙瘩像鸡蛋一样大，逼得她们一块吃过大烟，一块要跳井。两个可怜的孩子在井边上抱头痛哭的悲惨情景，直至今天她们的姐妹们（妓女们互称姐妹）说起来仍热泪盈眶，为之抱无限同情。

妓女们出卖皮肉之所得，无例外地被领家们一口吞食，连客人的额外奖给亦不例外。领家在客人走后，常闯进房子，逼令妓女们解衣脱袜，翻箱倒柜，搜索存款。三四等妓女，在出卖自己的皮肉以后，只能以窝窝头、高粱米糊口。领家们为了防止妓女们逃跑，妓馆的房子大都是同监狱的建筑相仿佛，这里看不见天，更看不见太阳。妓女的行动是不自由的，无论到什么地方去，总是后边要跟着人的，这一种处境的困难，局外人很难了解。比如三等妓女刘××说："在我跟领家的四年中，常被辱骂与毒打，客人来得密，说我与客人好，想从良，打我一顿；客人来得稀，说我应酬不好，不为他多挣钱，又得挨打。"至于那些刚从乡下买来的姑娘，大人老爷们称之为"鲜货"的这些可怜的良家女子，由于不会接客，由于害怕与害羞而遭到领家们的那种蹂躏与摧残，她们的肉体与心灵所感受到的灾难到底有多么深重，那就只有她们自己知道了。

由于她们像牛马一样被糟蹋与摆弄，结果，性病与各种疾病对她们的损害和羁缠，则是更可怕的：梅毒、淋病、第四性病、下疳、月经病、皮肤病……像恶魔和野兽一样扑在她们身上。根据市立妓女检治所的检查，妓女是全部有梅毒的，而大多数妓女有着两种以上的疾病。聚宝妓馆四等妓女李××除有严重的梅毒（梅毒反应为三个+字）外，还有很厉害的淋病、下疳与橡皮肿，但她还必须去接客。当客人问及她的橡皮肿病时，她只能用"我生来就这样"的话来回答。想一想吧！在这种话里边是隐藏着多少内心的苦痛呵！当我调查三等妓女杨××的情况时，简直被她那种为疾病所腐蚀坏了的身体情况所吓住了，破伤了的梅毒、严重的淋病……使她上下每一个台阶都要爬着走，而她今年才二十岁，她的家在遥远的山东。

旧社会的统治者们，常常用一种弥天大谎的欺骗来向社会进行蒙蔽。他们说这是妓女们的"命运"不好，这是她们上辈子造下了孽，说妓女们生来就都是一些下贱与无耻的女人，是根本就不值得同情与怜惜的，等等，不一而足。但是，我们已经受骗受够了！我们懂得了窑子是旧社会制造出来的无边黑暗地狱，而妓女又遭受着难以想象的灾难以后，就有责任从积极改造社会出发来拯救她们跳出火坑。

二

共产党和八路军像行驶在旧社会苦海里的一只幸福的大船,他是要把所有遭受苦难的人们都慢慢救到幸福的船上来的。妓女,这是被千斤锁链系在海底受尽折磨的人们,不管有多少困难,八路军是一定要救她们的。解放区里如焦作等很多城镇,妓女已经绝迹了;张家口是解放区里较大的城市,敌伪统治时期,曾有妓女一千二百多人。去年九月调查登记时尚有妓馆五十二家,妓女五百六十二人,这样多的妓女怎么办呢?长期的卖淫生活已经把她们害得什么活都不会做了,因此就只能采取"慢慢来"的办法:一方面是积极地对妓女们进行教育与说服,帮助她们医治疾病与解决困难,使她们觉悟起来,自动脱离苦海;另一方面就是禁止"上捐"(妓女营业必须纳捐,故进窑子当妓女叫"上捐"),并且政府规定妓女可以无条件脱离妓馆与领家,鸨婆与领家不得虐待与克扣妓女。为了具体解决这些问题,去年九月即成立了市立妓女检治所,每个妓女每礼拜都要来所检查一次,政府在这里付出了很大一批药费和人力。候诊时间是一个很好的进行教育的机会,除了个别谈话外,检治所李所长常常召集一百到二百个妓女的大会,用具体的例子说明妓女的痛苦和梅毒病的可怕。这种办法是很有效的,往往在一次大会以后,就有很多妓女自动要求跳出火坑,而政府就在这时帮助她们车票与盘川,送她们回乡或帮助她们从良。在短短的九个月过程里,五百六十二个妓女中已经有四百六十三个妓女脱离了这个苦海,就是说百分之八十三的妓女被解放了。现在全张家口只有妓馆十七家,妓女九十九个,而且她们的生意是异常萧条的,政府正在想各种办法营救她们。就是对现有的九十多个妓女来说,她们与在旧社会的处境已经是大大的不同了。她们的人权受着民主政府的法律保护,没有人敢打骂和虐待她们,老板也不能无限制地剥削她们了。她们已经从民主的法令中获得了人身的自由，只要她们有了一条出路，她们随时都可以脱离这个火坑。在公民权利方面她们不被歧视，她们有选举权也有被选举权。总之，她们在新社会里已经是以一个"人"的资格在生活着，她们已经再不是奴隶了。

三

张家口几个月的事实证明：说妓女是不可改造的那些鬼话，完全是一种无耻的欺骗。实际上这一群受压迫与受侮辱的人们，要求解放与要求跳出苦海的愿望是异常迫切的，只是在旧社会由于她们处在完全的奴隶地位，没有任何的援助与同情，那她们有什么办法呢？民主政府成立后，把束缚她们的锁链打碎了，她们可以申冤和报仇，她们可以无条件地脱离妓馆。老鸨与领家虐待妓女成为一种犯法的行为，她们的人身获得了自由，这样就给妓女们真正开辟了一条光明大道，而这也就是百分之八十三以上的妓女跳出苦海的主要原因。

当我们调查妓女们的情况时，她们经常哭泣。有一次在两小时的调查谈话当中，就有五个妓女当面哭诉，两个妓女流泪而归。这可见她们内心痛苦与压抑是异常沉重的，而旧社会又是那样地无情与冷酷，她们当然就只有把眼泪咽到自己的肚子里。今天民主政府在关心和同情着她们，她们怎么能不感激呢？她们把民主政府当作了自己的母亲，她们要向民主政府哭诉自己的冤屈与痛苦。由于这种情感所促使，妓女检治所曾接到许多要求介绍职业的信和口头请求，她们想当工人，她们的要求是恳切而使人感动的。她们有的预先就买好一套八路军衣服（女干部穿的那种粗布便服），预备一脱离妓馆，就穿上或带上。想一想吧，这是一种多么迫切需要自由与愉快生活的情感呵！

我曾参观了张家口现存的各等妓馆，从一等到四等，我看到所有的妓女的面孔都是苍白的，无论她们擦多少胭脂都不能粉饰这种苍白；另一方面我为了研究这个问题，也曾访问了很多个妓女从良的家庭，这给我的印象就不同了：几个月愉快的劳动生活和家庭生活，使她们的脸红润了起来，她们在几个月中已经学会做鞋底、做衣服、做饭吃等各种技术了，她们穿的衣服也都非常朴素，再不给人一种"妖艳"的感觉了。第一区铁路斜街×号过去环翠阁妓女郝××从良的家庭生活，可以说是异常幸福的。郝××生下来父亲就死了，九岁失母，曾在北平求学六七年，十七岁被骗入妓院，从此她就陷入了非人的地狱生活竟至八年之久。在旧社会里她曾多次想跳出火坑，不但没有办到，反被领家禁闭了将近二年。张家口解放后，她坚决跟着张×××从良了。她有一个婆母，一个寡妇嫂子，丈夫对她非常体贴，婆母和嫂子也都把她当作亲人看待，整个家庭都很和谐。她丈夫做些小生意，她们娘儿们在家做活，不愁吃穿，几个月的光景她就吃得又白又胖，穿着一身朴素的蓝短衣。当记者同她谈话时，她是一直都在笑着的。她说她现在一切都很好，她能看报，她懂得八路军是穷人的朋友，所以她要求妇联会多多帮助她，她愿意今后在八路军帮助下为国家民族做些事情。最后她谈到八年来领家对她的压迫，就在这一次从良时，也还被领家狠狠地打了一顿，把衣服完全留下才出来的。她希望现在还在窑子里的姐妹们在不久的将来都能过着像她一样的幸福生活。

一九四六年七月二日

（《晋察冀日报》1946年7月11日）

人间真正的上帝——人民

叶未萌

报载，近几日，渝佛、耶两教同人在长安寺和青年会集会祈祷和平。这些"善男信女"们，一破过去的沉默，投入反内战、争和平民主的热潮中来，确非小可的事情。这一面说明国民党好战"魔鬼"制造内战，大开杀戒，把中国这一片"红尘"弄得血肉淋漓，"大地众生"无法"安活"；另一面也说明这是中国宗教界的一个革命，一个突进。这与过去为反动的执政者歌功颂德的"时轮金刚法会"之类的诵经祷告，是不可比拟的。因为这次的祈祷，代表着全中国"众生"的"心愿"，这祈祷是反内战的钟声、"和平的号角"，是中国人民争和平、民主的一首"赞美诗"。

人们都知道，我们的现实生活中，是没有真的上帝的。上帝只是解作一种创造的力量、愿望或精神上的寄托。正由于此，法西斯的魔鬼们，常常玩弄上帝的、神的权威来制造杀人罪恶行为。过去墨魔进攻阿比西尼亚，说是上帝的意志要消灭这一落后的民族；日本强盗屠杀中国同胞，不也说是"神的驱使"吗？墨魔、希魔和日本"天皇"，曾经沾污过圣洁的教会，也顶过一顶基督教徒或神的帽子，可是他们正是杀人不眨眼的魔鬼，而绝不是"基督博爱""佛法慈悲"的信徒。承袭墨希衣钵的中国法西斯徒子徒孙们，也会这一套把戏。何应钦是基督教徒，蒋介石还是基督教徒，还有好多。这一点，这些魔鬼们渎神和愚弄上帝的行为，是没有被佛、耶两教的信徒们察觉的，即令察觉，上帝也是没有啥"法"可治的。

可是，今天不同了，这些魔鬼的血手，已经伸到各派宗教的法坛和礼拜堂来了，广大的佛、耶两教的信徒们也蒙受最大的劫数。今天教友们都悟过来了,所以看破"红尘"的佛、耶同人们,起来过问国事,原是理之当然。

十几年来,世界人民,尤以中国人民,所遭受到法西斯魔鬼们造成的"劫数"是太深重了。现在这些魔鬼们——国民党好战分子,正张开血嘴,又把中国推到战劫、死劫、饥劫……痛苦的灾难中去。佛法慈悲,黄天有眼,人间真正的上帝拯救了我们众生,这上帝是毛泽东同志指点给我们的,这就是人民,中国和全世界的人民。毛主席说:"人民,只有人民,才是创造世界历史的动力。"这个创造的力量,是"主宰一切"的,就是真正的上帝,我们这人间真正的上帝——人民,给了神学上的上帝所不能给予法西斯魔鬼们应得的惩罚。希、墨两魔都打入"地狱"里去了,由此我们可以警告国民党好战的魔鬼们:任你们万恶到如何地步,人间真正的上帝——人民,不会饶恕你们,将按照惩罚你们的大魔哥、二魔哥一样地惩罚你们,"地狱"里也为你们安排好了安身处。

但是善门常开,人间真正的上帝——人民,是慈悲的,只有你们"收刀入鞘""改悔杀心",永远停止你们的罪恶内战,才是容你们忏悔和赎罪的。

魔鬼们听听长安寺和青年会朗朗的诵经声和虔诚的祈祷吧!这祈祷是反内战、要和平、要民主的号召,是人间真正的上帝——人民的意志。佛曰:"苦海无边,回头是岸。"

(《晋察冀日报》1946 年 7 月 11 日,《副刊》第 44 期)

军队人民一条心　血肉相连一家人

周奋

一九四二年四月和九月，敌伪在我冀东解放区实行了四五次"治强运动"，使我基本区曾有一度变质，人民不知遭受了多少的损害和痛苦。沟壕堡垒密布，非人的屠杀抢掠，特别是在蓟县，敌利用万恶汉奸李午阶，立"人电线杆子"，配合沟壕堡垒，作严密"封锁"，施行火烧孕妇、劈活人等残暴兽行。光荣抗属受到各种各式的侮辱和伤害，人民一天到晚不得安宁，长年过着受罪的日子。我部队转战口里口外，为人民奋战。在这里，军队依靠着人民战斗，人民盼望着、爱护着军队。

——小引

我们的战士长久都记得很清楚，记得这个故事，记得我们子弟兵和人民的血肉相连的关系！

敌人"蚕食"了我们的地区。十三团离开了蓟县有些时日了。现在，十三团整团要进入到被"蚕食"区，见一见乡亲父老，见一见姊妹兄弟，要告诉他们，八路军是不会忘记他们的！把他们的抗敌情绪继续燃烧起来！

这件事情，是在一九四三年的旧历年三十。黄昏时分，部队从口外长城边上的大马家沟下来，连夜走了六七十里地。

你看敌伪的所谓"治强"，把乡亲们害得多苦呀！我们部队一下来，各庄庄里□敲锣，吆喝着捉八路军；敌伪组织的"自卫团"，真拿着土枪打我们部队。同志们不得已，尖兵才往高里瞄准打了一梭机枪，回击那打枪的人。庄里人知道真是八路军来了，是八路军的大部队来了，大家就平静下去。各庄都想留部队住下，都忙着腾房子，弄这弄那……

他们到达蓟县二区的杨家套、九百户一带村庄宿营。

部队一进房子，屋里就围满了一屋子乡亲，诉说他们的痛苦，诉说他们的受罪日子。人们过着受罪的日子，心里想着八路军啊！

乡亲们看见同志们的棉衣服都破了，部队在极端困难的环境下转战口外，棉衣服不少是一块一块地露着棉花了。真是军队人民一条心，同志们赶了差不多整夜的路，都躺下睡着了。庄里的妇女们却进到屋子里，由一个人端着菜油灯，大家就为睡着的同志们，把棉衣破烂的地方，一针一针地补上了。

他们都知道同志们的辛苦，知道同志们的困难。同志们辛辛苦苦打日本，可不能叫他们有困难！

他们也知道敌我斗争的环境，同志们现在是在这里睡觉，但说不定同志们还没有睡醒，队伍又要拉走了。

辛辛苦苦的同志们，可不要惊搅他们的睡觉！

端着菜油灯吧！一针一针密密缝。

★★★★★

第二天起来，同志们发现自己的衣服，黑一块、花一块地都补上了。

"我这膝盖怎么补上了呢？"战士们正奇怪自己身上的变化，一看别的同志，可不也是一样，"你那肩膀上怎么也补上了呢？"

同志们就都传说起来了。

同志们知道是睡觉以后，庄里妇救会组织的妇女们给补上的。大家都感动得不知说什么好。

一早起，家家又招呼同志们吃饺子。今天是大年初一，昨天夜晚，庄里就商量好，今天要给部队包饺子过年。

但是一早起，蓟县城的"团"（注一）就出来了。到了庄前，想把我们的部队包围。我们部队早就准备好战斗的，听说发生情况，大家很快就到"交手"（注二）上准备好作战。

那天正下大雪，同志们冒雪和敌人战斗。

同志们心里想着老百姓，想着昨天夜晚的故事，战斗情绪更加旺盛了。

同志们都互相鼓励着：

"我们地区垮了，当下我们来了，老百姓还是这样好。睡觉时候，给我们补衣裳，今早上，又给我们包饺子……"

"同志们！我们打不好，太对不起我们的老百姓！"

乡亲们看着同志们勇敢地战斗，这里又是大部队，大家也就都沉着气，包饺子的还是包饺子，煮饺子的还是煮饺子。

战斗就要冲锋了。敌人根本就不敢进庄来。我们要冲出去，驱逐敌人。这工夫，要是晴天的时候，太阳也该快要正中了。

老大爷、老大哥，还有老大娘，一个个冒着枪声，端着一碗碗的饺子，送到"交手"跟前去。他们说：

"你们还没有吃饭呢！先吃饺子吧！"

战士们都抢着说：

"大爷，我们不饿！不饿！"

"我们打完了敌人再吃吧！大娘！"

大爷、大哥、大娘们说：

"你们先吃着点，打完敌人，再吃一回！"

战士们不说话，可是心底里却有很多话想说，乡亲们受敌伪摧残压迫苦了，连气都透不过来。谁是老百姓的亲人呢？

乡亲们的冤仇海水一样深，乡亲们的爱情又宽又厚！爱只爱，英勇杀敌、爱护乡亲的八路军！

饮泣咽泪的乡亲们，我们要为他们复仇！为他们出气！

更勇敢些！瞄得更准些！一枪一枪，消灭敌人！

★★★★★★

现在，发起冲锋了。战士们个个是小老虎式的，一个劲地冲上去。他们喊着：

"同志们！冲呀！我们要打不好，太对不起我们的老百姓！"

战士们一个一个小虎式的，冒着大雪冲上前去；敌人却不敢恋战，冲锋立刻变成了追击。敌人是兔子式的，只顾得跑。同志们一直追击离蓟县城只五里地的门庄子一带才算完了。

同志们回到庄里来，乡亲们把饺子一盆一盆地端上来，要推却也推却不了。同志们、乡亲们，就痛痛快快地吃了一顿饺子。但是，那时候的环境还是很残酷的，敌伪联堡据点林立，蓟县城、殷溜、上下仓、别山的敌人，据情报说已经出发。当天下午，我们和乡亲们又作暂时的离别，转移到别处，寻找打击敌人的机会去了。

（注一）"团"是敌伪组织的地方武装。

（注二）"交手"是院落战斗的一种战斗设备，即在院落里，用板凳、桌子或者木板等物搭成的架子，上可站人。

（《晋察冀日报》1946年7月11日，《副刊》第44期）

宋院长休矣！

胡椒

最近行政院院长宋子文博士在招待外国记者会上答复记者称，关于国内某某方面发动反美运动（？），宋氏认为系含有政治性之宣传作用，因中国大多数人民对美国的给予种种协助，无不乐于接受，且表示感谢。渠否认美军在华将发生任何不满意之后果，由过去到现在，中国人对美军始终表示欢迎态度。于"七七"纪念日，上海各人民团体曾派代表致谢吉伦将军，足以充分证明中国人民对美军友好之现象。（中央社电文）

上面这段话只要把"美"字改成"日"字，实在太像汪精卫说的了，然而不是，这是当今政府的行政首脑说的。汪精卫是什么人？宋院长又是什么人？千万误会不得。

"中国大多数人民对美国的给予种种协助，无不乐于接受"，这里的"人民"怕是"难民"之误，因为目今正是"难民"当令的世界。底下的"人民团体"派代表向吉伦将军致谢，当然也是"难民团体"之误。

至于说到美军留华将不发生任何不满意之后果，这也是真的。有了日军留华才有个南京的汪精卫政府；有了美军留菲，才有个罗哈斯政府；如今美军留华，当然也将会有罗哈斯政府出现。谁说不满意？满意之至！

中国有人的的确确向往于走这条路，决不是我在这里造谣，不是前几天中国政府还派特使去庆贺菲律宾的"独立"吗？

假使有那么一天真的到来，中国的罗哈斯也一定会跑到美国去跪在外国主子面前，口称奴才的。然而悲惨的是：中国人民是决不会让这一天到来的。

(《晋察冀日报》1946年7月12日，《副刊》第45期)

三 粒 子 弹

夏园

那年冬天，我们在吉林省东部叫大荒沟的地方和满洲伪军打了一仗——这时候我参加东北抗日联军还不到两个月的光景。哎呀，说起来真是，苦受得不少：没有房屋，住在山上；没有吃的，生嚼玉米，一个人一顿就分一把；渴的时候，抓一把雪，化成了水喝。

大荒沟是在吉林省东部，在延吉县的东面，周围全是接绵不断的山地，这地方全是高丽人的住家，它又是常住满洲伪军的地方。白天，我们在山上就可以看见他们在河边遛马，军官、士兵在街上来来往往。他妈的，这些家伙，他们不知这山上就有我们的队伍，死到了头上还不知道呢。

这天傍晚，太阳刚刚下山，西天上还留着一片深红色的云彩，没有风，可是气候很冷，山顶上，树木、枯草仿佛像冻硬了一样。我们的队伍集合好了，连长对弟兄们讲话。他说，满洲伪军明天早晨有蠢动的模样，夜间袭击他们，消灭那些败类。接着他就分配任务，指导弟兄怎样作战。

子弹，一个人三粒。你说，仅仅三粒子弹好干什么的？可是啊，全靠这三粒子弹打仗呢！我这时候是第三次打仗，不像初次那么慌慌张张了。天黑以后，我就不住地摸索着这三粒子弹，心里盘算：一个子弹最低消灭两个仇敌，那么我可以解决三个。无论怎样，不能白扔，看不准，瞄不准，没有把握，决不放枪。

三点半钟，我们从山上下来，满天星光，可以看清房盖、窗户、街道。班长李新政领着我们过了铁道。敌人的步哨已经开枪了，他不理，照旧前进。我们从一排房屋的西侧绕到敌人拴马的地方，马夫刚刚发觉,枪柄就敲碎了他的脑盖。东面有了机关枪的声音,李新政跳进院子里从窗户往屋里打了一枪。我看见房后有个白东西在旋转,我心里一动,跳过去就打他一枪把,没有打准,打在肩膀上。他调头就跑,我又打了他一枪把。说实在话,我真舍不得子弹。这家伙真是饭桶,赶紧跪下,两手抱着头,说什么:

"哎呀,别打,我们都是中国人,给你枪……"

原来是个军官,穿着马靴,我把手枪夺下来,当时想给他一枪,可是,舍不得子弹,就照他脑门狠狠一枪把,以后我就不管他了。前院,有六七个敌人,都往外跑,可是门口把住了,没有地方跑,李新政堵着他们,过来一个打一个。忽然从我身后一声枪响,回头一看,一个高大个子正把枪口对着李新政,在星光下看得很分明。我太慌张了,忘记了开枪,又举起枪把——简直成了习惯,到这个节骨眼儿还舍不得子弹。这一下可糟啦,那个大个子往我身上一扑,我没有站住,一下叫他扑倒了,他想夺我的枪。奇怪,他也忘记他的枪,我一着急,就骂起来:

"走狗!"

这一骂好得很,李新政听见了,他赶紧跑过来把大个子收拾了,然后他又跑去收拾别的。我从大个子身旁拾了一支枪,这么一来,我有两支手枪了,心里很是高兴。李新政在门口叫喊:

"赵发,快点儿出来!"

我一听叫我,赶紧往外跑。你猜怎么的啦?敌人,少说有一个排,在街门口把机关枪架上了,枪口冒起火星来。我觉着李新政喊些什么,可是枪声太响,我一句也没有听清楚。我往左面黑影里跑,跑了几步,我一想,哎,不对劲,李新政他们是叫那些王八蛋堵进院里出不来啦?

我心里一急,什么也不顾了,我从右面对着机关枪冒火的地方就

扑。当时,我也不知怎么来了那么多的劲,枪把子也准,第一下就打倒射手,把机关枪踢倒了。接着我就东打西打,真想不到,他们那些饭桶,枪也不要就逃了。我一看,他们跑了我还在这里干吗?我也跑,想去看看李新政他们怎么样,跑了几步,忽然想起一桩大事。嗳!机关枪呢?我赶紧往回跑,机关枪还躺在地下,还有两铁匣子弹。好家伙,这可真是好东西,我把自己的枪背起来,一挺轻机枪,两匣子弹,可真不容易拿。我忙了半天,不知怎样拿它才好,急得像热锅里的蚂蚁似的,好歹把枪扛在肩上,子弹匣挟在腋下,用全力往山上奔跑。这时候战斗还没有停止,我一时找不着队伍,想把枪送到山上,回头再干。可是我爬到山顶,把机关枪和手枪埋在草里,刚要下山的时候,队伍已经到了山根,连长老远就问:"谁呀?"

我说:"我!"

连长生气了,一把抓住了我:"你怎么跑回来?"

"我……我正要下去……"我心里一急,也不知怎样回答了。我想,连长和弟兄们一定误会了我,这可怎么办?我越想越着急,话就越说不出来,连长推推我的肩:"走吧!"

队伍到了山上,东方的山头放出了亮光,连长又问:

"你怎么跑回来啦?"

我说:"找不着队伍……"

"找不着队伍?"连长反问一声,上下打量着我,弟兄们也都奇怪地看着我。咳!那时候我真难受,我左思右想,好容易想起来机关枪,我放心地说:

"回来送枪。"

你看,他们还是不明白我的意思,你说,我当时多么着急。我整了半天,就从头到尾讲了一遍,于是弟兄们跟着我去拿枪,可是各处寻找,怎样也没有找着,哎哎你说我多着急!我的祖宗,我真想大哭一场。后来东找西找,南找北找,都没有。我一屁股坐下,真要哭了,忽然觉着屁股底不舒服,翻身一摸,他妈的,这不是机关枪吗?还有手枪……

这一仗,发的三粒子弹一粒也没有用。

以后,我就拿着这挺机关枪打仗,打了整整十年。我是去年年底退伍的,这十年的事情,讲起来得很长的时间,这不过是千分之一、万分之一罢了。可是东北抗日联军和日本鬼儿打了十四年,国民党官老爷们不承认,还要武力接收东北。你说,这些王八蛋是不是无赖?我要不是左腿受了伤,走路不得劲,要不跑回东北消灭那些兔崽子才怪呢!

赵发讲完了这段话,眼睛瞪得很圆,咬着坚定的嘴唇。

(《晋察冀日报》1946年7月13日,《副刊》第46期)

点　　滴

"都是你们不争气"

《驳蒋介石》社论在《新华日报》发表后,蒋介石颇为沮丧。据四月十三日《秦风工商日报》载,当时蒋对若干军人不上进甚为生气。

"闻最近在一次军人集会上演讲时,有所指责,演说中说:'我从来没有受过今日这样大的国内外压迫,这都是你们不争气与种种腐化造成的。'假使当场有一个人跳出来问:'主席啊,你争了气没有?腐化没有?'这倒是很难回答的。好在那集会上还没有这样大胆的角色,除非他不想要脑袋。"

军统局墙头诗

"想见光明,投奔延安!"

国民党特务机关军统局下级人员,在层层克扣压迫下,待遇菲薄,且时遭内部坐牢杀头危险。最近该局厕所墙上发现歪诗一首,足见其怨气之一斑,诗云:

"东也黑暗,西也黑暗,

南也黑暗,北也黑暗,

想见光明,投奔延安!

同志们!觉悟吧!

不要老在这里受冷气,吃冷饭。

心也要换,血也要换,

改头换面再来干,

迎接光明,驱逐黑暗!"

(《晋察冀日报》1946年7月13日,《副刊》第46期)

人民的运动是阻不住的
——论李公朴先生殉难

本月十一日李公朴先生在昆明惨遭法西斯特务毒手,壮烈牺牲。国内外一切有正义感的人士对于蒋记特务的无耻罪行,莫不表示无限的愤慨。

以蒋介石为首的统治集团为什么要杀害李公朴先生?李公朴先生在抗战前曾经反对不抵抗主义,呼吁国内和平一致抗日。李先生等七□子曾因此而遭蒋介石独裁政府的囚禁。抗战胜利以后,李先生因奔走呼号反对蒋介石依靠外力进行内战,力主和平民主,于是更遭独裁者的痛恨,于是有较场口的毒手,以至于昆明的暗杀。李公朴先生的被害以及其他许多志士的殉难(例如抗战前的杨杏佛、史量才等先生和抗战结束后的李兆麟将军、于树中、李敷仁等先生),都清楚地说明十九年来的蒋介石独裁统治,对于一切为独立、和平、民主奋斗的人士是一贯仇视的,是不惜采取最残酷和卑鄙的手段来对付他们的。

今天中国法西斯独裁者经常使用一套无耻的手法,他一方面以武力对付人民,另一方面却嚷着什么"和平统一"和"政治解决"。李公朴先生的被害揭穿了这种手法。中国的法西斯独裁者对于李公朴先生这样一个手无寸铁的书生,仅仅因为他替人民说话,主张和平民主,就不能不用武力对付,必欲毒打之暗杀之而后快。从这样一个事实就不难想见蒋介石所谓"和平统一"和"政治解决"就是武力解决的别名,就是依仗外人所供给的武装妄图把全国"统一"在特务统治之下。正因为如此,无论对于解放区人民或对于国民党统治区的人民,蒋介石最重要的法宝就是"武力解决"四个大字。李公朴先生的被害证明了蒋介石在更进一步地加紧法西斯恐怖以配合其扩大内战的阴谋；李先生的被害是反动派□全国和平民主运动更疯狂地进攻的信号。这值得全国人民的严重警惕。

法西斯独裁者妄想以恐怖手段来吓倒和平民主人士，来阻住人民的前进，但历史告诉我们，和平民主人士是吓不倒的，人民的前进是阻止不住的。中国人民知道"目前中国反动派的猖獗，不是表示他们的强大和有生命，而是表示他们的软弱和回光返照"（中共"七七"宣言）。蒋介石不是曾经三令五申"言抗日者斩"吗？但是神圣的抗日战争还是发动了，并且最后取得胜利了。今天全国人民的力量比较战前不知强大了多少倍，蒋介石想以独裁恐怖与内战来堵中国人民争取独立、和平民主的洪流，其必然遭到惨败是可以断言的。

"一定要为和平民主，为老百姓事业干到底干到死。"这是李公朴先生在较场口事件后的英勇誓言。李公朴先生壮烈牺牲了，但全中国为独立、和平民主事业奋斗的无数战士，必将踏着李先生的血迹，冲破独裁者的法西斯恐怖，实现李先生的遗志。

（《晋察冀日报》1946年7月14日）

我的同学刘善本上尉

赵则观

刘善本上尉为退出内战,驾 B24 式机自国民党最大空军根据地——成都——飞到延安的消息触入我心目的时候,我的脑子里立刻浮现出一个细长眼睛、精神健旺的青年——我的同学刘善本的影子。他的正义给全中国人民以喜悦,给我们以光荣,并给国民党反动派和好战分子以重重的一击。一九二九年我和刘善本在山东安邱县立初中同学,时间虽已远隔了十多年,但一切印象还很清晰。在学校时,我是毕业班,他在初一,因为家住得近,每逢寒暑假或较长的假期——如清明节时——都是一同回家,又一同从家里上学校。他住在小刘庄,我住在赵家庄,这两个村子相隔不到半里地。

在初中时期,大家还都是孩子,感情纯朴天真,虽然我比他大三四岁,又比他高了两年级,照理我应当比他稳重,但我自幼就好说话出乱子,喜欢运动,对功课不大用心;善本却和我不同,他的外表完全像位羞涩幽娴的少年,很少讲话,不大参加课外活动。记得当时学校里有网球队,我是队长,或是为了身体缘故他有空也打打网球,他常劝我注意用钱,和同学相处要和气,等等。按照修养来说,好像他比我岁数大、班次高似的。

第二年,我毕业离开了学校,也离开了家乡。我们之间很少通信,我也很少回家,但知道他在初中毕业以后到北平读书。当我在济南读书时,听说他投考空军了。县中的同学们常以此引为光荣,因为想到抗日,就必须有空军。大约在一九三四年到三五年之间,我结束了学校生活,投身于新闻事业,不久流亡到南京、武汉,抗战八年更是到处奔波,跟故乡老同学们便渐渐隔膜了,只在一些偶然的机会中,知道一些故人的情况,但我有深刻印象的少数同学的面容却常常出现于脑海。

我踏入解放区才两个星期，就在临沂城里遇到国民党飞机的轰炸，我不明白有教养的空军人员会忍心以美国子弹杀射自己的同胞，我料想到空军中一定会出现反内战的战士，却没想到第一个证实我这种想法的正是自己的同学刘善本。当我执笔写这篇文章时，光荣、安慰、愉快的心情是他人所难想象的。

刘善本的行动将使好战分子大伤脑筋，好战分子一手训练教养的空军人员，以正义的行动来倾覆反动派贩卖民族的无耻行为。国民党反动派与好战分子的后台老板美国反动派，也该从善本的行动得到应有教训。

全中国善良的老百姓，也必然会因善本的行动而增加更多的信心。我们全国老百姓所希望的和平，绝不是国民党反动派所能破坏的；如果好战分子一意孤行，则他们的身边脚下会有千千万万出身老百姓的反战壮士，跟着善本之后，英勇地站起来。

我相信继善本之后，必然有更多的空军人员、陆军人员、海军人员继续放下他的武器，因为今天他们手里的武器是美国军火商人反动派残杀中国老百姓，企图统治中国的阴谋行为的工具。如果有一颗子弹、一滴汽油发生了效力，便会使中国老百姓伤心流泪，被残害换来的却是外国阴谋家快意的狞笑。优秀的中华儿女们都不会，也不应该这样愚蠢。到过大后方的同胞，尤其是空军朋友，都不会忘记在太平洋战争以前日本人轰炸重庆及后方各大城市，残杀中国老百姓和我空军战友，所用的汽油和炸弹正是美国供给和制造的。

最近善本站在延安新华广播电台前发出了庄严的号召，人们将牢牢地记着他的呼声：全国人民要求和平，谁破坏和平我们就反对谁！

（《晋察冀日报》1946年7月14日）

县政府门前

万力

在白里坪街东头，坐北朝南一个大高门楼，虽然没有挂着大黑字的招牌，也没有把门的卫兵，谁也知道，那里面就是八路军的抗日民主县政府。那个穿着老百姓的衣裳，没说话先带笑的年轻小伙子，谁也知道，那就是宁县长。有的老百姓喊他"咱们的老宁"。谁也知道，它和过去的衙门完全不同，它就像包公府一样，铁面无私。任何一个老百姓，必要时都可以去见县长，他笑着给人搬座位，让烟吸，可是他自己连一口烟卷也不吸。

就在这个县政府里，前几天出了一张"告示"，上面说：凡是在荒年（民国三十一年到三十二年十二月）期间，由于灾荒和穷困而出卖的田地、房屋，都可以用原价（以现行货币计算）再买回来。这就叫作"倒地"。人们到处传开了，议论着，纷争着。

"真能倒回来了吗？"穷苦的人们在发问。

"谁知道呢？大约摸不会吧！"失掉信心的老年人，根据他过去的经验这样回答。

"黄鼠狼子想吃天鹅肉，别妄想啦！天下没有这样的好事情。看谁敢来倒我的地！"反动的地主坐在自家堂屋里，在大发雷霆。

"前面有车，后面有辙，我买的那点地好说，人家来倒，就叫他倒回去。为了打老日，使穷富都有碗饭吃，我执行政府的法令就是啦！"开明的士绅，在县政府召开的各界座谈会上这样说。

为了这个事情，于是便有很多的人睡不着觉了。穷苦的人们便又想起来了，在那荒年的日月里，为了免得眼看一家老少饿死，不得不忍着疼，流着泪，把祖宗留下来的一点点田地，贱价出卖了，还要向人家说一些好话啊！（不然，人家不要啊！）一年二年过去了，灾荒也过去了，但是家里的人还得忍着饥，一天吃不上两顿稀包谷糁，锄头放在屋里都长锈啦，这都是因为自己失掉了地呀！

"咱把老林坟上那二亩地倒回来吧！那是好黄沙地啊！"小孩家娘对她男人说。

"等两天再说吧！看人家真倒回来，咱们再倒也不晚啊！"

大家都在观望，等待。大家又怕和中央军在这里时一样，"衙门"里也出了一张倒地的"告示"，什么事也不济，钱也花了，地还是倒不回来，又得罪了人家。

孙桥的孙二黑塔家的二亩半地，真个倒回来了。

人们又传开了，人们才更相信了，这个县政府和过去的官衙门不一样。于是在县政府门前，天天挤满了人，要求县长给他们倒地。有很多小脚的老大娘挂着拐棍，挎着竹篮子，从几十里以外跑来了。

也是为了倒地的问题，县长正和区乡干部在里面开会。这些来倒地的人，便坐在县政府门前，说起家常来了。

"这一回把俺老林坟上那二亩地倒回来，自家好好地种着，只要老天爷收成，那就饿不着了。"一个老大娘这样说，心里充满了希望。

"这都是共产党来救咱们穷人哩！在从先哪里听说过有这样的好事啊！"又是一个老大娘，头上顶着一块白"羊肚子"手巾。

"听说光绪三年的时候，也兴过倒地。"一个老头子插嘴了，说罢了话，他还是在抽他的旱烟袋。

"光绪年间的事，我不知道，我只记得年时中央军还在时，说兴倒地，也没见谁家的地倒出来过。"一个红脸膛的中年人讲。坐在他旁边的一个大嫂子接着说："在从先县衙门里动不动就要钱，谁敢在衙门口站一站呀！"

"听说倒完了这两年的地，民国十八年卖的地也兴倒？"还是第

一个老大娘在问她旁边的人,她的声音很小。在她看来,这是一件非常秘密和非常重要的事情。因为在十八年时,她家曾买了一亩半地。

"哪里!没有的事。我也听说啦,前天我问县长,真有这回事吗?他说,不在期的地都不兴倒,有些坏人,特意这样说,乱造谣言,使人心不安。"旁边的人回答了她。

"我也是这样想啊!要是没有个期限,老是倒下去,啥时候倒出了个头呢!"

人们还在问谈着,太阳早已大偏西了。有的老大娘便拿起从家里带来的黑馍馍,就坐在县政府门前,慢慢地嚼起来了。

县长还在里面开会,在门外边,都可以听见他在高声地说话:"……倒地工作,是我们目前的中心工作;我们要把群众组织起来,叫群众自己行动起来,要造成一个轰轰烈烈的群众运动。为了要把这一工作做好,第一,必须加强农会工作,大量吸收会员,提拔积极分子,改造不起作用的农会。第二,要打破群众的变天思想,我们有信心有力量在这里建立根据地。第三,提倡向买地户说理,在这里必须揭破用良心来蒙蔽群众的觉悟,要向他们说明,什么叫良心,什么人最没有良心,趁着灾荒,巧买豪夺人家的土地,叫有良心吗……"

县长讲完了话,便散会了。他走出来,大家都望着他。

"你老人家怎么又来啦?"他先问一个老大娘,在前几天,她曾找过他两回。

"县长!人家不来中啊?人家说不准倒,还说看你有武艺子上天去,到八路军里告我去吧!八路军总不能老在这里一辈子,总有一天,天还是要变的!"她对着县长说,还学着"人家"那凶恶的样子。

"好!你老人家莫着急,明天我派一个人到你庄上去,找到农会主席,把一庄上的人都叫来,开一个大会,叫大家讲一讲道理,评一评是非，要是众人都说你不该倒，你就不倒；要是都说该倒，他不倒也不行，我一定给你老人家作主，今天你先回去啊；还有，你对他说八路军就在这里住一辈子，就像这棵树样，要在这里扎根、生长。"他开始在对她说，说着，说着，他就面向着大家了。

"有理咱到哪里也不怕说。明天可一定派人来啊，县长！我在家里等着哩！"

"一定派人去。"在听了县长这句话后，她又挂着拐棍，挎着竹篮子，回家走了。

"县长！你说民国三十二年十一月卖的地在期不？兴倒不兴倒？"这是那个顶白"羊肚子"手巾的老大娘说。

"在期，兴倒。"

"县长！我再给你说啊！我家有八口人，有三亩地，连一个牛毛也没有喂，吃了上顿没有下顿，一天吃两顿稀包谷糁，一年打多半年的饥荒。"

"买地的那家过得啥样？"没等她说完，县长插话问道。

"人家可比咱舒坦得多了，五口人，八十多亩地，又有牛又有马，光鸡鸭就喂了一大群。你不信的话，你大人可以去私访一访，查一查，我要是说半句瞎话，叫枪子崩了我。"

"你到区政府里去过没有？"

"没有，我怕他们问不到底，你不知道人家多黏牙啊！"

"我给你老人家写封信捎去，到区上问也是一样，真是在区上问不到底，你再找我。"说着，县长就在街上把信写好了，交给她带回去了。

天已经快黑了，有人在喊县长吃饭，这时候他还没有吃午饭哩！这几天忙得他就没有好好地吃过一顿饭。

县政府门前，那些要倒地的人，有的回家了，有的先在这个庄上，找家亲戚住下，准备着明天再来。

在豫西，在那饿死人的年头里，由于天灾人祸，许多的人们失掉了土地。八路军来了后，建立了抗日民主政府，从民主政府手里，许多的人们又重获得了他自己原有的土地。

（《晋察冀日报》1946年7月14日，《副刊》第47期）

并非翻版

风荷

较场口，打点把钟；下关车站，打五六点钟。较场口，打而不抢；下关车站，既打且抢。较场口，扯李公朴先生的胡子；下关车站，撕光女同胞的衣服。较场口，新闻记者只受轻伤；下关车站，新闻记者被打得吐血，裂出眼球……

这些说明了"打"的"进步"。

较场口，中央社说是"群众互相殴打"；下关车站，中央社说是"难民""质问"……"难民"因"质问"而打人，定有"义愤"之类的东西了。

这说明了宣传技术的"进步"。

较场口，打的时候政府不理；下关车站，打的时候，虽请而不理，但事后却"表示极其关怀"……

这说明了处理方法的"进步"。

有人说"较场口丑剧的翻版"，是颇欠妥当的。各方面都有了显著的"进步"，你还能说是"翻版"吗？

(《晋察冀日报》1946年7月14日，《副刊》第47期)

从重庆到南京

黎民

泪 与 冷 笑

阴雨的早晨，我搭一辆卡车穿过冷风斜雨，驶向九龙坡机场。当我俯瞰着嘉陵江，缅怀几年来的生涯，确有纷纭的感想。尽管我曾目睹千万无辜的人民在这淫靡的城市里受难，尽管这迷蒙与泥泞的城市曾给我多少血腥与恶毒的记忆，但今天，即将向云天的彼方远翔的时候却有几分留恋了。我憎恨那一群明明暗暗的刽子手，也虔敬地怀念在这土地上洒下了鲜血的战士；我厌恶那天然的与人为的窒闷，而月明夜里江边灯火与星光的辉映，却在我心上印有深的痕迹。车子驶下回旋的山路，密密的细雨穿织在路边的小草里，它象征着我爱憎交流的情绪。

中午，雨时落时停，依然是漫天的重云。我所搭的美国运输机，冒恶劣的天气起飞，只要我们的降落地点——南京的气候好就可以。

送行的人们摇着帽子，挥着手帕，我默默地说："再会朋友们！再会重庆！"百年前，在风涛怒号的多维尔海峡上，诗人拜伦带着愤慨与恋念驶向欧洲大陆。在诗人的面前，我像一粒细沙，但我也写两句类似他当年所写的诗句："给爱我的人们留下一滴温情的泪，给恨我的人们抛下一声倔强的冷笑。"

当我在白云的上层，默念着动荡的中国，我想以埃斯库罗斯颂扬普罗米修斯的笔，歌唱中国人民的英雄，他们有目标的不怕隼鹰啄食心肝的豪志；我想以普式庚诅咒沙皇的笔，痛斥东方的变形的黑衫人。

冲过迷眼重云与逼人的寒冷，我们飞向东方。

南 京 漫 步

南京，是冷落的。在广阔的马路上，看不见都邮街那样拥挤的人群，看不见紧张的面孔，没有那么多满街跑的小汽车，听不见奔跑的报贩子的叫卖，人们好像生活在与世无关的都市里面，只有某些商店的红绿霓虹是"近代化"的标识，但它在这行人寥寥的街面上，反而显得不太调和。

我不晓得她是历年如此呢，还是敌伪压迫的结果？但有一个事实，如今高踞于老百姓之上的仍是一种换了招牌而实质未变的奴性统治。

在新街口附近，我看见装满日本兵的土黄色大卡车飞驰而过，"胜利者"的首都的人民，以漠然的眼光看着那一群八年前制造南京大屠杀的野兽，正像那冷落的市街，没有表情，没有感触。那血的回忆已经湮没无遗了吗？在甚深的受了屈辱的心情中，我想：这是不是"自由太多"和"宽大为怀"的说客的论据？

有一件那么巧又那么相反的事。

第二天早晨，我坐黄包车从国府路东头去新街口，要经过国民政府，很远就看见国府附近布满了武装的警察宪兵。车子走到距离国府大门十几丈远的地方就被警察拦住了，据说不管东来西来的自行车、洋车、汽车都不准通行，徒步行人也都被驱赶到国府大门对街去走。我的车子只好退回来绕道汉口路。

在日本前首相币原的官邸门前，曾有大群的饥民示威，在其他几个和我们中华"民"国同样是称民主的国家是否也有这里"威严"呢？坐在车上，我偶尔想起古代皇帝的"神圣不可侵犯"，皇宫门前当然门禁森严，出巡的时候，老远就打出了写着"回避""肃静"的木牌子。从这一件细微的事情上看，大概高唱"中国自古就有民主"的先生们，对于"民主"二字，自也有一种"国情不同"的另一个定义？

无声的城市

这里空气沉闷异常，一方面是因为政治中心才开始转移，还有另一个重要的原因，这里日报晚报一告十三行，但除了几家小报上的黄色新闻以外，好像都是一个模子刻出来的，看一份《中央日报》或者《和平日报》就够了。表面上新闻检查已经取消，可是无形的压力压得新闻记者喘不过气来。虽然有几家报确是"民间"报，但是有一种力量迫使她不能那么"民间"；某部能够以电话用威胁性的语句支配报馆的编者，并且报贩是被"组织"起来的。

在这种情形之下，有些记者的不得已的办法是把消息供给外国记者，或者打电话给上海的报纸，再加上南京市民一般对政治不感兴趣，而这些报又不能满足重庆来的读者的要求，因此倒是上海报在这儿销得更多，当天的上海报上午十点钟左右就可以到了。这里销得最多的《中央日报》，连派带送都算在内也不过一万份，此外两千一千不等。

"警管区制"问题，从上海报上可以看出人民的沸腾的愤怒，但南京的报上，没有谁敢提一个字。到南京一个月了，我只听见过一次"反抗"的声音，《中央日报》主张禁舞，市府不主张禁舞，于是《中央日报》上排了几个大字，和市政正式"宣战"！

和平有希望吗？

有一天我去夫子庙一家印刷厂印名片，有一位穿鹿皮夹克的青年和我同时进门，他说他要印信纸，他从口袋里拿出一张样子来摆在柜台上，在那张信纸上横印着赫然几个仿宋字"中国共产党代表团用笺"。显然，那位老板和我一样被这几个字所震动：将近二十年来，那些极其神秘的人物，今天已经公然地站在面前了。他翻来覆去地念那几个字，寻思那几个字，半晌，他抬起头来问那位青年：

"和平有希望吗？可别再打了。"他脸孔是那样地严肃，语气是那样地真诚。

"一定有希望的。"那位青年微笑着说，"没有一个老百姓愿意打仗。"

每一个老百姓都有一个同样的疑问，他们希望即将在南京继续谈判的先生们以事实来回答。

(《晋察冀日报》1946年7月15日，《副刊》第48期)

戏法不可常变

陈石

国民党反动派的法西斯面目，似乎是愈来愈狰狞了。在人民面前除了表现其张牙舞爪的凶相外，流氓派头也是越来越十足。不过这一套并吓不倒人民，他们自己也是很清楚的，否则，如果大家都俯首帖耳驯驯服服地给老爷们当顺民，他们也就根本用不着如此费心耍把戏了。

抗战胜利前，因为八路军和老百姓打击了他们的"三哥"——日本法西斯，实行了真正的三民主义，老爷们坐在峨眉山着了急，于是向人民、向八路军讲起了"军令""政令"和"统一"来。老百姓早知道他们的葫芦里卖什么药，都敬而远之了。于是这套把戏完全失败。

日寇投降后，老爷们知道耍这一套再也吃不开，于是费尽苦心又变了一套"接收主权"的戏法，依靠他们外国爸爸的兵舰、飞机和顾问，大肆调兵遣将，向他们十几年来不管不顾的东北人民大砍大杀。接着，又把内河航权、沿海捕鱼权、海关权，唯恭唯敬地献给他的外国爸爸，而且还准备把"最后决定权"让给他的外国爸爸。但是，人民不让，死也不让。

老爷们便老羞成怒起来，又大耍其流氓派头了，向着革命的青年说："你们有开会的自由，我就有开枪的自由呀！"对主张民主的言论机关讲："谁敢说公道话，我就有权利封闭谁的报纸！"向着沪市晋京的代表团说："那是难民呀！你们为什么与他互殴呢？"

真是耍不完的把戏！鬼脸层出不穷！不过孙悟空的把戏愈闹尾巴愈长了，于是再来一次恼羞成怒，索性撕破脸皮大叫大喊起来："你们威胁了我，你们要立即撤出东北，退出热河，退出烟台和卫海威！否则，我就……"

但是！这也吓不了人！在盛怒之余，我奉劝老爷们勿为私欲而玩火自焚！你们走的路子，是你们盟兄盟弟希特勒、墨索里尼、东条的老路，他们的反共反人民的伎俩，不是远在你们之上吗？你们的衣钵还是从他们手中传授来的，有什么了不起？

老实说吧，谁也不想当你们的顺民，戏法不可变得太多了，因为变来变去总离不开原形，何必如此煞费心机？这又何苦来哉！

（《晋察冀日报》1946年7月15日，《副刊》第48期）

乏 内 战

聂绀弩

在抗战八年中，我们耳闻目睹过上海撤退、南京撤退、武汉撤退……一直到前年的湘桂撤退。在初期，也许打过一两次像样的仗，但很快，我们的将军们就变成了惊弓之鸟，我们的国军也都士无斗志。一听说敌人要来，首先就乱嚷一阵"保卫大××"，接着就叫老百姓"镇静，镇静"！不过，谁也知道那都是一种信号，它表示，我们的国军要撤退了！不错，我们还有好多不曾撤退的地方，可悲的是，那些就是敌人没有打算来的地方，只要一作要来状，我们的动作迅速敏捷得很，一定早已撤退了。

言论方面，从"和平未到完全绝望，决不放弃和平"起，我们听见过"我们是应战，不是求战""焦土抗战""打到一兵一卒""哀兵必胜""无敌国外患者恒亡""抗战到底"等等。为什么我们只是应战而不求战？为什么只说我们焦土抗战而不说把敌国变成焦土呢？为什么只说我们被打成一兵一卒呢？还不明白吗？咱们不行，咱们不是人家的对手！人家是这个：大拇指头，咱们是这个：区区！明白这一点，再看我们的将军们。哦，让我们向八年抗战中阵亡的将士们致敬，这里姑且撇开他们不谈，只说如今还活着的将军们，多么英雄呵，能够保卫一个地方三天五天甚至到一个月内外的，这还不够了不起吗？不错，实在了不起！可是一面尽管敬佩着，一面总觉得，也许是错觉；那些名将们的名字，比起从前来，即从前内战的时候，不知多少倍地黯然无光了！

像周知的那样，由于苏联出兵东北，一向在咱们面前充大拇指头的日本投降了，于是我们也跟着胜利了。哦，这一下可不得了，受降呵！前进呵！接收哇！占领哪！电报、命令、文告，星驰电掣，雷厉风行，我们的将军们又重新英勇起来。接着就是内战，将军们的大名又变得光芒万丈。连从前寂寂无闻的杜聿明将军，也一时在昆明解决了罪该万死的龙云，一时又飞到东北打不堪一击的"奸匪"了。"拿下山海关了再说！""拿下长春了再说！"今天，自然是"拿下哈尔滨了再说"！听这口气，简直是瓮中捉鳖，要拿哪儿就拿哪儿，好像真是成吉思汗再生，拿破仑第一复活了。遗憾的是，我们还不至如此健忘，不到一年以前的那八年中，京沪、平津、武汉，岂敢妄想？连"拿下三里店了再说""拿下两家村了再说"之类的海口，也没有敢夸说过一句。我们的法宝，第一是撤退，第二是撤退，第三，呵呵，不必提吧，还不是那——撤退呀！

我不想说，在抗战中我们之所以那样推盘，政治上的原因，是以前我们的将军们打了十几年内战，一点也没把国家弄好，因之，希望现在的将军们有所觉悟，不打内战，专心为国，免得再有抗战的时候，依旧那样推盘。我不想说这些，因为我还不至于愚蠢到误会我们的将军们会有一丝一毫想把国家弄好的意思，有一丝一毫为国家与民族、为人民着想的意思，不敬得很，我从来就没有这种误会。我想说的是，吴稚晖先生在若干年前讥笑北洋军阀向外国买军火来打内战，说外国兵工厂不过扫空一个小小的屋角落，你们的内战还有什么打头如是云云之类的意思。为什么忽然谈起这样的话呢？因为，也像周知的那样，将军们之所以对内战如此地感兴趣，如此地有恃无恐，说穿了真是简单至极，无非因为美国的远征军带来了一些军火，没有用完，带回去嫌太费事，就顺水人情，交给我们的将军们了；将军们这才如获至宝，如彪虎添翼，一个个威风凛凛，杀气腾腾的。美国究竟是外国，用意何在，这里姑且存而不论。我们的将军们，得了这么一点小便宜，就真的心安理得，理直气壮地打起内战来，这精神未免太可佩服!

据说，从前有一个齐人，在别人祭扫坟墓前吃了一点剩余的酒饭，回家就在自己的夫人和如夫人面前大吹牛皮，说是在什么阔人家里赴过宴会了。现在的齐人，却把人家要泼掉的剩菜残羹，端回家去大宴宾客，大办其红白喜事，而且在客人面前还尽着让："请哪！这些都是天下之至味咧！"连那泼菜的人正在旁边窃笑或面笑，也都毫不顾忌了。不用说，打仗和请客，绝不是一回事，但得到一点残余就沾沾自喜的情形却是一致的。

"知耻近乎勇"，真的勇者，决不打这种乏内战，真的英雄，大概也不愿以这种乏内战专家为战争的对手！

（《晋察冀日报》1946年7月16日，《副刊》第49期）

曹大胜和他的枪

鲁沂

一

曹大胜,一个矿工,一九三八年秋九大队血战同下时,是刚从矿上跑出来参加八路军的新兵。

"给我一支三八式吧!"他第一天刚换上军装的时候,就伸着手,笑眯眯地向指导员要枪了。

他在矿上做工的时候,看见矿警们使的栗色的耀眼的新三八式,就知道这是步枪里顶好的武器了。但指导员拍着他的肩膀说:"嘿,我的好同志!你真是一个在行的人!你看你刚参加部队,一天仗还没打,就晓得要一支三八式啦!可了不得呀!"

而这时,队伍已集结在同下与塔底之间的一个小庄上待机了,大队长拿着望远镜,正在村东的一处土坎上观察着从灵寿城出来的敌人。因为是在战场上,所以他们的话没谈完就结束了。曹大胜临转身回到班里的片刻,仿佛听到指导员最后给他一个希望,说:"战斗马上就来了,我们的枪,去从敌人手里补充吧!"

二

又过了一年多,三九年的七月,九大队在平山颜庄合编为第五个敌后游击兵团的时候,我到该团检查工作,见到曹大胜这个又粗又壮的黑大汉,拿着一支新三八式,我就很爱慕地从他手里拉过那条枪来,仔细地瞧着。他笑眯眯地说:"好家伙!你小心点,这不是简单的玩意儿,自从三七年的九月到现在,已经啃过十二个鬼子的头盖骨了！"

我们攀谈了好久。他告诉我最初参加部队的事情，一天夜里怎样钻过矿上的铁丝网，从敌人的老巢里爬出来，又怎样被鬼子发觉了，鬼子坐上汽车追他们，他们又怎样地突围，最后胜利地跑到叶司令的队伍里。他还告诉我：当兵以后没有枪，只凭两颗手榴弹就参加打仗，最后他告诉我他亲身参加战斗的经验。他说："战争是没有什么可怕的，只要你勇敢和有决心，再加上听指挥，在战场上就可以成为一个好战斗员了！"……

不久之后，又听说他们要深入敌后去执行运粮任务了。

他们第一天夜里住到灵寿城附近的小庄上。"三伏"的风，热死人，青纱帐漫无边际的，望不到头，曹大胜、刘小狗两个，彳亍地到村东面的小高地上，去站黎明前的第一班哨了。

不知什么原因，城里的敌人早已发觉了他们的行动，在他们上哨的时间，敌人也出动了。但敌人不知道这里有多少八路军，只听汉奸报告"是一支小小的土游击队"，便大胆地派了一个小队，从正面牵制，把一个中队的兵力，都迂回到该连的屁股后面去，企图一网打尽他们。

曹大胜他们两个，蹲在小高地上，紧紧地注视着前方的动静。

不大一会，有一种"咕咕哝哝"的声音，越听越近了，他俩马上卧下，拿枪朝着那一群瞄着，"叭！叭！"那群鬼子像一群野兔一样，四下里都离开了！

这时，村里的主力还不知道呢！

鬼子半天才敢抬起头来，发觉了这片小高地上，只有两个八路，就集中火力向他们攻击，猛冲上来！

沉着的曹大胜和刘小狗，"叭叭"又是两响，又有两个倒下去，鬼子不顾命地冲上来了。"滚你妈的吧！"大胜把一颗大号的手榴弹往前一扔,"轰",一片尘土,眼看着有五个鬼子炸成肉块!其余一溜滚蛋滚回去。

时间不长,西面的枪声也响了,连的主力从村里飞也似的迎出去,就和那路鬼子展开了厮杀,敌人意外地遇到猛烈的反击,抵抗不住,便边打边往回跑,但这路的鬼子,还以为得了势,第二次冲锋又开始了。

"准备好,看准!照着头里那个端刺刀的打!"大胜说。

"看准了!""噼",小狗的枪打哑火了,小狗顿时□出一头汗。大胜看势不好,"嗖"一颗手榴弹就又扔出去!"呲呲……"鬼子的手榴弹不知什么时候也扔到大胜的脚底下来,大胜赶忙扭转身子,一把抓住那颗"呲呲"冒白烟的手榴弹,又给敌人送回去,"轰轰"两颗手榴弹,都在鬼子的跟前爆炸了!

鬼子狼狈地爬在汽路两旁的土坎里,惊惶地瞅着那八个死去的日本兵。……他们感到难以应付了。

当第三次敌人分三股向上冲时,"不好!"小狗的左臂,被一颗子弹打穿了。血,紫红的流下来,不一会,就变成一片血潭。小狗咬着牙,将身上最后的一颗手榴弹扔出去,那股鬼子暂时停止了,小狗的骨头受伤了,疼得厉害,他咬着衣襟,撕下一块布迅速把伤扎住。

正在这时,右侧的一股敌人也上来了,大胜的右手和左腿都中了弹。大胜虽受伤,但看着敌人上来了,就用他那血淋淋的麻木的手指,又拼命地对准敌人,搂了一下火,才把敌人打住。

情况险极了,小狗见大胜的伤重得厉害,又用牙齿撕下一块衣襟来,把大胜手腕上的伤匆匆扎住,再扎他的左腿。幸好敌人锐气已受顿挫,再没有勇气进攻了。

西面的枪声,也越稀越远了,曹大胜疼得止不住地咬着牙,带着他那条栗色的、耀眼的、血花涂满的枪,一直往后面爬。小狗跟在后

面掩护着爬向村里去。

三

两个月以后，曹大胜和刘小狗都被光荣地送到荣誉军人学校里学习去了。一天，曹大胜又想起他连的弟兄，就一个人艰难地拄着拐杖，跑到连里去看他的亲爱的弟兄去。当他拄着拐杖还没走到连部的门口时，心里就热辣辣的了，他也许又想起他那条栗色的、耀眼的、崭新的三八枪了。当见到连长、指导员时，半句话还没说，喉咙便哽咽了，连长、指导员知道他因残废而难过，便马上架着他，直把大胜架到屋里炕上，指导员才拍着大胜的肩膀说："大胜！请你不要难过！受苦你先尝，享受你在后，你无比英勇，你杀死了'两打'敌人！你的勇敢，我们是永远不会忘记的！你是个革命的战士，虽然不能打仗了，但将来要干的工作还多哩！"

大胜闪着眼睛，难过地说："我惭愧我才二十八岁，就再不能和同志们一块，向万恶的敌人冲锋了！我心疼我空手从敌人手里夺来的那支新三八式，再不能在我手里发挥它的威力了！……"

"请放心吧！"连长也激动地说，"在我把你使的那条枪交给另一个同志使的时候，我已把你的事情整整给他们上了一课。你放心吧，你的弟兄会拿着你的枪，继续勇敢地杀敌人的……"

（《晋察冀日报》1946年7月16日，《副刊》第49期）

东江人民泣别子弟兵

林波

东江纵队的战士们,为了和平,北撤到山东去。他们在出发前,陆续集中到大鹏湾边的葵涌镇。战士们望着大鹏湾上悲鸣的海水及环绕着镇的绿色的山林,他们的心不禁伤感起来,因为这些地方曾经洒过他们自己的血,以及无数已经死了的战友的血。

受难者的温情

镇上的人民,这几天心中一直萦回着悲喜交集的感情。因为一方面子弟兵们的来到,给他们带回了欢乐和慰藉;但是另一方面,他们又知道战士是要走的,心中含着无限的痛苦。对于曾经翻过身的人民,再让他们倒下去,实在是一种难忍的残酷啊。

人民一点不放松对子弟兵表示最后温情的机会。这几天镇上到处是人民和子弟兵难分难舍的动人场面。当地老百姓常常带着一只鸡,一斤猪肉,还有芒果、香蕉、荔枝送给在这里集中的东江纵队的战士,做送别的礼物;还有把战士们个别请到家里去饯别的。葵涌一个人家里,主人和主妇在两年前,部队从这里经过的时候,曾经把一个叫黄仔的小鬼收作干儿子。现在他们的干儿子就要远行北去了,特地预备一席酒菜给他饯行。席间,干爹和干妈对他们的干儿子说:"虽然不是亲生养的,但是我们把你看作亲儿子一样,不要一去就忘记了你的干爹和干妈啊!"这样说着,那位干妈竟掉下眼泪来了。一位姓董的指挥员说,老百姓把他们请到家里去吃饭,把最好的食品一起拿出来,但是还说:"没有好东西吃,你们不会怪我们的,我们实在无法表示我们的心。"他们便把战士们拥抱作一团,涕泪交流地说:

"想到你们要走,就觉得你们当初不来还好,我们压根儿不碰到这种好队伍,不会有现在这样难过啊!"战士们感动得一句话也说不出来,无言的痛苦,啃噬着他们火热的心。

悲壮的别离

东江纵队江南指挥部,为了妥善办理战士们的家庭问题,在沙鱼涌和葵涌两地设立了抗属的询问处,同时在葵涌并办了一个招待所,专门招待战士们的家属。一群群的乡下妇女都涌到招待所,探问他们儿女或丈夫。他们大抵手里都拿着一个竹篮,篮里装的多是一叠钞票,一双刚赶做好的新布鞋子,还有从自己家园里摘下来的新鲜的芒果、香蕉、荔枝,他们都是为自己的儿子或丈夫送别来的。

招待所里,抗属们看到了久别的儿女或丈夫,很多都哭起来了,她们把带来的东西拿了出来,然后细细地叮咛儿女或丈夫要保重身体,一到山东就要写信回来,于是就擦着眼泪走了。

一个六十岁的老婆婆,无限心酸地抽搐着对儿子说:"你们把日本鬼子打走以后,不但没有得到奖赏,反而要给那死人'河河鸡'(指国民党军)迫着住山头,受尽风霜雨露,实在太辛苦了。"

另一个女人在和丈夫话别,她紧靠着久别的丈夫,在低诉痛苦,她抹着眼泪在低声饮泣。她的丈夫鼓着勇气说:"为了和平,我们只得忍痛暂时割掉这'团圆'了……"

这里是一幅极悲壮的离别场面,可是它不同于普通的别离,因为这里虽然也洋溢着辛酸的眼泪,但是在抗属和战士们的心中更燃烧着愤怒的火。

为和平忍痛北撤

东江纵队撤退的消息,起初曾使东江各地的人民在感情上起了极大的波动,他们一致要求纵队留下来。有一位姓韩的战士说,老百姓知道他们要走的时候,他们跑到司令部,以质问的埋怨的口吻说:"抗战时期那样苦,你们都坚持下来,和我们过得很好,日本仔投降了,总比从前好多了,怎么还要走呢?"当这位战士向他们解释"这是为了广东和平"的时候,他们失望了,只说了一句"总不要忘了我们",眼泪就落下来了。东江解放路东行政委员会主席叶锋也曾经对记者说:"我们部队里的政治指导员、政治服务员,曾经对老百姓特别做过一番解释和说服的工作,说明我们北撤的原因,是为了广东和平而作不得已的让步。老百姓的态度才改变过来。"的确,所有东江人民都不愿意这些子弟兵离开他们,东江纵队的战士也不愿离开他们无数的同志、战友用鲜血灌溉过的土地,可是为了广东和平,他们忍耐着人间最大的悲伤,离开了他们自幼在这里生长的家园。正如曾生司令所说:"我们打了八年,只剩下一支枪、一个头。但我们北撤,还是光荣的,因为广东人民需要和平,需要休息。"

目前东江纵队的战士们最担心的,是些因为人数限制无法北撤的复员同志。因谁也不能想象,国民党当局对这批复员的有功战士,将采取什么手段呢!就在这次集中撤退期间,江北人员在蓝蛇洞一带,六月二日就遭遇了一次不幸,损失八人,被捉去七人,其中二人已被枪杀。至于蓝蛇洞的详细情形,方方少将说:"不愉快的还是少谈吧!反正是我们挨打……"从方方少将沉重的语气里我们知道这句话的后面埋藏着多少辛酸和眼泪啊!

(《晋察冀日报》1946年7月17日)

牛的示威及其他

一、牛的示威

不管是成为行动的事实或是被镇压着的企图,其现实意义却都是一样的。只要闭眼睛一想:几十条驯良的乳牛,背上和脚上披戴着白布红字的标语,为了抗议那廉价的美国乳粉所带给它们的将被屠宰的命运,为了抗议国民党当局绞杀中国工商业的买办政策,它们穿过街坊,挡住车辆人群,昂然漫步地在沥青马路上示威……你就会意识到这是一幅廿世纪的奇异的图画,是一幅悲惨的殖民地的图画,这是国民党官僚买办手下的一幅经济现状图,是说明中国法西斯统治者无耻卖国的最尖锐最露骨的杰作。

自从抗日胜利之后,国民党当局为了维持它的独裁统治,曾经用人民的生命血肉创造了不少的"奇迹",牛的示威不过是一次更为形象化的侧面描写。从它"感动"人的程度上说,并没有超过"剖□验草"及"人肉与纸烟同等价格"一类的事件之上,然而这是更进一步的作品,是法西斯统治艺术发展到更高阶段的必然产物。因为从牛的示威后面,不是可以看出牛的饲养者的觉醒吗?不是可以看出被蒙蔽的中国各阶层人士,在觉醒后向统治者作各种方式斗争的远景吗?

今天是魔高一丈道高十丈的时代,今天的人民已不是驯良无知、任人宰割的牛羊。只要法西斯一天不灭,斗争的怒潮也一定会高涨不息。卖国者将民族驱入屠场,实际上毁灭的却是他自己!(雷蒙)

二、家书

日前意外地接到了断绝了八年的家书,是年近八旬的父亲从异乡流落中寄来的,他感喟地叙述着家中的近况,其中有一段是:"上元现在×战区青年军××师任中尉连长,今春曾请假回乡省视其母,目睹亲病家贫,不忍远离,但以军令紧急,只好愤然归队。"

上元是我大哥的独子,他幼年失父,少年失学,抗战后就被魔手抓到青年军中去了。这原是大后方无助无告的青年们极为平常的遭遇,上元不过是千千万万中的一个。

可是大大地吸引了我的,是父亲信上写的那个"愤然归队",因为他刻画了上元的性格,也引起我不少的回忆和想象。

在我的记忆里,上元是一个善良的少年,不幸的家庭环境养成了他十分耿介的脾气。他整天不讲话,老是钻在我书橱翻阅小说和诗集,他为了看见杀猪而不吃猪肉,他为了邻家一个婢女的自杀而愤慨地绝食。可是,他现在却是一个屠杀人民的军队的连长,他虽然不忍离开疯瘫的母亲,但是在军令紧急之下只好"愤然归队"!

毫不僭妄,我是能够估计他"愤然归队"的全部后果的。

你醉心内战的杀人魔王,你将无数有为青年的血肉来垒造你的独裁宝座,你矜夸着武力装备的优越,你迷信着盲目服从的威力,可是,你不知道更重要的是实际生活所给予人们的教育。这是不可以避免的。你看,在正义的火炬之前,你的武力装备曾经而且还要继续输送到人民的手里,你的服从者曾经有而且继续有更多的变成你的掘墓人,潘朔端和刘善本的义举就是最好的证明。

…………

再见啊,上元。珍重啊,中国的无数的上元!(雷蒙)

三、"服毒"解

朋友新近从北平来,同我谈到蒋介石目前的媚外压内的行为,他说蒋介石的政策,是"服毒"政策。

我想，这种毒药，不是升汞，不是大烟土（这是希特勒的徒子徒孙的蠢笨手段）。这一回，是蒋介石同一位"外国大夫"，合谋着，商量着，以注射葡萄糖为美名，向中国人民的静脉管中，注入了"空气"。据医院中的看护们告诉我，血管中如果注入了豆大的一粒"空气"，必定使血液循环发生阻碍、停滞的现象，且又无法把空气抽出来。空气是满血管乱钻的，结局是病人全身出现大大小小的脓泡，溃烂而死。当时，曾使我感到很恐惧，我拒绝了那种粗心大意"不怀好意"的医生。

中国人民吃过许多次亏，长了许多见识，从此次上海的十万人的反战大游行，从各地工业界、航业界、文化界、银行界、学生、宗教人士……声嘶力竭的呼喊，就可证明，这是一种苦楚的叫喊，这是正义的、求生的挣扎。

这种"抗毒"运动，将会越来越广泛，越来越有"力"的。虽然蒋介石、与其同谋"大夫"的阴谋被揭穿了，无颜答对公正人士的质责，只得派出一帮子"打手"来行凶。但，这只能使全国人民更明确地感到，不给蒋介石更严肃的教训，他不会回头的。

蒋介石自己也在"服毒"，这毒药的名字叫"与人民为敌"。记得三九年我们一群青年朋友被逼从成都出发，到敌后去的时候，在欢送会上，虽然特务早已临门，有一位朋友很大胆地说："如果蒋先生不改变其抗战的政策，整顿其内部，他将带'脓血'而'亡'。"不久，这位朋友因冒犯了"皇上"的罪名，被囚禁至今，这位朋友是大勇者，敢怒敢言的人。我想，当这"药性"发作的时候，难道蒋介石的结局还有别的吗？（胡沙）

（《晋察冀日报》1946年7月17日，《副刊》第50期）

奴 才 相

小亚

一个正派人,对朋友,总得有一定的立场,持严肃的态度。无论再好的朋友,对自己有超过了友谊范围内不应有的行为,损害到一个人应有的自尊,他必须严正地抗议。

又,即使对自己尚无不够朋友之处,但他在社会上的行为已经是倒行逆施,妨害公众利益,到了劝说无效的时候,也必须公开指责、批评。

这是一个起码的做人条件。

奴才之所以被称为"奴才",他们的做人条件就恰恰相反。"有奶便是娘",他们在人世上,专门拜结主子,从没有想到过堂堂正正地去交朋友。他们心眼中只有主子和自身的利益,没有正义、是非,从不自尊、自爱,更无所谓民族国家观念,一味恭顺服从,卖身投靠。即使主子的坏事干到自己头上了,他也只有摇尾乞怜,从不敢伸起腰杆说句人话;别人仗义执言,劝他自己也应当稍微像点人样,他便恼羞成怒,气势汹汹,说你"反"了他的主子,大逆不道,说你不够朋友,"用怨报德"。

看样子,倒好像他也在讲道义,有些像人样了,其实骨子里是在替主子保镖,讨主子的恩惠,一副十足的奴才相。

(《晋察冀日报》1946年7月18日,《副刊》第51期)

从广东到烟台

——东江纵队北撤记

天津《大公报》记者 陈凡

广东东江中共武装人员二千四百人,于六月三十日晨分乘美国巨型登陆舰三艘,离开了波涛汹涌的大鹏湾,向山东烟台北撤。

"静中动的乡村"

记者于六月二十二日到达大鹏湾上的葵涌时,东江南岸和东江北岸全部中共武装人员,已进入最后集中地。他们并不是集中在一个地方,而是在最后集中地的范围内分散在许多村庄里。有些地方甚至离指挥中心及第八小组所在的葵涌二三十里。中共人员明白表示,这是因为过去的教训,使他们对于安全问题不得不作谨慎的考虑的缘故。在最后集中阶段,葵涌虽是指挥中心,但中共武装人员的登船准备工作,是在沉着和紧张中进行的。所以武装人员虽不断地往来,但仍保持着乡村的静穆,因为他们遵守协议不得作任何宣传。

为什么要北撤

在葵涌所看到的中共武装人员,除了上层干部以外,男男女女大多数是二十五岁以下的人,其中大约十分之一是二十岁以下的"小鬼",有些只有一支步枪这么高,已经是轻机枪射手。他们肩上放机枪,雄赳赳地跑路,一点也不觉得累。武装人员中不但有男的,也有女的。她们背着手榴弹,短发赤脚,与男性一样吃苦和战斗。在队里,她们与男子吃同样的苦,每月领生活费六百元,每餐九两米,副食费四十元,油二钱,每月加菜肉半斤,鱼半斤。她们有当中队长的，有当指挥员的，她们与男子有平等的工作机会。谈到政治，这些年轻的男女连"小鬼"在内，都有常识的水准，随便问一个男女队员："为什么要北撤？"他们都会毫不迟疑地答复你："是为着广东的和平。"再谈下去，他会为你说出一连串的道理。我碰着一位"小鬼"，名字叫王晃，是大鹏人，三年前日本人攻到他的乡下，强奸了他的婶婶，他为着抗敌复仇，参加了"东江纵队"。这几年来，都是做政权工作，已经成了一个很好的"小鬼"。他能批评中国时事，都说得头头是道。他们的衣服是褴褛的，他们的武器是庞杂不齐的，有手枪，有步枪，有轻重机枪，有美式冲锋枪，有掷弹筒，有土炮……有些是从与日本人的战斗中夺得的。每一支枪、每一粒子弹，都被他们爱惜着，就因为褴褛和庞杂，使政府人员到最后还是轻视他们的力量。但中共武装人员自己则几乎全部都有坚强的自信。曾生少将在沙鱼涌的海滩为记者总结八年来的经验时说："东江纵队之所以能够在艰苦的情形下存在和发展，是因为他是与人民结合的；而所以能与人民结合，则因他是抗日的，而人民的要求也是抗日。"

东江纵队的成员，在初期多是知识青年。据一个国立中山大学的学生说，最多的时候，中大同学就有一百人左右。香港沦陷以后，吸收了一部分优秀的工人，其后因在乡村民众里生了根，又吸收了大部分的农村青年。直到日本投降止，连战斗人员及乡村自卫队在内，共有一万多人。自胜利后，一部分人员已进行复员，因之这次为北撤集中到大鹏湾的人员，连小部眷属在内，只有三千二百人左右，其中除二千四百人北上外（其中男二千一百三十八人，女二百六十二人），其余均一律复员。复员人员由中共造具名册送交广州行营备案，并希行营照《协议》予以安全保障。

复员成了问题

复员问题所给予东江纵队负责人的烦恼，比北撤问题还复杂，哪些人应该北撤，哪些人应该复员的问题，尤其是对于那些他自己要求北撤而负责者估计他适宜于复员的人，和那些应该北去，但又拖着不少问题难于北上的人的说服工作。他们组织了"复员工作委员会"负责处理复员问题。北撤与复员重要的根据，还是依据于成员的自我要求，其次就是依据上层的计划。据中共曾生少将说，复员人员一般地每人发给复员费三万元。路途过远的多发一些。他表示中共□拨出一部分钱在香港开办几个农场，收容一部分复员人员生产自给，一部分则设法介绍工作，其余回家的回家，归农的归农。他说："但也要看政府是否真的能给他们以安全保障。中共方面对于复员人员安全和生活，似乎还留着很大的忧虑。"

多少悲欢场面

无论江南江北还是粤北部分武装人员，一到了最后集中地，就特别忙碌。司令部还为一部分人员分配时间让他们和远道而来的家属会面，这人情的布置充满了悲欢。司令部特别在葵涌的一座三层的楼房里设立了一个家属招待所。记者到的时候，那里住了二百多人。他们有的是来找久别的丈夫的，更多的是来找久别的儿女的。他们□来了红薯、鸡、鸭、鸡蛋、花生等礼物。一见面，双方都流下了眼泪，"革命"与"家庭"在那里相逢，"新"与"旧"在那里作顽强的争斗。

罗浮山下之泪

【新华社延安十七日电】曾生少将对到烟台后的工作是这样的想象："经过了八年的苦斗，我们要休息一下，总结一下八年来的经验，再加强学习，加紧训练。"东江纵队的干部都相信，到了山东之后，他们不直接参加军事战斗。一个"小鬼"说："这二千四百人是广东的资本，党一定不随便使用。"我问他们："留恋广东吗？"曾做博罗县长的韩□元说："不论外间的批评如何，这里无论如何是我们生长的土地。我们在这里播过种，开过荒，结过果，当然是留恋的。当我走下罗浮山的时候，返身回望，眼泪都流出来了！"

方方少将讲话

【香港航讯六月三十日】中共东江纵队全体指战员二千四百人，由曾生司令率领分乘美运输舰三艘于今晨一早启程北上了。中共东江武装人员昨天（二十九）一早，就集中在大鹏湾等待上船，到下午两点多钟，当美舰的烟筒在海面远远出现时，焦待的心情才舒展下来。他们于四时开始□装军械粮秣，接着武装人员上船，直至九时一刻才全部完成了登船工作。这时，政府、中共、美方三方代表在夜色四合中互相握手道贺。大家知道，由于中共方面为了和平忍痛离乡北撤，广东一隅的内战算是终止了。

东江纵队北上，方方少将代表中共中央军委会热烈慰问并欢送他们，讲词大略如下：

曾司令、王副司令、杨主任、各位指挥员、政工员、战斗员同志们：

我代表中共中央军委会热烈地慰问你们！我以沉痛而又兴奋的情绪欢送你们！你们打了八年日本鬼，解放了大片的国土，挽救了千百万同胞的厄运，然而日本鬼投降了，你们却不能不离开家乡。一想到这里，不禁令我挥泪。

然而，你们为了全省全国的和平，你们为了坚决执行人民领袖毛泽东同志的训令，你们终于决然毅然冲破一切困难，不怕牺牲，不怕艰苦，义无反顾地英勇地集中北撤，说明你们纪律的严明、训练的有素、怀抱的伟大，不愧是人民优秀的儿女，不愧是毛泽东的好学生，这是如何地使我感动兴奋呢！

（《晋察冀日报》1946年7月19日）

周保中将军

刘白羽

【新华社延安十八日电】我第一次看到周保中将军是一个夜晚，在长春原"关东军司令部"那深灰色的巨厦里，他正在他一间不怎样宽大的办公室的桌前一只转椅上打电话。他刚把左边的电话听筒放下，很快地转过身子，用那愉快微笑的眼睛望着我，谈了两句话，他右边的电话铃又响了。我从侧面观察他，他有一张长圆面孔、宽厚的嘴，显得机警而又沉稳，他还有坚实而精力丰满的身体。他穿着黄色军服，把裤腿塞在黑的长筒皮靴里。深夜，他的办公室中紧张、严肃。

当时曾经有这样一种想法掠过脑子：他在怎样想呢？他会愉快吧？十四年冰天雪地，现在他坐在他的敌人以前的司令部里面……

自然这是我一贯好奇的一种快感。而他呢，在东北解放斗争的新阶段里，一如从前一样，他在不懈的劳碌中生活。

他的老部下张红旗，是一个活泼的青年。他做过周的机枪射手，一次跟我说："他事情太多了，可是他总要找着做很多事情。我们从前钻大林子的时候，司令在一天还教我们认几个字。"远在一九三二年，他从上海来东北工作，被派到敌占区秘密活动。他原名奚绍黄，是云南大理县人，父亲是鞋匠，母亲是农妇。他从云南讨袁起义开始他的军人生活，后来在云南讲武堂学过工兵，一九二五年在黄埔军校担任过区队长，北伐时在程潜及林祖涵同志的第六军任过团的参谋长，大革命后在上海做秘密工作。可是从那以后，他深入东北与群众结合，在最艰苦情况下做起，特别是他手创了最坚强的抗日联军第五军。后来在三七年全东北抗日联军编为三路，他是第二路军的总指挥,给了日本人很大的打击和杀伤。因此日本人非常仇恨他,也非常怕他。他们悬赏说:拿周保中的肉可以换金子。到处贴满图画,写他在大树底下啃马骨头。

周保中将军讲了三六年他们在极端困难之下如何斗争的情形。

"冬天十二月,我们从西南方回到伊兰勃利寄居起来。这时天气极为寒冷,没有粮食、子弹,也没有一支机枪,剩下百来粒子弹,有的没有了就把枪埋藏起来。冬天大家还穿着单衣,战士站岗用麻袋围在身上,一个个还是把一点钟站完下来。夜晚就到土地里去发掘土豆,那是老百姓故意分散埋藏在那里供给抗日联军的。没有工具,用木棍、用手,掘得大家老是双手鲜血淋淋。在这种无粮、无弹情况下,一遭遇敌人就会全部瓦解。到了十二月底,我决心通过茫茫无际的老爷岭山岩。这岭东西二百里长,积雪三四尺深,遍布森林,人倒下去就爬不起来……

"我们当时或者拼死命以求生存,或者全部瓦解。在这关头下,为了吃饭,必须往东面流寇松树林里去,因为我知道那里有很多木厂,有上万工人砍伐木头,有上万匹马。

"可是老爷岭里有二百多日本的老白帽子守住必经之路,他们都是很能打枪的,我们得绕路。有的有棉衣,有的是单衣,冻得很厉害。从四道河子快到山顶,大风把十来丈高、几人围的大树纷纷折断,许多人被打死,火堆不能烧,帐篷不能支。这一阵就冻死四五十人。□带的马匹连杀带冻吃完了。四天爬到山峰上来,再走三天慢慢侦察着走,白天夜晚只听见一点点小鸟叫声,连野兽都看不见,进了森林就如同进了海一样。第三天突然远远听见砍木头的声音,这时侦察队轻轻前去——只要捉到一个人,就有头绪了。几个钟头后,回来了,证明这就是流寇松树林。工人见我们来了,热情极高,紧紧拉着手,把木棚里实情告给我们,愿意帮助我们。木棚里有五百伪警察、二百日本兵。我想了想，我们一人十几粒子弹，敌人筑有工事据守。硬打有什么把握呢？可是已经到了绝路，不打也不行。

"于是，夜间分三路去袭击木棚，五里地就走了四个钟头。没有路，一个人踏着一个人脚印走，半夜望见灯火，听见马叫声，我们一下来就猛烈袭击，最后和日本兵拼刺刀，打死一百多。天亮了，工人赶忙把马套上，从仓库里拉出白面，一匹马四口袋，拉了二千匹，就沿着旧路撤上山来。我们补充了十万子弹，在山林羊肠马道上，跟来追击的敌人打了几次仗，然后撤回岭西。

"到岭西后，我抽出一部分粮食，把冻坏的几百人隐藏在森林里，自己带了八百人冲过六道河，到勃利县活动。经过一两个月的战斗，我们剩下一百多人，被敌人挤进夹皮沟。那是两条大河之间的层层大山，到处是错综复杂的沟。敌人飞机十几架飞得跟树顶一样低，盘旋搜索一次。我们到了一个叫小地房的地方，用木头砌成房子，用雪盖起，在屋里锯木烧火，一点动静不露，住了十天，又打了一仗后继续行军。我们愈走愈高，上去全是大石岩、石洞、怪石堑、刀尖一样的石壁。整天就是狂风呼呼，偶然听见飞机声，也看不到影子，后来在地图上才知道这是完达山岭极峰。粮食完了，我们一个炮手毕洲信同志收了两只黑瞎子（熊），一只七百斤，一只五百斤。大家吃完了，又转到一处叫炭子房，又躲在地窖里，七八十人挤在一起，想死，死在一起吧！敌人联队相距三里远。一天，我们在树顶上站岗，敌人搜着，离房二百步，离哨兵二十步过去了，我判断他没有发现，决定不动。藏到三十八天，我想敌人带粮是有一定量的，算来应该快吃完了。到四十二天上午，我派人去顶上看看，那边还在冒烟。我说明天一定走，次日又到岩顶，还未走，大家慌了。我说明天一定走，因为原来整天枪声，现在没有了，拉锯、说话什么声音都没有了。出去一看，果然走了。我们就是这样熬过冬天，春天来了，我们活跃的时候又到了。"

无数次困难之中，周保中将军与士兵一样，都以他无比的坚决与智慧，打出一条生路。他每次行军，走在最前面，吃点炒黄豆，嚼雪过日子。他身上五处负伤，除了二次是大革命时留下的痕迹，其余都是这十四年抗日战争的光荣创痕。十四年间，东北人民处于黑暗之地，只有共产党所领导的抗日联军与人民在一起，成为他们希望的光亮。周保中将军的名字就代表着这光亮，在抗日联军最困难的时候，他的战友杨靖宇、赵尚志一个个牺牲了，他一身支撑了全局，把一切不能克服的困苦危机都克服了。"八一五"后，他在辽、黑一带发动了十五万人民大军，继续为东北人民彻底解放而奋斗。他现在是民主联军副总司令，无怪乎这次他率领民主联军进入长春东荣区的时候，走到哪一条街，哪一条街都开门欢迎他们。

每次谈话都到深夜才停止，那多半是我觉得他太疲劳了而提醒他。以后，我永远记得我们从那深灰色大厦中走下来，紧紧握手之后，他跳上他的美国小吉普，在寒冷的黎明之中驶去。我的脑子里常常出现这样的影子：他与千万万东北群众站在一起，在巨风暴雨中狂歌前进。

（《晋察冀日报》1946年7月20日）

杂　　感

新华

一

据说国民党政府又要在全国各大城市设立所谓防空机构了。

奇哉！怪哉！现在中国又没有和外国打仗，防空，"防"谁呢？

难道说英雄们又要依样画葫芦，"自买自卖"弄几架木制的飞机，来"摄"一下"影"，以作"追击前进"的借口吗？

二

联总运韶关的物资，竟有两箱"变"成石头，外国人也惊叹"高明"不已。

其实，物资"变"石头，又算得什么"高明"呢？君不见"诺言"中的"人身自由"变成了"自行失踪"，"集会自由"变成了"妨害治安"，"言论自由"变成了"查禁停刊"，"免征田赋"变成了"加倍征借"；其他如"停战"变"进攻"，"打手"变"难民"……诸如此类，真是变化无穷，变来变去，甚至连"中国"都要变"美国"了。

三

苏北威胁（？）南京，所以苏北的民主政权必须予以消灭。

张家口、承德威胁（？）北平，所以张家口、承德的民主政权必须予以消灭。

如此推论下去，得出结论来了：中共威胁法西斯独裁，所以中国共产党必须予以消灭。

真可以消灭得了吗？别做梦吧！

四

上海《大公报》说："罗哈斯喻美菲关系如母女，我们以为中菲间的关系，较确切地来比方，实在是相亲相爱的弟兄。"（六月十二日社评）

美菲既情同母女，中菲又谊如弟兄，那么中国是人家的什么呢？

五

最近美国出版的《新闻周刊》上登载了一幅地图，把中国画在美国的势力范围内。

这样一来，我们的主权真"完整"极了！说不定词典上，又要增加一个"美亚共荣圈"之类的新词。

无怪中央社说：美国驻华军队的家眷，不久都要搬到中国来住了。

六

上海《消息半周刊》近遭查禁，其罪名是"侮辱党国"！

又是"党国"，不是说已经"民主"了吗？

七

中国法西斯喉舌——《和平日报》社论说："关于保障人权、解救民生，凡政府所能做到的，或已经做了，或正在做……"

不错，"已经做了"。

"保障人权"：从较场口一直"做"到中山公园，从下关车站一直"做"到李公朴先生的身上。

"解救民生"：搜刮军粮，继续征实……

"正在做"的呢？

——且看下回分解吧……

（《晋察冀日报》1946年7月20日，《副刊》第53期）

如此"尊师重道"

克平

国民党反动分子除了嘴巴上尊崇孔子以外,还有一句天天挂在口上的话便是"尊师重道"。然而,事实告诉我们:他们除了尊重他们自己派到各级学校去"为人师表"的小特务头子以外,对其他教师,却毫不优礼。早自民国廿年大后方物价猛涨以后,教师就天天在为衣食而焦急,此后虽也调整过薪津,然而比起物价来,那正如蚂蚁同汽车赛跑,问题一直不曾解决,且一天天严重起来。名教授洪深就曾因再也无法忍饥挨饿而和一家老少服毒自杀过。有许多教授和中学教员索性就改了业,一些没法改业或不忍抛弃青年学子离开神圣岗位的教员,就只好忍痛过日。有些教授几年来老是穿着那两件褪了色的,补了许多补绽的长袍;有些虽也穿西装,但那还是留学时代或结婚时候做的(如洪深教授的)。当这些衣服实在破到不能穿的时候,他们还要改小给自己的儿女穿。老妈子、厨师也用不起了,教授们要帮助自己的太太买菜,洗碗,抱孩子,甚至扫地,做饭,抹地板。所以去年汪子美,亦就在《幻想曲》漫画展览中,有一幅题名为《教瘦》的,把一个很瘦的教授绘成一个千年佛,这只手提菜篮,那只手拿扫帚;这只手拿算盘,那只手拿锅子;这只手提水桶,那只手拿草纸给小孩揩屁股……真可谓一身兼厨师、女佣、洗衣匠、泥水匠等诸般"要职"。所以教授们之间也流行一首打油诗,曰:"琴棋书剑诗酒花,当年件件不离它;而今七样都变了,柴米油盐酱醋茶。"是的,正是后面七件事使他们无法安心教书,所以许多教授三四年以前和三四年以后对同学所讲的东西,几乎一字不改,好像一板印出。(这真是可怕的"以不变应万变"!)四月九日上海国立各大学教授为要求改善待遇而罢教的宣言中,就沉痛地控诉:"……抗战期间教授阶级生活艰苦,薪金收入不足果腹,讲课之余,不得不以宝贵之研究时间虚耗于家庭无谓之操作,且有因受残苦而疾病以至死亡者。其情其景,思之凄然。"然而,为了抗日,为了胜利,他们都忍受了,他们只望胜利以后,政府体念他们"过去之苦斗,以及将来研究学术之重责,对于待遇一节自有切实之改善,不料胜利之后物价飞涨,待遇调整距实际需要较之战时相去更远"。在目前情形下,"他们真是从教有心,枵腹无力"了。(见上引宣言)然则为什么胜利会把他们的希望打破,使他们"胜而不利",反不如前呢?这就不能不怪国民党反动派的内战政策了。因为庞大的内战军费预算,把其他费用的预算都紧缩到不可再紧缩。据国民党支持的重庆《世界日报》四月十六日载,全国教育经费占总预算百分之四强,这笔款子包括国立各大学院校及研究院和国立中学的开支,而国民党中央政治学校和三青团中央干部学校两处就已在其中占去了五分之一,这就无怪乎到处一幅破烂相。在别的国家里,为提高学术研究都特拨巨款,然而国民党政府的预算中根本就没有列入学术研究费这一项。大学教授每月研究费三千元,依四月份重庆米价,买不到一升半米。研究生研究费每月一千五百元,不够订一份报。就拿正薪津来说,三月份大加调整后,国立大学教授每月薪津最高者六万元,加生活指数八十倍,再加生活补助费二万八千元,总共不过七万六千元,一个人吃伙食就得用掉一万三四千元,如何养家?大学助教最高薪津不过五万二千元。但国营事业机构中因领导物价飞涨,攫取不正当利润,所以上下员工往往大分其肥。据四月十日重庆《时事新报》社论称:"中央银行和招商局里,一个工役的待遇也在大学教授之上,其上级人员有高至四百万元一月者。"又据四月十一日重庆《商务日报》称:"中国纺织公司总经理每月薪津共二百七十万元,是则一个大学教授工作两年才及此数。"

据郝景盛教授分析，教授们的实际待遇仅及战前收入的百余倍至三百倍，而物价则上涨至数千倍乃至万余倍。这就无怪乎三月四日上海交大全体教授电请国民党当局要求改善待遇时说，他们的生活是"吃不饱，饿不死，现在已快到饿死的绝路了"。所以北平宁协万教授干脆自杀，以求解脱这严重残酷的生活压力。但是，人究竟是有求生欲望的，并非个个可做宁协万，而且时代和国家也不容每个教授去做宁协万，所以四月二日重庆国立中央大学教授会上书行政院建议政府增拨教育经费，彻底改善待遇，俾能安心从事教育及研究工作。十四日并发表宣言，号召组织全国大学教授联合会，"以集体之力量，作一致之要求"。成都国立四川大学教授周太玄等八十五人为响应上海国立各大学要求改善待遇的罢教和"向冷酷黑暗之现实表示抗议"，特发表宣言，自四月二十二日至二十四日"也停教"三天。

至于中小学教员的待遇，那就更坏了。据三月四日重庆《新华日报》称，在中央机关纷纷调整待遇声中，四川县级公教人员的薪津总共仍不过二万元。（县府的县长、科长之流可以向乡镇长或其他地方弄外快弥补，但教员呢？）巴县小学教师每人每月学米一石四斗，薪津六千元。江北县小学教师只有学米八斗，薪津六千元。这就难怪有一个教师的家里，七个儿子共穿五条裤子，又有一个教师因为买不起鞋子，只穿木板鞋踢跶踢跶地进出课堂。（见四月二十五日重庆《新华日报》）

为了生存，四川长寿、万县等地的中学教师已于三月中发起请求调整待遇；如不获准，将全体辞职，另谋生路。重庆市立小学教师也组织请愿团，三十六单位的代表数十人，代表两千多位小学教师，要求改善待遇，保障职业。四月十一日及廿日私立中小学校教职员代表数百人两度向教育局请求救济。十五日同济大学附中教员也作如此请求。重庆中等学校校长联谊会也有陈述，四川省立教育学院、重庆中学、女职、高级商校，全体教职员代表也有要求。固然要求、请求、请愿的人很多，呼声很高，但是，他们的愿望都很低，三月十八日重庆教师们说："只要吃得饱。"这是现代国家人民应有的起码的要求。如果是个像样的政府，这些都不必等大家要求。可是，我们的苦痛了多年的教师，如今还伸出手在等救济，不但这样，更难堪的是精神上的压力，思想上的管束。浙大费巩教授失踪的事，这是众所周知，不必在此再提的了。拿最近的来说吧，较场口血案中，郭沫若、马寅初先生被殴辱；三月二日重庆复旦大学"特种学生"但家瑞、朱文柱等殴打洪深先生，辱骂张志让、潘震亚、胡文淑先生；三月十四日川大特殊分子署名张贴壁报和启事，辱骂李相符、陶大镛、彭迪生诸先生。试问他们犯了什么过，时时刻刻要派特务盯住不放松？三月三日下午渝南岸文德女中教员张咏云和同事外出归来，被人行劫用枪打伤。第二天南岸十八区区公所派人来校调查，其中一人当被张等认出是昨夜行凶的恶汉，他是市政府派来的保干事王振汉。在同学们苦求之下，卫戍司令部曾审问过他，但只认为有嫌疑，就算了事。后来在地方法院审问时，根本不许旁听，便宣告无罪。但事后十八区区公所却大放鞭炮，在街上大贴标语"欢迎勇敢的王振汉"归来；三青团也大贴标语，大呼口号。

国民党反动派的"英雄"们，就是这样"尊师重道"的。这真是史无前例的"尊重"之法啊！在周末春秋那样紊乱的时代里，孔子到武城去，还能听到"弦歌不绝"，想不到今日民国三十多年了，教育生机竟几乎欲绝！呜呼痛哉！

（《晋察冀日报》1946 年 7 月 20 日，《副刊》第 53 期）

写在雨夜

陈稻

朔北稀有这缠绵的夜雨,雨沉□了人们的哀思。

十四日听到李公朴先生的噩耗,我感到震痛,但很快就平静下来。因为,今春较场口事件,我早看到公朴先生是这群猘狗们欲猎取的对象;同时,这半年来战友与无辜者的噩耗传来太频繁,感情似乎有点麻木,每一次仅仅感到自己肩膀上沉重了一些。

昨夜,已经躺在床上翻一本书,隔室的收音机播出一个消息:闻一多教授在昆明遇害。书卷从我手中溜落,窗外狂风撼着树叶哗啦啦地响,黄仲则的名句"束发读君诗,今来展君墓"浮上心头,代替"微慕"却是悲愤与不能抑制的激越。

十多年前,自己的思想还是稚龄,我读过一多先生的诗篇,曾经倾倒于他的才华;后来自己卷入人民斗争的浪潮里,一多先生曾长时期被我忘却。一九四四年,我听到他英勇地与云南的学生们一道抨击民族失败主义的统治和争取民主自由,不久再读到他充溢着情感的文章,遗忘的私淑又油然重温。我想,只要他同人民的事业永驻,他的才藻总有一天会大放光芒。

可是,天——不是,是人,是野兽,是蒋记法西斯——从人民手里夺去这颗星星!这是中国文化的灾难!

★★★★★★

灾难怎能数得完呢?从这群猘狗们的"师祖"北洋军阀张宗昌到张宗昌的排长独揽大权,邵飘萍、柔石、白莽、冯铿、胡也频、李伟森、瞿秋白、杜重远、羊枣……一个一个文化战士,一个一个中华民族优秀的儿女被公开或秘密地杀害。暴君、独夫摧残民族文化的用

心难道不显明吗？

杀戮之不足，辅之就是阴狠、卑劣的暗害；这使人想到"建国规模的宏远，政制政令的精密，犹能远绍汉唐的余绪，实可以超越宋明，更为元代所不及"的清朝雍正皇帝的"血滴子"，以至银幕上黑色的面罩与毛氄氄的血手。究竟是谁开民国以来暗杀之风呢？又是这群猰狗的"老头子"。民国元年的正月十三夜，就是他亲自刺毙浙江革命志士陶成章于上海法租界的广慈医院。此后刽子手登基，每逢统治最艰难的年头，这一祖传法宝就被请出，杨杏佛、史量才……就是这样送命的。

今天，李兆麟、于树中的鲜血未干，李公朴、闻一多的警耗踵至，刽子手们祸心还正炽；但是，吴禄贞之死挽不回晚清的颓局，宋教仁之死改不掉八十三天"洪宪"的命运，廖仲恺、邓仲元之死也没有遏止住大革命蓬蓬勃勃的发展；反人民、独裁、专制的灭亡已经注定了，暴君独夫其奈"民不畏死"何！

★★★★★

职业说谎者的头儿彭学沛说：

"……此二事究为何人所为，在未查实以前，对任何方面之任意猜疑，皆不公平。……另派警察总署唐署长纵前往昆明督饬彻查，务须于短期内水落石出。……不论何人所为，查获后决当严惩不贷。"（中央社南京十七日电）

云南警备总司令部和省府也"煞有介事"地悬赏一百五十万缉捕凶手（中央社昆明十四日电），好像这么用手巾一晃，天下人也全眼花缭乱了。

民国二年三月二十日，宋教仁在上海被刺后，袁世凯何尝不电令江苏都督及民政长"穷究主名，务得确情，按法严办"呢？结果，主名不是别人，正是大总统袁世凯自己；血案的经纪就是袁的内阁总理赵秉钧和国务秘书洪述祖；行凶的组织者就是袁的特务，"中华民国共进会"会长应桂馨。这也许说得太远些，就以最近的李兆麟将军被杀案来说，凶手是特务马建胤、高庆三；经纪是军统局别动队长阎钟章；主名呢？不用说人们也会明白的。

不过，经过这位在戴签手下坐第三把交椅的唐纵一"饬"，至多只能"饬"出一个"宋纯投书"，或是"××告密"之类；如果下半截文章没有这样做，那并不是言之不中，而是戏法早为人道破，只好另换花样故也。

★★★★★★

一代一代的暴君独夫，一滴一滴的先驱者的血。血，不是一泓，而是汪洋。可是，现在这篇纪念文有了写处，我能够指着暴君独夫的鼻子说出心里的痛恨，这就是从来未有的。凭这一点，先驱者的血没有白流，而他们的冤也总有一天昭雪。

公朴先生、一多先生，安息吧！人民永远纪念着你们！

（《晋察冀日报》1946年7月21日，《副刊》第54期）

闻一多先生的死

余修

当从广播电讯中听到闻一多先生在昆明被蒋记特务分子刺杀身死的凶讯时,我在震惊的愤怒中,沉浸于悲悼的情绪里。

一多先生是国内的著名文学家、诗人、名教授。"五四"以后他就从事新文艺的创作,他写的诗集《死水》《红烛》,曾是我在中学读书时很喜读的作品。后来他和徐志摩等创办过《新月》杂志,也从事过古诗英译的工作。一九三五年我曾在北大听过他讲《诗经》,才知他对于中国古代文学是很有研究的,他从社会发展的经济背景,来说明《诗经》诸篇的创作过程;同时,他还拿西洋许多古诗,来作比较的讲授。这曾留给我很新颖、很深刻的印象。

一多先生很早就是一位富有革命热情的青年,当他在美国留学时,那时正是一九二五年,上海发生了"五卅"血案,当时反帝的怒潮唤起他对帝国主义的憎恨,他毅然舍去在美国求学的优裕环境和可能获得的学位头衔,回到祖国来,投身到新文艺工作里,无论著书还是讲学,他一向是崇尚民主与科学的精神。

"七七"事变,先生随着北平学校一同南迁,先生在武汉大学、西南联大等校讲学。由于国民党的一触即溃,节节败退,日本强盗侵占了我们大半山河;由于他在大后方,他目击蒋介石独裁政府的反人民反民主的黑暗措置,他忧心国事,挺身而出,为中国争取独立民主的言论,越来越激昂了。尤其最近二三年来,除自己研究学术而外,经常参加群众活动。在昆明他经常以民主人士的资格,不断抨击国民党反动派的黑暗无能。他大声疾呼号召学生应该到民主战线上来,要求国民党废除一党专政,实现民主政府,成立联合政府。他成为西南的一面民主运动的战旗。

今天，谁不痛惜一多先生的惨死，他的死不但是中国文化界一大损失，而且是在今天民主阵线中，失掉了一位极有声誉、有威望的领导者。

他死在谁的手里？

天下人的眼睛都看见这一事实，这是蒋介石独夫政府所主使的特务分子一手制造的杀人行凶的血案。

杀死一位手无寸铁的全国有名的学者、一位爱正义爱民主的教授，这罪行使我很快想到了中国古代那位焚书坑儒的残暴君主；满清末季那些拿外国人供给的武器来镇压本国人民，对外则卑躬屈膝，签订卖国条约的"奴才""臣子"；以及民国以后，依靠自己的武力，到处实行恐怖镇压，一心要做皇帝的袁世凯。

今天蒋介石为了坚持内战独裁的方针，不惜师承历史上所有独夫屠夫的衣钵，向着像闻一多先生这样的人下如此毒手！

一多先生为我们多灾多难的祖国躺在血泊中了，我们相信他不会白死的，我们相信将有千千万万的同胞在哀悼这位民主文化的战士，而且一定是跟着起来的。全国人民所拥起的和平民主的狂涛，会淹没杀人主凶的宝座，从独裁者的宝座上拉他下来，要给他算这笔血债的！

（《晋察冀日报》1946 年 7 月 21 日，《副刊》第 54 期）

悼公朴师

邓毅

公朴吾师！你竟被中国法西斯的血手所杀害，离我们而去了！

记得第一次看到你，是在重庆沧白堂"政治协商会重庆各界政治协进会"讲演会上。那天晚上你是主席，你简单地介绍了讲演者——王若飞同志后，就紧紧地依坐在他的旁边。忽然特务的石子向台上飞去，会场上起了骚动，你从从容容地站起来，大声地说："请大家别怕，石子是打不散我们的……"随着你清晰而有力的声音，抑止了听众骚动的心。

由于沧白堂地方狭小，容纳不下许多听众，因而拥挤，会场秩序又形紊乱。你说："来听讲的都是'主人'，请主人们自己维持秩序……"被国民党奴役很久的人们，忽然听到"主人"二字，大家立刻恢复了秩序。这就是你给我的第一次印象。

"二一〇"，你在"较场口"被特务打伤后，躺在医院里疗治，但你并没有休息，躺在病床上，你还替我们编了《比较教育的讲义》，你是没有片刻忘记你教育青年的任务。头上的伤口尚未痊愈，你用布缠着头，扶着拐棍回校，一直走到教育系教室里。我们扶助你坐下后，你苍白的脸上现出愉快的笑容说："我太惦记着你们的学习，不能久躺在医院里……"

接着你检讨关于你被特务打伤的事，你说："这是我们事先毫无准备和布置，今后在这方面要多多注意……"

四月二十九号我去社大，你正急忙地准备放假典礼。我告诉你我要离渝到解放区去。你要我等到散会后，同我详谈。我说："我要办理手续，明晨上飞机。"你怅惘地热烈地握紧我的手说："那么再见！

祝你一路平安，到了解放区努力为人民服务，向人民学习……"

亲爱的公朴师，别后未及半载，竟横遭蒋记特务分子的毒手，谁想到我们竟成了永久的别离！

丧心病狂的国民党特务分子，为了要坚持独裁扩大内战，摧毁民主的力量，竟无法无天地刺杀了你，可是有千万青年踏着你的道路前进。人民是杀不退的，独立、和平、民主一定要实现的！公朴师，安息吧！人民的事业一定会以胜利来告慰你的。

(《晋察冀日报》1946年7月21日，《副刊》第54期)

此处禁止播种

张真

据说,这一次世界大战是胜利地结束了。但是很奇怪,世界各处反而更杀气腾腾起来。中国,不用说了,早有人断言是到了战国,并且出版了《战国策》为证。奇怪的是,遥望欧美,这些"西方式民主"的国家,竟而也时时闪出刀光剑影来。

报纸和通讯社有人说是"人民喉舌"。然而——且慢,据民国三十四年十一月九日《和平日报》社论,凡有提起"人民"或"民主"的,"都实实在在是人民的公敌"。那么不提"人民",单称喉舌吧。然而在东方的"喉"里,却往往冒出了"西方民主"国的炮烟,中国的"舌",倒尽唱着"英语民族"的战歌,这就叫人莫测高深了。

美国的武器,时时有新的发明,消息到了中国,可就凶了些,要用大字标题,排在显著的地位了。这一次是"飞翼"。不但武器好,连中央社的电文也译得漂亮:"诺氏设计该机,可以近似光速之速度,穿过敌人之飞机……该机飞于空中,几可不见,盖并无机身,吾人仅能见一酷似刀口之机翼,叫啸越过高空。"这样的文章,实在值得双圈,可以想见该记者译电文时的兴奋与激动。

自从有原子弹以来,我们已经屡次听到新武器的消息了,远程飞机、细菌炸弹……奇怪的,总是美国的发明。美国这样叫嚣着武器的精良干什么呢?不用说,是有他的政治目的的。然而素以"酷爱和平"自称的中国人的报纸通讯社,竟也兴奋和激动起来,亦步亦趋地跟着叫嚣,把美国杀气尽力散布在中国。难道嫌中国的杀气还不够"腾腾"的吗?这到底算谁的喉舌?实在难以明白了。

美国延长征兵,佛朗哥摩拳擦掌,世界真像是大花脸的世界。欧洲苏联占领军复员"已由六百万减至三百万"了,丘吉尔却还说:"新世界大战之种子,已在散播中。"(都见中央社六月五日电)在这样的世界里,中国大作鱼肉已经作得够了,"喉舌"们却还在帮刀砧吹牛,莫非真是生有媚骨,不可救药了吗?我愿一切报纸通讯社的门口,都竖起一块牌子,上写六个大字:

"此处禁止播种!"

(《晋察冀日报》1946年7月21日,《副刊》第54期)

忆公朴先生

得复

社会大学的创办与成长,和李公朴先生是分不开的。学校人手少,陶校长一天到晚在四处奔波,校内一切繁琐的事务就都压在李先生一人的身上了,此外还兼授教育系的世界教育史。他说:"我和陶校长是分工合作的,他跑外勤,我搞内勤——有时我直到夜半两三点钟才能上床。早有人警告我了,要我注意自己的健康。可是我想,能够替社会培植一批民主青年来,我一个人又有什么了不起的?而且你们那股子澎湃的热情,也不容许我偷懒。"

李先生有健壮的身躯,修长的黑胡子给人以深的印象,对同志们和蔼可亲地热忱,最令人感动。李先生将近五十了,精神却不亚于一般青年,大家都说他"老当益壮"。他是个出色的演说家,说话时有条不紊,简短有力。每晚上总要跟我们讲十来分钟的话,勉励我们,鼓舞我们。他的朗朗而清晰的教诲,一字一字地打入我们的心坎,使我们在工作和学习上不敢消极。

较场口事件后,李先生受了伤躺在医院里,对来慰问他的各系代表说:"不要懈怠了学习!"而并没有休息几天又回到学校来主持校务了。

在追悼"四八"殉难烈士的会上,他对同学们说:"我们要怎样地加倍努力学习,才对得住我们的老师,博古和邓发二位烈士!"

而另一方面,李先生付出他所有的精力去从事民主运动,他是民盟领袖之一。沧白堂的"政协"协进会他当过主席,较场口的"各界庆祝和平大会"他是总指挥,重庆的星海合唱团及民主合唱团是他一手创办起来的。

离开他才不过两个多月，今天竟传来这样一个沉痛的噩息！我们最敬爱的副校长李公朴先生，在昆明被卑污的反动派所驱使的特务暗杀了！反动派还正在无法无天，而民主战士的阵营里又弱了一个，这真是中国人民重大的损失和不幸！但李先生的死是光荣的，他的名字在中国民主斗争史上将占有不朽的一页。他的牺牲，像鸣响了一口血钟似的，告诉了全国人民：不容许我们稍稍懈怠与反动派的斗争了，否则，我们就没有活路。

"为民主运动而牺牲，死而无怨！"只有伟大的战士才能抱有这样为真理斗争的不屈不挠的决心！

我们知道，仅仅眼泪和愤怒是没有用的，我们将用行动来纪念你。全国的人民将踏着你的鲜血，去完成你的遗志！

李副校长英灵不死！

(《晋察冀日报》1946年7月21日，《副刊》第54期)

北 平 剪 影

司马乔

一

北平市政府下了一条命令,把书店、杂志社、新闻通讯社、印刷厂与理发馆、妓院列在一起,称之为特种营业,必须到社会局、警察局做特种营业登记,否则不许营业。这分明是对文化界的一种威胁和有力的打击,想在这一"特种营业"的名义下,封闭正在热烈展开着的文化运动。

当时北平的文化界洞穿了政府这一阴谋,遂群起反对,"北平市出版业联合会"发表宣言,拒绝这一摧残文化、镇压舆论的不合理的"登记"。宣言拟成后到《华北日报》去花钱登广告,但是《华北日报》竟拒绝刊登。问他理由,说:"没有什么理由,就是不登。"无法,又到《世界日报》,《世界日报》是一个"民营"的了,同时又以"超然"自居,当然不会有问题。但是,怎么样,也是不给登,并且还判了罪名,说"不合法"的广告,是不敢登的。

二

北平市的杂志界为了联络感情,加强团结,于去年十一月成立了一个"北平市杂志界联谊会筹备会",定期开成立大会。会场觅妥中国文化服务社北平分社,除向社警两局登记备案外,并约政府长官及新闻界参加。但到开会的时候,突来警察强令解散,与之详细解说,"已在社警两局登记备案,准许开会",但仍无效,只好解散。第一次如此,第二次又如此,第三次的时候,又是强令解散。于是全体会员都不能再忍耐了,纷纷与之争辩,仍是无效。乃有人说:"屋里不许开会,我们在院里站着谈谈话。"到院里站着谈话也不成。有一个会员愤怒地大声说:"站着开会也不成,大家跪下来谈谈,成不成?"结果跪下谈谈也不成,结果还是被解散了。

(《晋察冀日报》1946年7月22日,《副刊》第55期)

阴风袭上海

纯静

上海前几天正在遭受着由海面上吹来的飓风侵袭，刮得上海居民实在有点不很愉快，而飓风刚刚过去，下关的"打"风，不知由什么地方又溜到了上海。在今天（二十八日）的《文汇报》上刊登了一段很使人注意的消息："苏北难民，今日游行事，业经某负责方面证实。缘有本市书业界某君进往谒负责当局，请在'游行'时派人保护，当局已予允诺，并称'苏北难民将于明日（二十八）游行，但打书店报馆事未有所闻，职责所在，自应加紧防范'。据闻苏北难民准备在游行时所打之书店报馆等均有必要之准备。"当这消息传到人们的耳朵里时，凡是爱护上海市好的书店及好的报馆的人们，均为不安。有人说，在今天中午十二时，拉警报汽鸣时动手。我非常担心今天会发生这类不幸的事件，十一点的光景，我特地打了一个电话询问《联合报》的一位友人，她回答，已经准备好了，只等候所谓苏北"难民"大驾光临了。时间一分一分地过去了，我实在为她们将会遭受不幸的事件而担心。可是，汽笛呜呜地响了，我猜想她们一定是挨打了。而在下午三时的时候，《联合报》仍旧出现街头，我就非常地惊疑，于是我便搭车前往一观。刚走到《联合报》馆，该社编辑陈××正走出门，他今天是特别的装束，平日所穿的比较□□点的衣服今天却不穿了，只穿一件黄布长裤和旧布衣上装，第一句话便向我说："看，我这一套，今天准备挨打。"是无声地相互苦笑一下。可是，《联合报》今天显得特别紧张，印刷机响得特别有劲，好似表现愤怒的抗议，送报的报童，也像提防不幸即将到来，把刚印出的报，向腋下一夹，很迅速地离开了报馆。除了营业部还有人在，编辑部的人都走光了。这种情形使人在无形中感到一阵不可抑制的愤怒，这是一个什么鬼世界啊！在《联合报》门口的墙上天天特别地贴了一张条子，上书"《和平日报》印刷厂"。我揣测这是以防不测，贴上了"《和平日报》的印刷厂在此"的字条，或者"苏北难民"不会打印刷机。要么，是他们借此讥讽一下也或有之。

我随即转身穿过了马路，向朱葆山路走去，去看一下《新华日报》的筹备地方，那里已经紧锁着大门，连一个人都没有了。我怀着一颗极端悲痛的心，搭法商电车，到了生活书店，知道它也是被打之一家，而生活书店的大门，却在开着，还有不少的人出出进进。我不知道生活书店会这么镇定，当我走进了书店的大门，才发现书架上的书早已搬光了，在那里的只是些不重要的书和少数的杂志。虽然店员的脸色显得安静，好似平日一样，可是他们的眼光却落到每一个走进来的脸上，看看是不是所谓"苏北难民"。我立了一会儿，无心情看书，在一个书架的角落里发现了一本陀思妥耶夫斯基著的《被侮辱与被损害》的书，在我的心中感到了沉重，随即涌上来的是一阵愤怒的火焰。和平代表使者，在下关被打，这股打风，不知从什么地方溜到上海。这一股阴风，会在人类的世界上把一些良善的人们刮得心神不安！这股伤害好人的阴风，只有用人民的火才可以把它烧灭。

上海这几天，正是阴风乱窜的时候，健康的人们，也在时刻提防。这股阴风由来已久，它是最近才由我们首都下关，溜向上海来的，就是健康的人，不加以提防，也会被它们侵伤皮肤的。阴风在袭着上海。

(《晋察冀日报》1946年7月22日，《副刊》第55期)

零 感

志远

一、老百姓并没有学会基督的信条!

托尔斯泰曾说过一句反语:"人要打你的右颊,你最好左颊也给转过去吧!人要夺你的外衣,你衬衣也给他吧!凡有求你的,须给他;有夺你的,也不要索还。"这句话我们要正面地去解释,就是蒋介石现在所谓的"顺民"了吧?!

但可惜的是,这些"阿斗"们并不老老实实地做一个爱国(?)的"顺民",他们没有学会基督的信条!

二、"青出于蓝而胜于蓝"

七月九日本报副刊转载了一篇《商务日报》上的新闻:"天津美军当局,规定华人因美军肇祸致死的,一律赔偿十万元;驴子致死的,赔偿十三万五千元……"我敏感地嗅到了这句话的血腥气息,穷凶极恶的一副嘴脸也隐约可见。我们想想,日本统治中国的时候,残酷足够瞧的了,但在都市里我还没有见过一条这样的生命买卖的明文规定。真是空前而绝后!作为世界四大强国之一的中国,人民的人权在哪里?美军当局这种措施比起日本来真叫人有"青出于蓝而胜于蓝"之感。我不禁为国民党当局叹!更不禁为自命爱好和平的盎格鲁撒克逊族叹!

老百姓的智力,揭穿了他们的西洋镜以后,美国反动派的命运定矣!

三、一根不可见的线

现在可以把中国法西斯的政体性质,比作一张蛛网,它的头子好像一个蜘蛛,一根不可见的线,从蜘蛛那儿出发,把它的爪牙们都结合起来,暗地里来缠害中国老百姓,吸老百姓的血液!

当老百姓看清这张蛛网的详细网目以后,便会勇敢地把这趾高气扬害人的蜘蛛踩死,把那根不可见的线截断!

无疑,胜利是代表正义的人——老百姓的!

(《晋察冀日报》1946年7月22日,《副刊》第55期)

读报杂感

阿弥

一、"稍慢让路"罪

"偶语弃市""谈论国事"等等成为罪名，已经够令人咋舌了，而现在"稍慢让路"居然也会成为屠杀的借口，真不能不"佩服"法西斯徒子徒孙们的杀性。

那是在国民党治下的徐州，一个连长可以因学生让路稍慢而集合全连美式装备的士兵，架起三挺重机枪，去屠杀手无寸铁的徐中学生，酿成了大血案。而且杀了人还不许学生们请愿，不许走漏消息，即使希魔再生，恐怕也不过如此了吧！

所以不许走漏消息的原因，是徐州城防司令方先觉恐传了出去有损本人"名誉"，但是雪地里埋不住死尸，消息还是传出去了。至于"名誉"呢？其实方先觉是不必担心的，抗战中在衡阳投敌的"名誉"大家早已"久仰"的了，再加上现在的虐杀徒手学生，真是"劳苦功高"，不久一定会得到独裁头子的嘉奖无疑。不信吗？方先觉的叛国归来而升级，关麟征的屠杀昆明学生而得勋章，就是最好的例证。

二、名目繁多

抗战胜利了，反动派对八年来的耻辱创痛早已经忘记（以前也是无视的），唯有对于共产党的仇视却没有忘怀，所以日夜筹思，必欲消灭之而后甘心。

无奈共产党抗战有功，在人民中已建立了不可动摇的威信。师出无名,于是就给共产党、八路军和解放区加上了一大串的"罪名",什么"奸党""匪军""封建割据""不服从军令政令"之类,进攻解放区则名曰"剿匪""清剿",最近还用了一个更漂亮的名字:"反内乱"。真是名目繁多!

好像这天下唯我独尊,只有蒋家是正统,"顺我者昌,逆我者杀",谁要反对独裁专制就是"犯上作乱"。

可是,蒋家却再也挽不了世界的民主洪流,再也抹杀不了深深植根在人民心底的对于共产党的好感了。这一类名字用得再多,也只说明了自己独裁和反人民的野心,以及无法摇撼共产党解放区的阿Q心理而已!而那些"难民""地下工作者""先遣军""还乡团"等等名词,却在发散着浓烈的血腥和臭气。

几个名字掩盖不了铁一般的事实,今天和今天以后的历史是要人民来写了!

三、"喜欢美国统治"

报载,台湾旅沪同乡会理事长李伟光揭发美国帝国主义分子垂涎台湾的野心称:"美国《时代》杂志刊载一文,谓台湾人喜欢美国统治,如果投起票来,必愿意归属美国。"

美帝国主义分子的梦做得真甜!居然就说别人"愿意归属美国",可惜他们忘记了郑成功和当时人民抗争的事迹。

然而,这个梦也是有它的根据的,根据的不是中国人民,而是中国的吴三桂、洪承畴。他们看到中国的吴三桂、洪承畴让他们的军队随便在中国的领土内行走,"打猎"演习,他们的船只可以随便在中国内河航行,他们的商品可以毫无拘束地在中国市场倾销……怎会不得意忘形、贪婪无厌地想这想那呢!

美帝国主义分子如果是对中国的吴三桂、洪承畴说"喜欢美国

统治"，那不但不会遭到李伟光那样的愤慨，恐怕还会认作"知遇"，三呼"万岁"的吧！至于要人民"投票"那就麻烦，因为人民投票的手先用来打他们的耳光了！

四、鹰犬的前途

最近美货像狂涛骇浪一样，涌进了中国市场，使得国产品无法竞争，工厂纷纷倒闭，民族工业临到了总崩溃的前夜。凡是真正的中国人，凡是有良心的爱国主义者，凡是想在目前与将来过一点安生日子的人，没有不感到这事态的严重而群起反对的。

连美国的公正人士也看不过去了。《纽约论坛报》记者说："由于美国商船泛滥的结果，中国沿海各大城市已发生大批失业现象，当地各大工厂已没有可能恢复，进行战后生产。……如果中国政府采取有效办法，可能迅速阻止外货的倾销，可是中国政府不愿意这样做。"

说是政府"不愿意这样做"还是客气的，政协工商界代表李烛庆的谈话就较尖锐，指出，"政府熟视无睹，且隐有欢迎之意"。

而实际是，蒋介石政府为了换取军事援助，以维持自己摇摇欲坠的独裁统治，"引狼入室"，还在感激涕零哩。

在这儿，我们认清这样一个道理：一个公正的美国人的看法，正是合乎广大中国人民的一致的意见；一些奴颜婢膝、媚事外人的家伙，却只是生在中国、剥削在中国的美国的奴隶与魔犬而已！

但是，这种奴隶与魔犬的前途是注定了的：不在泛滥的美货狂潮中淹没，就会在人民争民主、自由、独立的燎原大火中毁灭！

（《晋察冀日报》1946年7月23日，《副刊》第56期）

抗议逮捕青年

吴均

国民党当局近来对青年学生的摧残变本加厉：除开镇压青年学生的言论、集会、学习、思想、研究等的自由以外，近更在各地普遍施行恐怖行动，逮捕监视，造成恐怖气氛。

据报载，七月九日，济南国民党当局非法逮捕各中学教职员、学生二百余人，包括第一、第四临中，师范，女中，济中，女师等校。青岛学生现亦处于特务严重威胁中，学校周围均有保安队站岗，请假不得过三小时，学生无任何自由。当局复迫使各校学生参加"志愿军"，仅该市之烟台中学，即有二百余名被迫投入，且已被暗中送至作战卫队当兵，学生纷纷外逃。（见七月一日《民主报》）南京临大先修班学潮事过月余，六月二十七日突有便衣侦探三人偕同警察六七人，携带手枪至该班学生宿舍，逮捕学生会会长朱□、副会长薄克基及学生苏开新。（六月二十九日《大公报》南京加急专电）北平东北义民还乡，中国大学学生张志刚、王哲等四人在车站失踪。（六月三十日《大公报》北平专电）江苏松江学生二十一日为反内战、争取和平而游行，次晨一个教师和两个学生被捕。（六月三十日《国民公报》上海专电）广州当局将该市异己分子与可疑分子（包括民盟、进步文化人、主张民主的店员、公务员、教职员与学生等）共计八百余人列入黑名单，内有中山大学学生百余人。（七月二日本报广州通讯）另外，据说后方各大学员生也被列入"黑名单"，指为共产党员或民盟分子。（七月二日新副）

从上面几个不完全的材料，已可略略窥见当局正在全国范围内进行一种广泛、卑劣、黑暗的特务行动。

首先，趁复员、迁校分散流动的时机，逮捕嫌疑学生。这使我们想起月前金大某同学在宝鸡失踪和关梦觉教授在陕西被捕的事情来。中国大学东北籍同学四人的被捕更证明了这种卑污手段。

其次，逮捕一切参加和可能参加反内战运动的同学，镇压和平请愿，以遂他们内战独裁的兽欲。

第三，强迫、诱惑青年参加内战行列，以为他们充炮灰，这在东北和青岛已是事实，而"集中军训"则是未来的计划。

最后，准备全国要求和平、民主进步员生的黑名单，以备他们所谓"时机到临"一网打尽。

这些最卑劣阴险的活动不是偶然的，它们是反动派整个内战独裁计划中的一部分，是这种计划多面的和一贯的表现。依他们的逻辑，打倒一切进步分子，才可得到"和平"；消灭一些民主人士，就是实现民主。这种愿望怎么不会与全中国人民的要求背道而驰呢？

罗斯福总统规定"免于恐怖"为四大自由之一，政治协商会议决议："确保人民享有身体、思想、宗教、信仰、言论、出版、集会、结社、居住、迁徙、通讯之自由。"蒋主席四项诺言中第一项就是"人民享有身体、信仰、言论、出版、集会、结社之自由……"而国民党当局现在却是这样"忠实履行"这些原则的！

全国人民、全国青年的自由权利已毫无保障了，法西斯恐怖正笼罩在国人的头上，反映出国内和平民主的严重危机。

然而必须向反动派指出，这种倒行逆施的行动是危险的，它将引起全国人民的愤怒和反抗，也必须指出，他们彻底消灭有正义感人士的计划，像他们想阻止中国人民得到和平民主的企图一样，是一种幻想，是注定要失败的！可是十八年来，多少万优秀的中华民族的儿女已被反动派逮捕、摧残、屠杀以死！我们抗议这种种侵害人民自由、迫害青年生命的罪行；我们要求立即解散特务机关和集中营，释放被捕人民，取消一切巴士底和纳粹式的监狱！

(《晋察冀日报》1946年7月23日，《副刊》第56期)

"代表"与"狗牙"

金陵

国民党又打算不顾一切地单独召开国民大会了。中国人的耳福眼福确实不浅,单是选举一事,所见所闻,已经不少了。有一手拿法币一手拿选票的贿选,有一手拿枪一手拿票的逼选,有一手敬酒一手拿票的请选,有拜干老子认干儿子的,有凭吹牛拍马的,有抹下脸孔去圈定指定的,种类繁多,不一而足……但是最精彩的,还应推今年国民党统治区的国大代表选举,其丑恶是集一切历史上选举丑剧之大成,除开过去用过的老办法外,并有"新创造"。譬如北平三月份《民强报》载:"北平区域的候选人,在社会局领导下由北平市十六区区长,联合推出六十人来,市民只需在这六十人中间,随便捡几个一圈,就算完成选举的盛典,行使神圣的民权。"这不能不说是"新创造"。因为这一"新创造",在贿选、逼选等花样之外,又添了一条"狗嘴里寻象牙法",因为这是要老百姓从六十个狗牙中找出象牙来,只要老百姓肯找,那就可以借老百姓的笔一圈,狗牙就可摇身一变而成象牙,以"人民代表"的姿态出现了。

用贿选、逼选等老办法产生的老代表加上用老办法加"新创造"所产生的新代表,那么就明了这次国民党所宣布的国民大会代表是一批什么角色了。有民国二十四年选出的已经当了八年汉奸的汉奸代表,有在峨眉山上峨眉山下反共反人民的特务代表,有两者兼而有之的代表。其实不管新与旧,除极少数外,全属"狗牙"。

可是狗毕竟是狗,虽披上人皮,还是直立不起来。"狗牙"毕竟是"狗牙",永远不会变成"象牙",中国人民正因为见的太多,受骗的太多,所以不管狗和"狗牙"们说得天花乱坠,中国人民再也不会把"狗牙大会"误认作"国民大会"了。更可庆幸的,中国人民也知道了"狗"是要用它的"牙"咬人的,而有了适当的防卫。

自然新与旧的代表中,还有极少数真正的人,真正的"象牙",但他们一定拒绝开会,让这一个"狗牙大会"给清一色"狗牙"们开去,正因为是清一色"狗牙",没有"象牙"做护符,人们会更清楚地看见狗们怎样布置扑人和怎样咬人了。那么,好,以后打起狗来也不致眼花缭乱!

(《晋察冀日报》1946年7月24日,《副刊》第57期)

哀悼闻一多先生
控诉中国法西斯匪帮的滔天罪行

——清华留张同学代表郑季翘广播词

诸位同胞：

我代表清华留张同学哀悼前国立清华大学教授、现任西南联大教授、青年运动的导师、进步的文化工作者、名诗人，特别是中国和平民主勇猛坚毅的战士闻一多先生，并向全国人民、全世界民主人士控诉万恶的中国国民党法西斯匪帮用血腥的暗杀手段，残害中国和平民主事业先驱的滔天罪行！

正当中国国民党法西斯派依靠卖国，取得外国人的支持，准备并已部分开始大规范内战，广泛屠杀中国人民，坚持其反动独裁统治的时候，也正当全中国民主人士、广大人民正以排山倒海、汹涌澎湃、不可抗拒的力量，反对卖国，反对独裁，反对内战，为中国的和平、民主、独立而紧张斗争的时候，在李公朴先生被暗杀后的第三天，在同一个地方——昆明，闻一多先生又惨遭了反动派特务的毒手。特务们预先是这样地有计划，有部署，他们知道了闻先生到了昆明市府甬道十四号《民主周刊》社，预伏在一阴暗的角落，待到闻先生和他的儿子出来的时候，这些埋伏的匪徒们，一拥而将闻先生包围，开枪狙击，弹如连珠，以致闻先生腹部中弹多发，在后来送医院的途中殒殁；他的儿子闻立和也身中五弹，左右胸部各一，两脚中弹三发。很明显，既然不是用的机关枪，那就是打倒在地以后，唯恐其不死，继续近前去打的，而这样打了一大阵以后，行凶的特务才悠然走去，还能悠然走去！看看！这是什么世界！

闻一多先生是中国有名的学者，他对中国文学有极深刻的研究，这样的人物无论中外应该说是"国家之宝",然而他竟不容于蒋介石独夫统治下的中国,被特务暗杀了!

闻一多先生是有名的爱国主义者,抗战以后,愤国民党政府之腐败无能、贪污享乐,曾大声疾呼,召唤挽救危难的祖国,并为祖国做了很多具体而有益的工作。然而今天,他竟不容于丧权辱国的蒋介石卖国政府,被特务暗杀了!

闻一多先生是有名的民主主义者,他是民主同盟的领导人之一,为中国政治的民主化努力奋斗不息。正因为如此,法西斯独裁者们就处心积虑谋害这位民主的战士,而终于用了最卑鄙的手段,唆使特务将他暗杀了!

闻一多先生是被法西斯匪帮们暗杀了,听到这个不幸的消息以后,我回忆起这位朴素的先生,他永远是穿着一身蓝布大褂,微笑地、平易近人地教诲着青年。而这样的一位诚恳的学者,今天,今天竟死在了法西斯的屠刀下,倒在暴徒们的血泊中。

国民党法西斯们残害闻一多先生,是他们计划着的一系列的暗杀事件中的一个。他们残害闻先生,以及在头三天暗杀李公朴先生,就是对中国民主人士开刀,就是对全中国广大人民开刀——在他们说来,是屠杀中国广大人民所举行的祭旗礼!

中国法西斯魔首,开口动辄就是仁义道德,法西斯匪帮在现在也大喊着要实行民主,然而一件一件的特务暴行事件,特别是昆明三天之内的两件暗杀事件——闻一多先生及李公朴先生的被暗杀——就更加明显地暴露了他们到底是些什么东西:他们是满口仁义道德,满腹男盗女娼的伪善者;是笑里藏刀的暗害者、阴谋家;是恶棍,是暴徒,是杀人犯和刽子手!

我们听到过帝俄沙皇的残暴;我们听到过激起法国人民发出"不自由,毋宁死"的吼声,而举行了大革命的法王路易十六的残

暴；我们听到过焚书坑儒的秦始皇；然而他们还是明来明去，还没有当今中国法西斯匪帮们的这样凶残和卑劣！

窃国大盗袁世凯为了帝制自为，曾经暗杀了宋教仁，只有宋教仁；段祺瑞政府在"三一八"枪杀了请愿的学生，鲁迅先生书之为民国以来最黑暗的一天；国民党法西斯匪帮统治的这二十年内，明的暗的不知道残杀了多少无辜而有为的青年，明的暗的不知残杀了多少革命的民主人士。到今天，居然变本加厉列出黑单，企图大批地杀害民主爱国人士！在一城之内，三日之间，戕害了两位著名的民主战士。凶手同样是预伏阴陬，从容开枪，悠然走去，事后国民党当局还要装出样子，下令调查，悬赏缉凶。真凶残极了，阴险极了，也无耻极了！国民党法西斯统治的二十年，是民国以来最黑暗的二十年，是民国以来最黑暗的一个历史时代！

我们要向全世界民主人士控诉，你们看看中国人民处于怎样的一个境遇！全世界法西斯恶魔已经被打倒了，而中国人民却正呻吟于法西斯游魂的践踏之下，没有自由，被人任意残杀。伸出你们的援手吧，援助中国人民，中国人民迫切地需要这种援助！同时，我们向国际的某种人物警告：你们对中国这种局势装作不知，为了某种自私目的竟继续支持这个万人切齿的、独裁的、与人民为敌的恶政府，就是助纣为虐；不仅与中国人民的友谊一点也谈不到，而且实际上变成了这个残暴集团的帮凶、杀人犯的同谋者。

我们在这里吁请所有清华同学、西南联大同学、一切学生青年及全国广大人民，英勇地行动起来！祖国正处在一个万方糜烂、狐鬼满路、乌烟瘴气的时代，正处在一个慢性的殖民地化的过程。一切的根源，在于国民党法西斯的独夫统治。民主，民主，只有民主才能解救这种危机；为取消特务而斗争，为国家民主化而斗争，"不民主，毋宁死！"

我们也正告这些法西斯匪帮们，杀人者绝不是胜利者，你们以为中国民主人士、中国广大人民在你们屠刀下就屈服了吗？假如那样，你们在十几年以前就不是把天下杀平了吗？假如那样，你们的朋友——日本帝国主义就不也已把中国杀平了吗？你们的卑鄙的、残暴的屠杀政策，只是给全国人民愤怒的巨火上加油加薪，最后烧掉了你们自己！你们的屠杀政策，绝不是表示你们的有力，相反，恰恰是表示你们统治的摇晃，岌岌不可终日！

我们以满腔的沉痛和悲愤，遥望着西南的云山，哀悼为中国民主和平事业而殉难的闻一多先生以及李公朴先生。闻先生、李先生，你们安息吧！全国人民，将永远忘不掉你们，我们将踏着你们的血迹继续和法西斯匪帮搏斗，中国一定要实现民主，法西斯匪徒们一定要受到他们应得的惩处！

（《晋察冀日报》1946 年 7 月 25 日）

夏天的太阳

萨为

人们把六月的太阳比作暴君，用怨恨暴君淫威的情绪来怨恨太阳。其实太阳是蒙受了不白之冤。

如果我们没有了太阳，地球上的一切生物都要死亡哩！

想想看吧，没有太阳就没有热——因为太阳是地球最接近的一颗恒星，全宇宙所有的恒星投给我们的热能，还不及太阳传来的千万分之一，所以地球上的热能，几乎全部是接受太阳的恩赐。

没有光和热，我们的世界将成为怎样的世界呢？每天二十四小时都是黑夜，空气的温度□生局部差异了，于是就不刮风了。蒸发作用停止，雨也不下了，那么川河不久就会枯槁，所有的水都静静地躺在湖海里，而且慢慢结成冰。

一切动物的食物，直接间接都受植物的供给，植物中的营养成分主要为淀粉，淀粉是叶中细胞利用太阳光线之力，分解空中酸气，摄取其中的碳，再与由根所吸来的水化合而成。日光没有了，那么植物的淀粉造不成了，于是不但动物无法生存，植物本身也趋于死灭。

埃及古代的美洲红人，都拜太阳为神。如果"论功封神"，太阳被人崇拜倒是应该的。

不过太阳是不是神呢？不是！它倒的的确确是一个大火球，而且大得可怕。

地球和月球的距离二十四万哩，但太阳的直径比此数还要大四倍，它的质量等于三十三万个地球的质量。如果把地球放到太阳的肚子里去，可以放下一百三十万个，但是太阳在恒星之中，不过是个小玩意。

说太阳是一团火，完全不错。据天文学家分析，它的外部是很高的灼热的气体和金属蒸汽，内部是太阳核体，但那核体方面是些什么呢，将是永远难解的谜。这核体我们称它作"光球"，光球的外面叫"反射层"，厚约一千哩；反射层的外面则是"色球"，厚约五千至一万哩，像红色的火海一样。这里面充满氯气和钙蒸汽，狂澜汹涌，沸腾喷射，好看极了，遇到日全蚀时，是很容易看到的。

太阳是地球的妈妈，多少千万年以前，当太阳还是一年青姑娘的时候，不知从遥远的天的哪一方，撞了一位陌生的大星球，它从太阳小姐的身边擦过，于是太阳小姐被它的引力所吸引，从体内抛出炽热火浆，马上她成了九个大孩子和一群小孩子的母亲了。

做了母亲以后的太阳，她得照料她的孩子们，她拉住每个孩子在她的周围旋转。我们都知道，地球绕着太阳妈妈跑一转，正是人间的一年啊！

太阳妈妈除了带着孩子们玩耍之外，每天还要用光和热来哺喂这些孩子。但是地球所接受到太阳放射出来的能，只是太阳所放出全部能的二十万万分之一，这个硕肚的妈妈，是多么伟大呀！

但是，太阳放射出庞大无比的热能，是不是会有一天竭尽呢？她的热源又是什么呢？

最初有人假设是由于空间许多流星被太阳所吸引而落到太阳体内，这些落下的动能转而变为热能，但是这种热能很小，流星被吸引的机会也不多，从这里取得放射能的补偿，似乎不大合理。

居里夫人以后，放射性研究大为进步，知道放射性元素的原子不断地在蜕变成为别种物质，同时发生多量的热，这就是所谓原子能，例如在镭蜕变时可发出同体积石炭燃烧时所生的热量的二十六万倍。假定太阳体内含有八十万分之一的镭，由放射所生的热，就可补偿由太阳放出的能量。这里问题又来了，因为再过二千年后镭的质量就会减半，那么太阳的热量岂不要减半了吗？再说两千年前，热量岂不两倍于现在了吗？这都与事实不符，所以这种说法又不能成立。

究竟太阳的热源是什么呢？比较近乎情理的是收缩说。

太阳也像其他物体一样是由许多物质微粒组织成的。这些微粒互相牵引，结果都向中心接近，使太阳变小。因微粒的冲突摩擦，遂发生热量。据计算结果，太阳半径每年若缩小百二十尺，由收缩而生的热量就足补偿太阳所射出的热能了。

这微小的收缩和太阳整体比起来，简直是太渺小了。在望远镜里观察十万年也不会看出什么变化的。但无论她的变化是怎样缓慢，终有一天，她还是要缩成像地球、像月亮一样，于是也无热可放了。

这就像一个人，必须从成长到衰老、灭亡一样。世界上一切的事物都是在运动着，发展着的。虽然我们每年夏天被同样炎热的骄阳烤晒着，似乎那太阳是万古不变的，事实上或多或少她是在变着。

俗话说得好："没有不终了的筵席。"这话对人对天都是合用的，旧的终归是要灭亡的，只好笑那秦始皇之流，梦想世界上真有"长生不老"的仙药，好让他千秋万世永远作威作福。这种人才是头号的傻瓜哩！

（《晋察冀日报》1946 年 7 月 26 日，《副刊》第 59 期）

人民胜利的前奏

郑重

黎明之前都有一度的黑暗，暴风雨后紧接是爽朗的晴天；《西游记》上有许多恶魔，每当它们扼住了善良的僧徒，也就说明了它们的死期不远！

中国历史上有名的专制暴君秦始皇，曾经一次杀害过八百个文人；石崇的官僚资本也曾统治过全国；骄奢淫逸的殷纣王曾造过酒肉林；颠倒是非的赵高，早曾指鹿为马；强奸民意的袁世凯，也曾命部下上书劝进。但是当他们恶贯满盈，激起了全民反抗的大风暴的时候，一个个都落得众叛亲离，日暮途穷，为时代巨轮轧碎。米海洛维赤被人民执行枪决，而殷纣王却被烧死在他屠宰人民的"摘星楼"上，真正是"玩火自焚"！再看曾"得意"一时的法西斯老祖宗墨索里尼、希特勒，其结局又如何！

从较场口打到北平，打到西安打到南京；从史量才杀到孙平天，从李兆麟再杀到闻一多、李公朴，这一连串的血腥镇压，并没有慑服住广大人民，也没有封锁住人民的嘴巴。恰恰和独夫民贼的希望相反，群众的怒潮越来越汹涌澎湃，人民的呼声越喊越高亢尖锐了。

今天度过了重重苦难的中国人民，听了无数的甜美诺言，也受了许多痛苦考验，他们已经空前觉醒，为和平民主的斗争是这样强大有力，是这样具备正义性和博得了全世界广大人士的声援，中外的反动派要想镇压人民的力量，实行永久的法西斯统治，是绝对做不到的和不可能的。

"目前中国反动派的猖獗，不是表示他们的强大和有生命，而是表示他们的软弱和回光返照"，世界法西斯的主力，已经冰消瓦解了，希特勒、墨索里尼已经遗臭万年。中国法西斯也无疑快走到死亡的末路！而作为它的领袖的草头天子，纵然阴险多端，恐也难逃脱人民的裁判吧！

逆流泛涨，乌云蔽天，只不过是一时的局部的现象。历史不会再重复，真理一定要胜利，衰老的一定要死亡，新生的一定要壮大。乌烟瘴气，群魔乱舞，不过是人民胜利的前奏而已！

(《晋察冀日报》1946年7月26日，《副刊》第59期)

上海风景

柴连祥

六月十七日,《北平纪事报》记者丁东在该报第二版发表题为《上海二三事》的通讯,反映了国民党接收后的上海景致,现摘录如下:

现在沪市大街小巷美国货品"满场飞",有皮鞋油、打火机、口香糖、方底玻璃杯……散装零售之凡士林甚至保险套,价廉物美,一般的中国官老爷、贵公子及乐用外货的人们,都觉着买了美货为美。而虹口北四川路一带素称"神秘之街",在日落余晖、华灯初上的时候,你如行经这"神秘之街",就会有人趋前问你,东洋女人要吗?价钱公道,万元数目,即可销魂一宵。寻花问柳者猥集于此,黄昏时候,非常繁荣。苏州河呢,则黑水横流,臭气四溢。居住该河的居民,连垃圾都倒于河内。你如果初次在此一过,真叫你呕心作吐。现在虎疫流行,卫生当局为何忘记这一致病的发源地呢?一个名叫"盖叫天"的唱戏的,在天蟾舞台唱一天就落二百多万元,每天的生活用费就得一百四五十万元,乖乖,好贵的艺人哪!而油漆马路上,破衣行丐的人则来往不绝。西藏路、浙江路一带,入夜娼妓涌集立于道旁,搽红抹白,在阴暗之处,遇有合适的人,则上前拖拉,拉到"神秘窟"中去,前扯后拥,如拥上宾。

该记者并最后写道:

如果不信,就请你到上海试试看。并将现在的上海,用四句话来概括,即:"美国商品满场飞,东洋女人价钱微,苏州河畔臭气味,戏子娼妓各高低。"

(《晋察冀日报》1946年7月26日,《副刊》第59期)

悼关向应同志

杨子华

七月二十三日晨七点钟，张家口新华广播电台传来关向应同志在延安病逝的消息，使我悲痛欲绝。

在苏维埃运动时期，关向应同志是我中国红军二方面军政治委员。他在领导我们建设湘鄂西苏区的伟大事业上，是有极大功勋的。他以革命导师的态度，苦口说服的方式，教导我们二方面军的全体同志为人民服务，使全二方面军指战员团结在湘鄂西苏区诸首长的周围。他的工作是异常紧张的，而生活是最朴素艰苦的。他穿的是红军战士制服，脚下同战士一样穿着草鞋。当国民党反动派迭次以数十万大军"围剿"我湘鄂西苏区时，他是日以继夜地研究情况，组织与布置军队，领导我们反"围剿"歼灭敌人。在湘鄂西苏区边之湘西，在龙家寨战斗中，他领导我们全体指战员歼灭了反动派的军队十余个团（湘西土皇帝陈渠珍新编三十四师等部在内）；在湘西陈家坨战斗中，消灭了反动派的追剿军第二纵队陈耀汉之五十八师全部。又在鄂西中堡战斗中，将国民党反动派第一纵队之四十一师、四十八师、独立三十八旅、新三旅等消灭过半，并活捉追剿第一纵队司令官兼四十一师师长张振汉。这三天三夜的战斗，是他亲临最前线指挥的，又在鄂西板栗院战斗中，只四个多钟头消灭了反动派军队八十五师，师长谢彬一当场毙命。这样光辉的战绩，在湘鄂西苏区和长征中是写不完说不清的。一九三三年，红军北上抗日，反动派的军队则堵截和包围我们。为着红军开到抗日前线，关向应同志号召我们"坚决消灭敌人的有生力量"。关向应同志的这一号召，不但在湘鄂苏区，也在长征中彻底实现了。这证明了党和他领导的正确性。

渡过金沙江，翻雪山，过草地，我们的关政委向应同志，是毫不疲倦的。他非常关怀红军全体指战员，亲自在前面带队。他的战马常常让给伤病员和掉队的战士骑，并不断解释安慰战士。他对提高红军战士的学习是非常重视的。他常对红军战士说："红军战士在家中，因受封建势力的压迫剥削，无法念书。现在红军就是我们的大学，要好好学习，提高政治文化水平，提高军事技术，学会一套革命的本领。还要学会做群众工作，与劳动群众打成一片。这就是我们红军战士应有的任务。"

自从我们红二方面军改编为八路军一二〇师，他担任一二〇师政委工作，领导我们转战在晋绥察冀等省，和贺龙同志一同创立了晋绥抗日根据地，发动群众，组织民主政府，严重打击敌伪。不幸关向应同志就在这样长期艰难困苦的环境里，积劳成疾，不得已回延安就医。我到医院里看望他时，关向应同志面色苍白，体格已经很弱，但仍然说："病不要紧。你要努力学习，加紧工作……"

向应同志！不幸得很，你竟和我们永别了，但你的精神将永远活在我们的心里，永远活在全国人民的心里。你未死的战友，将继承你的遗志，完成你毕生奋斗而未竟事业。我们永远遵循你的珍贵遗言："紧密地团结在毛泽东同志的周围，相信我们的党和中国革命一定能得到最后胜利的。"

向应同志，你安息吧！你的英名和革命事业将和中国人民的革命史迹共同永垂不朽。

（按：杨子华同志曾任关向应同志领导下的红二方面军的班长、连指导员、团特派员等职。）

（《晋察冀日报》1946年7月27日）

大众杂感

一、现在承认了

停战十五天,延长八天,都没有谈出什么结果来,原因是国民党法西斯分子坚持打内战,根本不想谈成,提出些苛刻条件来,企图在中共方面"拒绝"之后,就以此为借口发动全面内战。

这一点,老百姓是看得很清楚的,可是反动派还要装蒜,叫他们的宣传部长出来说"请马歇尔继续调解,不对共军采取军事行动",但如"共军进攻国军,不能不加以抵抗与驱逐"。他的意思是"政府"好得很,"共军"坏得很,以后哪里有内战,都是"共军进攻国军","国军"不过是"抵抗"与"驱逐"而已。

可是现在,他们已向老百姓坦白承认了。七月十八日以来,他们连日用飞机在淮南地区散发传单,传单上说:"中央军决心消灭共产军","有美国援助,三个月内即可消灭中共力量"。现在承认了,决心用美国援助消灭共产军,原是他们的真心实意。(彭城)

二、"内战"的帽子

反动派妄想维持独裁专制的宝座,不肯放下内战火把,于是把日本法西斯的衣钵都继承下来了。"思想不良""共党嫌疑""私通八路"……日本人屠杀爱国志士的一些借口罪名,国民党都照版影印下来,毒打、逮捕、暗杀的一切血腥伎俩,也都更巧妙地加以取舍改造使用!但是民主运动是否被恐怖政策吓退了呢?没有,相反倒更炽烈汹涌起来了,人民由呼唤变成行动了,罢教、罢课、罢市、罢工,游行、示威、请愿……,由上海到昆明、杭州、重庆……,各阶层的人更多了,范围更广大了。于是反动派又自鸣得意拿出另一套法宝来:凡是反内战的,都扣上"内乱"的帽子;同时假借民意,强迫参加"反内战大同盟"。重庆教育当局密令小学教员参加,条件是"参加者,下学期位子绝无问题"。

但是反响是怎样呢?一个小学教师说:"难道拿饭碗威胁我们,就想牵着我们的鼻子转不成?这真是狼心狗肺的恶主意。"

那么怎么办?那就把所有反内战者通通戴上"内乱"帽子,轻者挨打监禁,重者"身首分家"。

人民固然要流血,要遭"身首分家",但反动派的结局,却逃不脱这最后的判决吧!(□时)

三、为什么不"铁血保卫中国"

较场口血案以后,反动派又在陪都北平等地制造了一连串的反苏反共大游行,都是由蒋记特务主使下完成的,且极富有挑拨作用。当时他们污蔑苏联为"赤色帝国主义",大声叫嚣"恢复主权完整",要"铁血保卫东北"。好家伙!看样子,好像唯有他们最"爱国"。

但是现在让美国军队驻在中国,让美国飞机自由"巡逻"全中国的天空,让美国海军自由游弋中国的领海、自由驻防中国的海港和内河,还要把中国内政问题的最后决定权交给美国……,难道这还不是"丧失主权"吗?这难道倒叫"主权完整"吗?为什么不"铁血保卫中国呢"?(向民)

四、"夜不闭户"

在老解放区住惯了的人,总觉得夜不闭户是一件很平凡的事,但一到国民党统治区,这事便新奇了。因为紧闭户慢闭户,还免不了闹小偷,闹贼,甚至砸明火,大抢一阵。

最近昌平国民党向它统治的各村布置工作，要实行"夜不闭户"，夜里谁家也不许关门，作用呢？一个是便于特务随时检查户口，如果人不在的话，便以"通八路"论罪。另一个，不说也罢。事实告诉我们，在一个多月里，百善村被"国军"奸淫的妇女已经有一百多人，逃亡地主张宗尧的老婆和兄弟媳妇都被他们强奸。村民刘文江的老婆被拉到炮楼上，让三十多个"国军"轮奸，当场就死掉了。——这就是国民党的"夜不闭户"！

在国民党的"收复区"，老百姓一提"国军"就腻了，"国"字虽然似乎"名正言顺"（？），但国民党自己的措施，正给了老百姓一个最深刻最难忘掉的教训。（陈明）

（《晋察冀日报》1946年7月27日，《副刊》第60期）

流氓政治与政治流氓

金陵

近半年来,"革新运动""民主主义""民族主义""统一""自由"等等好听的话,喊得很响,使人猛一听来,好像"衮衮诸公"的爱国爱民之心空前提高了,其实剥下"诸公"的大礼服、西装、长袍马褂,一看内中的骨架,原形也就完全毕露。

"诸公"是以政治家自居而且爱谈政治的。为投其所好,也来谈谈政治,更因"诸公"口口声声是"信仰"孙中山先生,并以三民主义"信徒"自居的,为使谈起来更入耳些,不妨从孙中山先生话谈起。孙先生说:"政是众人的事,治是管理,管理众人之事就是政治。"按此定义,"诸公"是怎样在"管理众人之事"呢?请看事实:较场口、沧白堂一直到最近南京下关惨案一套全武行,是用"打"来管理的,可以叫作"打"的政治;发重兵进攻解放区,刺杀李兆麟、闻一多、李公朴,是用"杀"来管理的,可以叫作"杀"的政治;对付张学良、羊枣以及无数政治犯是"关"的政治;政协会议闭幕后,哄骗学生进行反共反苏游行是"哄"的政治;寄子弹和恐吓信给周恩来是"吓"的政治;一手签订协议,一手发进攻令,是"骗"的政治;中央社彭学沛之流一切造谣污蔑是"吹牛"政治;把中国连骨带肉送给美国是"拍马"政治;等等。总之只要能把老百姓管理得俯首帖耳,一切哄、吓、骗、关、打、杀、吹牛、拍马,什么手段都使出来。这些手段,按说是市井流氓才干的一套,可惜"衮衮诸公"却一点也不保留地全盘搬出来了。依照政治是管理众人之事来说,这一套管理办法,称之为流氓政治,恐怕是再适合也没有了。而实行这种流氓政治的"诸公"呢?不管他是"庄严"地坐在国府办公厅也好,"沉痛"地立在总理灵前也好,摆着一副爱国爱民的面孔立在讲坛上也好,穿着特级上将大礼服也好……通称之为政治流氓,是半点也不冤枉的吧?

但是,所妙的虽有这批政治流氓和说来好听的流氓政治,但人民的民主运动,却并不见减低,反一天比一天更高涨,更加有力了。这真苦煞"诸公"。

善于吃人的,能使被吃者到死还感激他;但等人民都被"吃"得太多而觉悟起来之后,"诸公"又直截了当地露出牙齿来。"诸公"原也想彬彬有礼骗老百姓献上自己的血肉,而终不得不露出牙齿,其原因是骗是骗不过去了,只好现出流氓原形来。所以这也正表示"诸公"们的无力和穷相。

在中国,存在着流氓政治与政治流氓,诚然是不幸,但也因人民力量之雄厚与"诸公"之软弱,逼使流氓们不得不露出狞恶的原形。我以为对人民并非完全无利,倒是不幸中的一点幸事。

(《晋察冀日报》1946 年 7 月 27 日,《副刊》第 60 期)

悼刘光同志

丁浩川

刘光同志，万也想不到轮到我这比你大七八岁的人来给你写悼文！你刚刚踏入壮年的边缘，你还可以给党做上三十年以至四十年的工作，追悼你的应该是下一代的孩子们，应该是比我们这一代生活得更幸福、教养得更聪明的孩子们。谁知道正当新的中国处在难产的阵痛的时候，正当着党一再失掉她的最宝贵的骨干，正急切地需要年青的一代逐步担任起更重大的任务的时候，正当着中国青年更热烈地要求更多的像你这样久经考验的领导者的时候，你遽然离我们而去了！

我记起了我们相处的日子：一九三八年的春天，西安平民坊五号，我看到你在那里热情地跟同志们辩论着什么，解释着什么，我听到你爽朗的笑破肚子的大笑，我看到你严肃紧张工作的面孔。当时抗战开始还不过半年，西安国民党省党部就已经开始在下令解散民众团体。你的热情、你的坚决、你的爽朗的大笑给予每个青年同志以很大的感染，鼓舞着同志们的勇气与信心。同样的热情、同样的严肃紧张工作的面孔、同样的爽朗的大笑，在以后安吴堡西青救宣传部那一个古老的院落里，在以后延安中央青委所住的山上，同样地感染着和你一同工作的、和你一度接触过的每一个同志。从你身上，找不到充满苦难的中国社会烙到一般青年身上的抑郁、沉默的踪影；洋溢在你身上的是战斗的决心、工作的热情和高度的乐观。四一年以后你到重庆去了，便再也没有接到过你的信息。我自己时常这样想，有时也跟其他同志谈起，刘光在重庆也能这样爽朗地大笑吗？该更加沉毅而笑得少了吧？

刘光同志，你这样爽朗、愉快、紧张、热烈的性格，曾经不止一次地引起我的深思。我把你和我自己以及一般小资产阶级出身的知识分子来比较，我们显着是那样的阴暗、脆弱，那样容易流于疲沓，陷于沉闷，而在你身上体现的却是坚定、勇敢，是对于群众力量的绝对信赖，是个人和集体的浑然融合。因此你工作起来总是那样热烈紧张，而笑起来总是那样痛快，那样爽朗。这样的性格是在一开始就和苦难进行战斗中形成的，是在共产主义的教养下形成的，是在毛泽东的抚育下形成的。

刘光同志，你安息吧！新的中国就要诞生了。虽然现在正遭受着临产的阵痛，在和平、民主、独立的新中国，曾有无数千万的青年在毛泽东的抚育下成长起来，坚强起来，他们将像你那样勤奋紧张，在全国各岗位上工作，全中国从南到北，从沿海到内地都将洋溢着像你那样痛快爽朗的笑声。

（《晋察冀日报》1946年7月27日，《副刊》第60期）

浴血而立的中国人民!
——为悼念李公朴、闻一多、陶行知诸位殉难先烈!

萧军

本年七月中,当我由承德重返张家口,为了庆祝那里人民"七七"纪念,我曾经写下了如下的几句话:

我在这里遇到了很多旧日的同志,也认识了不少新的朋友,他们全在愉快、紧张、热烈地工作或学习着!这古老的城正在开着花,它被一种新鲜、活泼……的空气贯流着,被一种英勇、壮快……的节奏调整着。……在这里,我看到了我们这几十年,不,几千年,被侮辱与损害的人民,一天天地在恢复着他们的自信,一天天地在复苏着他们潜在的伟大的力量,一天天地在懂得了他们真正的权利和义务,一天天地在撕碎着强披在他们身上的那些历史烂尸衣——恶毒的日本强盗的制度、腐朽的封建余势,一天天地在消灭着那些土豪和恶霸,一天天地使人间的"真理之镜"在放光,一天天地人民就在这真理的光照里走向那无贵贱、无贫富、无欺压、无榨取、无掠夺、无贪污、无下贱、无谄媚、无屈从、无奸狡、无欺诈、无卑鄙……的平等、自由、富裕、快活……新的境界!这就是所谓人间的"天堂"、世界的"净土"!

我也看过那些帝王们用去了人民无限膏血建造起来的宫园,我也看过那些用去了人民无限的智巧、人民的天才、人民的汗血……建造起来的各色寺院。它们如今全是属于了人民,为人民所有,为人民所享——这才是真正的"天理",真正的"人情"!

我也听说过那些吸血兽式的"人类"——汉奸、凶残大恶的地主们的土地，重新归还了能劳动的人民，为人民所有，为人民所享——这才是真正的"天理"，真正的"人情"，真正的"公道"！

这里的人民也很好地懂得了那些屠杀人民的刽子手，帝国主义的忠心而下贱的奴才——国民党中的反动派，他们的目的和企图就是毁灭中国，奴役人民！

这里的人民也很好地懂得了那些强盗成性的帝国主义者们所谓"国际道义"、所谓"伟大的友情"、所谓"一切为了中国团结"等等的狗屁，无非像一条"乌贼鱼"似的要在这狗屁式的"墨汁"后面，隐蔽起它们那丑恶的原形、贪婪的脚爪，但你们的目的和企图我们是明白的：独霸中国，奴役中国人民！

请不要忘记吧，中国人民不独很好地懂得真正的友谊，他们更很好地懂得了真正仇恨的价值啊！谁要忽视它，谁就要在我们的面前获得灭亡！

同志们，朋友们，我今天虽然别你们而去，但我们的心是一条，我们的路是一条，我们的工作是一样，我们的战斗方向是一个：一切为了新生的中国，一切为了广大的人民。

在我回到张家口还不到十几天的工夫，我们的两位伟大的民主战士——李公朴、闻一多，竟相继被蒋介石所杀害！而我们中国革命的伟大的教育家、民主战士陶行知先生，竟也病逝上海，这是中国人民怎样的损失啊！

李、闻两先生，是直接被蒋氏杀害，这已无话好说；即是陶先生之死，这也是蒋氏政府直接间接所赐！他们迫害、追捕、恐吓这位伟大的教育家、民主战士，他们阻碍、摧毁……他的理想和事业，他们折磨、贫困……他的精神和生活，最终使他身心交瘁，寿不终年，赍恨以殁——这也是无法可赖！

前面说过，不独热河和承德的人民很好地懂得了他们的朋友和敌人，全解放区的人民懂得了我们的朋友和敌人，全中国广大人民也已懂得了或正在懂得，他们的朋友和敌人，死路与活路——不是战胜，就是灭亡！

死去一个李公朴，还有千万个李公朴；死去一个闻一多，还有千万个闻一多；死去一个陶行知，也还有千万个……他们的同志和后继者，踏着他们的血迹前进着。

中国广大的人民，从有史以来，为了反抗暴君的虐政，为了反抗异族的统治与欺凌，为了消除内奸与外寇，为了反抗压迫与剥夺，为了生存与温饱，为了争取独立、平等与自由，为了人类的正义与真理……我们是一直浴血而战斗过来的，一定也要战斗过去的啊！只要还有一个人民、一寸土地、最后的一滴鲜血，我们决不能屈服于任何虐政和暴力。

——中国人民是不可屈服的啊！我们要浴血而立！

（不是吗？当我写这悼文时，窗外青年同志正在练习着哀悼的歌！）

一九四六年七月二十七日

（《晋察冀日报》1946年7月29日，《副刊》第62期）

悼行知先生

艾虎

行知先生，虽然早在青年时期已蜚声中国教育界，但我开始与他接触，却是在抗战前的欧洲西部。那时他和中外朋友，纵谈救亡大计，并畅述小先生制度、中文、拉丁文、天才教育等问题，滔滔不绝，愈谈愈力。迄今思之，犹忆其容光焕发，恍然目前也。

一九四四年，复遇于重庆国泰影院附近之"三六九"小食店内。久别乍逢，谈笑甚欢。由此而一再会面，一再计议，终于产生重庆××院坝之定期时事座谈会。公务员、银行职员、失业青年、家庭妇女，在风声鹤唳之环境中，自动参加，经常达数十人之多。郭沫若、曾昭抡、乔木、邓颖超、张西曼诸先生，均先后被邀去讲演过。后来有不少社会大学学生是从这个座谈会里过去的。

先生任民盟宣传工作，首先创办《民主周刊》及《民主教育》两种刊物。只要摆上书摊，登时不胫而走，不两月而超过重庆一般刊物之销量。先生创办社会大学，未发一张招生广告，不五日而额满。较场口惨案之后，社大晚间开会，特务时来捣乱，甚至由墙外把石头掷进校内，先生劝告学生，以礼喻之，而石头终以绝迹，校誉终以蒸然日上。这是民主潜力之胜利，这更是先生精神之伟大。

一九四六年初春，育才学校十三岁左右之学生，演出一出有趣之独幕剧，当时我被校长——行知先生——邀去参观。此剧描写弟兄俩人不同的生活：哥哥被一个披黑袍之巨魔以饼饵玩具诱惑，变为巨魔很驯服的一只小狗，甘被驱使玩弄，否认弟弟为同胞骨肉；但弟弟终赖宇宙间一大颗明星之指导，战胜巨魔。此象征光明与黑暗在人生中搏斗，意义异常丰富伟大。我惊奇孩童之天才，转请教于行知先生，该剧如何取材,如何排演,他很自然而轻松的回答是:一切都是学生自己创作的,还不够好!哦!这正是先生苦心陶冶出来的新少年啊!这正是先生教育修养之表现啊!

社会大学成立以后,他经常说,这不过是他理想教育生活之一部,他还要办广播大学、函授大学、旅行大学、海上大学等。我们知道陶先生无论怎样施行教育,都是步步不离大众与科学的。所以有一次周恩来将军在重庆学生群众中演讲时,曾称赞先生说:"陶先生的教育方针,就是我们解放区的教育方针!"

先生着衣,经常不外那一套蓝粗布的学生装——或者有时更换他那另一套较新的青灰布中山装——而奔忙不休,与太阳同出入。为宣传爱护祖国而奔波,为搜寻难童的冬衣而忙,为告诉大家反独裁而奔波,为筹募学校基金而忙,为纪念冼星海之死而呼吁筹备,为庆祝华侨耆宿、爱国名士陈嘉庚之战后得以安全而宣读诗篇,作剧采用方言,诗题《向民主小姐求爱》,此外还有多少……向他瞻仰不尽的伟大事业,学习不完的教育方法,但总括起来谈说先生所奔忙的不外两事:民主和教育。行知先生竟溘然长逝矣!这是中国人民的损失!这是民主运动的损失!是教育界的损失!是青年界的损失!本月二十四日报载,先生因脑出血,在当日中午,与他亲爱之民主盟友诀别。其余详情,因电报之简略,我们不得而知,但人而有眼,都会认出先生之死,绝对是源于李、闻二氏之惨遭反动特务的屠杀而死的!李、闻二氏,特别是李氏,与先生同为民主堡垒,同为救亡战士,同为教育专家,工作生活,相关甚切。李、闻之死,先生忧伤悲愤,自必受强烈刺激。一般倾慕李、闻二氏者,犹为之夜不成寐,何况先生之与李、闻二氏,依若手足呢。所以先生虽不死于反动特务之手,实则等于遭同样之厄运!唯史有前例,其死于反动暴力者,则死为人间之光，死为万世之烈！

行知先生虽死，民主胜利，必更踏进一步，求仁得仁，先生又何不可瞑目？

(《晋察冀日报》1946年7月29日，《副刊》第62期)

忆行知先生

陆蒨

陶行知先生病死在上海的噩讯,太使人难受了!可是我并没有流泪,我只有高度的仇恨堵塞在心头。陶先生突然病死,正是反动集团间接的迫害!在李、闻二先生被暗杀之后,反动派又把许多民主人士列入黑名单上,这不正是促成先生疾病转剧而致死的原因吗?!

抗战初期我还是一个孩子,当时我是"新安旅行团"的团员,我们和"孩子剧团"好像是弟兄,这两兄弟是陶先生手创的生活教育社实行生活教育的活标本,在抗战中做了不少的救亡工作,而在国内实行了陶先生的小先生教学制,相互学习,一面工作,一面学习,在工作中不断提高自己!

当时陶先生是参政员,他从重庆开参政会回来,不管怎样忙,总要给我们这群孩子们谈谈国家大事——常常是在防空洞的门口,利用空袭警报的时候,我们围坐在他的周围,他给我们讲故事。他常喜欢作诗,出口成章。有一次,给我们讲游击队母亲的故事,他就用一首通俗的诗来叙述:"东洋出妖怪,中国出老太。老太捉妖怪,妖怪都吓坏!"引得我们这些孩子们都大笑了。他讲完了就让我们发问,孩子们是最爱提问题的,你也问,我也问,简直是问得"葡萄不生根——没有个完",可是他是那么耐性,有时眯缝着眼笑,于是我们大家亲切地称呼他为"陶妈妈"。

一九三九年初,桂林轰炸得很厉害,老百姓一早就挑着行李出城,过了浮桥到七星岩(这是一个天然的防空洞,能容数万人)躲避空袭。一放警报,我们也往这个洞跑,每天的光阴白白地耗费了,可惜得很。因此陶先生就想出了一个很好的办法,就是进行"岩洞教育"：一发警报，"新安旅行团"的孩子们和生活教育社的工作人员都出动了，孩子们组织儿童歌咏团，给大人们讲时事、教识字。这是一个群众的集中地，真是一个宣传的好机会，提高老乡们对敌人的仇恨，使他们从消极地逃避转到积极地去参加抗战，行知先生是随时随地不忘记教育工作的。

陶先生的生活是朴素的，而对于工作人员及同志们特别关心。当我路过重庆去看他，临别时他再三叮嘱我："你去那边需要我帮助的时候写信来！"想不到这竟成了他最后对我说的话了。唉，这一别，竟成永诀！从此我们再也见不到用全心全意抚育我们长大成人的"陶妈妈"了。

行知先生！由您一手抚育出来的孩子们，有的在抗战中英勇牺牲了，有的仍然在中国各个角落继续为民主事业奋斗不懈！我们一定加紧努力，勇敢向前，我们一定要完成你未竟的事业！我们将和广大人民结合起来，这个力量会日益壮大而又坚强的，不管反动派刽子手们如何阴险、毒辣，都吓唬不倒我们！我们一定为您和闻先生等报仇！行知先生！安息吧！

（《晋察冀日报》1946年7月29日，《副刊》第62期）

归 来 人
——东北通讯

舒群

昨夜,我一夜没有睡着。一早,我提着一个小包裹,独自一个人走向车站去。将要别了,这生我养我已经二十一年的故土。在路上,突然碰到弟弟正在找我回家过元宵节,我说:"你告诉妈,说我一会儿就回去。"这"一会儿"太长了呵!海将枯,石将烂,钢铁将磨成绣针;这"一会儿"放逐了无数的东北人呵。何止我,何止千万,有军人,有工人,有农民,更有那么多的知识分子,在外面,他们受尽了困苦压迫和摧残。萧红死在香港,杜重远死在新疆,辛劳死在浙江,张学良还被囚在重庆的牢狱,他们拼尽了最后一滴血,大江南北竖起多少无名英雄的碑。

凭着多少人的理想和热情、信心和勇敢、聪明和能力、青春和生命,终于换得这次胜利的锣鼓声。这是胜利夜,人们都参加庆祝来了。喝酒喝到醉,跳舞跳得打滚,唱歌成了吵闹,欢乐已经像是疯狂。这时候,再不分什么我和你、什么严肃和诙谐、什么节约和浪费,他撕破被子,撕出棉花来做火把;他用一个月的灯油,不惜浇在一个火把上,好像"再没有冬天""再没有夜";抽烟的人,也不再找人对火了,他说:"划根火柴吧。"

又一个昨夜,我还是一夜没睡着。一早,我携带所有的东西,和一伙人走到郊外去。在路上,我碰到许多欢送我们的同志们,互相握手,说着"再见"。我,我们东北人,早就有这么一个还乡梦。在山西时,我和史沫特莱随军同行三四个月,她这位外国朋友也常问到我:"你几时能够回家?"那时候,我一直不能明确回答。时到今天,又近九年，我才真正回答了她。这个回答，再不模糊，再不是梦，而是事实，是行动。我是在向东北方，迈着步子，走着走着，越走越快。此刻，我二十几年不曾再来的童年幻想，却又来了："人为什么不长翅膀呢？"

我几个月的时间，几千里的行程，日夜地赶呵！的确辛苦。但一切的辛苦，都会在还乡的一刹那的想象中消失干净。当迈进东北门槛的时候，我脚踩着了东北土地，眼睛瞅着了东北景色，耳朵听着了东北土音，鼻子吸着了东北的风土味，一句话说，我确实置身于东北的天地之间了。我十数年的流亡日子，总归终止于今年今月今日今时了呵。

我忘不了这次归来的行程，特别是东北第一夜。我住的那个镇子叫四海冶，它在伪满的国境上占据一个前哨重要位子，所谓居高临下，大有一夫当关万夫难入之势。四周的旧城墙，修补得没有一个缺口，似乎连耗子洞都堵严实了。城内几乎看不见别的，到处都是敌军的兵营、伪军兵营、宪兵队、警察署、火药库和监狱，其间的角落里和夹道中，掺插着被挤扁了的老百姓的小房子，小得差不多只够容身甚至立脚之地。和那些大衙门口比起来，这些老百姓的小房子，简直不重要、不存在的样子。一所监狱的房子，竟在五十间以上，它的地面大约占全城十分之一。宪兵队的拘留所，也是够容纳五六十人，不怪老百姓的房子小而且少，监狱已成了他们常年的住宅。因此，四海冶如果叫作镇子，还莫如叫作大兵营或大监狱，更莫如叫作"小满洲国"。实际所谓"满洲国"者，也无非兵营和监狱的代名词而已。这种残暴一时的绞杀场，除去房架子，只剩下一堆堆的破铜烂铁、碎砖残瓦了。如此景象，不管谁一看见，就可以想到敌伪的末日，是如何连滚带爬逃之夭夭的。作为"满洲国"缩影的四海冶，足够说明整个"满洲国"的下场了。我过路时，故意问一个小女孩子国籍，她回答："我是中国人。"我又问："满洲国呢？"她再回答："打跑了。"晚上，我就住在这小女孩子隔壁的敌人宪兵队。这所空房子，窗门都没有了，一进门，我觉得比外头都冷。东北的十月天气，已经冷了，夜里比白天更要冷的。我怎么睡呢？当我躺下以后，却感觉十几年来过了几个好冬，也过了几个好的夜，都比不上这个夜暖呵！

  这个夜里，我比白天更清醒，想起许多的事，特别想起今天路上遇见那位姓李的老太婆。她骑着小毛驴，这小毛驴是新买的，还不惯于新主人的吆喝，在路上闯来闯去，我有时给她赶着，这样一起同行二三十里。对我说，她是我这次遇着的当地第一个同乡人；对她说，我是生来头一次遇着的还乡人。我们都不由自主地彼此感到格外地亲切啊！她有那么多话要说，十几年来不敢说的话，都想一口气倾吐给我。但她又不住地重复着："你们再不来呀！咱们今年就过不去冬呵！不饿死也冻死啦！别说买毛驴，连驴毛也买不起呵！我还能骑毛驴在国境上走？"不管那小驴怎么调皮，怎么不听话，她始终舍不得打它一下，虽说她手里拿着柳条子，却白拿了，像是装样子的；别说打毛驴，连说话的手势，她都分外小心，可不敢为一下的冲动不注意再挣破衣。这衣服，还是她嫁给老李家过门时穿来的。她这农家女，舍不得穿那新衣服，一直包在包袱里，包了二十几年。从伪满开办起，她穿得一天比一天少，没法子，才把那新衣服穿上身，一直穿到破，穿到补绽摞补绽，穿到现在连碰都不敢碰的程度，整整穿了一个伪满时代。她说："衣裳不行啦！人也不行啦！"她的儿子和孙子，连她自己，这两年一家子人一年忙到头，一切的粮食都给人家送去"出荷"，而配给她们的都是苞米面掺橡子面，一位吃苞米面掺橡子面生活的劳动老人，难怪她说，人也不行啦！不用说她身体衰退吧，就连她仅有的一点智力，也下降到可怜的地步——长久不出门，东南西北都辨不清楚了。伪满所说的"国境"经常在戒严的状态中，像她怎敢出门走近这可怕的禁地呢。随便她什么衰退和下降,但她的记性非常强,一天比一天强,她永远记着对敌伪的仇恨。她和我一提起敌伪的字眼,总是咬牙切齿:"恨不得吃这些小子的肉,剥这些小子的皮。"过去的不提了,将来呢?她说,"这回,可该让我们过几天好日子啦!"接着,她又问我,"你说是不是?"我肯定地回答她说:"是!"

十四年来,东北人民死的已经死了;活着的,吃没吃,穿没穿,话不敢说,路不敢走。东北人民这种奴隶生活,可谓苦难深重。如果我不回答"是",又回答什么呢?!

现在,从东西两面已经打垮了法西斯,全世界奠定了和平的基础,可是反动派所挑动的内战却一天比一天扩大。如果世界是和平的世界,中国也该是和平的中国,东北也该是和平的东北。如果说中国需要和平,东北当更需要和平。为什么越需要和平的地方,越在战争呢?"这回可该让咱们过几天好日子啦!"无异于"这回,可该给咱们一个好东北啦!"这不仅是一个姓李的老太婆的希望。要求国民政府尊重东北人民的希望,要求国民政府尊重东北人民的要求,停止国内一切内战,首先停止东北内战!

(《晋察冀日报》1946 年 7 月 30 日,《副刊》第 63 期)

我是怎样开始学文化的?

国材

我是冀中解放区的一个青年,今年二十一岁。十三上,娘就给娶了媳妇,十五上,我离开了她,参加了区小队,后来逐级升到主力团来,现在我当着主力团的副班长。

我坚持过五一反"扫荡",拿过炮楼摸过城。每次战斗,我都是突击组的一个。我的名字经常在报上出现,我是个战斗英雄。

可是,我不爱学文化。我净说:"文化有什么用呢?高小毕业也不定敢冲锋。看排长、连长……凡是敢干的不都是老粗吗?人要有了文化,心就软啦,脑子就复杂啦,前怕狼,后怕虎。"别的同志们净为这个批评我,指导员也不断给我谈:"作战勇敢是你的优点,可是文化低,又是你的缺点。"还说什么,"将来咱们部队正规了,机械化了,不识字的人,当战士都不够格。"当时我嘴里也哼也哈,可是心眼里总是别扭着一根筋:"我不识一个大字一样打鬼子的坦克车。"因此,每次整训,别的同志们大空小空地就靠着墙根歪着脑袋,抱着个小本划字,我就练投弹、刺杀、瞄准。我总觉得:"要学身好武艺,到战场上就能多杀伤几个敌人,就能多打几个漂亮仗!学一万字,到战场上也顶不了个屁事!"我不服他们的气,谁学文化最努力,我就叫谁"先生"。

六年,一次家没看过,一封家信没见过。今年春里,刚和平的时候,上级号召写家信。我找班长写,班长不;找学习组长写,学习组长不;找文书写,文书也不。他们好像商量通了的,都说:"你不学文化,不给你写!"我磕头作揖地央告了半天,你猜怎么样?他们说:"写也行就是有一条,写几个字,你得学几个字。"这一下可真把我

气急啦。当时，就把脚一跺给他们说："不写啦！"后来，在他们眼前，我没提过"写家信"一个字，也没接到过家里一封信。

不知怎么，六月二十五那天早晨，我正洗着脸，通信员来了，在院子当中就喊叫："副班长家信来了。"我欢喜极了，当下脸都没顾得擦，就跑出去把信夺了过来，跟着班里战士们也都跑出去，把我围了个圈，乱问："真的吗？"通信员好像任务没完成似的，忙得用手指点着信封上的字，一个一个地念给大伙听，大伙听了，都替我欢喜。唯学习组长说："信倒是认识他了，就怕他不认识那信！"这句话像块老套子堵住了我的嘴，脑子里气得一鼓鼓的，嘴里一句话也说不出来。集合号响了，我把信装在口袋里，随大家去出操。

早操回来，紧接着就吃饭，往日我每顿至少都吃三碗干饭，不知怎么今天吃了两碗就饱了。我放下饭碗，溜到院里，坐在石阶上，把信掏出来一看，原来信是用钢笔绿水在一张黄棉纸上写的，字摆列得倒顶匀适。我看了半天，就认得一个"一"字。本来，我暗里发过誓的："贵贱不求你们这识字的！"可是不求又怎么办呢？不给家里写信行，可是家里来了信，要说不看，可真有点办不到。这小小的一张纸里，说不定还有天塌地陷的大事呢！想了半天，解不开这个扣，还是求人吧。求谁呢？心想指导员一定不难为我，就求他吧！于是我拿着信到了连部。

准是班里同志们看见啦，我前脚到连部还没坐稳，他们后脚就进去了。还有五班六班……的人们，哎呀，像看热闹似的屋子挤满了，还有把着窗户看的。

指导员把信看一遍，向大家笑了一下，活像发现什么宝贝似的。这一笑不要紧，更把大伙的精神提起来啦，乱嚷着："指导员，快念给我们听，看写的什么？"

指导员说了声"听着",就高声念起来了,像在队前给我们读慰问信一样。信是这样写的:

××丈夫同志:

自你参加了八路军,六年多了,没回来过,也没写过信!想念得很!想你的身体好吧,工作顺利吧。

咱家里一切都很好的,你可千万不要惦记。

我自日本投降后就当上妇会主任了。我这会能识七八百字了。家里的文书、妇会里的名册子,都是我写,这封信就是我写的。我识这几个字可真不容易呀!除了上识字课以外,回家来还熬眼学字,几时把油熬干为止。村里人们都叫我"熬干灯"。后来咱娘知道了,说我浪费,以后我纺织时黑间就到咱嫂子那去,把省下来的油黑间学字。这还不算,灶火坑里做饭,我还用烧火棍子划字呢。你学习一定也很努力吧!都说八路军就是大学校,你心又灵,参加的时间又长,这会一定比我还强哩!这回你接到信后,务必给我写个回信,把这封信上的白字给我改改,帮助我进步!

指导员一住口,屋里就闹翻天了,鼓掌的,叫好的,你一言,我一语,这个说:"不赖!比王秀鸾还强呢!"那个说:"看看人家,看看你,拿着个青年小伙子。"

"还不如自己老婆子呢!唉,丢人丢脸!"向来稳重的指导员也插了句话,"别的不用说啦,写回信吧!"别人顺口也说:"对呀,写回信吧。""写回信吧!"说着说着就动起手来啦,这个打一下,那个拍一下,把我闹得又羞又恼,自觉着脸就热了,恨不得一下跳到地底下去。"真是拿着个八路军还不如个老百姓进步快呢,我不信能当战斗英雄,就不能学会识字!"越想越丢人,越想越气愤,说了声:

"写，一定得写给她看。"就推开大伙钻出去了。

回去立时就买了二张白报纸，一支铅笔，钉了个日记本，从此开始学习文化了。

（《晋察冀日报》1946年7月30日，《副刊》第63期）

论 继 承

孙犁

我不是谈子女继承权问题,我是谈强盗继承强盗,流氓继承流氓,蒋军继承日本鬼子的问题。

以前蒋军怎样临阵逃脱,怎样坐山观虎斗,怎样投井下石,暂且不谈。只就日本投降以后,在对待苦战八年的敌后人民的毒辣手段上略加叙述。蒋军继承的日本衣钵,计有下列几项:

1. 修碉筑路;

2. 奔袭清剿;

3. 点线特务;

4. 路劫暗杀;

5. 刑逼自首;

6. 淫杀烧抢。(附居住证、良民证)

据说,日本在华北的军事动作,是继承了蒋军在江西进攻苏区时的办法的,这或者要引起继承权,或是直系血亲等等法律名词的问题,但是底子是一样的。

这从由蒋军而皇协,又由皇协而蒋军的改名变姓上完全证实了。

自然方法是越来越毒狠,越来越精细,以致使解放区边缘的老百姓谈虎色变,日夜处在白热化的恐怖状态里了。

很多抗日战士的家属是老实的庄稼人,但就简陋的见闻所得,他们已经有很多忧虑。他们说:真要是那些人过来了,我们可就活不成了。

我当时听了,以为他们是惊弓之鸟,经不起什么风暴,微微不满。我说:"日本人在这里的时候,你们不是也闯过去了。"他们说:"那些人比日本鬼子还阴毒!"

比日本鬼子阴毒，是指的这些人更有办法残杀人民。从近来各地发生的情形，我深信家属的忧虑是对的了。

日本人住在炮楼上的时候，附近的抗属没死这么多；日本人住在炮楼上的时候，乡村里没有这么多政治土匪。那时候敌人明显，黄衣的鬼子，白箍的伪军；现在他们潜藏得是这样严密，手段是这样残酷。

他们甚至抄袭了在"五一"以后人民对敌斗争的经验来杀害人民。他们是在给日本人报仇了！

自从炮楼上换过新的主人，人民就更不幸了。

当满清坐收渔人之利，在明朝的宫室居住起来的时候，对前朝的皇帝是那样尊崇，对起义的人民追杀得是那么紧，以致使一些呆子们莫名其妙。其实完全继承，甚至加倍继承以前的人民的敌人的办法，是非常自然的事。

这样就是历史曲折，封建停滞，这样就是一部翻来覆去的二十四史、二十五史，加上蒋介石的《中国之命运》，目前有了二十六部这样的历史了。

但是以往的历史上，到底没有现在人民的大翻身，没有人民的大胜利，历史要真正从人民开始了。

北宁路上有两个工人，把工资集成了一些路费，托靠了一个老婆子，通过国民党封锁线，来到了解放区，来探问一个消息：八路军什么时候才开向那里去？

我听到这个消息，和听到胜芳市解围一样兴奋，也很感伤。八年来，我们的队伍同我们的人民从水深火热的苦难里共同战斗出来，那里的"胜利"以后的日子，竟是这样不好过吗？

（《晋察冀日报》1946年7月31日，《副刊》第64期）

伟大的行进

司徒展

一、出发

一个日夜所希冀充满了新奇与兴奋的日子终于到来了,七月二十三日天色朦胧的时候,一阵"当当"的钟声,把同学们唤醒。

"嘿,快起,快起,什么日子啊!"

"啊,明天这时候在延庆睡呢!"

"从康庄到延庆才三十里地,太阳没了也就到了。"

一边说着、笑着,一边"刺啦刺啦"地打着行李,收拾着旅行袋。

集合了,每一个同学的背上都背着一个小行李、一个挎包,彼此相视,不禁笑起来。

这是华北联合大学为了理论与实践结合,利用暑假的机会到乡村工作。全校组织了六个工作队、一个文化娱乐队,这是第一队(法政学院政法系)的六十几个同学乘七点钟的火车到延庆去。

二、歌声震荡着原野

这一支年青的队伍,简直是一支歌,从校内一直响到车站。

"向前!向前!向前!我们的队伍向太阳,脚踏着祖国的大地,背负着民族的希望……""跨过祖国的万水千山,突破敌人一层层的封锁线,民族的儿女们,联合起来……"的歌声,在张家口的清晨是那么响亮有力。

车开了,像一匹怒吼的战马,向着广阔的原野驶去,苍翠油绿的玉

米、高粱……在阳光和风里摇荡，"嘶嘶"地唱着七月的醉人的歌。

人们的脸上泛露着微笑，前日的雹子在这里没有落，我们为丰稔的秋收而欢笑着。歌声和笑声又响起来，从车门车窗飘溢出来，又飞扬到无际的原野，飞到车站上的工人、买卖人和田野里农人的心上，他们扬起微笑的脸，用愉快的赞美的目光送我们驶去。

三、伟大的历史任务

虽然这不是一个固定了的工作，只是短期的实习，但这个"为人民服务"的实际，是向往了多久啊。

"使每一个农民都有自己的土地"，这个伟大的历史任务、这个翻天覆地的英雄事业，是多少伟大的思想家们所理想的，多少革命志士用鲜血争取的，多少被压迫和剥削的农民所梦想的，要在现在把它变成现实。多少年来套在农民颈上的沉重的枷锁啊，要在现在敲碎它！这朵灿烂的花朵要在他们的血汗灌溉下开放。

这个伟大时代的伟大使命，这个历史的伟大的光荣任务啊，这将与两万五千里长征、八年抗战一样的，是一首伟大英雄的史诗。

作为这一运动的参加者和推动者，该是如何光荣和自豪啊！

四、优秀的中华儿女们

这一支年青的队伍有的是从乡村来的和在乡村工作过的，他们脸上流露着幸福的微笑，像回他们的家乡似的，像投往他久别的母亲的怀抱；大多数的同学们还是从大城市来的，有的甚至还没到过乡村，乡村还是他们所梦想的，神秘而具有无限诱惑的国度，尤其是要与农民们生活在一起，帮助农民，为农民办事，怎能不使他们兴奋和激动呢？

虽然有着两种不同的心情，但却都有着同一的希望和目的："为人民服务。"他们都具有最大的决心和自信，为农民的幸福拿出他们的一切,都愿把自己的血汗甚至生命交给这一伟大的目的。

车到康庄,在一个小店里休息了一会,喝了点水,雄壮的行列又开始向前。

天空浮悠着片片朵朵的白云,像顽皮的孩子互相追逐,一会儿分散,一会儿又合拢起来。苍翠的庄稼铺满无际的田野,炎热的阳光晒在这些健儿们的脸上,风徐徐地吹着,并不感觉怎么热。平坦的铺着石子的马路上,一个个矫健地"踏踏踏踏"地像一支雄壮的进行曲。

不知怎么我觉得这不是一小队人,这是一支雄伟的力量,人民忠实的儿女,民族的希望……

几个女同志毫不示弱地走在前面,没有一点弱女子的气味,她们是在新生的气氛中长大的。

"我们要好好地完成任务啊。"在树林里休息的时候拉起话来。

"这真是我一生的最大的光荣:'为农民服务。'"一个同学感叹而愉快地说。

"谁有错误之时就批评和改正,不要一团和气,我们的一举一动都要对人民负责,都要争取模范。"

一个从地里回来的老乡,兴奋地望着我们,像望着自己的孩子。"嘿,真齐整!一个过三十岁的也没有。"他喜欢地想用手来抚摩我们。

啊,一幢灰色的土城楼子在目前了。同学们整一整自己的衣服,在暮色苍茫中踏进延庆城。老乡们用热情的目光欢迎我们,许多孩子们快活地跳着:"有三个女的哩。"

"没有共产党就没有中国……"雄壮年青的歌声响彻古老的延庆城。

(《晋察冀日报》1946年8月2日,《副刊》第66期)

恶霸刘长富的血债

王□ 丹辉

宣化县沙疙瘩瘶地主刘长富，是汉奸活阎王张永泉的盟弟，是该村著名的恶霸，他把持村政权十三年，不知糟害与污辱了多少农民。这次农民在起来控诉他的罪恶的时候，一句一字，都充满了血泪，充满了仇恨。

刘长富五十多岁，中等身材，长得鹰眼□鼻，一副凶相，是一个杀人害命的大恶棍。平时仗着他是个地主，又是汉奸张永泉的盟兄弟，强迫农民给他送礼。六十二岁的老贫农郭太没钱孝敬他，刘长富就变着法儿惩郭太，叫郭太背着五个大土坯，派人押着他去三十里外的常峪口，可怜郭太就活活地被压死。李得应的哥哥是刘家的老长工，我军刚解放宣化，李得应的哥哥去打场的时候谈起工人要"增资"，被刘长富儿子刘满金听见了，刘满金就用木把扫帚把他活活打死，把李得应也赶出村去。刘长富还是一个老流氓、一个老淫棍，他曾半夜手执梭镖闯进王宗才家里，砸开窗户进去，把王宗才的妻子强奸了，害得这个女人至今还疯疯癫癫，半身不遂。他为着调戏藉万仓的妻子，曾带特务到藉家打牌，逼着藉妻一旁伺候！后来刘长富越闹越不像话，藉家妻子起来抗拒，刘贼竟恼羞成怒，甩壶砸碗，大闹一场。甚至在强奸陈某之妻时，用刀子砸伤了她的幼儿。而刘长富的儿子刘满金，也和他父亲一模一样，是一个强奸妇女的恶鬼。

国民党统治时代刘长富是甲长，日本人来了他还是甲长，这就是他的生财之道。远的不说，仅仅八年当中，刘长富敲诈勒索，从中取利的罪恶就说不尽。十四岁的吴承斌，身子刚比锄头高，刘贼就硬逼着他去给日本人修飞机场。日本人嫌他太小，把他赶回来，刘贼又硬诬赖他偷逃,结果给了刘贼一百个鸡蛋才算完事。农民何永德害了□病,刘贼硬要他去出工,何永德家送了他一千五百元,还得磕头谢谢他老爷"搭救"之恩。陈文盛全家闹病,不能出工,刘贼找着这个空子,就罚了陈家二千五百元。元□义应工不起,挨了一顿打,还罚了一千元。最可恨的是,贫农郝进素,三冬没有棉衣穿,刘贼逼着他去给日本人当苦工,结果郝进素冻病回来了,刘贼还敲诈他九千元,逼着他给自己做苦工来偿还这笔冤枉债。

打人霸地是刘贼的拿手好戏,农民王世云欠了十块钱差款,刘贼利用他的主子——日本监工,用水蘸麻绳把王世云打了一顿,又强迫王世云把坟地卖给他。这个残暴无人性的恶鬼,竟把王家祖坟里的尸骨抛到路旁,还说:"不叫狗骨头在我家地里放着!"硬逼着王世云立时把尸骨捡回去。一次刘贼的骡子踏毁了王世礼家的瓜田,看瓜人去赶牲口,刘贼反咬一口,诬赖看瓜人偷骡子,把瓜抢去,把看瓜人吊打了一顿,害得看瓜人躺在炕上病了三个月。贫农张启亮交不起粮,第二天刘贼就带着宣化特务把张启亮全家锅碗砸碎,边打边骂:"你既然没有粮食,要锅碗没用!"临走还要抓张启亮,吓得张启亮逃到外面几个月才回来。郝有生家有一棵大榆树,靠着刘家墙边,刘贼为了自己乘凉,硬把大树霸为己有。吴万金说话不留神得罪了刘贼,刘贼便把他儿子送到常峪口大乡痛打一顿,吴万金给了他一百元才了事。

刘长富靠着当甲长敲诈霸占起家,吮吸了无数农民的血汗,十三年来整天荒淫无度地挥霍,摇身一变为一个拥有三顷好地的经营地主。他家长短雇工,照例是干活多,工资少,后来谁也不愿给他家干活,于是他使出狡猾的手段,骗王喜才去给他当苦工,当面讲明每天工资五十元,结果硬按三十元开,王喜才不乐意,刘贼就用"通八路"的帽子把他压住。不久,刘贼又将王进才靠他一段地的石界移动三尺，王进才的地就这样被刘贼霸去一亩。其他给他做活的雇工也都卖白力□得不着钱。刘贼欠陈万金一千二百元工资，不但不给，反用"通八路"的罪名把他吓跑。一九四三年，他家佃户吴承才因欠收交租稍晚几天，刘贼就把他大骂一顿，逼着吴承才卖了地交租。藉满仓交租仅较定期晚一天，就罚他加一倍，逼得藉家租上加租，一年辛苦落得一场空。

　　读者！以上就是地主恶霸刘长富的罪状的片断，他又是勾结土匪（家里经常窝藏惯匪梁拐子等）的恶棍。沙疙瘩窳农民一说到他，眼睛就红了。在农民清算复仇的怒火焚烧中，老贼刘长富已经倒下去了，这种行动完全是正义的。

(《晋察冀日报》1946 年 8 月 3 日)

迫 害

无名

　　这篇报告，是一个被迫害者寄给重庆《新华日报》的。作者附信道："如其刊登，请千万不要登载本人的姓名，因为听说现在特务依然横行，手段并且比以前更加毒辣，我是被打怕了的人……"

　　三十三年下期，我还是一个十七岁的青年，刚刚进入高中二年级。

　　一个大雾朦胧的早上，我们晨操刚完，突听得一声警笛，操场周围一群执枪的兵像潮水般地涌上前来，同时又听得有人在叫："不准动，走即开枪，打死了那就怪不得我们。"同学们听到这种杀气汹汹的呼喊，都惊慌起来了，尤其是有些初中部的小同学，有的被吓得哭。四面的兵越来越近了，我们全体同学被包围得紧紧的，校长亦被另外一些军官围着，经过一刻钟的样子，大概是校长与他们商得协议了，一位军官走来下令解了围。

　　回到学校后，我们依然照常上课，可是还不到十分钟，张训育员□着一张字条，匆忙地□走教室来，跟上课的先生商量几句后，就转向我们点名，到第四个名字，就点到我了，我莫名其妙地站起来答了一个"到"后就问："张先生，什么事呀？"□很急地回答说："校长要你们到办公室有事。"就走了，有什么事呢？同班的同学共被叫了八个。

　　当我们走进办公室时，见校长坐在顶内面等着，同时已先来了七八十个同学，大概我们算是最后的一批了。当时我曾急得立刻站起来问："校长！到底是怎么一回事呀？"校长回答说："第二团说你们是共产党，我也没有办法，今天早上的情况，你们都亲眼看到，我没有枪杆,叫我怎样办呢……他们在后面县政府等得急。"我们只得听校长的话,就请他带领我们去。

走进县府,一个高个子军官立刻走来向校长打招呼。于是四面的兵跟着涌来,三人押解一个,到了团部。

大约到了下午一点钟了,前后又押来了几个我不认识的人,结果,我们这一群,被一个一个地分散押解走了。我被押禁在离团部有两三里远的一个连部里。

第五天的中午,几个兵突然把我带走,说是到团部去,结果却是到县党部受审。上面坐着团长、副团长、书记长及政治指导员四人,下面搁着各种各样刑具。武装兵分站两旁,我上堂被问的第一句话是:"你是什么时候加入共产党的?说老实话,免得吃亏。"同时团长用手指着下面的刑具。

"我根本没有参入呀!"

"帮我打!"一个士兵猛烈的一板砍我的腿,我即被打来跪在地下,我难受得哭了,上面还是在威迫着我招认,可是我哪里还说得出话来,只是哭着摇头表示否认,最后才有几个兵把我推下堂,到下午仍旧带回原来的连部。

自从被拘押的那天起,我与外界是完全隔绝的了,承他们的"优待",每天亦给我送两顿盐水下饭。

过了半个月的光景。一天忽然来了两个兵传我,说又是到团部去,结果却押到城外的山谷里去受审。

深谷中有十数栋草房,拥挤着许多人,并发现几个与我同日遇难的同学坐在树底下,被几个兵看守着,他们见我走来都呆呆地望着我。

"那天我问你,你□□,不承认,今天我可有了证据。你说,你到底是什么时候加入的共产党?担任什么工作?要不然,今天我就要把你枪毙！"仍然是那位团长，满脸杀气地问我。我心想今天是死得成了，虽然承认共产党不是什么耻辱，但要我无中生有，虚伪地承认，也是不应该的。我仍然老实地讲："如果团长有证据，那我就等死好了。"于是团长做出真正有证据的神色，愤怒地吩咐一个士兵说："去！把××传来对。"同时又转向于我说，"今天我非把你枪毙不可。"不久士兵带来了同学萧君，刚一进来，团长即向我问："你认识他吗？"我回答说："认识，是我的同学。"于是他就转向萧君问□："他是的吗？"萧君□是呆呆地望着我不作声，经过团长再三威胁逼迫，最后萧君被迫得低声说道："我又怎么知道他呢！连我自己也都是被冤枉的呀！"团长发怒了，把案一拍骂道："你这个该死的家伙，原先你说得好好的，现在又变了口，帮我打！"于是旁边的一个士兵便是一阵乱板子落在他的身上，可怜萧君声气都喊嘶了，经再三威胁，萧君终于不自然地说了一句"是的"。这时团长凶猛的目光一下转向我说："现在呢？你还强辩吗？如果你还不说老实话，你看到刚才你的这位同学吗？"当我听了萧君说了那句"是的"后，已气得发昏，又听到团长的这种威胁，便不顾一切地挥手咒骂起萧君来，越骂越急，越骂越伤心，最后是放声大哭说不出话了。团长认我"蛮横强辩"，吩咐士兵执刑，用板子乱砍，我用手去挡，右手就被打断了。这时政治指导员突然站起来，装作调解的样子对我说："××你快说吧！免得吃亏了！现在我问你，你们前天在铁索桥竹园开会讨论了些什么？听说你们要谋杀××各机关首长是不是？"这话说得我更加莫名其妙，确实，竹园在什么地方，到现在我都还弄不清楚，故当时我的答复是"不知道"三个字。团长见我还不认，吩咐士兵又打，这时我实在忍不住了，便不顾生死地大声说："我没有话说了！要我承认是不可能的，听你的便吧！我死就是了！"接着又是一顿毒打之后才把我推下去。我为了手被打断，坐在树脚下痛哭，左右的同学也都望着我流泪。……大约下午六点钟光景,仍旧把我带回连部。

大约又隔了八九天吧,我又被传到县党部审问,这次我们的校长和军训教官亦在场,所问的也还是以前的那套老话,我也是同样坚持着以前的说法,不过这次我为了我的手几天来未得药治,痛得厉害,便向校长苦求,请他保我出去就医。当初他还是现出疑难的面容,经我再三恳求,他才答应了,于是具了一个随传随到的结,才得释放出来(后来还传问了两次)。可是我的手整整花了半年时光医治,也终不能复原了。天啊!这是谁把我弄成这一个样子的呵!

(《晋察冀日报》1946年8月3日,《副刊》第67期)

猎犬之猖

程钧昌

恶名昭彰的法西斯反动派——中统、CC特务头子陈立夫，这次略略改变了一下他"咬人之犬不吠"的习性，和他的"《中央日报》友人""漫谈"了一番"共产党问题"，并且经由中央社公开发出。

陈立夫以治病比拟处理政治问题，这个"比拟"本身是一个诡谲的辩护，因为反动派要"处理"的"政治问题"并不是想真正医治疮痍满目的中国的病痛，而是继续并且加剧地葬送中国和绞杀中国人民。为了达到这个目的，反动派是确有两套办法的：他想最好是能够欺骗中国人民自动吞食反动派交来的包着糖衣的毒药（全部接受反动派所提出的反动提议和无理要求，屈服在反动派的专制淫威下面），这就是陈立夫所说的"内服"；如其不行，则实行恐怖政策——暗杀和内战，这就是陈立夫所说的"施行手术"。对于前者，反动派是失望了，因为在长期的斗争中，中国人民已锻炼得如此聪慧而精明，对反动派的任何狡猾伎俩都看得如此准确而透彻，以致连反动派自己也只得承认"事实证明内服之药确已不能治病"。但反动派却还死死抱着一线幻想，以为"用手术尚有望"，而当反动派亲切地感觉到在他的屠刀后面有着老祖宗美国反动派的大力支持时，他就惊喜若狂而忘乎所以了。这就是为什么连一贯只在黑暗中沉默作恶的陈立夫，于"友人"询以"是否将动手术"时，竟敢带着肯定而傲慢的声调回答曰"然"，而完全忘记了他们这一套是应当照例掩饰的。

然而陈立夫的"漫谈"固然暴露了反动派狰狞的凶相，却也显示了反动派正处在极度昏聩里面，他以为"用手术尚有望"，是把中国历史整整忘记了二十年。二十年前段祺瑞执政府向和平请愿的群众

开刀之后，鲁迅先生曾经在题为《空谈》的一篇文章里说过：

> 这回死者的遗给后来的功德，是在撕去了许多东西的人相，露出那出乎意料之外的阴毒的心，教给继续战斗者以别种方法的战斗。

从那以后，中国人民"以别种方法的战斗"在帝国主义和北洋军阀的联合反对下面进行了轰轰烈烈的大革命；在帝国主义和反动派的十年屠杀下面保卫了民族的生机；在日本帝国主义和中国反动派的八年夹击下面保卫了民族的胜利；而今天，空前强大了的中国人民的力量更足够保卫胜利的果实。渺小而狂妄的反动派有如一只吐绶鸡，如果一定要和巨象搏斗，就只有头破血流而自取沦灭！反动派的□兄汪兆铭曾有一首诗，描出了自己族类的本性和命运，是他们的传家之宝：

此辈封狼从瘦狗，生平猎人如猎兽。

万人一怒不可回，今看太白悬其首。

（《晋察冀日报》1946年8月3日，《副刊》第67期）

两军阵前

柳杞

一

距离城西三四里路的高山，这是我们的自卫阵地，山上只有几个哨篷子和几段交通沟。东面一里多远的山顶上，炮楼、铁丝网、鹿砦、陷阱、壕沟……和平将近一年，国民党努力建设了这一些，再往远处看，一个、两个、三个……炮楼在晨光里显出它崭新的姿态，谁能不怀疑："日本鬼子退走是真的呢？"

从自卫阵地往下看，城墙□在脚下，每早，凉风嗖嗖地吹过来，战士们眺望着山下国民党军在出操……清清楚楚的约有一团人。"要是机关枪开火，"一个机枪班长曾经赌咒说，"二十发子弹，准保险扫倒十五个。"可是，营长命令，要是国民党军不先开火，连步枪也不许放！

每早，国民党军快收操的时候，他们就颇有规律地向我们自卫阵地上开炮。

看看山下就收操了，战士们紧张却又开玩笑地一面打着招呼，一面走进隐蔽地：

"注意，检查靶！"

第一颗炮弹，带着哨音，扇着风，落在阵地前沿五十米的地方。等好一会也没响，三个战士同时爬起来，抢着拾起这颗炮弹，高高举起，喊着一二，齐声向山下喊道：

"你们的炮弹臭啦！"

紧接着他们跑回隐蔽地，第二颗炮弹像一只带着哨子的鸽子，掠过顶空，飞到山后爆炸了。战士们从隐蔽地跳出来，高举起铁铲，代替旗语报环：

"喂！烧饼一个，脱靶了！"

炮弹接二连三地飞过来，飞过来。玩笑开得腻了，大家就在隐蔽壕里议论着：

"他妈的，只许他们向我们开炮，命令来了，老子好好干他一梭子！……"

"什么时候对准他的铁桥来两炮，叫他火车不冒烟，也解这口气！"

"要是真讲和平，还能这样老欺负人！"

"桥梓战斗，一个团干他三个团，谁还怕谁！"

二

山前的麦子黄了。

日寇手下充当过抢掠队的伪军们，现在是"国军"了，他们干起抢麦子的旧营生也越发泼辣，一位老太太哭诉道：

"同志们呵，你们说说，

'国军'来了，谁知道是祸？

踢开了门，又打翻了锅。

说是有奸匪，却顺着侄媳的裤腿向上摸！

说是饿了，要在闺女的裤子里找饽饽。

三岁孩子病得剩了把骨头，

一碗药汤又给倒进了菜锅！

罪过啊！

'国军'！'国军'！

为的是什么？

天哪，老百姓怎么活！"

为了保护群众收麦子，六月十三日夜，战士们开到××村。尖兵王春祥走近村边，一对正在拔麦的老夫妇，扑通吓倒了。王春祥轻声说："老人家别怕，我们是八路军！"老夫妇听了听说话的声音，他说："我们白天拔麦子，炮楼上的伪军就打，吓怕了！你们来，就有了仗胆的了！"又一次五个侦察员，夜间来到××村边，老乡们正在拔麦。侦察员就悄悄挽起袖子帮他们拔，他问一个小女孩："你说，你知道我们是什么队伍吗？"

"怎不知道，"小女孩说，"你们是八路军，别的军队只管打人，哪会帮我们拔麦子。"

一句话□醒了那些聚精会神拔麦子的人们，他们围拢侦查员身边，亲密地问长道短。

两军阵前增强了人民识别的智慧，虽然遭受无比的劫害，他们可也知道究竟谁是自己人。

（《晋察冀日报》1946年8月4日，《副刊》第68期）

欺　骗
——记列车系于文密的谈话

龙题

这笔账我死也不能忘记，将来一定要算清。

我跑车的时候，瘦猴杨贯群拍着我的膀子说：

"老弟，你在这里才挣二百八十斤米，要是到了北平就能挣六万法币，还能捞外快。北平又热闹好玩，你去了我保证你能上班！"

我一时糊涂，信了他的话，对谁也没说，夜间十二点，坐着三二三〇次列车和瘦猴悄悄去北平。火车到康庄，瘦猴塞给我一件大褂，低声说：

"换上，过青龙桥检查时，我走前面，你走后面，要离我一百米远。"

穿着大褂，心咚咚直跳。过了青龙桥，瘦猴对我说：

"瞧，国民党哨兵服装整齐，精神多饱满！"

咱不能卷着舌头说话，国民党哨兵穿着烂紫花衣服，脸焦黄，精神实在不饱满。

北平街上，五步一岗，十步一哨，老百姓走路低着头。他们的局长架子真大，坐在转椅上，一手端着茶碗，一手夹着纸烟，抽一口喝一口，待理不理地说：

"这里不用人，介绍你到东北去！"

东北正在打仗，叫我到东北干什么？我越想越怕，后来碰见以前也在张家口车站做事的王振亚，他来北平一个多月啦，还是穿着张家口车站去年发的黑制服，脸色焦黄，耳朵根到下巴生了一溜疮，一只眼已经肿得看不见，他很吃惊地问我：

"你怎么也到这里来了?!"

我更觉得不对头,便决心赶快回张家口。进了咱们地面,一块石头下地。下车后,我又羞愧,又害怕,我想路局一定不要我了,可是王主任还是让我照常上班,同事们也没有一个□笑我的。现在我完全明白了,就是谁对我说北平再好,我也不去了!

(《晋察冀日报》1946年8月4日,《副刊》第68期)

从一个启事谈起

未一

我们日常生活中,动人的有意义的小事件真是太多太多了,正因为它小,所以容易不为人所注意而滑失过去。

随便翻阅这个月份的《晋察冀日报》,无意中在广告栏里发现了这样一个启事,新奇的标题《非常错误》首先吸引我读下去。

"我昨天一时糊涂,竟敢贿赂军区供给部一位同志,但遭到拒绝和严厉的批评教育,现在我已经认识了八路军同志的精神,自己非常惭愧,以后定要去掉这些恶习。"

署名"西沙河街九号张登山",看样子无疑是一个普通市民,他显然受了很深的感动,才登出这样一个启事。

这短短不到一百字的文字,生动地体现出人民军队的精神和品质,八路军不是爱财图利的军队,八路军的士兵不是爱财图利的士兵。

八路军所以具有一往无前的精神,能够压倒一切敌人而不为敌人所屈服;能够在任何艰难困苦的场合,只要还存在一个人,就继续战斗下去,牺牲前还把枪掩蔽在自己身体底下,腿打断了还伏在战壕里向敌人射击;能够以几个人抵抗数百敌人,几百个人打破几千人的进攻,难道不正因为这个军队除了革命的利益、人民的利益,就再没有别的利益的缘故吗?人民所以拼死命拥护八路军,不也正因为这个军队坚决代表人民利益的缘故吗?!全心全意为人民服务,是这个军队的宗旨,也是它能够常胜力量之所在。

不幸多少年来中国存在的全是另外一种军队,它杰出的代表就是现在的蒋家军。这支散播灾难的队伍一贯嗜杀成性,爱钱如命。他们抢劫、杀戮的对象就是他们的乡亲和邻人，甚至就是养活他们的父母兄妹。老百姓见到这种队伍，赶紧把钱托在手上说："老爷，饶了我的命吧，我知道你们是要钱的。"军队求财若渴，老百姓行贿成习，给弄"糊涂"的岂止张登山一个。

自从出现了八路军、新四军等人民的军队，军队和老百姓的关系就完全改观。行贿竟"遭到拒绝"，张登山也从多少年的"糊涂"里清醒过来。现实的对照如此无情，老百姓的向背也天天显著，北平人在"想中央，盼中央，中央来了更遭殃"后面又续上两句，"盼了八年半，盼来一群乌龟王八蛋"。

今天这支蒋家军数量虽然不少，但他们仅仅为大大小小的个人私利维系着，长官把士兵当奴隶，士兵被他们的首领欺蒙、愚弄、□遭作炮灰。世界上恐怕再找不到一支军队比他们更黑暗落后的了。这支正走向分解和腐朽的力量，面前只有两条道路：不是觉悟，便是死亡。监视的鹰犬与颠倒黑白的"精神讲话"怎能泯灭高树勋、潘朔端、刘善本……的道德和良心呢！

有了人民的军队，加上人民觉悟的空前提高，在反动派要掀起的疯狂内战中，被毁灭的不是别人，而将是他们自己。

（《晋察冀日报》1946 年 8 月 4 日，《副刊》第 68 期）

坑杀抗属

孙犁

汉奸变蒋军,王凤岗的部队在大清河的边岸开辟了一块小小的"根据地"。这与其说是"开辟",不如说是篡夺,因为八路军追赶敌人去了,他却乘机"巩固"了后方。

他并且坑杀,不断地坑杀抗日战士的家属,一次竟用机枪扫射死三十个老弱。这是三十个光辉的生命,因为他们的子弟在敌后苦战八年,一直到战败日本帝国主义者。

王凤岗杀死他们的父母妻子姐妹,不会再有心软而糊涂的人要问"他为什么要杀这么多抗属呢"了吧!

子弟兵的父母妻子姐妹流血了,血流在他们解放了的土地上,血流在大清河的边岸。那里水清人秀,是冀中区人民心爱的地方。他们被活埋了,就在这河的边岸!

这些死去的人,白发的或者是红颜的,在八年战争里交出自己的儿子,送走自己的丈夫,送在门口,送在村外告诉他:

"不打走敌人,不要回来!"

青年战士们记着这些话语,战斗不息。

而王凤岗在他们的背后,坑杀了她们的父母妻子姐妹!

王凤岗杀死了这些抗属——那些盼望抗日胜利到来的人们,那些等待儿子、丈夫归来的人!

就是他们的子弟回来了,也已看不见自己的亲人,连坟墓也没有——如果,大清河两岸长大的青年战士们听到了这个消息,我想他们不会啼哭。

枪要永远背在肩上,枪要永远拿在手里,更残酷的敌人来了,新的仇恨已经用亲人的血液写在大地上！

而他们有弟弟吗，有拿起枪来的侄儿们吗？

当大清河永远地用平静深厚的面貌和声音，在明媚的田野里静静地流过去，它两岸的人民会想念起一切的。那些光荣的日子，母亲和妻子送走自己的亲人的时候，没流眼泪，而是在河岸上唱过歌的。

在这样可亲可爱、浮载着这光荣的歌声的河流两岸，谁能记得清，曾进行过多少次英勇的战斗？

王凤岗用奸计蹂躏了它，用机枪、铡刀、泥土杀死了这里的最光荣的人民——抗属！

死者的子弟们！能想象父母妻子姐妹临死时对你们的无声的嘱告吗？

(《晋察冀日报》1946年8月4日，《副刊》第68期)

鸭绿江边的安东

刘白羽

【新华社延安二日电】记者是由抚顺、本溪进入安东地区的。从抚顺到本溪是一条艰难的汽车路,从本溪开始却是畅通的安奉铁路,安奉路穿过曲折的摩天岭直到鸭绿江边。据车站上铁路员工告诉我,民主政府已在增修一条支路,由凤凰城北至宽甸一段。这条路原来日本人计划过准备直达通化,但未曾筑起,现在却已动工了。

安东市沿江边发展起来,江水清绿浩荡,听说萧华将军的战士们初到此地看到鸭绿江,有人竟高兴得跳跃起来说:"毛主席说过打到鸭绿江边啊!"是的,他们是真到鸭绿江边了。

江上有铁桥,彼岸即为北朝鲜之新义州。"满洲国"时期曾经过这桥把一切掠夺物经朝鲜运往日本。

直通火车站外是一条中心大街,整洁宽敞,名为毛泽东路。走下去就是杨靖宇路、邓铁梅路。市中心为繁荣的商业区,几里之遥,行人摩肩接踵,物价奇低。从市南端到北端,坐一回马车只要五元钱,如果是重庆,五元钱票子是常会被人丢弃在地下的。金融稳定,一元东北银行币可换二元满洲币,可换二十六元法币。工厂都已开工,从山上望去,烟囱遍布四郊。商店里的布、纸烟、纺织品都是本地工厂出品。

安东省有三百四十四万四千人口,耕地面积为二千余万亩,有十万工人在工厂、矿山做工。

一、"翻身"

自从民主政权建立那一天起,安东省恢复了自己的生命和自由,他们立刻向屠杀他们的人进行清算。田守宝是一个洋车夫,为了向吸血鬼——人力车组合的尹长秋清算,他白天拉车记下别人谈的材料,晚间开会。最近在永乐舞台竟组织了二千多人的大斗争,尹长秋当场"吐"出十四万元赔偿大家的损失。

元宝区有一个刘为治,他在伪满时代做一个班长(街长以下,管二百多人),依仗儿子在县政府里有势力,无恶不作,提起他没人不恨。从前敢恨不敢言语,现在他们再也压制不住了,纷纷起来向他清算。他们把这从前谁也不敢多看一眼的老奸贼带到九合成工厂里去算账,一个穷人告他从前抓劳工的时候怎样打人骂人,又有些人告他替伪满向老百姓收麻袋,他叫人出钱买了,结果他全都私自留下了。从前赵金山花五百元买两间房子向他报迁移户口,他说:"搬家理由不合不给报。"

那个年代不报上户口,就领不到配给粮,就得挨饿。赵金山女人去求情也给骂开了,后来送了廿斤肉、鸡子,才说一句先住下再调查吧。可是又露出口风,说搬家的十有九个是八路军。果然没一个月,他就把赵金山抓了去当劳工,赵的女人正在怀孕,赵跪下哀求,他哼了一声说:"叫你们死就死,没话说。"赵没法,花了二千元,雇了一个劳工,过几天刘为治又把他领配给粮的粮票拿走,一家饿饭。女人刚生下孩子气死了,孩子也死了,这时就丢下赵金山带着一个十七岁姑娘、两个小孩。姑娘不久又给人拐跑了。没一个月,刘为治又逼着他背了孩子去当劳工,到市政府去请求又给骂回来,这时他一家都毁了。思前想后,忍无可忍,就找到刘为治争吵起来,刘就把他当作"□□""游手好闲的人"送到煤矿里去了。现在,赵金山回来了,站在那里,他褴褛,肮脏,已失去人形,但两眼闪着仇恨的光,连狡猾得老狐狸一样的刘为治脸色也变了。

一件件控诉下去,最后有人揭发他在"八一五"后趁着乱腾腾的时候，从蛤蟆塘车站拉了木料二十根，还有一百吨煤、洋火、□条。

这是一个伟大的翻身，完全由人民控诉，人民处决的。在安东市有日本战争罪犯十六个、汉奸六个，全省有八十六万人参加到这翻身运动里边来，收回自己失去的一切。

二、民主生活

到安东的第二天，我在省参议会会场——市政府楼上访问了新选出的议长陈先舟先生。

陈先生是通化人，曾在日本仙台高等工业学校学电机。回国后，任东三省电台台长、吉林省国民党党部委员，现在他还是重庆民主政治协进会的一个领导者。不久前，经过无数困难他回到这里来。

同一地方，时间是中午，我又会晤了副议长张乐民老先生。他已七十六岁了，头发皆白，满面笑容。他是老同盟会员，推翻满清东北起义时，他是军政府的领导人。民国五年时讨袁，他又再度奋发起义。大革命时代，他又是辽宁宪草委员会委员。大革命后，他渐渐发觉了国民党已走向黑暗腐败的道路，他遂弃政就医，埋头经营医院，对于东北前途，他主张自治。他说："这是我的老主张。并不违背国家统一呀！世界上别的国家也有自治，各处可以组织考察团来看看，这里做得好，就应该照这里的样子做。"

另一个副议长是安东省中共代表林一山同志。他的右手在战争中变残废，他是一个精明、智慧、诚恳的人。

这以后，我整整四五天坐在参议会旁听席上。去冬，人民代表会议选出的临时民主政府副主席刘澜波向大会报告政府工作时候，他说："人民是东家，我们向东家报告做工情形。"报告后，展开了热烈讨论，特别是在四月十七日大会上进行竞选省府委员时，我看到各阶层的人带着他们特有的习惯、作风、姿态，走到扩音机前面，有的为自己竞选，有的为别人竞选，他们是严肃而认真的，我看到高崇民先生——这位民主老战士，他说："我看到刘副主席每天为了工作睡不上三小时觉，这是共产党的美德，可是我真为他担忧……"他感动得半天说不出话来，台下响起了一片掌声。

在这次参议会筹备会里，有一个李金声，是个地主，原来闭门不出的，后来他突然出来了。他的朋友问他，他说："我有理由。"他说出了几条道理来：有一次一部分民主联军队伍来到了屯上，没住处住，不肯进房子惊动老百姓，就住在屯外破房里。天落着雨，房子连窗户也没有，就这样住了两晚走了。他说："中国有这样的部队就可以了。"其次，他看到民主政权中的工作人员亲密团结，起初他以为都是老朋友，后来才知道是天南地北各处来的，极为惊讶，于是他说："我不能昧着良心了，共产党是好的，我得出来一起干了。"

安东自从去年八月解放以来，一方面把敌伪残余铲除，一方面就召开了人民代表会议，在这会议上选出了临时民主政府，从此安东走上了新的道路。各县都成立了民意机关，选举了县行政委员和县长，从村到区都进行了人民选举，改造了政权。

在安东市进行普选时，各街都自由地选出代表，再由三百五十人开大会选出参议员和市长，那是非常热烈的。洋车夫、工人都组织竞选，五十六条街的下层劳苦市民受够了欺压，知道了这与自己利害相关，纷纷起来与上层竞选，使这次选举成为一次群众性的民主运动。选举结果，工人贫民当选者占百分之六十，中下层占百分之二十，中上层占百分之十五。

我觉得在这里我可以解答一个全国人士所关心的问题了：就是"八一五"以后，东北人民过的是什么样的生活。一个月以前还是一个工人的庞九皋，"八一五"前，他一家五口住一间破房，坑比桌子大不了一点，女儿早成年了还挤在一起睡，一刮风瓦片就落到身上来，就在这种情况下他又给拉去当劳工，简直无法活，暗自落泪；"八一五"后，他们组织起来，在女子学校开会，他被选作了组长。从这以后，他一面做工，一面工作，现在吃起高粱、大米，□起了一处新的房屋。一个月以前，一次民选当中，庞九皋给大家举手选任金汤区仁忠街街长。

三、安东的工业

安东是东北的主要工业区。据一册日文书籍上说："工矿业之现状堪居全满之首位。"

全省矿藏丰富，埋藏量巨大的桓仁、宽甸的铁矿，安东的黄铜，凤城之铅，此外宽甸的□矿以及各处之石棉、云母、磁石、金银、石灰石、石炭。日本人已经挖掘这些原料建立的工厂有：纺织厂、人造丝厂、洋灰工厂、汽车工厂、碳素工厂、化学工厂、机械工厂、纸厂等。此地东西有安奉铁路线，南北有鸭绿江航线，长白山大森林的木材以及"巴尔普"（造纸原料）大批运到这里来，发展了木材造纸。鸭绿江的水力发电厂所生电力，使安东具备了成为一个大工业区的条件，因此日本人拟订了扩大安东市成为容纳二百万人的都市（相同于沈阳），这包括在他们的建设大东港计划里面。如果这计划实现，在鸭绿江入海处就将有一巨大的不冻港，从安东市到大东港就将有一百里以上绵延的繁华都市。我此次曾乘汽车沿江向安东南郊考察，驶行数十里，见各处工厂设备确均有彼此连接的规模了。

记者曾参观了鸭绿江造纸厂，全都是机器，一端以巨大的整棵树木投入，经过皮带曳引电斧，最后在一庞大机器中被粉为碎片，而后制成泥浆，经过无数巨大的场房，最后在另一端造纸机上不停地滚出白纸。

"八一五"后,维持会(敌伪残余与反动派改头换面的组织)一度管理政权,安东工业遭受了严重的盗卖及摧残,像安东纺织厂,棉花失去六十余万斤。维持会长焦建吾等,盗去大豆、造丝机器、价值千万元的白金圈。当时矿山、工厂全部一下冻结了,工人在寒冷的冬天里失了业。不久人民民主政府组织起来了,开始发动清算、整顿。十一月到一月,逐渐复工,烟囱上又冒烟了。一月以后,就进入扩大生产时期了。这时安东市造纸、纺织、丝绸、胶皮、被服、配造、制材等工业,都在工人参加管理委员会情况下复活。工人从清算斗争中组织了自卫队,起来保卫工厂,清查物资,扫除了一切开工的阻碍,拉起第一天开工的汽笛来。工厂的复工解决了工人失业问题,有了工业品,号召工人扩大生产,平抑了物价,繁荣了市场,而这一切问题的总关键在于依靠劳动人民。工人生活改善了,同时也照顾到资本家利益,特别因为贸易自由了,私人经营工厂得到了鼓励与发展,八十六家私营工厂在安东市开了工,小型工厂增加了一六〇家。

我参观安东纺织厂时,看到一个叫周凤兰的女工,她十九岁,围着围裙从机器旁走来。这工厂极大,这厂房一眼望过去,一排排纺织机在动力引曳下急速地转动而发出一种嘈杂奇妙的轰响。我问她的生活和生产情况,她骄傲地说:"我一个月挣三百三十斤米,我们现在是按实物计算,政府不让我们吃亏。"随后谈到以往,她说,"我从八岁做工,一天挣六角钱,吃不饱饭,我们那时都偷偷往机器里塞布。"我很惊讶她讲得那样自然响亮,她以为我不了解,接着说,"弄坏机器呀!我们好休息——一天十二小时工。停一下给日本鬼子看到,打个半死,每天站在机器旁边,给机器的风扇得腿都拐了,有的男工的手臂给机器绞去,就剩着个空袖筒,那时我们都哭。"

现在一个工人最少挣一百八十斤粮食,工资普遍提高了百分之十,从前我们应该领到的粮都给日本人吃了,我们只能吃些冻坏了的土豆。现在厨房是我们的了,大家都高兴。我后来就去参观了她所说的厨房,烧饭都是用电力。

这样诚实的女工自己笑起来,她现在是纺织厂里的模范工人,因为她在提高生产上有了最优良的成绩。一会工夫,几个下了班的女工走拢来围住她,从她的表情上我知道她是她们的领袖,因为她是一个市参议员。

"你怎样参加政治活动?"

"共产党来了以后,第一次去参加'三八'妇女大会,听了很多,自己可不敢跟上去,后来厂里选举,把我举作职工会会长,后来他们又选我作代表。别的工友都高兴地说:'从前咱们哪有这个地位。'我就上去了,后来又参加了市参议会,觉得这样的政府领导我们,我们怎能不感谢。这次我非常高兴,我要赶紧学习,会做工作,为大家把事情办好。"

她突然笑了:"从前总恨自己不是个男子,现在我不这样想了。"

安东纺织厂生产提高了,工人生产量比伪满时都能超出两倍以上,一般公营工厂三月比二月产量提高了一倍,因此不是周凤兰一个,是无数的人。在街上我经常看到从工厂回来的男女工人说着笑着,挺起劲地从我身边走过。

四、富裕的日子来到了

从前安东人民生长在富裕的地方,过着穷困的生活,那是些悲惨的日子。

所有的物资,从工厂到农村,日本人把它搜刮得干干净净,统治在各种组合里,连田地里的豆秆子也有组合。人民要吃要用,都是配给,自由贸易早就变成历史的陈迹,人民就在这严格统治里挣扎了十几年。

自从民主政府建立以来，首先就恢复贸易，取消了敌伪时代一切配给机关，建立了代表人民利益的贸易管理局。它的任务是扶助生产，发展自由贸易，稳定物价，从外边吸收必要的大批物资，解决人民日常生活用品需求。在成立以后，确实保证了盐、煤、纸、布的供给。安东这些日子里没感到贫乏。白米面一斤十七元，盐从前卖七元，现在二元了。东北商店从前每月交易三十万，一月份增至三百万，三月份存货达千万元，都证明商业的繁荣向上。

税收方面：（一）由于商业上的繁荣，税收也有增加。现在政府奖励必需品进口，限制奢侈品入口。（二）安东省沿江有无数产盐区。计公营盐滩一千五百七十二处，民营盐滩一千四百六十处，不仅可供全东北食盐，还可大部出口。现存盐数万石，取消了伪满官运官卖办法，改为征税制，鼓励自由贩运。政府还在这方面贷款一千万购置机器，修筑盐坝。

从前除了几家配给店、几家加工工厂外，一切商工停止，现在商工脉搏活跃了，安东市区三十余万人口的城市，短短半年中，已开了三千一百五十二家商店。（下漏一段）

在金融方面，民主政府接收了伪满洲中央银行，成立安东银行。该行贷款在农业、工业各方面约七千万元。粮食方面，把敌伪仓库打开，分给人民。过去出粮（政府强令交出）负担从农民身上解除了。过去这样的负担：大米、大豆为百分之百，粗粮每亩地二石一斗六升，还有"××出荷""报厅出荷"等残酷剥削。

目前各级民主政权机关、军事机关展开生产运动，减轻人民负担，他们计划从今年四月份起，各机关自己解决全部开支的五分之一，六月就开始全部自给。

（《晋察冀日报》1946年8月6日）

飞沙与沙漠

李霆

在我们居住的张家口，每当刮风的天气，飞沙满天，一片黄色。在外面走路的人，不用说眼睛、耳朵和颈窝里飞满了沙子，连户窗不严的屋子里，沙子也要闯进来，找你麻烦一通。这种沙子，对于人类生活影响很大，值得我们注意和研究一下。

沙子从何处飞来？

谈到沙子，就使人联想到沙漠。沙子正是从沙漠地区随风卷扬过来的。凡远离海洋、周围多山、气候干燥、雨量稀少的盆地，都易于形成沙漠。近沙漠的地方，雨水缺乏，易致旱灾。耕种庄稼，全受气候雨水支配，老百姓只有靠天吃饭。

我国沙地面积，目前还没有算出确切的数目。大体上，河南开封以北，陕西榆林以北，宁夏城的东北，绥远五原县附近与河套一带，□海滨和新疆盆地，都有面积数十里以至数百里的沙漠。但真正名副其实的沙漠只有两处，就是蒙古大戈壁与新疆沙漠区。其他较小的沙漠，都受这两区的影响，或者是这两区的分部。察哈尔南部的飞沙，大都由蒙古吹来。

沙漠会移动吗？

这是一个很有趣味的问题，过去国内学者曾经争辩很久，现在得到了答复：沙漠是能够移动和扩展的。一般说，大陆或海滨的细沙，都能随风吹移，积成沙丘、沙梁于他处。这种沙丘的高度，与日俱增，由数公尺至数百公尺不等。其移动速度亦不一致，每年移动距离自二点三公尺以至十二公尺。至于掠平地面而过的飞沙，速度更大。

在短时间内，沙漠的变动虽小，但在长时期内，则其变动的剧烈，很使人吃惊。如今天的长城大□是明代续修的，修长城的时候，沙漠并未越过长城，可是在三四百年后的今天，情形就完全不同了。陕北榆林，晋北右玉城郊及察省宣化西郊，都是一片黄沙，且渐有南侵的趋势。又，汉朝班固定西域时，新疆塔里木盆地的大小国家有三十六国（一说五十二国）之多。可是，后来全为黄沙盖没。现在，还可以从这些地方挖出被埋掉的古城。

沙漠可以防治吗？

沙漠的形成很复杂，它和气候、地质、地形诸自然原因有关，我们无法直接控制。不过，现在科学发达，对于飞沙的移动与沙漠的扩张，已能逐渐予以人为的限制，如原属不毛地带的苏联的卡拉库姆沙漠与前阿拉尔沙漠区，现在已经有许多地方长满了绿色作物，住满了努力开垦的人民。

防治沙漠的方法很多，要点不外乎利水防沙。如果沙能防治，水有供应，则作物可以种植，人类居住自无□题，而附近沙漠地区的城市也可以免受飞沙的侵扰。一般通用的防治方法有下列三种：

一、水的集中使用。由政府人民通盘筹划，建筑现代化的水利工程或有计划地开沟引渠，使所有的雨水及地下水、雪水等能集中起来，不使涓滴浪费。这样，可能增加三十倍于原有数量的雨量。

二、土地适当利用。消极方面，禁止刮地取草，滥伐森林，防止水土的冲刷作用；积极方面，宜植草之地则植草，宜耕种的地区则种田，须造林之□□□必须造林。

三、防沙林的植造。森林对于阻风防沙的功能极为显著。据美国西部一个地方利用防风林防止风蚀的经验：在易受风蚀的地方，防风林所生的效力距离为十倍于树高的距离，例如，七十尺高的杨树林可以使背风向七百尺内的浮土飞沙不致飞扬，而且森林的树根能巩固沙土，减少蒸发，防止水土冲刷，增加相对湿度，蕴蓄相当水量，调解土中水分，更能调节和增加雨量，有效地避免水灾旱灾。

常用的防沙植物有：

草本的禾本科、莎本科、□科及茜草科植物。

霸王、麻黄、梭梭、泡泡刺等灌木。

白榆、胡桐、红柳、□柳、沙柳等乔木。

（《晋察冀日报》1946年8月6日，《副刊》第69期）

神气"报德"及其他

一

比起言语或动作,神气更容易泄露人们骨子里的秘密。

全国人民要求长期停止内战,两个月来蒋家先下个"半个月内暂且不打"的"圣旨",继之以"再缓打八天";后来,"打手"挡不住的民主浪潮冲到南京"金銮殿",□开金口说句"老实点儿,可以不打"。说这些话的时候,光脑袋一晃,斗篷往两边一抖,那种吹胡子瞪眼睛的神气就活现眼前,这种"老爷+流氓"的神气宣泄了一个天机——高兴在哪里打,就算哪里不老实。

今天,事实应验了推断:中原苏皖已经动起来,而且派了七架飞机轰炸扫射延安总部达二十余分钟。这就明白告诉人们,究竟是谁从来就打不停,现在还在打,甚而越打越起劲。

不幸,这股自觉得腿胀胳膊粗的□头,仅仅是高鼻子干爹的□□在后部又动作了几下的结果。(晋驼)

二

共产党的"七七宣言"发表后,国民党中央社说这是"以怨报德的反美宣传"。照这个理论推译一下,就是:现在美国政府对"党国"有没齿难忘的大德,即使粉身碎骨也难以报答。

实际上,这一年来老爷们早在"以权报德"了,内河航行权奉送,领土、领海、领空全交人掌握,军队要听命于军事顾问团,麦克阿瑟一道命令便把领海渔权转让日本,进而恭奉最后决定权,敦请干涉内政……买一送一,"主权"廉价虽至此极,老爷们仍感不足。

老爷们必须公开宣称"美菲是父子之邦,中菲有姊妹之谊",这回是"一蟹胜似一蟹",许多发明"称臣""称侄"的末代皇帝都要自认"小巫见大巫"。因此,这样克尽子道"以权报德",即不足为奇;而对美政府的某些帝国主义政策有所指责,便使老爷们如辱考妣大发雷霆,更是理所应当。今天中央社已经在笔伐口诛,如果没有人民自己的解放区,说不定"闲话皇帝"的老话又会重见今朝。可见:

光阴急逝如流水,依然不改旧家风。(疎明)

三

对内则如此神气活现,对外则那样"以权报德",尽管躲进庐山云雾□,奴才总管的面目还显露得清清白白。(司马豕)

(《晋察冀日报》1946年8月6日,《副刊》第69期)

"敌友"考

胡椒

去年日寇投降以后，中国的独夫马上一迭连声嚷着："要爱敌人，要不念旧恶。"于是就看到一批又一批的日伪军纷纷挂起了"国军"的招牌；就看到加委伪官的命令满天飞舞；就看到汉奸战犯逍遥法外，像头等战犯岗村宁次和大汉奸德穆楚克、李守信至今未加逮捕审讯；甚至把领海捕鱼权一文不要奉送过去。

无怪吉田要"对蒋主席在日本投降后加诸在华日军之宽大为怀，表示感激"。

无怪《读卖新闻》要惊叹为"现代史上最仁慈及最文明"之举。

爱而及于敌人，可谓宽大之至，也只有在"现代史上最仁慈及最文明"的国家才能有这样的奇观。中国到底不愧为世界上独一无两的"文明"古国啊！无怪贝当在被判死刑时要慨叹没有生在中国。

称日寇是"敌人"其实是有些不敬的。十几年来遍查官家的文献，有的是一片"敦睦邦交"的叫喊，是"侈言抗日者杀无赦"的恫吓。就是七七事变以后，不是又大唱其"曲线救国"吗？既非敌人，何来"旧恶"？归根结底所爱的其实并非"敌人"而是旧友。

说到敌人，有是有的，不过那不是日寇而是中国的人民，是代表人民利益的共产党，是主张民主改革的进步人士。对于这一些"敌人"，扑灭之唯恐不力，哪里谈得上爱，一分也没有。为要消灭他们，中国的独夫曾发过誓，赌过咒，不达到目的是睡不着觉的。可惜的是这些"敌人"愈消灭愈壮大，而消灭者反倒有被消灭的危险，于是只好睁着眼睛睡觉，结果难免因失眠而死去。

"要爱敌人，要不念旧恶"，勇哉斯言也！可是凭他怎么"勇敢"，底下的一句却总没有勇气直白："要恨人民，要无恶不作。"

这是高尔基的话："对于敌人的宽容，就是对于自己的残酷。"

(《晋察冀日报》1946年8月7日,《副刊》第70期)

胜 利 突 围

——方升普将军访问记

庄海蓝

【新华社淮阴六日电】二十九日正午，我们怀着比七月的阳光更热的感情，去访问刚从中原突围出来胜利到达苏皖解放区的方副旅长升普将军。他是和旅长皮定均将军一同率领数千健儿从大别山冲破蒋军重重封锁，穿过合叶公路、淮南公路、津浦铁路，徒步长征千余里而到达此间的。

虽然经过二十余天战斗行军，但方副旅长精神饱满，毫无倦容。当他了解我们的来意后，亲切地和我们紧握着手，把我们引到他的房间，请我们在一张长方桌边坐下。他顺手在案上翻开一本破烂的袖珍地图，就开始侃侃而谈了。

"中原部队在突围前，都在大别山活动。这个地区东西长约二百里，南北宽五六十里，四面八方都被严密封锁。围攻我们的蒋军有四十万，都由刘峙指挥，反动派在大别山以东就布置三道封锁线：第一道是垒堡线，其哨兵与我们哨兵隔山相望；第二道为潢川、固始、立煌一线；第三道是淮南公路与合叶公路。蒋军主力从东北方面向我军压迫，企图迫使我主力退出山地，在平原地区一举歼灭。反动派打好了如意算盘，遂于六月二十六日开始总攻；可是我们窥破了反动派的阴谋毒计，我中原部队乃出其不意，毅然决然分路突围。我们这一旅受命向商城、光山、皖南转移。当日即遭蒋军猛烈攻击，经激战后突破蒋军第一道防线，继在麻城附近和堵击的蒋军打起来，接着边打边走，断断续续从未休止。越过鄂皖边界松子关天险之后，经吴家川东进，在大化坪我们打破了皖保安第四团的包围，渡过深及头颈的磨子潭，敌人子弹虽在水面上飞舞，但亦无法阻止我们前进。后由桐城、霍山之间的毛坦厂、思古潭向北挺进，七月十日于官厅穿过合（肥）叶（家集）公路到了淮南公路。在下塘集又遭桂省部队一三八师一部堵击。在定远之朱家沟、沙□铺等地打垮伪军孙良诚的堵击。七月二十日拂晓冲过津浦路，在嘉山车站附近和堵击的桂军一三八师作战。这一仗规模最大，也最激烈，蒋军用装甲车掩护，火车不断增援，我们一面作战，一面掩护，后卫部队至日出时全部安然过路。特别英勇的一幕是我们的战士奋不顾身，攀登开动中的蒋军装甲汽车。"方副旅长带着微笑说，"把手榴弹像暴风雨般地投向车厢，里面的蒋军□叫不已。他们的伤亡虽无法统计，但估计能够生的不多。"

这一支部队是怎样指挥的呢？方副旅长说："我们为了轻装便于行军，什么都没有带，连一张军用地图都没有。我们只靠两件东西确定突围路线，便是这唯一的一本袖珍地图和一部指南针。为了掌握方针指挥战斗，二十几昼夜我与皮旅长都是走在部队的最前头，幸而我们没走过一次错路。"方副旅长说，"一路上天气热，雨水多，曾发生一些困难，但由于官兵一致的求和平、求生存的铁的革命意志，终于战胜了一切。在每天二十四小时中，只能争取夜半一两个钟头的休息，残暴的蒋军就在四面八方随时都准备打击我们，只要一有敌情，枪声一响，便个个浑身精神百倍，振奋起来了。战士们说：'一打仗浑身都是劲，瞌睡就不来了。'我们经过不少高山、密林、河道，从松子关到大化坪，生活最□苦：山大村小，粮食缺少，有几天一天只能吃一顿，有时前卫能吃到一顿，后卫就没得吃；有时只能向老百姓买点瓜和玉米之类来生吃；有时什么都没有，只能喝点冷水充饥……总之，困苦是说不尽的。虽然一夜安眠、一顿饱饭都是不可多得的，但是，我们没有向困难低头，我们征服了一切困难，也正如打垮沿途攻击我们的反动派一样。"方副旅长兴奋地说，"一路上打仗，蒋军都是一触即垮，战斗力低弱。我军共伤亡三十余人，而蒋军伤亡至少三十倍于我军。我们这一旅已经完成了上级给我们的任务，现在我鄂东独立旅张体学部及我旅之游击部队，仍在大别山、立煌、英山、岳西、□山、太湖等地为和平民主而坚持战斗。向西突击部队正胜利地前进。我们要告诉敌人：共产党部队是消灭不了，围困不了的。他会创造历史，创造奇迹。在毛泽东旗帜下，胜利必然是属于人民的。"

　　方副旅长有力的语调，说到这里戛然停止了。两个钟头的谈话，一段伟大的史迹，刻上了记者的心头。我在默默中向数千个战斗英雄们致以崇高的敬意。

(《晋察冀日报》1946年8月8日)

为着老乡的麦子

振

自从反动派联合着伪军,不断出来抢粮,乡亲们像旱年盼雨似的盼望我们。一个老汉一见我们,高兴得就像个小孩子,他说:"我们一到地里弄庄稼,山上伪军们就打枪,你们这会儿来真救了我们的命了!"夜晚,乡亲们帮助我们找门板搭铺,借给用的家具,一村子热热闹闹。当晚,我们就派了两个排到小山顶上去监视敌人,派出了游动哨巡逻。

天亮了,风刮起来,我们才知道困倦,战士们有的到水沟里洗脸,有的到草地上去休息,吸烟,老乡们也趁凉起来拔麦了。机枪班的王万有发起帮老乡拔麦,他说:"一会有情况就拔不上麦了。"全班立即赞成,一会儿工夫就拔完了两家的麦子。刚给第三家拔的时候,通讯员叫赶紧上山,迎接战斗。就在火烧似的太阳底下,我们战斗了一整天,反动派进犯军狡猾极了,穿着便衣,□□□□□拔麦,后面跟着大车,步步前进,到距离三百米的时候,扔下麦子,就向我们冲锋,幸亏我们早有准备,机枪立刻响了,把"狗日的"打了回去。响午,许小堂趴在工事里,正流汗,麦地里又出现两个穿白衣的、两个穿蓝衣的,向我们跑来,跑几步趴下,小堂一枪就揍倒了一个,剩下的三个都没命地逃跑了。他说:"每次打靶,我都落后,今天倒来了个三十环!"下午,反动派用炮向我们的小山上轰击,我们动也没有动,老乡们就在我们的后面紧张地收获着。

第二天拂晓,地里又出现很多便衣人物,指导员说:"小心点!"严顺正在枪上擦油,听着底下嚷了一声:"前进!"他举起枪来就打,我们一排的机枪也响了。过了不久,附近据点的顽伪军都已出动,

"狗日的"还调来了飞机，在我们头顶上□□嗡嗡地吵闹。我们的阵地受着两面威胁，于是忍痛丢开。四班冲到右翼去侧击进犯军，掩护一排撤退，回到村子里同一排坚守。反动派的力量超过了我们五倍多，我们在村边□子上忙着挖枪眼，一个十三岁的小孩跑来帮助我们，当我们一个人挖完一个，他已挖了两个，弄得大家的身上都像从泥里钻出来的一样。过了一会，小孩又爬到树上摘杏儿慰劳我们，我们制止他，他硬要我们吃。

顽伪军果然紧接着冲上来了，我们凭着新筑的工事，很快又把它打回去，我们亲眼见到一个不大的指挥官被打死抬走。

下午部队转移到××休息，吃饭，但是我们都吃不下，因为大家心里想：要是小山头被反动派占住的话，这一带的麦子也就保不住了。老乡们都齐集在我们的周围，很忧虑的样子。一个老太太把王小堂拉到家里说："你们可千万别让那些伪军占住小山头，要不，咱们今年的麦子就完啦！"

下午，□突击的命令果然下来了，同志们都喊着："夺回原来的阵地！"一、三、四、七、九班担任突击队，开始运动。这时太阳特别闷热，部队运动到××村的时候，全身的汗像水浇过的一样。距小山头一里多，全是开阔地，顾不得暴露不暴露了，就死劲冲锋，轻重机枪盖着敌人，突击组上好了刺刀，飞跑过水沟，高吉仓对本班的唐永清说："唐永清，我要是牺牲了，你千万别让枪丢了，你背着它继续打上去！"我们一股劲就冲到了半山腰，"狗日的"惊慌了，只顾四散逃跑，我们的火力一直把他们追到炮楼底下。

村里的男女老少都跑出村口，高兴地叫唤着："还是咱们的军队棒，把'狗日的'打得尿裤子了！"

（《晋察冀日报》1946年8月8日，《副刊》第71期）

阴　谋

何远

日本战犯的美国辩护律师麦马纳斯，公然在远东国际法庭上声称：日本法西斯"占有中国领土的一部分是'全日本人民'的要求，不能认为是阴谋"，并将侵略我东北的日本首要战犯的滔天罪恶，诡称"那是国家的政策"，不能认为是个人的阴谋。

这不是阴谋吗？未免使我有些糊涂起来。

倘参加决定或执行该国家侵略政策的人，一旦都被宣告无罪，那么，德意法西斯首脑人物，是否也准备免罪呢？倘如此，美国故总统罗斯福派遣美国军队远征德意法西斯的贤明措置，不是白白徒劳吗？在欧洲战场上牺牲了的美国反法西斯的健儿们，不也将永远含冤于九泉之下吗？

真正的英雄算是白白流血牺牲，那么墨索里尼一定也悻悻于黄土堆中。如果他当时不"倒霉"地遇着忠勇的北意人民游击队，那么他今天一定会从麦马纳斯口中获得启示，而大肆叫喊"意大利的侵略计划也是'全意人民'的要求"了。倘他又在法庭上遇上麦马纳斯之流，我想，墨索里尼不仅不会被处死，大概还可以不在战犯之列噢？！

但我要问：这种"要求""占有领土"的诡辩学说，倘一旦在国际法庭被认为合理之后，那么美国帝国主义分子是否也准备盗用"全美人民"的名义，要求"占有中国领土的一部分"或全部呢？

倘如是，那么麦马纳斯之流的诡辩，不仅消极地为日本法西斯作辩护，而且是积极地暴露了美国少数野心家的巨大阴谋！

（《晋察冀日报》1946 年 8 月 8 日，《副刊》第 71 期）

在 古 北 口

秋浦

"七七"已经是九周年,抗战胜利也已将近一年。在遍地仍然是燃烧着烽火的氛围里,我在锦古铁路的火车上安静地睡了半夜,就到了很久以来即向往着的古北口了。

位于冀热边界上的古北口,是在群山拥抱中一座并不很大的村镇。河东加上河西、潮河关、东南关和上甸子等四个部分,合计起来也不过一千余户,五千多人。然而,正如历史上所记载和众所周知的一样,古北口在军事上,却占有着极险要的地位。它是长城线上的一个重要关隘,又是锦古铁路与平古铁路的联结点,自古迄今,是一向为兵家所十分重视的。

正是由于这一缘由吧,古北口历来都是一个重要的战场。抬头望去,长城线上那颓废的城垣,半毁的墩台,正是不知经历了多少炮火洗劫和风雨剥蚀的标记。至今民间传说中,关于宋代杨家将作战的故事,仍然是有声有色,占着极大的部分。假如你愿意倾听的话,那么年老的人,会如数家珍似的告诉你,杨七郎是怎样被潘仁美乱箭射死,佘太君又是怎样率领着十一寡妇,英勇西征。

远的且不去说它,自民国以来,大大小小的军阀,在这里盘踞过或者是混战过的,至少也有一打以上了;而最惨痛的,则莫过于在二十二年,古北口竟又被日寇控制,成为在华北首先被占的一个侵略的前进阵地。本来在当时,中国爱国军队的一部分,还曾经与敌进行了勇猛的抵抗,大挫进犯军敌第八师团三十一、三十二联队的凶焰,使战事持续至两月之久;但是由于国民党当局可耻的不抵抗政策,使古北口再一次遭受了出卖。英勇士兵们付出的极宝贵的血肉之躯,也并没有能挽回这可悲的厄运。

历史在曲折中前进着。说起来，这一屈辱的事情，到了解放后的今天，已过了十多年了。十多年的时间不可谓短，但在九日我由古北口乘车赴三十里外的前线地区访问时，那里的许多老乡和村干部，就好像过去不久的事那么记得清楚，竟相来告诉我他们所身受的苦痛、失望，和怎样在失望中又燃起了希望，这真使我感到有点惊奇了。

这里我不打算引用每个人所说的话，只扼要地来叙述一下瑶亭村长赵明起所谈的八路军开辟瑶亭的历史，也是可以看出在被国民党丢弃后的古北口地区，重新获得解放是如何不易。

赵说："自从有了个满洲国，紧接着就出现了冀东防共自治政府，又紧接着是卢沟桥事变，于是我们这一大片地方，就完全是成了日本人的天下了。"根据赵的说明，瑶亭是紧靠着平古铁路的"爱护村"，距离古北口三十多里，距离石匣则不到十里，是敌人一贯视为"治安确保"之区的。

赵继又述及瑶亭人民如何在忍受着敌人压迫下的苦痛和渴望着有什么神人来搭救他们，而在每次都很感失望的心情以后，终于盼来了一个八路军的工作人员，于是大家一拥而上，争着把他包围了起来。

赵很清楚地记得那个工作人员叫张茂生，是在二十六年腊月间一个寒冷的夜里，偷偷地来到他村里的。那时周围的敌情很严重，张茂生却不避艰险地来此不倦地教给村民们如何逃避敌人劳役的方法，如何组织起来与敌人作斗争的方法。村民们起初怀疑着，不大相信，还固执地认为悲惨的命运是没有法子的，等到后来事实证明了这种想法是错误了的时候，于是他们就全盘地接受了张茂生教导的方法，开始振作起来，行动起来。从此每个人暗淡的心头，就都燃起了一点希望了。

但是以后由于张茂生在工作中牺牲和接连受了几次打击，情形就又起了变化。

瑶亭第一次所受的打击是在二十九年六月间，那时敌人侦察出了村里已有抗日的活动，就团团地加以包围起来，这一次因暗地里花钱运动了一个特务，幸未捕人，但这对日益高涨的人民抗日情绪来说，无疑是泼了一盆冷水。第二次打击是在三十年一月，两个自卫军班长给敌人当场就枪毙了。以后紧接而来的是第三次、第四次和第五次的打击。其中打击得最严重的，要算第三次。

第三次打击，发生在三十年八月二十四日，三十一名村干部被一网打尽，有的被枪毙，其余的则被送到抚顺去下煤窑了，被迫下煤窑的村干部大部分也都埋葬在那里。到去年红军与民主联军解放全东北，活着回来的仅仅剩下七名了。

经过三十二、三十三年敌人继续抓干部杀人，第四、第五两次打击以后，敌人感觉到还没有能够征服瑶亭人民，于是又在三十四年十月间，在瑶亭村边给安上了一座炮楼来日夜进行着监视，自此瑶亭就又受到了第六次的打击。这一打击时期最长，一直延长到重获解放。

我问赵经过每一次打击以后，工作是否受影响，村民是否又滋长着失望的情绪，他承认这都是事实，但他紧跟着说："这种时期不会很长的，每个人马上就会振作起来，死者的岗位由活着的来接替。因为八路军战斗的胜利，最后必胜的信念，时时都在鼓舞着每一个人的斗志，使他会更加勇敢起来。"

八路军开辟瑶亭一村，就经过如此之艰难道路，人民就用了如此重大的代价。透过瑶亭来看古北口附近地区的情形，又何尝不是如此呢？一次我在和密云县长岳林的谈话中，他就使我有这种深切的感觉的。

好容易度过苦难的岁月，熬到抗战胜利了。古北口地区的人民，是如何地需要着一种和平民主的生活，来医治战争中所受的创伤呵！

想不到十余年前用不抵抗政策葬送了他们的国民党军,居然会在一月十三日停战命令生效以后,又纠集了四师之众,发动了三昼夜的猛攻,使古北口地区又变成了战场,使古北口地区的人民,又再一次地遭受到严重的战争涂炭。幸而有英勇的子弟兵,为保卫人民利益,实行坚决自卫,才将其击退了。

但是可以肯定地说,国民党反动派想夺取古北口进而占领承德的企图,是并未因此而告终的。登临高山一看,这形势就看得十分明显了,石匣、小营、密云一线,就像从北平插出来的一支矛头一样,直指向古北口。古北口不破,那就是等于说承德的大门还异常巩固,因而也就使他攫取承德的企图成为妄想。纵然国民党军伸进平泉有另一支矛头,和石匣形成了夹击承德的两钳,但两钳不能取得有力的配合,也将是很困难的。

当然,不管国民党军之野心如何猖狂,人民子弟兵之必须保卫承德古北口,那也是确定无疑了的,如国民党军胆敢再来一次违令进攻,那就再给一次严厉的打击。战士们都十分具有此种胜利的信心,在我接触过的几位中,无一是例外的。重机枪射手刘德英说:"我们不先打人,但当人欺负我们太甚,又要想把我们逼到山沟里的时候,那么我们对他的打击,也将是毫不留情的。"十七岁的战士陈士德,则指着古北口战役阵亡烈士纪念碑说:"如果我们不能击退反动派的进攻,那就对不起这些死难的同志们。"

目前的古北口前线上,在不正常的宁静后面,正孕育着一种紧张的状态。迹象之一就是密云石匣地区的国民党军,现在强迫着十八至四十五岁之青壮年,一律去当伙会,以配合其向解放区边缘的蚕食。根据一个统计数字,密云地区的伙会已发展到近一千人。伙会领导权,都掌握在与国民党反动派勾结的反动地主手中,因此他们对于群众的残害程度,是不相上下的。端午节前后,小营的伙会到薄海寨一带骚扰，就把许多贫苦老乡的衣服、粮食都一抢而光了。

边缘区的人民，不堪国民党军与伙会的这种联合骚扰，已纷纷要求组织起来，与子弟兵在一起，准备进行武装的斗争。在前线上访问，我曾经和一队民兵共同生活过几个小时。这一队民兵有数十人，都是年轻力壮的农家子弟，最小的一个还只十八岁。

这些民兵们，都是为着保卫家乡田园，保卫既得的民主自由生活不受反动派的侵骚才出来的，因而他们和当地人民都有着极密切的联系。每到一处，人民自动地给予他们以亲切的照顾和关怀，小孩子们则围拢着要教唱歌，学怎样埋地雷和射击，准备长大以后，也来跟着他们的父兄一道，去打击反动派。

我听说石匣的国民党军一百余人，有一次侵入到□□寨附近来锯老乡的树，就被他们之中的三个迎头打了回去。我曾亲眼见到在他们和军队的合力保护下，边缘区村庄的老乡还能安然地进行着生产，许多小孩则仍然享有受教育的机会。

七月十二日寄自古北口

（《晋察冀日报》1946年8月9日）

没饭吃的故事

贾萌

一

我们是由山西兴县去后方休养的战士。由兴县的黄河渡口黑峪口出发,本来一天的行程就足够了,但当时因为山西阎锡山的顽固军对我们种种的阻碍,致使我们在夜晚十二点钟才到。

这时,天漆黑得什么也看不见,寂静的小镇上,只听见黄河里传来的单调的水声。这使肚子饿狠了的我们,更觉得无限厌烦。

我们已经敲遍了半条大街的门了,没有一家主人搭理我们。最后指导员爬上一家院子的土墙,向里面说明我们是挂彩的战士。这样不久,这漆黑的墙门,忽然"吱"地叫了一声,闪出一条光亮来。随着门缝里钻出一个老汉的脑袋。他带点不耐烦地说:"是谁?已半夜了,还敲门!"

我告诉他要借住这院子的道理。

老汉用手拨了拨灯芯,把他那件漂亮的披在肩上的皮衣重新穿好。用灯照了照我们的臂章——八路。他忽然皱紧了眉毛,连连摇着手说:"不行,这院子不是住着我一家,我不得做主。"

指导员因为觉得时间实在太晚,为了照顾伤病员的安全,仍要求着他。但那老汉始终不肯改变他刚才的话,要我们另找其他的地方。

我们失望了,正要背起背包走,这时走出一位农民,他焦急地喊:

"老汉,留下吧!这么晚,叫人到哪里去找宿处。"

我随着灯光看去,见是一位二十左右的农民,头上散着一头长而黑的头发，已在九月的天气了，下身还穿着单薄的单裤。他颤抖着，在等待着老汉的同意。但出于意外地，我们听到老汉烦躁地说：

"我不管，把你的地方，招待八路去！"他向我们瞪了一眼，冷笑了几声进门去了。

我们正在为难，那农民已坚□地说：

"请进吧！就住在我这间破屋。八路军同志，委屈点！"

我们也顾不了许多，早把背包放在这间屋子的门前了。指导员正预备派人去打扫屋子，但那农民早已叫起他的妻子和孩子，拿着扫帚抢先进去了。

我想知道这农民为什么是这样，也跟了进去。闲谈起来，才知道他叫范通，在陕西延安城摆过杂货摊，一九三八年敌机轰炸延安城时才搬回山西老家来，住在这里才一年多。提起了那老汉，他说他是陕北土地革命时的大地主，他的三儿子还当过那时顽固派的官，红军起来了，他们才逃到这里来。……我正听得起劲，他的话忽被院子里的哨子声打断了，那是指导员的讲话。他说："因为顽固分子搞我们的鬼，买不到粮食，现在已叫管理员去兴县买粮，他回来才能吃到饭。现在，大家好好休息。"

二

小米饭在肚子饿的时候，它的味道会赛过丰满的酒宴。何况我们已有一个晚上没有吃过东西呢？这时候，我们多么地需要这金黄色的小米饭呵！顽固分子他们是不喜欢我们饱肚子的。他们狂吠着"饿死八路""困死八路"，而我们是人民的军队，也决不为此而犯纪律。

到第二天中午了，还不见叫吃饭，大家想去厨房探问一下究竟。

我们刚进厨房，已见到那二口锅子里在直冒着气，我们高兴地问：

"快下米吗？炊事员同志。"

"没有米，拿啥下？"炊事员同志连头都懒得抬起来，仍然蹲在炕上咝咝地抽他的烟。

我失望地刚跨出门口，忽听得炊事员高声地说：

"同志，当心！不要把锅给轧烂了。"

原来战士们把一锅开水都喝光了。

夜幕慢慢地张开来，镇上白天的喧闹，现在又被黄河里传来的水声给代替了。可是管理员还不见回来。

我们一个个都已爬上了土炕，钻进唯一的毯子里去取暖。只有指导员独自一个坐在窗子下，时时抽着烟。他担心着管理员的安全，又自信地常常摸着下巴，对院子里传来的脚步声，抬起头来露出探询的眼光，因为几天的行军，我见他的鼻子已格外地尖了。

我们正预备睡觉，战士王福才忽然拉拉我的袖子，叫我注意窗纸上。

"谁?!"果然，被月光照得雪白窗纸上，闪着好几个人影子，我不由自主地叫问起来。但这几个人影，听有人问他们，一会都不见了。

我和指导员怀疑地追了出去，见那老汉在起劲地唤着鸡进笼；拉着风箱在做饭的人们，一见我们就停止了动作。墙门口挤了一大堆镇上的老百姓，他们在互相私语着。从他们诧异的眼光里，好像在说："八路军二天不吃饭能行吗？"他们不明白我们饿了饭为什么还会这样守秩序。

我们见并没有什么事，回来把门一关，预备睡觉。但忽地二扇木板门被推开了，继着走进了那老汉，战士们以为管理员回来了，都坐了起来。那老汉闪动着嘴边的皱纹，揶揄地说：

"呵！八路军。还没吃饭吗？！"

战士们看见不是管理员，兴趣早就减低了，不过不知道这从不来的老汉是干什么的。大家觉得顶奇怪，他动了几下八字胡，又嘟哝起来了。

"唔，当兵的哪能不吃饭？"他见我们没搭理他，移动了一下弓形的身体，更幽默地说，"不吃饭，当甚兵。我活了五十岁，还没见过这种事。"

几十双眼睛转动起来了。那老汉还想说下去，战士王福才已高举起拐杖叫喊着：

"喂！老汉。你说这话是啥意思？咱八路军是光来吃喝的吗？过雪山、住草地……比这苦得多，十天半月不吃饭，是常有的事。咱们这队伍，再一月不吃饭，也不会有半个开小差。'没底的罐子，早把你看透了'，请你老别多操心。"

满院子的老乡，都同情地笑了起来。其余的战士，都想表示自己的意见。

我见老汉的腰更弯了。他冷不防这一着，于是马上转换了口气。

"不，我不是说'八路军同志，会开小差'。呵，呵！"他又冷笑着。

老实说，我们对他的这种笑，早就讨厌透了，旧社会的生活经验告诉我们：凡是这种笑的后面，必定藏着刺人的刀。因此，我们建议指导员追问他。

指导员习惯地挥动起右手，刚要对这件事说他的意见，但他的手被农民范通的手握住了，他说：

"八路军同志，别生气。吃稀饭吧！这是我们三家子拿出的米。"继着他的妻子和孩子，每人手里端了一碗给炕上的战士们。不能动弹的，他们还一口一口地往战士嘴里喂。

我接过那只黑得发亮的土碗时,那边已有人盛第二碗了。我为了打破这沉寂的空气,于是,一边吃着,一边和他拉话。

"老乡,你家里共有几口人?"

"三口。"他张着眼,看着一个病重的战士不想吃而剩余的稀饭。

"种多少地呢?"

"噢……三四垧。八路军同志,不够三口吃的。"他显得有些不安,踢了一脚在他脚旁摇着尾巴的瘦小的猫,说声"去",凄然地继续说,"八路军同志,吃吧!问这干啥呢?"

我懊悔我的话,挖痛了他生活的创伤,这位老乡,在阎锡山统治下所过的生活,显然是很不愉快的。于是我转换了口气,问起了那老汉。

他沉默地看了一下院子,低低地说:

"唉,别提他吧,这人死顽固。他还恨着我的房子给你们住呢!"

我再问他时,他再不作声了,只是默默地抽着烟。……

三

管理员回来的时候,已是第三天的早晨。我们已打扫好了整个屋子的内外,向老乡们辞行了。院子里挤满了老乡们,但是,只不见那老汉,于是我们就到他家里去辞行。

他在家里拣着又红又大的枣子。指导员和蔼地和他握着手,又说:"我们要走了,你有什么意见可向我提,战士们如借用你的东西搞坏了,可以赔偿你。"

老汉对我们对他的这种举动,完全没有想到,他不安起来了,慢慢地离开了那凳子。他的眼光透过门口,见他的院子被打扫得从未有过的干净;晒衣服的坏架子,今天已换上了新的。满院子的老乡和战士们,向他投着友好的眼光。这些,只是更增加他的内心的愧疚。我

见他不安地移动了一下身子,从他口中吐出较任何时候都悦耳的声音,他说:

"指导员,想不到你们的军队,实在好。只是怪我老汉,没好好地招待你们。"

战士们和老乡们都笑了,最后指导员和老汉也笑了。就在这天我们渡过了黄河,到了边区贺家川。

(《晋察冀日报》1946年8月9日,《副刊》第72期)

由"绑架青年"谈起

冷潮

报载:"北平北京大学学生主办之《火柴》壁报,因登载反对内战文章,该报负责人方咸平女士于七月六日晚突被特务架上汽车押走……"

是的,那是七月六日晚八点,我还在北平。据说有不速之客以"找人"名义到方君住宅敲门,及方君开门时,则有一辆汽车驰开至门前,从车中跳出两个暴徒,奔上前来,凶恶地不容分说,强将方君架上汽车"绑走"。那是光天化日之下,那是在国民党的管制区内,那是胜利后的高呼民主、自由的文化古都,竟会有如此出人意料绑架之事发生。在那文化古都里发生过"四一二"事件,现在又非法逮捕青年,又曾在那文化古都里听见过有人喊"自由民主""人民至上",实行什么"四大诺言""拥护人权"等等好听的口号,现在就"言""行"二者对照起来,我真觉得有点"不解",我更痛恨中国法西斯诬蔑了我们的文明古都。

到现在才听说捕方君的是国民党的中统特务机关,过去的一切不解,目下恍然大悟。所谓"自由民主",什么"四大诺言"等等,不过是骗语。但是,法西斯的骗语,绝掩不住特务暴行,一面空喊"拥护人权""保护非武装党派人士",一面遣人制造暗杀、绑架及无耻的非法暗害。此种"挂羊头卖狗肉"的做法,实为我正义人士所不齿。但是,独裁的法宝绝不止此,还有比段祺瑞和尼古拉二世更残酷的手段。正是:"这不是一件事的结果,而是一件事的开头。"接着一连串的有计划的暗杀实现了:李公朴被刺,闻一多被杀,窦士明被伤,以及平津各大中学素常主持正义的同学们被捕。看!法西斯的压力一天紧似一天，恐怖的时代又将来临了。但是，青年们是勇敢的，他们决不会妥协！我相信，压迫的力量越大，反应的力量也愈大。这种压力正是青年人自觉的鞭策。过去的种种事实告诉我们，国民党是专和进步的青年作对，企图把人民拉到血海里，甚至于比秦始皇还甚几千倍！但是，杀死一个，响应起来一万；绑架一个，激起不平者一群。假如这样的青年一杀就完，那也绝不是屠杀者的胜利。

尤其使人怀疑的是，国民党对待祖国的青年虽如此残酷，但是对待"敌人"却"宽大为怀"，激励"要爱敌人"，其用心安在？令人难测。这正是高尔基那句话："对于敌人的宽容，就是对于自己的残酷。"然而，这种残酷还是间接的；现在法西斯的特务却敢明目张胆地"公开""直接"陷害起青年学子来了！青年学子何辜？他们本应该安心读书的，但是黑暗的政治不能使他们安心。中国须要独立、民主与和平，这伟大目标号召着青年学生说出真理，为着祖国的前途，他们应该不安心。但武力也压不倒觉悟的青年！即或"你们"堵住一个敢于说话的人的口，那也会激起"哑巴"勇于说话。

（《晋察冀日报》1946年8月9日，《副刊》第72期）

"乐善好施"

王庆文

记得家乡有一家人，拥有几百顷土地，买卖也有几处，据说明朝时候起家，直到现在仍是豪富。人们都说他家坟里风水好，祖上荫德，所以辈辈都是有官有钱，世世代代享福。

不晓得从哪时起，老当家给他家传下一条规矩：冬施棉衣春施饭。每年到了施舍的日子，各地花子，秃瞎跌拐，担筐握篓联袂而来，吃一顿饱饭，或侥幸领一条裤子。他家舍的裤子和一般裤子不一样，一条裤腿若是蓝的，那条便可能是黄的，总之，让你穿出去，人家一看就知道是他家舍的。这样好心肠确也感动过一些叫花子，他们叫街、求乞、打砖、拉破头……大伙积了一笔钱，给他家送了一块匾额。上面写着：

"乐善好施。"

这块匾额悬在他家大门口，过往的人特别注目。

一次他家丢了一匹骡子，隔好几个月工夫，忽然一个乞丐把他丢失的骡子从几百里外找了回来，这就轰动了这一带的人们，他家的名誉不晓得传到哪里去了。

这种事情太巧妙了。他家一有名誉，偷东西的人也不敢光顾。可是，几百年来，几百顷土地还是几百顷，佃户们一年到头辛苦的粮食仍是送到他家，他们还是世世代代享福。所以，在封建社会里，好事全叫有钱有势的占完了。

最近我们看到阮慕韩、柴书林等共产党员把家中大部分土地献给穷苦农民，这的确使我有极大感动。

阮、柴诸位在解放区贡献全力为民服务，他们不为着挣钱，他们不图那块"乐善好施"的匾额,只为着穷苦农民能够吃上一碗饭,把自己家当献出来。这种伟大的精神,使顽固派官吏发"胜利财""灾荒财"的行为更显得丑恶,就是把过去善家的伪态和他们相较,后者也简直渺小得不成样子。

(《晋察冀日报》1946 年 8 月 10 日,《副刊》第 73 期)

南 征 散 记

马寒冰

《南征散记》是关于王震将军所率领的湖南人民抗日救国军英勇长征的真实报道。

这支队伍于一九四四年十一月从延安出发南征至广东,创造了湘鄂赣粤四省广大解放区,振奋了全国的人心,至双十协定签字后始奉命撤回中原解放区。本文共十章,就是报告这个历史奇迹的。我们将分篇介绍给读者。大家不难看出:只有中国人民的军队才能创造出这样的奇迹,而这样的队伍不论蒋介石怎样凶恶,都是无法战胜的。

发表这篇文章的时候,王震将军的英雄部队正在和蒋介石"围歼"军进行不屈不挠的自卫战争。我们遥望中原,向他们致崇高的关怀和敬意。

——编者

王震将军和他的队伍

王震,正如他的名字,□动了□□□□万善良的人民,为他和他□高唱,敌人们则听见了他□一支人民的队伍——抵抗□远的西北高原,□过无数的高山峻岭,□六十个团的□打到了中原地区来,这是□中华民族的子孙们,是引为自豪的□。

王震将军幼年家境贫穷,他从中体会出广大人民在豪绅、地主、军阀、官僚的重重剥削□□帝国主义压迫的苦难引导他走上了革命的大道,□曾经□□汉铁路当过煤炭工人,当时粤汉路的技师都是洋人,工人们除了每天规定的工作以外,还要利用假日或者是工余之暇，去帮助洋技师做义务工，像打扫花园、修整住宅的工作。有一次，他的工作没有使洋太太满意，挨了一顿打。他忍受不了这口冤气，回敬了洋太太一下，他就被开除，后过着流浪的生活。这使他对于帝国主义的蛮横无理，增加了极大的仇恨，民族革命的意识，也因之而增高了。在他流浪的日子里，他找到了中国人民的好朋友——中国共产党。他要求入党，党允诺了他的要求。从此，他就成为中国共产党的一员，在红军中度过了他十余年的战争生活。从一个士兵开始，由于他对党的忠诚和战斗中的英勇机动，他被提升到红六军团政治委员的重大工作岗位上。他和萧克将军领导了红六军团，从湘赣苏区出发，翻过雪山草地，和其他地区的红军在一起，举行了全世界口名的二万五千里长征，到达了陕甘苏区根据地。

抗战以后，他被任命为第十八集团军第一二〇师第三五九旅旅长。当部队从西北进到山西的雁北地区，在聂荣臻将军的指挥下，一战在上下细腰间歼灭了敌人一个联队。黄土岭之战，又击毙了敌酋常岗旅团长。东洋鬼子开始尝到了王震将军和他的队伍的苦头，再不敢像对国民党军队那样"吃豆腐"了，就是在敌人的公报上，也不得不承认这位少年将军的奇妙战术，流露出无限的畏惧。随着国内反共高潮的到来，中共中央所在地的陕甘宁边区，遭受到国民党反动派五十万大军的封锁和包围，他们不断地扬言要"消灭奸区"。这支强壮的队伍，又奉命回防陕北，保卫这块辉煌的民主抗日根据地。那时候边区的经济是异常困难的，中共中央又不愿因为部队的增加而加重人民的负担。怎办呢？朱总司令立即提出了"生产运动""自给自足"的号召，整个部队以六个月生产，四个月整训，还有两个月作为口期和休息。就这样，我们把原来满山荒野、渺无人烟的南泥湾，开辟出几十万亩的良田，在金盆湾建立了热闹的市镇，修建起近代化的大礼堂来。就这样，每人耕作了三十亩以上的土地，收获了六石五斗的细粮，解决了部队的穿衣吃饭和经常费的开支，执行了中国共产党增加军队而不增加人民负担的政策，建设起一块广大而优美的农庄。从大后方来的中外新闻记者和美军观察组都曾经访问过这个地区，没有一个不惊讶得发呆和赞美这群人民的战士努力的果实。从此，南泥湾几乎变成为圣地，每一个到中国解放区首都——延安访问的人，不管是中国人、外国人，都要去参观这块美丽的大农庄，访问这农庄的主人——王震将军，每次他们都得到了很好的招待——新鲜的菜蔬、猪、羊、鸡、牛和甜美的时果。

当国民党几十万大军，在河南、湖北、湖南这广阔的地区，不战而溃遗弃了千百万的人民和千百万里的肥沃土地，全中国的人民都在充满了怒愤的时候，这位二十多年在战斗中过活的将军，对于华南无辜被害的同胞，寄付了无限的同情，对于敌人，表现了无穷的仇恨。他向中共中央请求率领三五九旅的一部，远征三湘。中央接受了这个要求，同时，毛主席指出了远征的前途是光明的，但是困难很多。他和他的队伍，都一致向党中央及毛主席表示不怕任何困难和牺牲，一定要把千百万被国民党所遗弃而处于敌伪汉奸烧杀、抢劫、奸淫下的人民解放出来，每个人的胸膛，都被热血所激动，每个人都展开了胜利的眼睛，朝望着南国的原野和那千百万被遗弃的人民。

从延安出发的，仅仅是三五九旅的一小部分，全部不超过三千八百人（连后勤部队在内），各式枪支两千支。因为是远征，要在漫长的旅程中，偷关越卡地过封锁线，连一门炮都没有带。就是这么小的兵力，我们走遍了陕、晋、豫、鄂、湘、赣、粤等七个省份，渡过了黄河、淮河、长江、襄河、湘江、赣江，翻越过吕梁山、中条山、大别山、伏牛山、罗霄山、九陵山和衡山山脉。我们这支队伍，在远征道上，是不断地在战斗与行军中过日子。敌寇已经联合了汉奸阎锡山，准备消灭我们在同蒲路上，结果是失败了。鲁山的敌寇，使用了大量的兵力和坦克,准备消灭我们在豫中平原,结果是失败了。国民党第九战区司令长官薛岳,企图消灭我们在莲花、永新、宁冈地区,结果仍然是碰了壁垮下去。我们这支人民的队伍在湘、鄂、赣、粤四省广大的敌后,到处插上了解放的旗帜。人民由于我们的到来而解放出来,他们再不受敌伪及汉奸卖国贼的压迫;人民的生活改善了,他们享受了减租减息与交租交息的好处;他们可以站起来谈话,建立了人民的参议会和政府,他们享受了自由与解放的生活。一直到日本鬼子投降和《双十协定》公布后的新局势,为了履行我党的诺言,我们奉命在和那些企图阻挠和歼灭我们在长江南岸的敌伪与国民党军最剧烈的战斗之后,安全地北撤到长江北岸,和李先念将军所率领的新四军第五师,与王树声将军所率领的河南人民抗日军会合在中原地区。

在远征中,王震将军成为全军最爱戴的领袖。在最紧张的斗争中,战士们一看见他来,更增加了信心和勇气。他简直是一面胜利的旗帜,他到了哪个战线去,第二天,你准可以听见许多胜利的消息传来。当队伍进到了桂东地区的时候,他病了,不能骑马,需要坐担架。这消息传到了各个支队,很多战士都愿意当他的担架夫。在湖南浏阳达浒的战斗中,他在最前线上指挥作战,敌人架起了机关枪,向他瞄准射击的时候,一支队五连长朱慧生同志来不及推开他,就用自己的胸膛去挡住敌人的子弹,连长自己负伤了。每一个湖南人民抗日救国军的指战员,都是热诚而真挚地爱护这位人民军队的高级指挥员。

可以断言,没有中国共产党和毛主席的正确领导,没有全军对于当前局势的深刻认识和坚决的斗争意志,没有这位天才将军的率领,是不可能完成一万五千八百四十里的远征,这支队伍会被敌寇和国民党反动派的军队消灭在湘粤赣边境上,而不能安全地北撤到江北来。

是的，正因为他和他的政治委员王首道同志的工作做得很好，他俩被中共七大选举为中央候补委员，得到中共中央几次的慰问和奖励。

现在，这支人民的队伍仍然和过去一样，在中原地区为保卫和平、民主、团结而继续斗争着，走上了另一个艰危的道路。但是我们深信，他们一定要得到胜利，正如他们在过去的日子里一样。

一九四五年十二月二日初作于湖北枣阳吴家店

一九四六年七月十八日改作于张家口

(《晋察冀日报》1946年8月11日)

孩 子 们

——冀中部队×模范连群众关系

苏凡

  起床号还没吹，村子里很静寂，四班长忽地爬起来，看了看睡得正甜的战士们，便光着脚下了炕，拿着鞋轻轻地出去。

  西屋房东也还在睡，四班长悄悄地担起房东的水桶，匆匆往村边水井走去。

  井边的大石头上，干干的只有一层薄薄的尘土，没有一点水，四班长的影子模模糊糊的，倒映在平静的井水上，全村三百多户虽然都吃一口井的水，但每天四班长的水桶总是头一个下水。

  四班长一口气挑了三担，把房东的大水缸盛得满满的。然后才坐在台阶上，一边用手抹擦着满脸的汗珠，胜利地笑了。

  这时副班长才爬起来，连扣子都顾不得扣便往外走，满以为可以打破四班长最早的纪录，一出门，哪知班长早在房东门口歇着了。

  "行！班长！"副班长伸出了大拇指。

  "你也不赖呀！你不也常给隔壁挑吗？"班长看着副班长的背影，一直看着他连蹦带跳地跑出了大门。

  全村三百多户人家，虽然都吃这个井的水，将近一年的日子里，除去早上这群穿着灰色军装年青的孩子们外，井边，很少看到老乡的影子。

  天还不到五点，战士都相继起来了。"班长！别看今天模范又让你当了，明天我齐书堂要不坐飞机，担头一挑水，我把脑袋割下！"齐书堂的脸红得像刚喝完了酒，没等班长说话，就从牲口棚里，拿出他昨天晚上预先藏好的扫帚，低着头扫开了院子！

"走！没事的咱们挑水泼街去！"班长又带领其他战士挑着水桶出去了。

★★★★★★

战士们连说带唱地从操场上往班里走，四班长和班副正在商量晚饭后游戏的时间，怎么样去帮助房东突击出几百瓣蒜，明天大早好让他们驮到城里去赶集，他们像讨论自己家里的事一样，舍不得浪费一点时间。

"嘿！来锁，别唱了！人家和我们一样吃小米饭，为什么老让人家当模范。……"

"看你这个啰嗦劲！我还不知道这。"来锁是个急性子，一贯不耐心听他的话。

"你别急，我这么计划着：今天午觉咱们准备不睡，约好七八个人装着睡，等他们都睡了，偷偷地起来到地里给房东拔麦去，你说行不？"刘得全平时不好说废话，一说就有道理。

"行！咱谁也不许叫班长们知道！"

来锁看了看大家都顶高兴，也没征求大家意见，他便代表大家说了话。

一进班，房东老太太早煮好了一锅绿豆汤，在给他们往碗里盛，这已经成了规律，每逢战士们临下操前，老太太都是算得准准的，预先煮好一锅绿豆汤！

★★★★★★

金黄的麦穗沉甸甸地垂着，战士们计算在两个钟点内，拔完麦子。

"同志们！别看这儿地里的活不如咱冀中好做，只要鼓上一把劲，没问题。来！一人三口，看谁坐飞机！"刘得全一号召，小伙子们便像投入战斗，连话都顾不得说。

★★★★★

刚端起饭碗,老太太和她儿媳妇又笑嘻嘻地端来两笼枣糕,热腾腾的,耀得眼都睁不开。

"大娘!这样可不好,喝汤没什么,要是吃干的可就犯了群众纪律了。反正咱们知道你这一片心得了!"班长和战士们都觉得不得劲。

"我叫你们吃就吃,我可不懂的这个律那个律!要不吃,以后谁也别进我的门!"于是把笼放在桌子上,生气了。

大家一看,事儿不对。

"对!我们吃行了吧!"来锁头一个拿起来就吃,老太太笑了:"你是个好孩子!"拿起来锁的军衣到一边抖土去。

★★★★★

晚风掠过村庄,月儿渐渐地升起了。

四班的战士们一边歌唱着刚刚学会的《东方红》,一边在愉快地给房东编蒜瓣。

老太太悄悄地点着了熏蚊子的蒿绳,放到战士们住的房子里,然后又回来和他们一起编,忽然心里好像有点酸,流下了两滴老泪:"孩儿!我活了六十多,见过什么中央军、鬼子军、警察队,可就没见过像你们这样的队伍,你们才真是毛主席派来救百姓的菩萨军哪!"

老太太被泪珠迷□的眼睛,吃力地看着战士们的面孔,每一个都好像自己的孩子。

(《晋察冀日报》1946 年 8 月 11 日,《副刊》第 74 期)

寂寞的空房

——九渡河军中记事

柳杞

这屋子又宽敞，又板正，又素静，一条大炕横在窗下，足足可以睡上十个人。一张八仙桌，一个高高的板柜。除了这些，再就是从梁上倒垂下来的：一条铁丝扭成的钩子，一根栗花拧成的火绳挂在上面，慢悠悠地，一缕缕的青烟，在空中拉成长条，手拉手地跑到窗外去。

窗外是肥壮的大麻子叶，火红的石榴花，还有一些自生自长，报炊火时间从不误时的茉莉花。

房主人是一对八十多岁的老夫妻。女的，十七岁过了门，站在锅台上翻罩笼（做饭之意），一直翻了六十五年，现在两眼昏花了，只能听口音认识人。她是一个热情的、多嘴的、可爱的老人家；男的，耳朵眼睛全管用，可是不大爱搭理人，他肚子里装了七八十年来囤积下的杂货，那些杂货的总名称是"知人知面不知心"，所以他世故得纵然别人打破了头，他也是听着看着，不大说话。

野草在院子里一切石缝中长起来，蜘蛛在一切墙角上纺好了罗网……院子里空洞，冷落。大白天，可以听见远处池塘的蛤蟆叫，这一对老夫妻，连草帽也不戴，在太阳底下捏杏干，砸杏核。他们连一个亲生的孩芽也没有，六十多年来，他们在寂寞的生活中，已经□除了彼此恩爱，就很习惯地爱上了寂寞。

早上，有人来报告说昨晚上下了大雷雨。"下了大雷雨？"老头子扩张了胡子笑起来说，"我没听见打雷哪！"老太婆也干瘪着嘴巴笑着说："唉，连个闪光也没看见哪！"

大雷雨，也打不破他们的寂寞。可是竟有一天，他们全讨厌寂寞了。

"这一天"没到来之前，这房子里来过许多野头野脑的生人。

抗日战争以前，这里来过一个国民党军的军官。那军官为了要些东西，为了摆威风，为了"杀鸡给猴看"，命令两个人按着一个士兵打，血溅在神龛上，打断了一条桑木扁担。

"唉，好可怜人哪！好吓死人哪！"老太婆回想起来，就把眉毛皱纹扭在一起。

这村子是个敌据点，这房子里也来过穿皮鞋的日本兵。有一回，天刚亮，一开门，哎呀呀！南房顶上，一个日本兵正对着窗上的剪纸画□准，看见有人出来，他就叽叽呱呱地要石榴。石榴要带着长枝折给他，他用一条皮带接到房上。这野物吃完了石榴，就说："站好！我要开枪！"一对老夫妻闭上眼等死，日本兵早已溜走了！

第二回，一个日本兵喝醉了酒，挨门查户地找花姑娘，一来到这房子里，却只找到了一个老太婆，这野物恼了，抡起一根笤帚就打，打了老人家头上一块青肿，又在院子里劈了一大挺石榴枝，才稍稍出了一口气，满嘴骂着"八嘎"走了。

人们是多可恶哪！老夫妻吐了口唾沫，顶上了门。门前是一个猪圈兼厕所，门洞里再放上一口白色棺材，小院子静静的，房子空洞洞的，一只蜻蜓虽落在老人的脑袋上，也没人糟害它，寂寞呀！寂寞的生活多么可爱！

战争并不准人关起大门过日子。大前年，八路军一把火烧焦了村东的大炮楼，这屋子就住上剧团的一个班。提起这个班，全是十七八岁的小伙子，跟老两口全和和气气，可就有一件讨人厌：蜂子朝王——哄哄闹。噔噔噔地跑进来，又噔噔噔地跑出去，除了在操场上开步走，他们就不懂得走一步正道。他们一醒来就唱歌，临睡觉还觉得没唱足，就再来一个，一天到晚闹得开了锅。老太婆盘坐在西头房间里，心里烦得像塞上一块石头，吸一袋烟，再吸一袋烟，可是听听东头房间里，这伙小子们竟在炕上摔起跤来了。一摔起来，就摔没个尽，他们真想打塌了炕再说，老太婆皱着眉头，向老头子说：

"听说八路军不糟害人哪？"

老头子讽刺地张大了眼睛："卖瓜的不说瓜苦，这世道谁不会说好听的，听他们拉拉蛄叫！"

老太婆吸完了第八袋烟，东头房间里，摔得更欢火。这且不说，有人站在板柜上，竟把板柜当作戏台了。老太婆拉起那条又打狗又吸烟的大烟袋，闯进东间里来。一人一烟袋，一班十二个人，足足打了十二下，一个也没饶过，一下也没多打。

这一下打出祸来啦。十二个小伙子在班长领导下，团团围上来，轮流着每人都要按上一袋烟，点上火，嘴里还香甜甜地赔不是说："老太太，不要生气哪！"老人家吸了个昏头涨脑，像喝了一场喜酒，笑哈哈地说：

"我没把你们打恼了，倒把你们打好啦！"

打不恼的这伙年轻人，从此就大清早起来扫光了院子，半夜里起来喂毛驴，天天争着往水缸里挑水……老人家打来打去，竟打出了一伙干儿子，一伙不要工钱的好长工！

日本兵逃走后，听人说这地方叫作解放区。老人家不懂得什么，只觉得自己这座房子变成了客店，东来一伙八路军走了，西来一伙八路军又驻上。这些人简直是活宝贝，是活书本，就是说起庄稼来，也是新鲜的剥剥拉拉的一大套。

他们山南海北的人全有。可是，男的全像他们干儿子；女的，全像他们干闺女。他们扫地呀，烧火呀……给他做个烟袋包啦……有时半夜里，命令来了，他们又走了。

西来的八路军走了,东来的八路军还没有到。就在这时候,石榴花寂寞地红着。茉莉花从不失信地按炊火时间开放了,一两只寻宿的蜻蜓,打睡在大麻子叶上。小院可冷清清的,空空无人的东头房间里,栗花火绳的青烟,怪愁闷地走出窗外。窗外一对老夫妻坐小木凳上,老太婆一袋又一袋地吸着烟。老头子耐不住寂寞先说道:

"屋子里没有人,点着火绳不嫌糟蹋吗?"

"唉,别啦,先点上火绳,也许今晚上他们又来啦!"

"我早上打了喷嚏,那个三班长,早该回来啦!"

"哎,那个戏团的小黑个,多喜欢人哪!"

…………

寂寞的空房呀。大雷雨打不破寂寞,他们现在开始讨厌寂寞了。

一九四六年八月六日

(《晋察冀日报》1946年8月11日,《副刊》第74期)

出 发 前 后

——南征散记之二

马寒冰

远征的消息，在比较高级的干部中，早在八月间（一九四四年）就知道了。在他们之间，就起了一种骚动：准备冬衣的、安置家属的、辞别亲友的、搜集书籍报纸的，大家都在忙得不可开交中过活。

九月中旬，中央为了使这批行将远征的干部，对于党的政策和各个根据地的工作经验，进一步地了解一些问题，特别在中央党校里附设了一个短期的训练班。毛主席、朱总司令、周副主席、刘少奇同志、彭副司令，以及陈军长、聂司令等留延中央委员都当了教授。训练班虽然是短短的一个半月，但绝非你上别的学校三五年可以得到的，因为每个课程都是流血流汗的斗争经验，又是科学地把这些经验综合起来的结晶。

训练班刚刚结束，就已经迫近出发的时间了，各个机关、学校都一致地动员起来慰劳我们，送肉、菜，排演许多新的话剧、京剧、秧歌和编写了许多新的歌曲。从十月中旬到十一月初，我们看到了七八个京剧、二三个话剧、两次电影，至于秧歌，更是不计其数了。由于各机关、学校不断地慰劳，差不多我们的生活水平比往时提高了百十倍，天天都有肉和新鲜蔬菜吃。

部队出发的命令是十月二十五日颁布的，命令里说要各个出发的部队以两天或三天的时间，从各个分散的驻地，集结在延安南十里铺、延安北郊到桥儿沟一线，进行整备。当时把所有战斗部队编为四个大队，每个大队自一千三百人至六七百人不等，另外还有军直属队和三个干部大队，全军共约五千人。这就是我们南下的战斗序列和实力了。

十一月一日那天，在延安的飞机场上，扎着一座庄严美丽的阅兵台，台的上端高悬着几个斗大的字，写着"八路军南下远征军誓师大会"（湖南人民抗日救国军的番号是进入湖南时才使用的），两边推着两块很大的蓝布，白底红字的标语"人民的领袖毛主席万岁""中国人民的军队胜利万岁"。离开阅兵台的前方，约莫二百米远的旗杆上，高悬着鲜红的党旗。阅兵的时间，原规定是午前十时开始的，八点多钟的时候，整齐的行列从延安的四郊向着这广场行进。每个战士的脸孔，由于年来的生产自给，丰衣足食，都是红胖胖的，每个人都穿着一套新的灰棉军衣，有新的子弹袋、炸弹袋、绑带和一副毛线手套、毛袜子、棉鞋，每根枪都擦得那么亮，刺刀在太阳光下闪耀辉煌的金光，他们是那么整齐威武和充满了喜悦的情绪。进了会场，一片嘹亮而雄壮的歌声立刻从会场的中央和四周传播起来，和"唱得好，唱得好，再来一个"的喊声，织成了一幅欢乐的图画。

九时四十分，军号声把歌声压了下去，会场从狂欢的场面一变而寂静起来，毛主席，朱总司令和中央、军委、边府的首长们，从会场的西南角，走上了阅兵台。热烈的掌声就像爆竹似的响开了。

第二大队长陈宗尧同志宣布了开会之后，行进式和分列式的阅兵便作为第一个节目启幕了。受检阅的部队，从会场的东方朝着阅兵台行进，毛主席——这人民军队的最高统帅，穿着深棕色的军服站在阅兵台上，不断地举起手来向受检阅的队伍答礼。新闻记者忙坏了，到处拿着照相机子在拍摄着这盛典。

毛主席开始了他临别的训词，他勉励同志们要忠实"为人民服务"，要"爱民如子"和做到"王者之师"的纪律严明和"秋毫无犯"，最后他祝福同志们远征的胜利和健康。战士们倾神地在听着他的每句话，和紧记在心坎里，干部们都在摘记他的训词，干部和战士的嘴角上，都流露出胜利的微笑。末了，王司令率领着我们宣读誓词："……我们每个人都要坚决为中国人民服务，为中国人民的事业而奋斗到底！"当微风吹动着旗杆上鲜红的旗帜，冬天的太阳暖和地照耀在这广场上的时候，每个人的内心，都像太阳光似的感觉到温暖和像微风样似的愉快。

十一月九日，部队开始离开延安，从东关到东十里铺的大道上，站满了延安各机关、学校、部队的队伍。他们都执着各色鲜艳的小旗子，唱着新鲜而动人的歌曲，高呼着雄壮的口号，他们在热烈欢送这支南下远征的队伍。战士们个个挺起了胸膛，整齐地在这些欢送的行列中穿插过去。他们微笑地向着欢送者点头致谢，每个人都受到了极大的感动，和加强了他们的战斗意志。一个战士对我说："这样热烈的慰劳和欢送，真是我生平第一次，我感到光荣和骄傲！我一定要好好去打日本鬼子解放人民，这才能对得住同志们！"

当王震将军乘着汽车在欢送行列中前进的时候，人们不断地用芬芳的鲜花投掷到车厢上来，高喊着欢送的口号。王司令笔直地立在车厢上，高扬着右手向同志们表示谢意和告别。当汽车离开了这古城——延安十多里的时候，你还可以隐约地看见那持着各式各样的小旗子的人群。

一九四五年十二月四日于河南唐河县辛店
一九四六年七月二十日改作于张家口

（《晋察冀日报》1946年8月12日）

雪山和冰桥

——南征散记之三

马寒冰

吕梁山是和太行山、中条山并称为山西三个大山脉。就在华北来说，吕梁山也是鼎鼎大名的，特别是冬天的时候，吕梁山脉地区的寒冷，简直比太行山和中条山还冷些。我们这支远征的队伍，在初度渡过了黄河之后，就进入了吕梁山脉。那时候大雪纷飞，地上积雪达两尺多厚，我们就在这积雪中行进，往往刚把一只脚从雪坑里拔了起来，而另一只脚又陷下进去。□常按照我们的行进速度，每小时可以走十二华里，但在这种积雪中，凭你多大的本领，也只能走六七华里，尤其是夜行军，最多仅能走四五华里。我们的脚冻得发麻，已经没有触觉，觉得不是自己的脚。抵达宿营地时，千万不要一下就放在热水里烫，一定要先把两个脚用手尽量按摩，让它慢慢发热，才放到热水里去洗，要不然你就会把脚弄坏了，一直到发烂。开始的几天，人们还没有这个经验，□□致个别的人烂了脚，以后就完全纠正过来。

在平坦的道路，或者就在崎岖的山道上走，都比翻越任何一个山要好得多。最使我不能遗忘的，就是山西临县的□儿崖山。山的上下是四十里，满山都长了刺人的小树和长可没□的□草。那天，正是大雪后的第二天，全山披上了一层非常美丽的雪衣，地上的积雪起码都是四尺多厚，差不多快到腰上了，路既狭小，又是个斜坡，坡的两端是深坑巨沟，雪把这条狭路给掩盖住了，你无法去辨别哪是路，哪又是坑。因此，你就得非常仔细，让一只脚确实踏住了地，再移动你的另一只脚，要不然你不但会翻一个大筋斗，还会跌死在深坑里的。

当我走上斜坡的时候，我是一只手执着一根很结实的木棍子，非常小心地、一步步地前进。但是雪和地面之间，还有一层前些日子下的积雪，由于天气的寒冷，它已经结成了冰。这就更滑了，往往站得不稳，就会跌跤。就在上山的十里路中，我整整跌了四五十个跤。这里我发现了一个秘密：就是不能让他跌一次跤，如果跌了第一跤，心里就着了慌，越发慌，也就越跌得厉害。我害怕跌到深沟里，就用着我的两只手，尽量攀住那些刺人的小树，两只手就被刺得鲜血淋漓，再在雪里一泡，更加痛得厉害，这还总比跌到深沟里要好些。越发跌跤，好像全身力气也越发消耗得厉害。当快抵达离山峰的五十米口，我已经像死尸似的没法再往上爬了，要不是王恩茂同志把我的皮包代我背上了，旁边两个战士同志拉着我，我简直不能相信，我可以爬到山峰上去。

雪山的道路虽然是那么难走，但却有着美丽的景色。我们开始爬登这高峰的时候，太阳从山的东端钻了出来，这些小树上挂满了一朵朵的雪花和一条条的冰条。这使我忆起了基督教徒们在那耶稣圣诞的前夜，总是喜欢在家里摆上人工的圣诞树，在那树上挂着几块雪白的棉花，代表了云。这景色简直和那种人工制造的雪花和圣诞树毫无差异，当它在鲜艳的晨曦和阳光下反射起来的时候，真是一幅非常动人的图画，任何的圣诞树和它一比，不知道相差几千万倍。

当你登上了山峰，俯瞰山下的乡村，你可以看见在那不远的山脚下的茅屋，茅屋旁已经脱得连一个叶子也看不见的柏树，门外的石碾子，几条狗在雪地里狂跑和叫嚣，以及在屋檐下晒暖的农夫。这是一幅标准的北国之冬的图画！

翻过了雪山的第三天，我们就开始穿越两条比较困难的封锁线，那就是汾河和同蒲路。沿着汾河和同蒲路是一片宽阔的平原，从西边的山头到东边的另一个山头，足足有八九十里，就在这块平原上的河畔和沿着铁路的两旁,都布满了敌伪军的据点。我们不能拉着一条直线走过去,必须机动地绕过这些据点,才能从西边的山头抵达东边的山头;另一方面又不能过早地把队伍运动到西山上去,那会被敌伪发觉而阻碍我们的过路。因此,我们就必须在离开西山三十多里停滞下来,待黄昏后才可继续前进。就是到了东山上也不能一进了山就宿营,那是会被敌寇尾追和袭击的,必须进入东山后,还要继续走三十多里才能宿营。这么一来,东西两个山地,要走六七十里,平原地区要走八九十里,再加上绕路,我们就得在一个夜晚,走上一百七八十里,这是一个急行军。在世界上除了八路军以外,恐怕再没有一支军队能够从黄昏走到第二天拂晓,会走这么长的行程了吧,何况战斗的强行军要偷过无数敌人的据点,随时有遭受敌伪埋伏和袭击的危险,然而,我们终于胜利地□过了这两道封锁线。

许多到过山西的人或者读过山西地理的读者,大概都知道汾河是一条泥巴河,河流是那么快速,河底又是一堆烂泥巴,河的宽度约有一百五十米,就在很冷的冬天里,也很少结过冰。几个有桥的渡河点,又都是敌人把守着。要把这五千人的队伍,从这么宽的又是泥巴的河渡涉过去,就不说那和冰一样冷的水可以把脚冻掉了的话,万一在渡涉中遭受到敌人的袭击,损失一定也是很大的。这就形成了我们东进中的一个很大的阻碍和困难。但是恰恰在我们过汾河前一天夜晚,北风大作,把这条很难结冰的汾河冻结了,我们就在这冰上走了过去,不但免除了渡涉的冻脚,而且更能安全地通过。如果是唯心论者,也许他们会说这是天意吧!

让我再告诉你另一个景色吧,那就是我们从太岳区准备第二次南渡黄河进入河南境内的时候,一切黄河的渡口都被敌人所占领或者是控制着,大部分的船只停泊在敌人所占领的渡口。我们这支队伍的任务,是要尽可能地避免战斗,安全进入河南境内完成南进的计划。不能痛痛快快地把敌人占领的渡口抢夺过来，再行渡河，只能在那些从来没有人渡过的地方偷渡过去，这就需要设法从各个地方集中船只，而且要有很多的船才能够使用，这又是一个难题了。但是正当我们准备派人去集中船只的时候，从河边侦察回来的侦察员说，黄河在前一天，因为下了雪，又刮起大风，现在已经冻成了一座有五六尺厚和三四十米宽的冰桥，可以用不着船只，从冰桥上走过去。

当我们的队伍前进到黄河□上，那条被冻得非常结实的冰桥，就映进我们的眼帘，真如侦察员的报告，冰桥的宽度仅仅是三四十米，两头还是激流□□叫嚣。老乡们告诉我们黄河在民国十一年的时候曾经结过一次冰，十多年来，就从没有冻过，你们真是"得道多助"呀！

我仔细地、端详地看看那座由于下雪而又冻结成为崎岖不平的冰桥，我呆住了许久，要不是同志们的催促，我真愿意在这个奇迹上多□留一下，使我好好地欣赏这大自然的景色。

一九四五年十二月六日于湖北枣阳湘河□

一九四六年七月二十日改作于张家口

（《晋察冀日报》1946年8月13日）

翻身就要翻到底

庞家堡采矿所机械股工人 崔永才 说　陈□记

我是易县上白杨村人，六岁上父母去世，跟着哥嫂过日子。父母死时拉了饥荒，使了赵财主家的钱，一月三分滚滚利，利上着利，还不起，财主家一天两趟地要账，没钱就圈地。真是有钱人说一不二，穷人无靠无依，把十七亩地都给圈去了。这一来越发没吃的，指着庄户房借吃，连房子也吃光了。二哥当兵去，大哥修铁路，一下子就把一家人穷散了。

哥嫂们一走，丢下了我一个人孤零零的，跟别人放了一年牛，挣了四十八块钱，都交给我老爷了。老爷家有钱，是绝户（没有小子），他叫我伺候他。三年当小做活的，赶集，锄地，看着我吃饭多了，就不乐意，骂我："要饭吃的脑袋！"连说带打，只好忍着，指望他三年期满给地给钱，谁知道三年到头只给十亩当契地。后来，这地又硬叫本村高财主家拿了一百块钱弄去了，气得我两眼发青，一赌气就跑到门头沟煤窑。

在门头沟五年，一天挣八毛钱，洗澡还扣五分，住房子一个月花一块钱。那矿是国民党和英国人合办的，当工人也就跟当洋奴才一样。工人下洞进斗子一挤，警察拿棒子就打，还得受大柜小柜的剥削，出一吨煤，他就扣你三毛钱，常常压支两三个月。有时赚不了钱，大柜跑了厂里也不管，工人领粮食分量都吃不上准儿，工人们挣了钱也积存不下，白面客□，煤窑里常死人，一死就是七八个。

接着日本人打了进来，兵荒马乱，人们都慌了。当时国民党的十二师还在易县，天天说是打胜仗，可是老百姓看见军队一批批地退下来，老百姓问他们，他们说是"换防"。第二天一亮队伍都不见了，当县官的卷起公款带着警察保安队也跟着跑了。日本人一来村里就挑死了好几个人，大伙又害怕又恨，狠狠地说："这是老蒋卖国呀！为什么这么多军队不打日本就跑，丢下老百姓不管！"

隔几个月，八路军杨师长队伍开到，老百姓可欢喜极了，说："打日本的队伍来了，好不容易看见中国队伍啦！"大伙儿就合作起来和日本人干，都说："八路军真能受苦，吃棒子面还跟日本鬼拼死活。"

我因为家里是游击区，受不过日本人的糟蹋才跑到矿山来。那时候矿山还是日本人占着，一来就在六十一组当苦力，还没五天，马翻译就说我是八路，弄到警察队遭了一顿好打。出来没多少日子，关秃子又报告日本人，说我见着八路不报告，马翻译又把我逮了去，跪在地下，脱下小袄，光着膀子挨打，打了扣起来，到处托人才保出来。组长常给日本人买烟抽，打酒喝，一个月的工钱就得给组长吃一半去。苦力们整年累月吃高粱面、黑豆面，衣裳也换不下来，咱们穷人真叫老蒋卖苦了！

好容易熬到去年。八路军解放了咱们，可是国民党没心肝，一直闹内战，要再来祸害咱们，从前易县的汉奸头子赵玉昆，那是易县人人痛恨，谁都想拿住他出出气的奸贼，蒋介石还派他当大官，让他继续糟害老百姓。

眼下我到新社会，吃的也比从前强，穿的也对付，特别是解放区的民主自由劲儿，谁也说好，要没有共产党八路军，哪有咱们今天。

反动派看见穷人翻身眼红，不把老百姓治死不甘心，我可是豁出来啦！咱们翻身就要翻到底，谁不让咱们翻身，全中国的穷人都要跟他拼。

（《晋察冀日报》1946年8月13日，《副刊》第76期）

"假如明天战争"

萧军

昨天报载,说和国民党讲好了条件,用他们的长春市长×××换取我们的作家金人。结果是我们放了那×××,国民党却打了赖账!这是何等背信弃义的下贱行为!这当然怨我们自己吃亏得还不够,认错了人,又上了一次当!

为什么他们要逮捕金人呢?就因为他对于中国人民还有些用处,他懂俄文,翻译过《静静的顿河》以及其他若干于中国人民有好处的作品;他抗日,胜利后又回到东北要为那里的人民多做些工作。于是,国民党就逮捕了他。

凡是于中国人民有些用处的人或物,就全在国民党反动派仇视之列,因为他们根本上所仇视的就是人民,更是不愿做奴隶的中国人民。自从国民党反动派独霸政权到今天,他们的几十年政治历史就是屠杀中国人民的历史,他们的最大功绩,就是为各色帝国主义的军火商人,从中国人民的血汗里赢得了千千万金元的利润,我看他们自己也不会不点头默认。因为这对于他们是"光荣",是"杰作"!

中国人民需要和平,他们却逼迫我们从事战争;中国人民需要团结,他们却逼迫我们分裂;中国人民需要自由与民主,他们却要给我们以枷锁和独裁;中国人民需要独立与自立,他们却要叩头哀请那美国反动派来做他们的"叉杆",做我们主人的"主人"!我看这是他们垂死的狂想。"假如明天战争",这最终被毁灭的只有他们,前有墨索里尼、希特勒以及日本法西斯一些丑类,已经做了他们很好的"引路者"——我看他们自己也不会不点头默认,因为这于他们是"光荣",是"杰作":被毁灭的光荣!被毁灭的杰作!

最后我愿问一声无论某国的反动派,你们也准备和过去日本法西斯一样在中国再进行八年侵略战争吗?那么,中国人民也一定要奉陪你们八年,或者再多一点,决不食言!最终也一定要像对日本法西斯一样,让你们滚出中国去——除开那已死者的首头。

"假如明天战争……"

一九四六年八月十一日

(《晋察冀日报》1946年8月13日,《副刊》第76期)

驰骋大平原

——南征散记之四

马寒冰

渡过了黄河，我们就进入了河南境内的平原地区。抗战以来，我除了一九四〇年在冀中平原工作以外，绝大部分的时间都在山沟里过活，差不多一出大门，就看见了山，屋前屋后都是山，大概是前世和山结下了不解缘，总是和山分不开似的。在山中的日子里，总想能够在一望无际蓝色的天空和肥沃的大地结成一片的平原里，呼吸着新鲜的空气，迈着宽大的步伐，在田野里走走，这该是多么愉快的事。但是河南平原却是另外一番景象。

当我们□进了这大平原的时候，我的第一个印象是河南人民的强悍和勇敢——差不多每一个小村子都修建有碉楼和自己备有步枪，听说还有机关枪，甚至有迫击炮和山炮。这些武器的来源一部分是历年国内军阀在这平原地区作战所遗留下来的，但绝大部分是一九四四年汤恩伯率领下的几十万大军，见到了敌人就吓得屎尿直流，望风而溃，连枪带炮都来不及取出就溜之大吉所遗留下来的。溃兵们不是逃跑回家，就是散为土匪盗贼，河南人民在遭受着散兵游勇的抢劫敲诈，不，应该说是国民党的军队和敌寇的屠杀奸淫之后——因为他就不是溃兵，也是如此——他们不得不拿起了这些枪炮自卫，来保家保乡。许多英勇的河南人民，给予敌寇的打击，是比汤恩伯的几十万大军都要厉害千百倍——因为汤军根本就没有打过仗哟！

在河南有个很有名的民谣，叫作"河南四荒，水旱蝗汤"。水是水灾，旱就是旱灾，蝗是蝗虫为害，汤呢？就是汤恩伯。河南遭受了水灾和旱灾的痛苦，在中国近百年的历史上已不是鲜见了，差不多每年不是水灾就是旱灾。一九四三年和一九四四年又是遍地蝗虫，把田里的庄稼吃得差不多了，往年可以收石把粮食的土地，仅能得到一二斗，这已经够穷苦和没法子过日子的了，怎知道汤恩伯的大军一到，派粮要草就跟着来了。捐税的名目多得像牛毛，用不到举很多的例子，我只说一个例子，他们在叶县，抽派闺女捐，凡是没有出嫁的女孩子，每月要收三十元的税，如果你抗不缴纳，他们就要"调验"。所谓"调验"其实就是糟蹋了人家的女子，谁又愿意吝惜这三十元，而遭受这样的侮辱呢？他们还有一个新"发明"，当春天来的时候，挨家挨户发给了一个鸡蛋，当时并不说明这是礼品或者还要收回什么结果，但是当秋天的时候，他们就要向那些收鸡蛋的人家，每人要一只鸡，说他们春天的时候给的蛋，到了秋天当然要长大起来，而且还要每只在两斤重以上的，这就是他们喂鸡的新方法。至于他们的军队，所到之处见了老百姓的什么东西就取什么，带得走就带走，带不走就变卖现款，老百姓被抢得十室十空，家破人亡，沦落异乡。人民遭到这种摧残和压迫，一些较为懦弱的人，只好忍气吞声地离开了故乡的田园，还有一些不在这暴力之下低头的，就挺身而起，反抗这种土匪"军队"，到处袭击和杀伤他们。难怪汤恩伯自己说："河南战役失败的原因，乃是军民不合作，既无向导，又无粮食，当军队转移的时候，经常遭到人民的袭击，以致无法作战。"这虽然是不战而溃的原因之一，但实际上主要是对日妥协和恐日病的结果。汤恩伯用这作为借口，来躲避了他失地大罪。然而，从他这个自供，也足够使我们看见了一幅真实的写照。

就这样人祸加上了天灾，把这块肥沃的土地变成了一片凄凉的景色。我们曾经进军在□山附近以及信阳和罗山之间的地区，东西一百五十华里，南北四十五华里的原野，渺无人烟，路上也找不到一个人。如果不是那些破墙残瓦和几具已经坏了的石碾子，你一定不会相信这里曾经住过人,而且过去曾经是非常繁华的地方,现在却冷落到这般天地。可以这样断言,蝗灾虽然是造成河南贫穷的一个原因,但是人祸却是主要的因素。

　　河南人民过的是什么生活呢?你简直不能相信。在叶县王庄的一个农民告诉我,他们去年种了三十亩土地仅收到了三石粮食。全家八口,就说把三石粮充作一年食用,还是不够的,但是地主的地租,就要七石五斗,三石粮食全部交给他,还得记上四石五斗的账,这些账不但来年要还,还要利上加利的——因为这是作为地主的贷□计算,捐税也不因为歉收被减免,还要如往年一样地缴纳。我曾经替他作了一个概括的统计,大概要一石八斗粮的样子,没有款子交给官老爷,他仅有的一头牛也被拉走了,他一年辛苦流汗的代价,完全等于零不说,还欠了满身的账,他们一家八口只好靠拔野草和剥树皮来充饥了。当我访问他家的时候,他的两个小孩子,正拉着母亲的衣角,哭着要吃东西哟!

　　我很不愿意在《驰骋大平原》这个题目下,给亲爱的读者□□悲惨的情调,但事实我们在平原走了一个整月,所闻所见的情景,就是这样的一幅图画,我怎能不把这真实的画面,在读者们的眼前放映出来呢?这也难怪河南老乡们编写了一首很动人的民谣:"天见中央军,日月无光;地见中央军,五谷不生;人见中央军,有死无生。"

　　让我们转换另一个镜头吧,当我们的队伍在鲁山和五百多东洋鬼子和七辆坦克车发生了遭遇战,我们重重地教训了这些鬼子之后,人民对于我们是欢欣鼓舞,他们自动地跑来替我们送担架,把烤得热烘烘的、又甜又香的大红薯送给我们吃。他们说从来没有看见这样英勇打日本的队伍,他们就是穷得三天不吃饭,都愿意挤点粮食给八路军吃。他们替负伤的战士洗去了衣服上的血迹,替战士们缝衣服。他们正是做到军民打成一片,这是和汤恩伯在河南战役的结论中所说的形成了相反的对照。河南的人民是非常热情的,他们爱护抗日的军队,比爱护自己的生命还重要,问题就在为谁服务和如何领导军队以及军队的政治素质的问题罢了。

写到这里,我对于河南人民悲惨的遭遇,给予极大的同情,同时,对于那些反人民的军阀们更增强一层仇恨。他们这样横行霸道,无法无天,难怪他们把自己的军队带到坟墓中去!

一九四五年十二月七日于湖北襄阳大店
一九四六年七月二十三日改作于张家口

(《晋察冀日报》1946 年 8 月 14 日)

血 的 礼 赞

陈□

《解放日报》登过一篇题名《一坛血》的纪事，叙述山东伪军，同时也是国民党军齐子修，血洗某一村庄，村里一个仅免于难的老人家，悄悄把男男女女老老少少未干的血收藏在个白瓷坛里；后来山东的人民武装打垮了这股伪军，解放了这个村庄，他把这个坛子抱出来，焚香致奠，告诉死者深仇已报，才埋掉它。

还清楚记得，读这一篇纪事是在窑洞口的烈日下，自己感到寒冷，狠狠地咬着嘴唇。

中国人多少年来就在血泊里讨生活，对自己更是平凡。十八岁那一年，一个常同床睡觉，随便换穿衣服的朋友，误信个人恐怖可以改善现状，因此支付了他自己的血；第二年，朝夕相处的战友郑维新同志，为着反日的事业也支付了他自己的血。此后虽然逃亡异乡，朋友、同志流了血的消息我总知道。每次，我仅仅沉默了一下，绝没有这样的感觉——甚至，当被告诉自己父亲在敌机轰炸下流尽最后一滴血。

读了那篇纪事之后，每逢闻见血的记述，神经就像触电一样，我想要不是患了血晕症，就是自己作为白瓷坛的脑子已经饱和的征兆。

来到晋察冀，我常在书报、小册子上看到完县野场、冀东潘家峪、井陉煤矿、曲阳野北、涞源东杏花、定县北坦村、灵邱刘庄、繁峙老汉坪、五台小柏沟、平西王家山等地方日寇制造的惨剧，血朦胧自己的眼睛，窒息自己的呼吸。一看到大家今天的生活，想到农民都要获得土地，曾自慰地想：这个坛子大约可以埋掉了吧。

可是，暴君不让我们安享用血灌溉的果实。半年来，东北风吹来了李兆麟、于树中的血……西南风刮来了李公朴、闻一多的血,还有孙平天的血、王任的血……为着要在人民已经站起来的苏皖、中原、山东继续喝人民的血,千百万无辜的人民、士兵正被暴君逼迫着流血。飞机轰炸下流着聚乐堡农民的血,暗杀团的铡刀下流着徐水人民的血……血的包围圈紧缩着,自己作为白瓷坛的脑子里"四一二"以来的血全在翻腾。暴君迫着我们接受用流血制止血的泛滥,不然,过去已流的算是白流,将来要流的更不可计算。全身的血沸腾着:

我鄙弃那俯首帖耳甘受屠戮的猪羊的血,

我悲悯那糊里糊涂被人驱使充炮灰的血,

我讴歌那为着人民不吝支付的一切先驱者的血。

血,我愿意给予,只有用血才能制止血的泛滥,淹没喝血的暴君!

写于警报声中

(《晋察冀日报》1946年8月14日,《副刊》第77期)

阎锡山控制逃兵"妙计"

据东梁村被阎军抓去当兵的偷跑回来的××等谈他们被捆走后,第二天即被送到黄寨大营盘内,为了防止他们偷跑,运用下列三种办法:

一、三个人组一连环保,跑了一个其他二人受罚:吊打、禁闭……为了防止三人一齐跑,又严禁两三人一块行动。

二、晚上除严密岗哨与高墙封锁外,睡觉时把每人的裤子完全没收,起床时再发给穿,不想他们仍能光着屁股,从百里以外的黄寨跑了回来。

三、为了和老百姓易于区别,每人脑袋上留一个平头(留一片头发),夜晚街上遇见人时,岗哨和特务们首先拉住摸摸头顶。

最笨拙、最可笑、最无耻的办法全被阎锡山用完了。但是任凭统治得怎样严密,□壮青仍然不断地偷跑,暂时不跑的,他们说:"现在跑太便宜了他,等发下枪才走!"

(《晋察冀日报》1946 年 8 月 14 日,《副刊》第 77 期)

人民的幽默

一

代县城未解放前,一个寡妇因土地被归了公,到"治村"诉苦,村副问她:

"'土地归公'好不好?"

她沉默了一会儿,回答说:

"好是好,你们好。"

二

沈阳发现了这样两□民谣:

"去掉口中口,来了天上天。"

"口中口"指的是日本,因为两个"口"字紧拼在一起恰是个"日"字,这比较显明;"天上天"也不难猜,如果把一个"天"字倒写,底下再写一个"天"字,便不难了解指的是哪一国了。

三

上海流行一首歌谣:

"天上来,地下来,老百姓活不来!"

西□□安同样流行这类歌谣:

"刮民党,敲竹杠,老百姓,泪汪汪。"

这些歌谣说明人民对"天上飞来""地下钻出"的要员特务们横征暴敛的厌恶;国民党统治区人民对蒋家统治的憎恨由此可见一斑。

(《晋察冀日报》1946年8月14日,《副刊》第77期)

勇士们开辟的道路

——南征散记之五

马寒冰

一九四五年一月七日的夜晚，河南平原上的天黑得伸手不见掌。没有月亮，也没有星星，北风吹得刮骨似的发痛，河里的冰结得有尺把厚。我们准备着在这一个夜晚通过鲁山附近的公路。根据我们所得的情况，鲁山住着敌人一个联队，并附一个坦克连。我们越过同蒲路和黄河，他们早□知道了这支队伍一定要南下的，三天前他们在沿公路线上，加了不少的工事和岗哨，准备阻挠我们的南进。

王司令蹲在一堆炭火的前面，□开了地图和几位支队长正在布置通过公路，他突然仰起头来向陈支队长说：

"今夜可能遭受到敌人的截击，一支队作后卫要特别留意，二支队前卫也应该注意找路走，要逢水搭桥和排除前进的一切障碍！"

午夜里，队伍开始出动了，路上的雪有五寸来厚，雪底下又是一层积冰，越发滑得难走。一个脚刚从雪里拔了出来，另一只脚又陷了下去，前卫部队就用着他们的两只脚，把那被雪和冰掩盖得分不出哪是道路，哪又是田畦的大地，划开了一条路来。他们往往连人带枪滚到雪堆里去，脚冻得丧失了知觉，英勇地前进着，没有一个在这大自然的困难面前低下头的。

在游击战争过生活的人都知道：夜行军尤其是通过封锁线时，不能使用号音联络，也无法使用旗语，最简单的通信联络就是传话。一个个地从前面跟着传下去，声音又讲得那么低和快，最初的几个人还不致发生问题，后面可就变了，有人从前面传来说"把枪衣脱下"，到了后面竟变成了"把衬衣脱下"，人们都莫名其妙地想着为什么要把衬衣脱下来的道理；还有一次，传来了"不要看书"，天晓得，夜里黑得那么厉害，谁还有本领在战斗中去读书呢？以后弄明白了，才知道是"不要咳嗽"。同一个传话，一个战士听作是"不要解手"，那时候他正在闹肚子，这么一来，就不敢走出行列去拉屎，结果把屎拉得满裤子，到第二天才换去了那满裤裆都是屎的裤子。

三个支队过了公路，向着森林地带走着的时候，公路的右边，远远地发着白色的亮光，战士们都嚷开了："才走不上个把钟头，天就发白了，后面还有四个支队怎么办？"人们的心里都在发急，指挥员感觉到不对头，如果天亮了，为什么从西面亮开了（部队是由北向南前进，右边就是西方），是不是前面带路的人搞鬼，把队伍带到鲁山去了，那是城里的灯光吧?！一会儿，白的亮光，慢慢地向我们照射过来，隐约地看出了是灯光，还在不断地移动。三支队长张仲瀚同志喊了起来：

"不是天亮，也不是城里的灯光，是汽车上的灯，敌人已经出动了！"他急忙地派遣了通信员通知了后卫部队，也报告了王司令。他自己带着几个通信员，迅速地离开了行列，走到了公路右方一个排的警戒阵地去。白亮的光更迫近了，严正□排长用着他的左手指，在计算着：一、二、三、四……十三、十四。"十四盏，最少是七部车。"

张支队长点了点头："不错，七部车！你们都准备好了吗？"

"准备好了，来了就打！"严排长卷起了袖子，看他那般神气真是红火得很。是的，我们这支队伍在后方整训了两年多，这么好机会，谁还不想显显身手！"支队长，你走吧，前面需要你，这里我们有了三十个人，不要说七辆，就再多一点，我们也能够应付这群鬼子！"

张支队长笑了，拍一拍严排长的肩膀："真是有种！"

嗒嗒嗒……敌人的车上开火了，铁轮带的声音也可以隐约地听到。"不是汽车,是坦克车!同志们!开始射击吧!"排长发着命令说。

"打个卵子枪,还能打到人家的铁乌龟皮!"战士杨正春咬着牙齿说,他从腰里掏出了手榴弹,去掉了保险盖,把保险线套在右食指上,像一匹狮子样似的喊着:"杀!"像一股飓风奔向坦克车去,砰砰、砰砰……

"一个、二个、三个……"严排长肚子里在计算杨正春投的手榴弹,他转向身旁的机关枪手刘勇辉说:"对着坦克车射击,掩护我们的英雄吧!"

九二式的重机枪,像天崩,像地陷,吼叫起来,两只铁乌龟停了下来,再爬不动了,另一只铁乌龟上的炮响开了,朝着杨正春的身上打,没有打中,他熟练地伏倒在地上,紧紧地握着手榴弹,铁轮子沙沙地向着他的身上碾上来了。

"呀!"刘勇辉惨叫起来,他的手发抖了。杨正春被铁轮子压到车底下去,手榴弹爆炸了,轮子被炸断了,坦克车像一具大棺材停在那公路的右侧,顽抗的敌人用着坦克车上的机枪,射击我们的机枪阵地。刘勇辉清醒过来,发狠地紧扣着机把,瞄准还击,铁乌龟上的机关枪倾倒下来,停止冒烟了。刘勇辉用着他那卷了起来的袖口,抹了一抹额上的汗珠,向班长说:"又完了一只了!"黑夜里我看不见他的笑容,我心里想,他一定在笑,是的,是悲愤和愉快的交流!

队伍像潮水似的,在敌人密集的火力下通过着,有的人被子弹打中了,哇地叫起来了,立即被另外的人制止下去,每一个人的心里都想过去增援这苦斗的严排,但是他们的任务,不是在这个地区作战,而是过路呵!

张支队长派了一个通信员来告诉严排长,要他把警戒交给后面的五支队接替,要他带那排人赶上队伍,严排长摇摇头说:"不,正打得激烈，怎么能交出手呢？"五支队派了两个班来接替的时候，他告诉他们说："你们快走，有我们在，怕什么！"他拒绝了，他不愿意使敌人利用交接的间隙得到喘息的机会，他命令着他的一排人："坚决地打，为保护全军胜利通过，打到最后一个，最后一根枪吧！"

天真的亮了，队伍全部进入森林地带，张支队长跑到三营去，问了营长严排归队了没有？营长摇着头说："没有，他们将永远不会回来了，严排长就是这样的汉子！"

是的，他们将永远不会回来了，他们开路去了，用着他们的血和肉，替这支远征军开出前进的道路，也替中国人民开辟着一条宽阔的、解放的大道！

一九四六年一月二十五日于汉口

(《晋察冀日报》1946 年 8 月 15 日)

陶行知先生与育才学校

远芃

我看到先生逝世的消息，心中很难过，忆及先生生平为人民服务的事迹，特别是在一九三九年的育才学校，我亲受先生教诲，他那艰苦朴实的作风，对于青年慈祥的爱抚，使我难以忘却。

育才学校是选择一批天资较高的穷苦儿童，从小就培养他们的专长，根据儿童不同的兴趣而设立了六个系，即文艺、社会、自然、音乐、美术、戏剧。各系的主任都是国内的名家，一般的工作人员都是具有进步思想、年轻有为的青年，例如那时音乐系的主任是贺绿汀，戏剧系的主任是章泯，文艺系主任是艾青，美术系主任陈烟桥。校中学生的管理是发扬自治作风，实行民主集中制，提倡互助友爱精神。经过很短的时间，"育才"在陶先生苦心抚育下，迅速地长大起来，成为黑暗大后方一盏光明的文化教育灯塔。

陶先生的教育是贯彻着他"生活即教育""社会即教育""教学合一""学用一致"和"小先生制"的方针，他最反对书呆子，注意理论和实践一致，为了教育他的学生，陶先生在抗战前曾作一首歌，歌名是《人生两个宝》。我现在将这首歌词介绍于后，借此以说明先生的思想，歌词是：

> 人生两个宝，双手与大脑。
> 用脑不用手，快要被打倒；
> 用手不用脑，饭也吃不饱；
> 手脑都会用，才算是开天辟地大好老。

陶先生原名陶知行，后易名陶行知，从"知行"到"行知"的变化，正是表明先生认识到，一切理性知识均由感性知识而来。

育才学校从它诞生那一日起，就遭受蒋介石政府无理摧残。蒋介石的特务机关，派了大批特务埋伏学校周围，监视师生的自由。当一九四一年反共高潮之际，许多先生如贺绿汀、任虹、魏东明等均被迫先后离去。蒋记政府并不以此为满足，为了进一步达到叫"育才"垮台的目的，更施以经济的压迫。这时陶先生一方面力求外援，争取民主人士的帮助，一方面自力更生，提倡"育才"同学种地生产，解决了学校的困难。

我于一九四〇年来到陕甘宁边区，但我仍关怀着母校一切，后来"育才"在各方面都有了很大成就。抗战胜利后，如反内战、争取民主，"育才"均以先锋姿态出现，陶行知先生更成为这一运动的领导人。现在先生不幸去世，确是中国人民巨大损失。但二十余年教育的成果，先生的弟子已布满全国，许多优秀的青年都已成为革命先锋战士，先生的教学方针也被解放区采用。先生不幸病故，不幸被国民党特务逼死，这已经引起我们无限的愤怒，我们誓继承先生未竟的、中国独立和平民主的事业而奋斗。

（《晋察冀日报》1946 年 8 月 15 日，《副刊》第 78 期）

阎锡山的"人格"

李方

最近缴获《卯江组织周日讲话》一份,是土皇帝阎锡山在他的"民族革命同志会"会议上的报告。全篇"妙"文,现抄两段供大家鉴赏。

……

二、两件严重的事

(一)近来因为调处小组的来到,共党代表来到我们这里的人很不少,且有的是过去的同学或同事,听说有要求和你们(按:系指他的民族革命同志会的"同志"们)见面谈话的情事。关于这件事,我特警告大家,自即日起,凡我组织同志,不得组织之许可,绝不许与共方代表往来或通信。如有违犯,即按组织纪律制裁!如接到其信件,而不呈报组织,经发觉检举者,亦按组织纪律制裁。

(二)今后规定谁也不许不经过我及组织的许可,而直接向肃伪负责人(按:是专门在他们自己内部做特务工作的)说"某人被陷害或某人系如何"等语。如直接找肃伪负责人说此话,即应视同出卖组织。至肃伪负责人亦不许接受此项言词,如接受而不报告我,也是同罪,均应绳之以纪律。

这是两件出卖组织的行为,须知人凭的是个人格,一个人没人格了,则一切皆无,今天我们的组织凭的就是个纪律,无纪律的组织则一切也就无有了……

就从上面两段话,这位土皇帝怎样提心吊胆在防共、防范下属,甚至广派特务监视下属的嘴脸都活画出来;更"妙"者除掉血淋淋

的"纪律""制裁"之外，还居然搬出了"人格"。

半年来谁没看清楚土皇帝阎锡山的"人格"是什么！用最简单的话说，就是认贼作父，反共反人民，求得"无条件存在"。正如续范亭先生所说，可算到了"四维礼义廉"的终极。

他的下属呢？只要稍有一点中国人的自尊，只要不愿意自殒前途陪伴这位僵尸爬进坟墓，他们要倾向人民，倾向代表人民的共产党的，这就使土皇帝感到"严重"，大呼"出卖组织"、没有"人格"。

阎锡山希冀他的下属都像他一样具着谄媚异族、压迫同胞的"狗格"，"讲话""报告"输入之不足，还加以"纪律"的威胁与制裁。土皇帝的这套手法，能收得多大效果呢？请看活的榜样——韩钧将军。

一九四六年八月十一日

（《晋察冀日报》1946年8月15日，《副刊》第78期）

人民的军队

——南征散记之六

马寒冰

"我们是人民的军队,我们是为解放千百万华南的人民而南征,我们要严格遵守革命纪律,爱护人民,保护人民,用我们的血和肉,献给中国人民的解放事业!"这是我们在延安誓师大会的誓词,每个指战员都背得烂熟,而且都用实际的行动,来证明了每个人都是忠实执行这誓词的。那么这支队伍和人民的关系怎样呢?许多动人的事实,要用几本书的容量,才能写完它。在这散记中,我想就围绕着粮食问题来叙述这支队伍爱护人民、体贴人民的事实吧——可以这样说,如果军民关系搞不好,大部分是由于粮食的补给产生的。

我们这支队伍来自漫远的西北,走了那么多的路,总无法从延安带粮出来吃,不得不就地取粮,补给军食。但是,河南那个时候,正经过了"四荒"的洗劫,河南的人民是正处于饥饿和穷困的日子里过活,我们怎好再就地征粮来加深他们的灾祸呢?军政治部颁布了命令,规定各部必须以市价向人民购粮,不得采用征粮、借粮的办法,而且购粮必须是人民自愿的;谁违犯了这个纪律,即以军纪论罪;同时又照料了农户的种子,要依照储粮的多少,酌量购买数目和提倡吃用杂粮,保护大米和小麦的种子。红薯是河南的特产,虽说在荒年的时候,家家户户都还存得一些,因此,它就变成我们主要的食粮。大约每四斤红薯可以折合一斤正粮,它不但香甜好吃,而且含有大量淀粉和维他命,最富有营养;其次,我们还可以吃到一些豆面。在河南整整一个月中,我们全部的食粮,就是红薯和豆面,而红薯占了十分之七。人民看见了我们这样艰苦,他们感动得流泪,他们说:"国民党军拿了粮食不给钱，还都要大米和麦面；面磨得粗点，米碾得不细，还要打人呢。他们还能吃红薯和豆面?!"

河南的人民，在遭受到了敌伪和国民党无数次的骚扰后，一听到穿"老虎皮"（军衣）的人来了，一个村就传一个村，都相率地逃避了。他们怎知道我们是人民的军队——英勇善战的八路军呢？他们最初总以为是国民党军来了，都逃跑了。我们进了村子的时候，如果还可以发现个把老婆婆和小孩子，还可以向他们说明我们是八路军，还可以经过她们，把年轻汉子从别的村子里喊回来。但是也碰到个别的村子，连一个婆姨娃娃也找不到，哪里去找卖粮的人？队伍又必须吃饭，怎办呢？军政治部规定各部可以先取用当地的房东屋内的存粮，但必须好好地过秤，按照市价留下钱和这样的一封信：

诸位父老兄弟姊妹：

本军作战敌后，瞬达八年，军威所至，敌伪丧胆，望风披靡，战绩卓著，中外共闻。军纪严明，买卖公平，借物必还，损坏必偿，军中信誉，遐迩皆闻。迩者奉命南征，途经贵地，军粮缺乏，不得不就地购粮，以供军食，刻临贵府，适值外出，无法洽购。为保证军食无虞，不得不设法向贵府取去红薯若干斤、豆面若干斤，每斤以市价若干元计算，共合法洋若干元。谨如数留置于柜中，尚望查收，并乞见宥，即颂公安！

由于我们如数将粮价及谢函留置在农户家中，这个故事，很快地就传遍了整个河南，它比任何交通工具都来得快捷。人民信任了我们，他们再不害怕我们、躲避我们了，他们是积极地、热烈地欢迎我们的进驻。譬如在东西赵堡时，老乡们送来了一大堆慰劳品，要求我们长期驻在那里，保护他们，解救他们！

我们的战士全部来自北方，他们是不熟悉华中、华南的民情风俗的，当队伍快进入河南地区的时候，全军在军政治部领导下，进行了当地民情风俗的教育。举个例说吧，在北方的行军中，每到一个地方，队伍总是把门板卸下来，搭床铺使用，但是在南方，老乡们是不愿意人家卸掉"内门"（就是卧室的门）的。我们就禁止使用门板搭铺，一律用稻草或麦秸搭地铺睡。南方的人都讲究卫生，不但洗面和洗脚的盆子分开，还有特别专给女人洗下身用的小澡盆（男人是不许用这种盆子的）。我们告诉每个指战员，洗面的盆子不能洗脚，女人专用的盆子，男人们不许使用；在住屋子的时候，也规定了仅允许住厅屋，禁止住内房（即卧室）。这一些看起来似乎很简单，但我们却是费了相当的时间去向全体指战员解释和教育的。除此以外，那就是坚决执行三大纪律和八项注意，每天你都可以听见人们口里在唱着纪律歌。

有一个这样的故事：一个战斗班被分配住到一个富农家里，房子是既宽大又干净，战士们满以为可以舒服地休息一个整晚。但当班长陈春和同志去向房东交涉，要求住在一间厅屋里，任凭你怎么说，房东总是不让住；陈班长把口都说干了，得到的回答，还是千百个"不行"。陈班长没法子，把全班带到了门外的牛圈里，和一头母牛住在一起，他们把地上打扫干净，用木杆子把牛拦到一边，就这样住下来了。半夜里那个富农点了灯来看他们怎样住的，当他发觉这些英雄们和牛住在一起的时候，他难过起来了。他唤醒了班长，要他们搬到厅屋里去，陈班长说："只有几个钟头，用不着麻烦您。"他感谢了富农的好意。这位富农非常过意不去，第二天替他们做了一锅枣子稀饭，要他喝些好走路。他们这班人不好拒绝他的好意，痛快地吃了一顿。他们倒出几个米袋的米，还给富农，把牛圈打扫干净，向房东告辞，又走上了征途。

另一个故事：在叶县林家庄，住着一对农民夫妇，他们不但贫穷，而且连一个孩子都没有。她的丈夫病死了，她既没有一文钱去替他买棺材，也没有人帮她埋葬。恰恰那天她家里就住着我们一个排，排长把这件事告诉了全排的同志，大家都受了感动。班长李辉同志号召大家捐钱替这位不认识的朋友买棺材，他首先取出在延安时朋友们送给他当路费的一万三千元出来，大家都跟着他拿出了钱，替她买了一具棺木，帮她挖了一个墓地。这故事在此县一直到现在，已经变成一个流传很广的民间故事了。

我们的指战员是懂得怎样英勇杀敌、保卫人民，也懂得怎样去爱护人民的，他们没有忘记自己的誓言、毛主席的临别赠言和自己是人民的子弟兵。在这里我们应该赞扬全军的政治工作人员，他们是用了最大的力量，不辞辛苦来做这一个工作。队伍刚进村子的时候，他们要耐心地去向房东借房子和炊事用具，临走时他们又要征询人民的意见，检查有没有违反纪律的行为。当他做完了工作，队伍往往已经走出了几里地，他又必须赶队伍去，当然，战士们的遵守纪律是自觉的，但是没有政治工作人员的引导和教育，我们是很难建立起这铁的群众纪律，没有办法使军民亲切地联系起来，战胜我们的敌人的。

读者似早已在《驰骋大平原》一章读到国民党军队怎样压迫人民、杀害人民，当你在读这一章的时候，你可以明白汤恩伯在河南时，怎样把军队带到坟墓中去！

一九四六年三月一日初作于北平

一九四六年七月三十一日改作于张家口

（《晋察冀日报》1946年8月16日）

从 东 北 来

陈学昭

一、抗日联军的女游击队员

我一踏上东北的土地,就遇着了过去在冰天雪地里和敌人坚持战斗了十四年之久的抗日联军。他们的足迹,踏遍了白山黑水,并且和远在敌人投降以前,从热北辽西推进东北的八路军李运昌将军的部队联合起来了。这就是东北今天的民主联军,他们的力量是强大的。他们之所以强大,是因为这是一支人民的军队。

虽然敌人曾捕杀讨伐抗日联军,想尽法子搜找每一个抗日联军的战士和干部,但抗日的战士是杀不完的。很多抗日联军的战士,同样地,很多抗日联军的女战士,虽然吃尽了千辛万苦,却还很健康地参加今天解放东北人民和建设新东北的伟大事业。

在一次旅行中,很荣幸地能和抗日联军的领袖之一,今天是东北民主联军的副总司令周保中将军的夫人王一之女士认识。她曾是抗联的一位坚强的女游击队员。她那爽朗的性格、她的热情,立刻吸引了我。由于我的请求,她开始对我谈起过去抗联对敌人斗争的故事来了。从她的叙述中,我发现她有那么惊人的叙述天赋,只要把她所说的记录下来,就是最生动的故事,并不需要加以修饰。但是很遗憾,火车的震动阻碍我记录,仅仅凭着我的记忆和笨拙的笔,是不能表达得深刻的啊!

"已经是深秋的季候了,下过一次雪。"她开始说,"我们的缝衣队(女游击队)正好接收到一批布匹,叫我们赶紧替战士们缝棉衣。这些布是白的。这天,天气晴朗,大早我和两个女战友——她也在,"

一之女士指着坐在她旁边的一位韩国籍的女游击队员,"把树皮煮成染料,把布染好,晒到山坡上去。恰在这时,敌人的山林讨伐队来搜山了,我们急忙把布收藏起,这是同志们过冬的衣料啊!没有了这,大家都只有冻死!把缝衣机拆散用布包好,背着走。我们三个人才只有一支掳子,怎能和他们作战呢,只有跑!敌人从东边的山头上来,我们往西边的山脚下去,一会儿,敌人已经赶上我们了。我们只有转往另一个山头上跑去,在敌人瞅不见我们的一刻,钻到一堆干高粱堆里。我们清楚地听到敌人的皮靴声,刺刀碰地声音哗啦哗啦地近来。在我身旁另一位女战友是比较胆小的,她年纪也比我们俩小些,她还想逃跑,并且吓得要喊出声来了。没有办法,我只好威吓她,不许她动,也不许她出声。从高粱秆的空隙里,眼望着敌人向我们走来,可是,他们走过去了,刺刀也没有来挑动高粱秆堆。一看见敌人往前走去了,我们立刻起来往相背的山里跑去。敌人是十分狡猾的,他们搜山时常常走去了又回头来,但我们也有了经验。果然,当我们到另一山头上隐蔽起来时,瞅见敌人正向回来的路走了,这是侥幸的一次啊!回想起来,觉得当时有那么多的危险。在那些年月里,我们常常背着缝衣机——虽然拆下来,但还是沉重的——从那高而大的满是冰块的山,跑上跑下,真是光滑得没有一点东西可以攀援,跌下来也是难得活的。行军和转移,也不觉得什么。抗日的意志和革命的信念,是那样坚决,它使我们超越了一切的艰难困苦。"

最后,她自己作了一个恰当的解答。

二、东北人民大翻身

东北文工团在沈阳时曾演出了一个动人的话剧:《东北人民大翻身》。我没有能够看到他们的公演,但是不止五次,不止十次,从南满、东满、北满、西满,城市或农村,我看到了东北人民大翻身的场面。

东北人民翻身啦！人民自己组织、自己召集人民的法庭——群众大会，公审汉奸、特务、恶霸，有冤报冤，有仇报仇，倾诉十四年来的冤苦！

马千举，在东满一带是无人不知的，虽然他还不到三十岁，应该说这是一个青年。这个青年，在敌人多年豢养下，成为敌人用以残杀东北青年的忠实走狗。他是"协和会"里的理事，负责做青年工作的。在夏天，他常常带着各个学校的"勤劳奉仕队"去替敌人的田地锄草。他在年青的女学生中穿来穿去，看见有生得较整齐的，就把她拉出来，说："天气热得很，到树荫下乘乘凉吧！"谁敢说个不字？不从，好吧，那么把你关起来，甚至于把你报成一个反满抗日分子，送给敌人毙了你。年青的女孩们被污辱了以后，还不敢声张。有时，他并不把她拉出去，他蹲在旁边，挑剔这，挑剔那："你锄得不干净，给我跪下来！"她就在地里跪着。马千举拔了一根狗尾巴草在女孩的面孔上挥来挥去，如果笑吧，要挨皮鞭的揍，如果哭吧，同样要挨皮鞭的揍。

多少青年被残杀、被污辱，成百张妇女的控诉状投进民主的县政府，十多个妇女一个接连一个地上台去控告。在群众一致要求下，马千举当场就被拖出去枪毙了。马千举的母亲哭泣着走出会场，一个年青的妇女从她身旁走过，对她说："你也有今天吗？你从不叫你儿子少作一点罪孽，以前多少女人家的哭声你可曾留心听过？"

三、东北青年

离我第一次过东北的时间，相隔已十六七年了，东北的面貌有极大的改变。在日常生活中所接触到的，就是最小的一件东西——吃饭用的筷子吧——夹菜的一端也都是削成尖尖的、日本式的筷子。在长春，要找寻很久，才能找到一家可以吃一碗中国面或一顿中国饭的馆子，也不易找到一个中国医生，已经日本化到这个地步了。听到满街都是劈劈啪啪的木屐的声音，我的感情便不能克制地有些激动：想起那些大轰炸，想起长年战争所带给我们的苦难。但是，使我兴奋而快慰的，人心还没有改变，那是中国人的心呵、东北人的心呵！正像我到处看到东北人民大翻身，到处听到东北青年高唱陶行知先生的《民主进行曲》的歌声，太子河、松花江、牡丹江、嫩江，到处都是民主的歌声！东北的青年，是热情而且勇敢的。今天，由于他们认清了自己的力量更百倍地勇敢了。

我曾有机会和各处的东北青年接近，他们有追求真理和追求知识的迫切心理，他们是谦虚的，然而对人对己都有严格的要求。他们喜欢听我叙述自己所经过的道路、自己的思想、自己的理想，以及对世界和对人类的看法。他们也很坦直地对我讲出他们过去的苦痛和今天得到解放后的快乐。作为一个"人"的这种要求，在东北青年身上是普遍地觉醒了！

今年在东北，是有史以来地开了一个三八节国际妇女纪念会。在筹备会里，我遇到一个二十二岁的女护士，她对我作了这样的叙述：

"我是怎样参加民主联军的？哈！说起来话长呢！我告诉你，在日本人统治我们的时候，我们□归有解放的一天！那样的日子终归会到来！那个时候，我在哈尔滨的日本人办的所谓伪满洲国国立护士学校，这是伪满的独一无二的护士学校。我们毕业以后，要义务地替他们服务三年。在那里学习的，日本女人占大多数。她们吃大米，我们吃高粱，便是连高粱，我们也不能吃饱。可是，她们日本女人吃剩的大米饭，拿来喂狗，她们还嫌不好，她们把大米饭倒给牲口吃。我们每天饿着肚子，也不可能想法从家里或街上买一点东西来充饥，这是绝对禁止的。偶尔，当我们请假外出归来时，在外边买了一个馒头，把它塞在厕所外那道围墙的小缺口里。这样，在回到学校后，趁去厕所的时候，把馒头拿来悄悄地吃。日本女人在饭后还有苹果吃，我们是没有的，只偶尔逢到她们什么节日，才给我们苹果吃。'这是我们从日本带来的，靠了我们，你们才得有苹果吃。'这些日本女人经常说这是她们从日本带来的，那也是她们从日本带来的，都是靠了日本人我们才得有大米有苹果，有这有那。有一次，就为着吃苹果，我和一个日本女人争执起来了。我说：'那是我们的国土上出产的。'她们去报告校长，说我有危险思想。那一次，我被罚跪了半天，她们就这样来折磨我们。我们经常被侮辱被贱视，除此以外，她们还把日本女人的那种封建妇道搬过来教育我们。比如吃饭的时候，捧饭碗吧——她两手成一个捧碗的姿态，那饭碗离嘴巴要有一定的距离，两只眼睛不许斜视，正正地对着饭碗。坐的时候，两个膝头并着，两只手平搁在膝头上。——呀！像你这样是不许可的。"她望了一下我的姿态——一个腿搁在另一个膝上舒服地垂着，笑着说，"还常常要我们跪着坐，日本女人可以跪坐一整天也不觉得累，这是她们的习惯。"

"恰在苏联红军解放哈尔滨前的二个月，我回到家里。我们很不容易请得假的，这是因为我母亲病，父亲自己到哈尔滨来给我告假领我回去的。学校里曾因为那次吃苹果而争执的事通知我父母，说我思想不纯，父母很担心我，一直想要我回家。只有一件事情使我遗憾，就是我没有看到学校里那些日本女人的下场。

"说到我怎样参加民主联军的？我的弟弟老早就吵着要去参加民主联军，父亲和母亲舍不得他，没有同意。我父母只有我们姐弟俩。那一天，弟弟向母亲要了二百元，说是要到朋友家去玩，他换上一套上一天他自己洗干净的旧衣服，午饭后，他出去了。夜里，直到次日……一直都不见他回来。母亲哭着，父亲整日伤心。约莫过了半个月，还是没有弟弟的消息，决定叫我出去找找看。这样，我就一直坐车到本溪,因为弟弟曾说过他想投考东北大学。到本溪,我往学校、机关、部队去探听,有很多和我弟弟同年龄的人,但是没有我的弟弟。回到海龙,我听说有一个伤兵医院,一路我哪里都找过了,只有医院里还没有去过,我想,说不定他负了伤在医院里呢!我一进医院,看见许多负伤同志,因为缺乏医务人员,从前方下来,没有能很快给他们洗换伤口,他们一点也不抱怨,悄悄地躺在炕上。我一看见他们这样,差不多就要落下泪来了。我看过了所有的病房,没有找到我的弟弟。可是我想了一下,跑去对院长说:'我是找弟弟来的,现在我想帮你们工作,我是学护士的,你们要我吗?''这顶好了!'院长回答我。我就留在伤兵医院里,每天替负伤同志洗换伤口。这些同志都很好,他们用着大哥哥的身份对待我,并答允大家分头替我找弟弟。有时,他们天真地问我:'你知道我们为了谁负伤的呀?''我知道,都是为了我,为了我们这些女人呵!'

"后来,我帮助建立第二个医务分所。大家帮我找弟弟,也终于找到了,他在××队,很好地在学习。我写信告诉我父母:'不要想我弟弟回家了,就是我,也不回家的。我要工作,我是属于社会的,属于东北人民的,属于中国人民的。'我的父母还不至于受饿,但公家说我在这里工作,他们也会照顾我的父母。院长和指导员劝我这边的工作告一个段落时,回去看一下父母再出来,免得太使老人挂念了。

"如果问我东北有多少像这样的青年男女,那么我回答:到处都有,并且是难以计算的。"

四、被血灌溉过的土地

从吉林到长春,在车厢中,望见窗外接连不断的肥沃的平原,我的心激跳着,向往于江南的平原,我不知道为什么在这一瞬刻是那么深沉而忧悒地想念我的故乡来了。可是,人爱故乡,才□爱祖国。爱故乡、爱祖国的情感，绝不是抽象的；具体的人，具体的表现，难道不是很自然的吗？

突然，一排长达数里的黄□泥土的矮小的洞——因为它实在不能够说是房子，给它房子这样的名字是不恰当的——从我的眼前过去，这么奇异地打断了我对故乡的思念。

"那是什么？"我向坐在我对面的一个老乡问。

"那是从前满洲国的时候，劳工住的房子呵！"

"啊！"

在那些仅开着一个长不满两尺的门的泥土小房子附近，有许多尚未建筑完工的大小洋房，都是红瓦。

老乡跟随着我的视线，也望向那渐渐远去的黄泥土小房子。

"你看，人家的狗洞还比这大些呢！怎么不叫人闷死在里面！人死了，只要一丢，第二个替死鬼又来补上了！"老乡像对我说，又像自言自语的。

劳工！劳工！不知道究竟有几个东北同胞是幸免于日本统治者的劳工，看来是绝无仅有。

"你也当过劳工吗？"说出口以后，我深悔有些唐突，但所有劳动的人民，不分地区，甚至不分国籍，我以为都是坦直而朴素的。

"怎么没当过呢！我在煤矿里当过一年多劳工，是苏联红军来才把我救出来的！唉！如若不，我准得早晚死在煤矿里。没有衣穿，没有饭吃，却要做十五六小时的苦工，人到底不是活神仙呵！"

斜对面的一个青年，在唱着东北流行的小调《十二月》，可是已经改变了，有了新的内容："正月里来正月正，毛主席啊，他领导东北人民大翻身……"坐在老乡旁边的一个约莫有二十四五岁的穿黑布短衣裤的庄稼汉模样的人也跟着哼起来了。

"你是干什么的？"我忍不住好奇地问。

"我吗？今天参加部队的，还没有换衣服，我们□××队。"他骄傲地摆了一摆头，笑着回答我，我也由不得微笑了。

解放了的东北同胞呵！好好地保卫着这些用同胞的血和肉建造起来的房舍和这些被血灌溉过的土地，好好地保卫着，好好地珍惜着！

五、再认识

我曾到过牡丹江边一个名叫佳木斯的城市，如这个美丽的地名所显示出的意义：那一带有美丽而浓密的森林。森林是这样浓密，树枝枝丫接连起来，把天空也遮没了，太阳和月亮的光都射不进去，长年都是阴沉沉的。这些密林，曾是抗日联军活动和隐藏的地方。王一知女士告诉我，当敌人的山林讨伐队搜寻他们最严密的时日，他们游击队只好成月在密林的深处钻来钻去。冬天，虽然是那么冷，他们也不敢取火，只在极深的夜，用树枝烧成一堆小火，用雪化的水烧一点干粮吃。最苦的日子要算是在雨季，密林里堆积着的成年累月的枯叶，这时候发出一种腐臭的气息；有时雨下深了，密林里就变成一片汪洋，抗日联军的战士们只好用树枝架在树杈里好像一只挂床似的，坐在上面。

佳木斯是苏联某一路红军推进伪满洲国边境最早进入的一个城市，敌人的抵抗很顽固。当敌人的军事力量溃败时，敌人的居留民也都向哈尔滨、长春撤走。这些日本居留民，他们在撤走时，背上整理好的东西，前门上了闩，从后门出来，把后门锁上，房子里就着起火来了，他们来不及烧的，竟还留一笔钱，交给他们私人的亲信，嘱咐说："我走后，请你把我的房子放火烧掉。"今天佳木斯有不少房子只烧剩了一个空壳子——四壁砖墙，就是这个原因。

有不少新闻记者曾经在报道中提到今天在东北的日本人的生活，说日本人很多做小贩的，这倒是事实。今天在东北的大城市里，如像我到过的长春、哈尔滨等地,日本人是很多的——长春有二十万日本人,哈尔滨有十八九万——因为那些地方本来有很多日本居留民,而在红军推进时,日本人又都集中到那些地方去。这许多日本人,他们之中,过去有的曾是官吏、高级职员,只有他们才有权利吃东北出产的大米和白面,他们为所欲为,仅是到了东北解放后,他们才变成小贩。在我看去,他们做小贩,也还应该说是幸福,因为今天在东北,还有人民没有翻身的反动派统治的区域,人民连做小贩也不可能呢。

在长春时,我曾走进一家白俄的咖啡馆,女主人在东北住了近三十年,丈夫是个日本人。她对我说:"中国人真宽大,今天日本人自由地在街上走来走去。军队——指民主联军,也是我见的最好军队。您看,她们不都还像平常一样吗?"她指着坐在我对面的两个穿了中国女人服装——旗袍的日本女人说,"当'九一八'后,"她一边说,一边望着玻璃窗外的街道,"中国人很久不敢在街上走路,我亲眼看见日本人整天都在街上捕人!"

在长春的日本小贩街上,听到那些吃得肥胖的日本女人在那里咿哩哗啦地吵个不休,特别是公共马车站的地方,每次经过那里,我简直连头都胀痛了。听到那些声音我心里忧悒,并真觉得啼笑皆非。如果要我真实地说出我的情感:那么我怜悯她们,我也不欢喜她们。她们吃得那么胖,在东北,我就没有遇见过一个瘦的日本人。她们和他们为什么到东北来呢?是东北人请他们来的吗?他们到东北后的日子怎样过的?他们怎样对待东北人?他们亲手打过多少次东北人?杀过多少个?能把所有的罪恶都归给日本军阀和帝国主义者吗?

一个打回老家去的东北朋友告诉我,在沈阳时,他亲眼看见沈阳的一个日本居留民会长,约有七十多岁,须发皆白的老头子跑去对革命的军队表白:"日本军阀把我们出卖了,把我们赶到这里来的;但是我们自己也有责任,对于中国民族我们过去是认识错了,今后应当再认识。"

我想这话还是恰当的,是的,对于中国民族应当再认识。日本侵略者对于统治东北有千年、万年的计划,这从他们在东北的各种设施上都可以看得出来,但是最后,还不是成了一场春梦!

今天,有别个外国帝国主义想利用中国的败类,趁此代替日本帝国主义来统治中国,我想这是最愚蠢不过的企图;他们永远不能实现而只是替他们的人民制造一个耻辱、一个悲惨的命运。他们敢于来号召一个西洋式的百年圣战吗?到头来也还不是白费心血,"赔了夫人又折兵"!

六、长春市外的贫民区

凡是敌人足迹所到的地方,他们所留下的痕迹是残杀、腐化和贫穷。我们到处都看得到敌人统治时残杀我们抗日人民的痕迹,就在我到佳木斯的次日,在过去敌人的特务机关太和旅馆的一个洗澡盆里发现一个已在腐烂的中国尸首。附近的老百姓说,那地方从来只看见抓进人去,不看见放出人来的。

在长春,有一处,整条街都是日本式妓馆。我曾到过那条街,马车夫告诉我当敌人统治时,这地方是不夜之区,敌人的狗男女们到半夜以后,坐上私人的马车到这里来做人肉的买卖。敌人到处散布他们的残杀、腐化,可怕地剥削东北人民,使东北人民愈来愈贫穷,以至活又不能,死又不得的地步。

如果你要歌颂长春,说长春的街道比较宽阔,长春也有不少日本式的西式房子……那么我要请你慢一点,我将邀请你往长春四周的近郊去巡视。看一看吧,是多少贫民的血,来养育这伪满时代的首都——羞耻和罪恶的中心。

我到过离长春市十多里路的贫民区,去看过贫民的生活,看过矿工们的清算斗争大会。

贫民住的房子家家都是一式,房子的高恰好给一个人立直,要是一个高个子,那么他只好弯下一点头来。他们常常一家八九口人睡一个长不到五尺、宽不到四尺的炕,剩下的财产就只有一口破锅子了。他们中很多是矿工,过去受汉奸恶霸经理许多难以用言语形容的压迫和剥削。这个汉奸经理,想尽了方法来压榨工人。在清算大会上成千的工人,纷纷发言控告他,工人们领到薪金不能自由去购买必需品,必须到这个工矿的所谓合作社——那汉奸统治的合作社——去买必需品。"他把油烧热了卖给我们,因为油在热的时候是涨的,等到冷下来,却不够量了。"一个工人控诉时,愤怒得连声音都发了抖,"你看他的法子多不多?"

在工人们纷纷向该区的民主政府投控诉状时,这个汉奸恶霸曾进行收买该区民主政府的工作人员,先送去二万元没有得到回音,又送去二万元。在清算大会上,民主政府的工作人员就把这收买的经过向人民一五一十地作了报告,并问大家的意见,怎样处理这四万元。有人提出把这笔钱拿来发给急需救济的最贫或有病的工人,大家都同意,说了就办,当场由工人自己选举组织了一个处理这款的委员会和一个清算委员会。钱呢,马上就分发了。工人们的脸上都露出了微笑,大家都显得那么年轻,大家都哈哈地笑了。是的,他们是翻身了,他们从没有像这一天那样感到自由和快乐!

但是民主联军撤出了长春。留在长春和长春市外的人民不会忘掉那些自由和快乐的日子。虽然在过去,一般东北人对共产党对八路军,对国民党对顽固军都不怎么了解,但现在,从那些地方传出了这样的民歌:"盼中央,想中央,中央来了更遭殃!"

七、追逐和轰炸

为了博得和平谈判,为了东北人民的利益,为了长春八十万人民的利益，民主联军撤出了长春。但是国民党的美式飞机，所谓"盟国"飞机，追逐并轰炸撤退的非武装的人民和学生的车辆。五月二十三日，这在东北人民是一个难忘的日子，在撤离长春的某处车站，被国民党反动派飞机轰炸，当场死了五人，负伤二十多人，连老百姓在内，死伤共有四五十人。在追悼会上，当面对着死者的遗像时，不禁想起在《解放日报》上看到的新四军军长陈毅将军悼彭雪枫将军的诗里这两句："新生几百万，浩荡慰英魂。"反动派，你丧尽了良心的败类！你轰炸吧，你打吧，你炸死五个东北大学学生，便会有五十个五百个更多的东北大学学生，看你能炸得完！今天民主的阵营是这样广而大，绝不是你的魔手能撑尽天下的！

  我在东北曾接触到各阶层的人士，他们对我提到那过去的痛心的事情——"九一八"，有好些人一谈着还要掉下泪来。他们说："听到说是南京政府蒋委员长的命令叫不抵抗时，驻在沈阳的军队都有抱头大哭的。谁想到早晨还是堂堂中华民国的国民，夜里就成了被出卖的亡国奴。不要真的以为东北人是命里该做亡国奴的！谁愿意做！有些人乘乱跑进了关，有些人跑不掉。"他们始终不了解为什么不抵抗，为什么被出卖，难道东北不是中国的土地？！东北的人民不是中国的人民？！他们以为如果当时稍加抵抗，东北不会，至少不会全部丢掉，因为日本当时在沈阳的兵力并不多，在其他的地方是没有，连日本人自己也没有想到一下子那么容易地得到了全东北。以后日本人的统治一年凶过一年，终使整个东北全盘沦为最严密、最反动、最残暴的法西斯统治区。到后来，东北人民什么都得上捐税，什么都被统治、被配给，连桌子上、柜子上的抽屉用一个拉手也要出捐税。人民一丝毫的自由也没有，自由两个字在他们的字典上根本就消失了。他们也不了解，在敌人统治的十四年里，没有见过飞去半架国民党的飞机——连飞机的影子也没有，也没有半个国民党的要员去看看东北人民是过着怎样灾难的日子；但是今天国民党的飞机去轰炸解放了的东北人民，和平的人民和学生——他们不是共产党人也不是民主联军，派要员去接收，还要武装接收。至于共产党、八路军，到底是中国人呵，又不是日本人，是自己人，是自己的弟兄，为什么要杀他们，打他们！他们从来没有说不要国民党，他们总说联合政府，为什么不和自己人讲道理？他们对我这样表示着。

受了那么长久的灾难的东北同胞，的确他们是有发言权的。如果全国人民要求和平、民主和建设，东北人民将更有权利这样要求的。

八、共产党到哪儿，哪儿的好人就会出现

住在老解放区时，我仿佛常能听到或看到这两句话：共产党到哪儿，哪儿的好人就会出现。听多了，看多了，我觉得有些八股味了，或者恰当些说：公式化了。但是一到东北，看见的动人的事实使我反想起这两句话来了：共产党到哪儿，哪儿的好人就会出现。这一点不是八股，也不公式，是被事实考验过的真理。

今年三八国际妇女节，我在海龙，大家说应当纪念一下，于是开个会，大伙儿商量怎样纪念法。在会上，知道东北妇女从未听说过什么三八节，她们也不知道三八节的来历。"三八节是什么意思？"一位女子中学国文教员提出问。稍停了一下，一个农民老太太说："我知道，三八节不就是敌人那个时候有过的三八节吗？一个月当中有三个八，初八、十八、二十八。在这三天我们要去献金献钱，去祈祷圣战胜利……"显然她所说的和我们大家要纪念的三八节是有怎样的不同，但没有一个人笑她，也没有一个人打断她的话。特别是从关里去的女同志们，她们听着这些话，心不由地激跳着，什么事情都可以有惨痛的联系，想想看，这十四年来东北妇女的生活，她们也惊奇敌人的鬼名堂是这样得多！

这一次的三八国际妇女节，大家以为人一定来得不会多，所以只向基督教会借了一间能容四五百人的屋子，但是，出乎意料，屋子里坐满了人，甚至站得水泄不通，还有半数以上的人只好呆在门外。有农家妇女，有知识妇女，有女商人，有朝鲜妇女和朝鲜义勇队的家属；老的，中年的，年青的；好些妇女都讲了话。一位山东的女同志讲了抗战时对敌斗争中的许多模范妇女，如冀中八路军回民支队之母马老太太和拥军模范戎冠秀等的事迹。大家热烈地鼓着掌。当她讲完走下台，人丛中突然走出一个中年妇女，中等个子，结实的身材，穿着一件蓝布旗袍，她向主席颔一下头，就跳上台去。

"好吧，我也来讲几句，刚才听了从解放区来的女同志讲了那里的许多妇女模范，我想我们东北也就会有的，会有无数民主联军的母亲、无数拥军的模范。"接着她说她今天是东北解放了的妇女，她拥护民主联军，把她的弟弟和儿子都送到民主联军里去了。她说得既简单又坦率，充满了无限的热情，简直是一个向东北妇女宣告保卫民主自由的动员号召。

我内心又快乐又惭愧，因为，这的确使我吃了一惊。我快乐，是看到了这样好的东北妇女；我惭愧，是过低地估计了东北妇女。

过了几天，我去访问她，坐在她的炕上，听她长长地谈她的过去。她是一个助产士，但在敌人统治的时候，她是受尽了压迫，吃不饱穿不暖；她被限制，不能自由行业，因为，她是一个基督教徒——这是敌人所憎恨的，基督徒不会诚恳地去信仰他们的天照大神。事情常常是祸不单行，也许，男人是势利的，正在她倒霉的时候，她的丈夫托言去吉林寻找亲戚，一去不返。从此，十多年来，她独个人担负她父亲、弟弟、儿子和她自己一共四口人的生活。她的父亲，脾气很坏，一点也不体恤女儿的遭遇——这不幸的婚姻却还是父亲强迫成的，又因为有特殊的病，好像是肠打结，每天都要吃肥猪肉，她从来都不少父亲吃的。但她和她的儿子，却常有饿着肚子的日子。她又告诉我，有一次，她实在穷到了极点，眼看着一点柴火都没有了，天下着雪，大早，四周是静静的，忽然院子里有落下一块什么东西的声音。"我的儿子立刻惊觉了。'妈，'他说，'敢是那破房子顶上一块板给雪压坏了掉下来的？我们一点柴也没有了，可不可以拾来烧呢？'我说：'这是落下来的，我想可以的吧？将来有了钱买一块板来还吧。'虽然日子是那样艰苦，但我从来不曾做过见不得人或告不得人的事；大家都说我是一个正直的女人，不管割肉补疮，我从不拖欠债务，大家都尊敬我的，穷固然穷，穷得清白。"

"现在我自由行业，收入是足够生活的，我父亲死时所欠的棺材债也已还清了。这都是民主政府、民主联军给我的好处，街坊上四邻八舍没一个不说我是真正地解放了。你想我能不拥护民主联军吗！什么是封建压迫？什么是外国帝国主义的压迫？哼！我是懂得的！"她的拳头在炕沿上狠狠地击了一下，表示了她的愤慨，也表示了她的力量。

走了不少的路，我衷心觉得中国是大的，中国人民是大的，中国妇女是大的。

一九四六年八月十七日

（《晋察冀日报》1946年8月16日、8月17日、8月24日、8月25日、8月26日、8月27日，《副刊》第79、80、86、87、88、89期连载）

老　王

牛犇

老王再吃掉这个馒头的话，已是第五个了。

老王挺奇怪自己，为什么饭量愈来愈大。当他拿第六个馒头结束这顿饭的时候，"老伙计！假如八路军不来，"他拍拍肚子说，"这个问题，可真成问题。"

的确！老王拿他半辈子的经验，证实了这句话一点没错，只有八路军来了，老王才把空了半辈子的肚子吃饱，而且吃的是馒头。

现在，老王懂的事情多了，过去他嘴上从没有"问题""民主"这一类的话，过去只是在黑沉沉的生活里摸索着过日子，过去他什么也不知道，他在八路军才解放张家口的时候，他还管八路军叫"老总"。现在可不同了，现在的老王不但认识谁好谁坏，也懂得什么叫"共产党""国民党"。有一次他听到反动派进攻解放区的消息后，他说："我们明白了，就不能再糊涂地活下去，我们被解放了，就不能再受压迫。来吧，小子！看咱们谁行！"

老王现在是工会的副主任，他的父亲是个有二十多亩地的中农，后来因为年荒，借了本村财主的三石粮食，最后还了人家十多亩地。于是老王不是放牛就是打草，要不就给人打短工、割麦子。后来，父母死了，剩下的一半地又被财主占了去，老王的肚子挨饿的时候就更多了。

老王怎么能忘记，在很长的日子里，他很少吃过两顿饭，就是一顿饭也很少吃饱过。就在这样的情况下，他一直熬到二十五岁的时候。

他因为肚子，曾经到了北平，到了天津，但这些繁华的城市，仍没有老王可以吃饱的地方。虽然他也进过几次工厂做工,曾给别人搬砖弄瓦地盖过房子,然而老王的肚子仍旧常常是空的。冬天住在小店里,一天不做工,一天就没有饭吃。日子是悲惨的,老王的肚子常常是干瘪的。

  日寇侵入察省的时候,老王流浪到察省。整整八年,他做过小工,在烟草公司,在大同炭矿,在宣化矿山,但受的是一样的待遇,见的是一样的世面。敌寇的奴役,工头的压迫,挨饿的肚子,最后他又回到张家口,在伪建筑公司当小工,直到八路军解放张市的时候。

  老王本来有一个名字,叫"王福"。但是他听到的只是"老王""大王"等称呼,有时还听到"穷骨头""要饭的"之类的字眼,他自己也几乎忘了自己的名字。还有一个时期,除了他的几个老伙伴知道他姓王以外,几乎连姓也丢了。因为当时的日寇是只叫他们"苦力"的。可是现在却不同了,老王现在是建筑公司的工会副主任,不但名字需要用,有时还需要图章呢!

  老王现在已不再搬砖,几年来泥土活的磨炼,使他成为瓦匠了。

  老王每天愉快地做工,他珍惜自己的生活,他开始觉得人生是有意义的,他开始觉得这世界仍然有温暖,他常拿"过去谁瞧得起咱,现在咱可翻身了"一句话来表示他内心的骄傲。正因为这样,正因为老王认识了民主政府真正为人民办事,所以他工作积极,无论在什么时候,绝不浪费一分钟,他忘弃了自己的一切为大家服务,他珍惜着每一块砖一块瓦,他关心着每一个伙伴,所以现在老王被选为工会的副主任了。

  为建设新的张家口,老王在前进!被解放了的工人们在前进!

(《晋察冀日报》1946年8月16日,《副刊》第79期)

三言两语

司马甤

美国务院发言人声称:"美国目前对华政策绝对无变更。"

蒋家国防部长白崇禧说:"吾人读八月五日美国国务院发言人之声明,至为愉快。"

笑脸盈盈,溢于言表。

★★★★★★

蒋家参谋总长陈诚说:"中共必须遵命退出苏北……否则,结果只有武力决赛。"

抗战时期擅长退却,身居"河南四害——水、旱、蝗、汤"之一的汤恩伯也命令所部"乘胜占领""准备尔后之攻击"。

杀气腾腾,煞是可观。

★★★★★★

曾文正公说:"洋人有德于我","资夷力以助剿济运,得纾一时之忧。"

慈禧太后说:"宁赠友邦,毋予家奴。"

袁大总统说:"借窃土地,破坏统一,此等行为,实为乱党,政府不得不用兵定乱。"

"老牌王麻子"——确是"正统"。

★★★★★★

断曰:"人死病绝根。"

(《晋察冀日报》1946年8月16日,《副刊》第79期)

南 渡 长 江

——南征散记之七

马寒冰

当我们进入河南的时候,国民党河南省主席刘茂恩和国民党军阀刘汝明,就三令五申要消灭我们这支队伍在平原上,但是他们并没有达到目的;他们仍不甘心,企图在沿长江渡口严密地封锁起来,消灭我们在大江两岸。他们和敌伪在汉口附近开了会,动员了三个师的队伍,准备来一个蒋日联军,消灭"王匪"的把戏。他们估计我们会从鄂城的团风附近渡江,把这三个师的兵力都集中于团风一线。但是,出乎他们意料,我们却在距离九江七十五华里的渡口,安全地渡过了天险的长江。

军司令部在我们未抵达渡口的前两天,就派出了不少的侦察人员,把大江两岸的敌情弄清了,又派人去和船夫大哥接头,船夫大哥是一个七十多岁的老头子,是能够喝两斤白干和打得一手好拳的人。在沿江摆渡了五十多年,哪一个不认得他呢?最初我们和他谈到请他集中三百只船帮助我们渡江,他拒绝了,他说他还要多活几天,不愿意送命——他怕国民党和敌伪知道了会杀害他。我们慢慢地用民族大义和他谈了几个晚上,他终于答应下来,答应我们集中二十只大船、一百只小渔船。两方商定队伍要在一月二十四日黄昏抵达北岸,他保证在二十五日天亮前把我们全部送过江去。

二十四日下午,天突然下起大雨,人们都担心大雨将要给我们增添许多困难,当黄昏的时候,天晴了,月亮从云端里钻了出来。我们以每小时二十华里的行军速度,迅速集中到江的北岸。长江在蒙蒙的月夜中,显得非常洁白,像一匹雪白的布,横排在大地上。我不是诗人，要不然我总要歌唱着它的庄严和雄伟的景色。

还没到达江岸，我们早已把队伍组织得非常细密，王司令亲自担任了渡河指挥员，依□大小船只，大船每次乘坐三十个人，小船每次乘坐六个人，把全部人员编成若干小组，每个人发给两百元法币和一百元储币（伪钞）作为船资，自己交给船夫。正当我们要南渡的时候，九江方向飞来了两架敌机，在江的两岸投了几个照明弹，把整个大地照得真像白天一样，但是我们已经疏散倒卧在沙滩上，任凭怎样强烈的光，也难于发觉到我们。两架敌机在我们的头上盘旋了约莫二十来分钟，胡闹地丢了十来个炸弹走了，我们连一根毛也没有被杀伤。

船开始南渡了，长江是一条宽狭不平的河流，我们通过的渡口可能是最宽的，大约有三里左右，每只船每五十分钟可以往回一次。坐在小船的同志，把鞋袜脱掉了，就在江中洗□他们的脚，坐在大船的同志，却只能从船舱中探望江中的月色。有些人在未上船的时候，害怕江中的风浪，正想坐大船比小船好，可是那天晚上，用一句老话说是"风平浪静"，没有一点风浪，坐在大船的人，才叫起冤来，不能好好地欣赏这江中的景色。我是坐在一只小船上的，我用着两只手去捣那冰凉的江水，我抬起头来看看那躲在云端的月亮，我低下头看着那江水的激流。我忆起了十年前夜游西湖的景色，心境完全不同，那时候是带着一颗轻松的心，在欣赏着大自然的娇艳，现在呢？想念着破碎的河山和千百万被奴辱的人民，心情是沉重得像一块石头紧紧地压着。我忆起了出发前陕甘宁边区的人民热烈的欢送，我想起了远征的重大任务，我又应该怎样挺起了胸膛，战斗下去！

突然，由远而近地，从江的下游传来了马达的响声，战士们喊起来，说是飞机又来了。我心里明白不是飞机，而是敌人的巡逻艇渐渐地迫近了我们，已经可以看清是三只了。抵达对岸的和尚未下船的人,他们自然没有什么顾虑了,最使人感到头痛的是有些船正驶到江心的。个别的战士心里胆怯起来了,他们想:如果敌艇用机枪扫射,或者是用山炮轰击,那怎么办呢?又不像在陆地里,可以使用你的武器,在有利的地形下,还可以痛击他,现在是在江心,船里也用不得架起机枪。步枪吗?对付还可以打一打,但是船总是多少有点摆动,怎能打得中呢?但是,绝大部分的战士们却并不示弱,他们迅速地拔开了枪口上的塞子,脱下了枪衣,瞄准着敌艇,沉着地遵守渡河指挥员的命令,如果敌人不发枪,不准射击,因为我们是过河,没有在江心作战的任务。

敌艇迫近了,艇上的人问着:"你们干什么的?"船夫们熟练地回答说:"打鱼的!""为什么这么多?""刚下过大雨,好捞鱼呢!"船夫们已经不止一次在江心碰到了敌艇,他们过去也确是捞鱼,每次都是照例这样回答。艇上再不问话,它沿着大江,向西驶走了。战士们这才把紧张和不安的情绪稳定下来,他们在江心里吐着口水说:"他妈的,我总以为要把陆军变成海军了,哪知又变不成!"笑了。每个人嘴角上、心坎里都在笑着。

当我踏上了大江的南岸,我们彼此互相道贺,战士们有的在山沟里长大的,他们从来没有看见过这么宽的大江,他们好像舍不得丢掉了它,又转回到岸畔,朝着江水发呆,口是望着,要不是他们的首长们喊他们走,他们宁愿在这江畔站到天亮哩!胜利的怪话在各个角落里传了起来:"指导员把长江说成那么难过,要我们提高战斗观念,要他妈的是这个样子,我一个人也敢过来!"有的说:"敌人准备在这最后的一个难关中消灭我们,现在消灭个卵子!"

是的,敌人是无法子在最后的一道难关消灭我们,我们也永远不会被消灭!

天亮了,我们全部人员和牲口都安全地渡过南岸来,王司令穿着他那件破皮衣,最后渡过江来,他看看每一个人的嘴角上都挂上了微笑,他也笑了:"同志们,我们胜利了,敌人再没有办法阻挠我们南进了!"

"司令员,我们应该打个电报给毛主席和朱总司令,报告他们我们胜利地渡过大江!"王震将军接受了全体指战员的要求,发了个电报给中央,第三天我们接到了毛主席和朱总司令的回电说:

"我庆贺你们安全南渡长江,并预祝你们胜利前进!"

一九四六年三月十日初作于汉口
一九四六年八月二日改作于张家口

(《晋察冀日报》1946 年 8 月 17 日)

这是什么的一年呵？！

萧三

一

论理，这还有问题吗？去年此日，日寇投降，我国抗日战争赢得了胜利。那么，这一年，这胜利后的一年，应该是和平建设的一年；应该是填补战争疮痍，恢复被战争破坏了的国民经济，发展生产的一年；应该是全国人民再没有了战争的威胁，大家安居乐业，大家有饭吃，有衣穿，有房住，有工做，有书读的一年；应该是我们这立国于大地有了五千年历史而近百年来做了半殖民地殖民地的祖国，完全摆脱一切帝国主义枷锁，对外完全独立平等，对内真正和平、民主、自由的一年。一句话，应该是中华民族、中国人民翻过身来，抬起头颅，挺起胸脯的一年。中华民族、中国人民，远的且不说，这八年来艰苦奋斗、流血牺牲所要求的不正是这些目的吗？这难道还有问题吗？

二

但是，可惜得很，人们想得太天真了。事情的复杂、曲折……还多着哩。

首先，在苏联对日宣战两天之后，日寇立即无条件投降时，那一贯与民为敌的反动集团法西斯头子蒋介石，第一着就是不许人民的军队受降，就是委任大批汉奸、国贼、伪军做各式各样的"司令"，甚至叫敌人替他"就地维持秩序"，继续蹂躏中国人民——这已经丢尽了整个中华民族的脸。中间人士都说："这太不成话了！"但蒋介石的脸皮不知有多少米厚,他恬不知耻,倒很得意于自己不费吹灰之力,到处劫收,从从容容从观战多年的峨眉山上下来,也不用沿长江顺流而下,有的是他的美国山姆干爹给飞机坐,他于是东西南北满天飞,勾心斗角,到处布置他的拿手好戏——打内战。

蒋介石还有一个拿手好戏,就是玩两面派手腕,耍流氓,出尔反尔,讲的是一套,做的另一套,今天这一手,明天那一手。这只要看他如何签订《双十协定》而又破坏,如何签订停战命令而又密令抢占战略要点和继续破坏,如何通过政协决议而又撕毁等等,就够知道他的无赖了。

大概蒋介石是下了决心要使自己遗臭万年的。这一年来,他一不做二不休,为了发动全面内战,坚持他的独裁,于是慷慨卖国,以求得外援,自己甘心情愿做山姆大叔的儿皇帝。在这一点上,即在媚外乞怜、卖国求荣这事上,蒋介石超过中国历史上石敬瑭、刘豫、吴三桂、慈禧太后、袁世凯……任何一个,真称得上是"最高""至上"和"唯一"的"领袖"了,这又是蒋介石的一个拿手好戏呵!

特务恐怖、明打暗杀、破坏危害、颠倒黑白,是蒋介石的第四个拿手好戏。在这一点上,即在特务政策上,蒋介石真是集古今中外暴君奸雄法西斯的流氓……之大成,也不愧为"最高""至上"了。

总括起来,就是打、杀、骂、骗、卖、钻,这就是蒋介石这个独夫民贼的统治的手腕,自从他得势以来就干的是这些,也可说,凭了这些他所以得势,尤其是这一年以来干得特别起劲。

于是这胜利后的一年成了内战烽火遍地,人民饱尝战争威胁的一年;民不聊生到这样,饿死者以百万、千万计的一年;特务恐怖横行无忌的一年;国家民族工业完全破产的一年;中国完全丧失独立,丧失领土、领海、领空主权,中国人民民族危机空前严重的一年……

这是什么的一年呵?这是黑暗、罪恶、血腥的一年呵!

三

但是(一定要再来一个但是),在这黑暗血腥的国中,有几大块光明的土地,那就是人民的解放区。在这些区域里,住着一万万四千万人民,人人个个安居乐业,发展生产,有饭吃,有衣穿,有工作,有书读,有着一百多万人民的正规军和二百多万民兵,建立了民主的政权、繁荣的经济、进步的文化。这一些地域与人民、与人民的武力是一个巨大的力量,这个力量现在正一天天巩固与扩大起来,因为这些区域的广大人民,特别是占人民百分之八九十的农民能够获得田地,真正翻了身——不仅只是从八年或十四年的敌伪压迫底下,而且是从几千年封建压榨底下翻了身,这是一个真正伟大的革命呵!这一股巨大的力量,任何反动势力——无论是土的、洋的,都无法抗拒。

蒋介石所靠着撑腰的美国帝国主义虽然庞大,但人民的力量从来都是更强大的。今天正是魔高一尺,道高一丈呵!

这一年是过去了。今后不远,我们一定要争取到真正的胜利年,使中国获得真正独立、和平、民主。我们有这信心。我们有这力量!

于反动集团,那就是垮台的一年,呜呼哀哉的一年!

一九四六年八月十五日

(《晋察冀日报》1946 年 8 月 17 日,《副刊》第 80 期)

战斗在江南
——南征散记之八

马寒冰

队伍刚刚南渡长江,我们就开始执行党中央给我们光荣而伟大的任务——向敌伪作无情的武装斗争,解放华南的人民,建立抗日根据地。我们以鄂南的大幕山为中心,向着阳新、大冶、鄂城、通山、通城、蒲圻、嘉鱼、咸宁等八县,广泛地开展抗日游击战争。那个时候,整个鄂南,没有国民党的一兵一卒,他们早已把鄂南纵横四百平方华里的土地,双手拱送给敌人而逃之夭夭了。当人民看见自己的部队进入鄂南,他们是多么兴奋,把自己的房屋让出来给我们住,把粮食拿出来给我们吃。队伍经过村镇时,他们送水送茶,热诚地招待着自己的子弟兵。他们取出了埋藏多年的武器,和我们一道抗击敌伪军。人民的军队和武装起来的人民,互相结合起来,为保卫祖国、保卫家乡,他们创造了许多英勇的可歌可泣的史诗。

一九四五年二月二十六日——我们过长江后的第二天,阳新三溪口的敌人,为了未能把我们消灭在长江畔,恼羞成怒,调动了六百多人,附大小钢炮七门和三百多伪军,开始进攻我们一支队的驻地大□。战斗从黄昏开始,敌人凭着几个工事,向我们作了无数次的冲锋,都被我们击退了。大炮轰击得把一支队司令部住的房子炸成废墟,我们的战士们丝毫不为敌人的疯狂进攻而低头,他们英勇地抗击着。带过兵的人都知道,一个队伍能够经得起五次的冲锋和反冲锋,就是了不起的队伍。我们的战士呢?单单在东山上的争夺战,就前后进行过冲锋和反冲锋十一次,他们始终屹立在阵地上,只有前进,没有后退一步。这个战斗的开始,仅是一支队和敌人作战,午夜的时候，王司令下了命令，要二支队和五支队增援，并且开始主动地全线总攻。他们开始毁灭东山上敌人的四个碉堡，我们可怜得连迫击炮都没有，下级指挥员们在紧张的关头，想出了许多巧妙的办法。第一个碉堡是把干辣椒捆在稻草上，点上了火，丢到碉堡附近，一股浓烟直钻进碉堡里去，敌人经不起这刺激，丢弃了碉堡跑了出来，我们就迅速地击溃了它，占据了碉堡。攻打第二个碉堡，他们先用机枪把碉堡的枪孔严密封锁起来，把黄色炸药装在煤油桶里，几个敢死队员抱着这些桶子俯伏地前进到堡子附近埋好了就退到我们的阵地来，无线电的工作人员，立即用电流把炸药爆炸了，碉堡被炸成平地，四十多个鬼子当场做了日本军阀的牺牲品。开始攻打第三个碉堡，我们的敢死队员抱着许多干柴稻草在碉堡的前后堆积起来，放上一把火，整个碉堡在烈焰中坍了下来，又是四十多个鬼子丧了命。剩下最后的一个了，三层的，钢骨水泥做得那么结实，火力设备又比前三个强大数倍，干辣椒、干柴、稻草和电流爆炸，都没法子毁灭了它，战士们发怒了，他们说："难道过江来第一仗，还不摆点威风给鬼子看看？将来还打什么仗呢！"工兵们出动了，他们用两个钟头的工夫，挖掘了一个两丈多长的地道，埋下了大量的炸药，当晨光刚刚照射大地的时候，最后的一个碉堡也遭受到了与前三个同样的命运。

敌人全数被我们消灭和击溃了，战场上遗弃的死尸四百多具，其他的一溜烟跑掉了，打扫战场的人告诉我，这一次我们缴获了七门炮，二十五挺轻重机关枪，三百多支步枪，望远镜、小手枪、照相机就很难去计算。我们自己呢？阵亡了一个连长、三个排长、十一个战士，受伤的五十七名。

人民欢喜得快发狂了，他们自己到军政治部要求上火线，去抬伤兵，替我们带路。三营所以能够很快地迂回到敌人的右侧去，及时地截断了小岭村增援的部队，就是他们的功劳。午夜的时候，又替我们做了烙饼、稀饭送到山头上去，他们说："从来没有一支队伍和敌人这样打硬仗，真是个个是英雄好汉！"这个战斗的胜利，使我们在人民中间建立起极大的威信，他们相信我们是打日本来的，我们是解放他们的救星，大大地推动了我们后来在这个地区建立游击根据地。

从这次战斗开始，四个支队（进入河南以后，队伍扩大了，我们把大队一律改为支队）在二十五天的时间中，每天都主动地向敌人袭击、骚扰和进攻，以大幕山为中心，把敌人慢慢地挤了出去；尤其是樊湖的战斗，奠定了我们游击根据地的基础。军司令部决定继续南进，把三支队（辖三个团）留在鄂南坚持下去，主力却迅速向着湘赣边境挺进了。

三月二十三日队伍开始进入湘赣边，我们立即主动地从北向西、向南和敌人进入残酷的战斗，先后解放了平江、修水、浏阳、湘阴、岳阳、湘潭、宁乡、湘乡、衡山等九个县的全部或一部分地区，击溃了敌伪无数次的进攻，建立起民主政权，实行我党从敌伪铁蹄下解放人民的政策。截至五月底，我军先后和敌伪大小战斗一百三十余次，杀伤俘敌伪三千余名，收复大小城镇乡村二百七十八个，建立了辉煌万丈的战绩。那时候国民党军在赣北、赣东还有三个军和三个游击纵队——其实他们哪里配称为"军"和"游击队"，他们是不抗敌伪和专扰人民的。王司令为了联合友军，共同抗日，予敌伪以更大的打击，早日驱逐日本帝国主义出华南和全中国，曾经先后三次写信给驻防江西的国民党第九战区副司令长官王陵基，希望他和他的部队，配合我军夹击敌寇，都遭受到了拒绝。国民党反动派如果稍有良心的话，既拒绝合作抗日，那就不应该留难这支抗日的人民的队伍，开赴敌后作战。但是反动派哪里还有良心哟！五月廿日，蒋介石委任王陵基为湘鄂赣边区剿共总司令，指出了他的防区是鄂南、赣西北和湘北、湘中全部，率领着七十二军、九十九军、五十八军和第九战区的第二、第三、第四游击纵队，共十一个师（三个纵队作师计算），三十三个团，四万五千人，连各县的国民兵团，大约在六万人至八万人左右，"浩浩荡荡"配合着日寇、伪军向我们夹击起来。当时我们正以全力向西面的敌寇作全面性的袭击和进攻，而这位四川军阀和他的反动队伍，却从东大举向我进攻和敌伪□起手来夹击我们。我们要和敌寇作战，又要遭受王陵基的侧击、夹击，情况是相当严重和困难的。

反动头子王陵基最凶恶的一幕，是企图在大云山一带，一举而围歼我军。他调动了七十二军的三十四师、新十三师、新十五师、新十六师和第三、第四游击纵队，作为第一线的部队就是十五个团，约两万七千余人，部署了一个最严密的围歼计划。他命令各部于六月四日起开始出动，六月七日夜十时，开始全面进攻，并限于十日前结束战斗。战斗的要求是活捉王震，歼灭我军直属队，及我第一、二、五等三个支队和占领我军在湘北的主要基地大云山。如果这一计划实现了，即进行第二步：消灭我在岳（阳）、临（湘）、湘（阴）边的第七支队和在平（江）、浏（阳）边的第六支队。第三步计划，则消灭我在湘中地区的四支队和留在鄂南的第三支队。但是，这个作战计划在六月三日就被我军所缴获了。从四日晚起，国民党军依照计划向我方开始前进，我军迫不得已采取自卫行动，予进攻者以打击。六月六日晚，从岳阳的黄岸寺、月田至临湘的白羊田和大云山一带，全线进入最激烈的战斗！

六月七日晚，敌寇的部队进至岳阳黄岸寺附近，和王陵基部取到了联系，国民党反动派的两个团和敌人的一个联队，组成了联军，开始围攻我们在蓝家洞附近二支队的阵地。

第二支队长陈宗尧同志，原是三五九旅七一八团团长，是军中最优秀的指挥员，他参加过有名的上下细腰间和黄土岭之战，每一次他都是以勇猛、机警、善战和以身作则的精神，感动了他的部属，鼓励了他们英勇作战。在南泥湾屯垦时，他又是劳动英雄，他领导全团进行生产，自己也挖了三十四亩土地，七一八团的农业生产，所以能成为三五九旅和陕甘宁边区其他部队的模范，他是起了主要的领导作用。唯其如此，他和他的政治委员左齐同志，在延安干部会议上被毛主席赞誉为边区的模范团长。当他发觉敌人正用最大的兵力和重武器，向他这一支队攻击的时候，他愤怒地咆哮起来，像一只快要噬人的老虎，来回地在阵地上指挥着他的队伍，他嚷叫着：

"同志们，你们要洋财，或是棺材？"战士们不明白他的意思，怀疑地看了他一下，"棺材吗？是全部被敌人消灭，都死得干净；洋财呢？我们勇敢地把敌人消灭，把敌人击溃下去。我们要坚决保卫大云山根据地，不让反动派和鬼子们欺侮我们的老百姓，我们要争取光荣的战斗英雄的称号！"

"我们要洋财！"火线上的战士们喊着。

"要洋财，就得打，好好地打，准确地打，一个子弹，打一个仇敌呀！"

午夜里，战斗更激烈了，敌人似乎已经发现了我们的指挥阵地，密集的机枪和炮弹向着支队指挥所轰射过来。他的警卫员连书元同志，几次劝他不要老向前走，那太危险了。他不听劝告，反而瞪起眼睛来："你这个怕死鬼，我打了十八年仗，从来就在最前线，怕死就不算是好战士，你怕死，就滚下去好了。"警卫员再不敢劝告他了。

炮声和机枪声把步枪声都掩盖住了，人们的耳朵都被震得发聋，敌人足足六个钟头的猛烈的攻击，几次的冲锋，都失败了。我们英勇的战士，始终没有移动一步，后退一步。当陈支队长离开自己的指挥所，把职务交给贺副支队长，走向钟营的时候，敌人一个子弹向他的肚子飞来，从膀胱打穿过去。他躺下来了，血像小河沟里的水，染遍了他的衣服，他用手把伤口按住，还拖着向前走，警卫员连书元同志把他拉住了，用裹伤包把他扎好。他没有滴下眼泪，没有叫唤一声，躺在草丛里。血并没止住，滴滴地往下流着。支队政治委员罗章同志走上来，两个眼眶满装着泪水，他把支队长抱在他的怀里，轻声地说：

"支队长，你现在怎样？"

"不要管我，要贺副支队长命令钟营从右面山头运动过去，和五支队取到联络，看看敌人还跑得出这个圈子……"

"钟营已经开始运动了，"罗政委说，"你放心好了。"

"走，你不能在这里，你的位置是在指挥所……"

"贺副支队长在指挥所，我不能离开你，我有责任照护你的。"

"不，不……"他昏迷过去了，两只手发抖着，他的牙齿紧紧地咬住了下唇。

天蒙蒙亮了，四个战士把他抬到军部指挥所来。我去看他的时候，他瞪起两玻璃球似的、淡黄色的眼睛瞧着我，脸色惨白得可怕，像打摆子样全身在发抖。他困难地张开了嘴，用一只手紧紧地拉住我的右手，用着模糊的声调说："你把王胡子找来（这是我们军中对王震将军热爱的称呼）。我，我……希……望看到他！"

"他上前面去了，已经派人去找他回来。"我哭了，我明白时间将不允许我们的英雄多留几个钟头，"你有什么话留下来吗？"

他摇摇头，很费力地说："我对党和毛主席没有任何意见，我太惭愧了，满想多做些事，多打几个胜仗，现在不行了……请你见到毛主席的时候，替我说：陈宗尧临死前向他致最后的敬意和身体健康……还有，把我皮包里十多年来的战斗生活照片送给中央……还有，把我那双日本皮鞋穿在我的脚上……"

他没有力量再说下去了，把眼睛闭了起来，没有掉一滴泪，也没

有叫唤声，没有提到他平日最爱的夫人卢桂灿同志和三个非常可爱的小孩子。一位英雄，一位了不起的人民英雄，突然地，他又睁开了眼睛，嚷开了"司令员……司令员……"他用他的两只手抱住自己的脸孔，一会儿，松了，松下来了……

我用一条红被子把他盖着，我站起来，擦着我的眼泪，向着围在他身旁的同志们，发出口令：

"立正！向我们的英雄敬礼！"没有一个人不滴下眼泪，他的警卫员连书元同志俯伏在他的身上，大哭起来。是的，他是我们的兄弟、同志、老战友和无产阶级的英雄，为着人民的解放，洒尽了最后一滴血，怎叫人不伤心呢！

王震将军赶来的时候，他已经死去了十多分钟。就这可恶的十多分钟，使我们的英雄不能在临死之前，看看他渴望见到的自己最爱戴的首长和十多年来出生入死同艰苦、共患难的老战友哟！王震将军跪倒在他的身旁，泪珠流了满脸，他轻轻地揭开了被子，用着沉痛、悲愤而坚定的话语说："宗尧！你这无产阶级的英雄、人民的革命战士，好好地安息吧！我们向你宣誓，我们一定要给你报仇，一定要继承你的遗志，斗争和战斗下去！"他抹了一下眼泪，"你，死得太早了……我们正需要你的时候……"他为悲痛的情绪所激动，哭泣得不能继续地讲下去。

我们把他装上了棺木，快要盖棺的时候，王震将军像发疯样似的把人们推开了，他又俯伏在棺木的上面，揭开了那条红被子，两只充满了泪珠和沉着有力的眼睛，发呆地注视着他那苍白的脸孔。当我告诉他，在前方的敌人又开始冲锋了，他才丧气地抬起头来向我说："你去把他埋好，记住了地方，胜利之后我们要把他搬到延安公葬的！"

战斗继续到八日下午三时，我们击溃了敌伪和反动派的联军，消灭了它整整一个团，将近五百人被我们俘获，我们保卫了大云山根据地和那个地区人民既得的利益！

　　我不能把每次的战争都告诉我们的读者，但是，应该这样说，在河南以及湘鄂赣粤四省地区，我们是同时要和两个敌人作战，一个是日本帝国主义，一个是国民党反动派的军队，我们处境的困难，读者们是可以想象得到的。然而，敌人是无法消灭我们的，也永远消灭不了我们——我们壮大了，经过百十次的战争，我们的战斗力提高了，我们用缴获敌伪和反动军的武器，装备起自己，我们更加坚定了我们胜利的信心！

　　一九四六年三月二十五日初作于湖北□□□

　　一九四六年八月三日改作于张家口

（《晋察冀日报》1946年8月18日）

快乐的张万福屯

刘白羽

【新华社延安十四日电】在黑龙江北安县的时候,我专门做了一次农村访员。

我坐了马车走过一些草甸子,丛生的柳条处处是绿色,把着一条岗子,绕了一个大弯,到了张万福屯。旧的村庄一排全是草房,在村庄边沿上几个农民正在为自己建立房屋——红砖白木料。我立刻从车上跳下来,一个立在梯顶上的农民高声地说:"十四年没得到一块木料、一片瓦块呀。"另一个说:"不要说十四年,长这样大也没想到吧。"在灰旧的草房中间,我发现另外一处用铁皮顶的家屋已盖好了,很精巧,玻璃窗。太阳光里铁皮上的黑漆发着光,木板搭成牛栏,还有用铁丝网圈好的一块菜地,大车躺在那里,黑牛睡在地上,我看到真正的快乐是怎样一回事了。

张万福屯是一个十九户的村庄。

村的农会主任萧元庆——一个四十几岁、风霜满面的诚实农民,丛生着胡子,□眼,穿一件短小得奇怪而质料很好的日本制服。他告诉我"……这屯有二十多年历史,早先黑龙江召人垦荒,开始在这荒地上建立了一个小村庄,人愈来愈多,就发展起来了。大家都靠力气开心地过日子……日本鬼子来了,慢慢这里所有的地都给开拓团强占去了。应该二百元一亩,只给三四十元,张万福屯十九户人家从此没有一个再有一寸地。"

"那怎么活下去呢?"

"日本人再把地租佃给大家,他们便做主。我们除了交租之外,还要出荷。你想想人死了几年,报不上死亡,还是一样出荷,我们算是受尽了人世间的苦难。偷偷吃一点，还得在门口放个打更的。你瞧这北安县驻了多少关东军吧。"他指着远远一片兵营，"他们要小牛、小鸡，鸡要活的送去，他们把鸡肚剥下来送到冰房里去存起来。一回天上过飞机，屯长敲锣打鼓地把我们赶出来看，看完，哈！一个人出了五角钱飞机捐。"

一面说着，他领我走到屯子里头来，另一个农民对我说：

"现在老萧是区农会主任呢。"

突然老萧把我一拉拉到一处，原来这屯周围二百多垧地都是开拓团地，现在一下又分配给大家了。萧元庆一家分到了四垧地（每垧十亩）。现在他就在他的地中央——原来租住的草房，一边盖起三间新房屋来，这房前房后都是他分到的土地，这样他躺在炕上，一睁眼就能看到他的地，房子还没盖完，梁上贴着红纸"上梁大吉"。把我拉到房前面，自己站在那里，高兴地叫我给他照一张相片。在照相机对光的时候，我清晰地看到老萧的脸那每一条深深的盛满风霜的皱纹，现在兴奋得微微颤动。

是我问他：

"张万福屯二百垧地，可是你们怎样种得上呢？"

因为我一直怀疑这一个问题，就是土地分到穷人手里是否能解决问题。因为据我所知，东北土地是胶质的，极易凝固，就是普通熟地春耕也必须三匹牲口拉犁，而这一带百分之六十是贫民，贫民都没牲畜，可是张万福屯又一度证明人的创造能力。全部土地分配后一个月，所有土地都种上了。原来分配土地后，全屯热情极高，在农会主任萧元庆领导之下，马上把所有牲口拉在一起，把所有二百垧地都耕种了。

我问："这样一来，有牲口人家的地先耕了，没有牲口的岂不是误了农时？"

"不。"萧元庆坚决回答,"我们把有牲口人家的地耕一部分,把没牲口人家的地也耕一部分,庄稼下种有先有后,这样就能保证谁的也不误。"

在屯后面,我发现一处贫苦农人的住处,两间小泥屋住了三户人,从前农人租不起一间房,租一铺炕;租不起一铺炕,就租半铺炕。农人生活之惨可想而知了。张万福屯分地的原则是,在谁门前的地就分给谁家种,目前全屯有十户上下都在建立新屋,一个新的农村正在形成中。这里饥寒与压迫将绝迹,有什么比这再快乐?

之后在街上,一个黑胡子卖劳动力的老村工人喃喃对我说:"我家在街上(指北安),这里我没份分地,可是我想,就算这里的吧。我要让他们把我的名字写上……"我看出劳动者是多么纯朴地爱着土地。

(《晋察冀日报》1946 年 8 月 18 日)

朔岱平川见闻记

江涛

"我们早就盼望你们来啦!"

十七日上午,我随着解放朔县的部队进城。

刚到钟鼓楼前,人就拥挤得不能再行进了。赶毛驴的、挑担子的,全是城外送饭来的群众。金黄的糜子捞饭、白面条、猪肉菜……都摆在战士们的面前,谁也争着让他们吃。我被一个叫马应贵的老汉拉进他的小屋里,他早已给我凉了一大碗茶水,他头一句就对我说:"同志,你们迟来两天,我们就又要被逼得寻死上吊了。"我问他为什么?他说:"汉奸们前一个月向我们摊了五千五百万款子,咱这个没吃少穿的穷光景还派了六千多。旧的摊派还没清,新的又来了,这次最少的也得掏万数八千。布告出来要从明天起三天内都要交清,你看,你们今天就来了。"

盘踞在朔县城内的那些灰鬼,老百姓们都非常明白,正像这个老汉告诉我的一样,他说:"这些灰鬼八九年来帮助日本为非作歹,日本投降了,又变成国军,这明明是往死害咱老百姓呀!"

朔县城内家家户户锅内滚着大锅的茶水,或者绿豆稀饭,他们热切地招呼我们,有的反埋怨我们来得太晚了。我临离开老汉马应贵家里的时候,他一定要留我吃他一顿饭,我婉言谢了他,他感动地说:"汉奸们害得人有冤无处申,我们早就盼望你们了。"

"一肚子冤气半年也倒不完"

进城后的第二天,我沿街进行访问。

杜生存因摊款逼得割腹自杀，李海生因抽丁悬梁自尽，东街一个白发苍苍的老太婆，见了我就一把拉进她家，一句话没说就坐在炕沿上凄惨地痛哭起来，她两眼满含着眼泪抽噎着向我说："我守了大半辈子寡，供养这个命根根，盼着他大了养活我，谁知道鬼催的这些没头人，拉他去当兵，我那春儿不愿跟上他们坏良心，后来偷跑回来，叫他们捉回，活活地害死了！"阎伪残害人民的罪行数也数不完，吓人的敲诈剥削更层出不穷，他们每天强迫全城男女点名训话，迟到一个罚白洋五元。男女老少两个月照相一次，不管照不照，有一个人摊五百元。黑夜查户口，哪一家也短不了送一两千"辛苦费"，不给就翻脸说你"通红"，不敲你万儿八千不放手。警察整天在街上抓屙尿的人和牲畜，抓住就该你受"处罚"。"县公署"和"治村公所"专门调查老百姓的存粮，调查出就"号"成军粮。东关富户聂文的十石存粮被"号"走，他气得对我说："老百姓存了粮食都犯法，不管人死活，粮食没收了，人还要挨打受气。老百姓在他们手下怎能活嘞？"苛捐重款压得老百姓不能喘气。东关丁福只的纸房早已歇业，还摊下二十万款，交不起就是坐班房挨打。佃户肖二租下地没种，就派下他一大堆粮款，逼得他人逃地荒。小商人因交不起粮款，被赖为"通红"扣起的有二十多家。刘老三被打得两腿不能动弹，躺在炕上给我说："咱摆的个烂货摊子，还要粮要款，逼得干不成。你们迟来一下，咱穷人就活不成了！"铁路工人林云龙和我谈了半天工人所遭受的痛苦，他们八个月没发饷，经常还少不了挨打受气，他气得捏着拳头说："唉！一肚子冤气半年也倒不完，阎钵子打不烂，老百姓就活不成！"

"没有八路军怎能申这口冤气"

因阎伪军逼款自尽的杜生存，家住在城西南的一个破院子里，他的老妈因气病瘫在炕上,两三个小孩子哭喊着要吃,媳妇亦坐在炕头上哭泣……太阳已过了中午,她们还没有粒米下咽,这就是阎逆统治造成的惨景。

当我踏进小房子,孩子们顿时止住哭,狂叫起来:"妈妈,八路军来了。"生存的媳妇急忙拭泪下来招呼我,老妈妈亦挣扎着要起来。我赶快把她按住,从口袋里掏出给孩子们带来的饼子,他们有了吃的就更高兴了。老太太的脸上亦现出喜容,亲热地和我拉呱起来。她时时舒着气说:"仇可报啦!没有八路军,我怎能申这口冤气。夜儿个你们刚来,今日就有人来告我说政府调查要救济嘞!我们全家人永远忘不了八路军的大恩情。"提起生存的死,她全身颤抖起来,消瘦的面孔变成苍白了,哭肿了的两只老眼又流出泪来,引得孩子们又大哭大嚎起来,烧水的媳妇也在凳子上暗暗拭泪。"唉!提起来就心疼死我了!"老太太捶着胸哀痛地说,"万世深仇!仇!迟早你们捉住阎锡山的时候告诉我,非咬他几口不行……"她咬着牙狠狠地捣自己的枕头,我怕她伤心过度,劝慰了一阵就退了出来。街头上拥挤着的群众在纷纷议论:"八路军打得真好,一下子给揩洗个干净。"站在人群中的一个小伙子挤在我面前说:"同志,实在痛快嘞,狗日的撒尿撒到头顶上,欺苦人咧!人家一忍再让还不歇心,这下给了个硬的叫他狗日的再撩逗。"

"烧香磕头盼望这些汉奸王八蛋快走"

我们住的院子里,除房东弟兄外,有四五家都是铁路工人和雇工,他们对我们非常亲热,整天帮助我们做饭,如果你要动一下手,他们就会叫起来:"哈哈!你们能为我们流血流汗,难道我们就不能帮你们出力吗?"一直将我们说得无言可对。老雇工王荣是其中待我们最亲热的一个,住了两三天之后,就和我们处得很熟了。他一天到晚不停地帮我们挑水,拉风箱,叫他休息时,他就会笑嘻嘻地说:"熬死我也心甘情愿呀!"每逢吃饭时,他就和我们拉呱了:"不要以为我啥也不知道，城里人早知道八路军坚持抗战、吃苦耐劳。我们烧香磕头盼望这些汉奸王八蛋快走，总算把你们盼来了。"

"一辈子头一回见这样的好军队"

在蒙蒙的细雨中，我们离了新解放的朔县城，冒着雨沿同蒲路北上。

越过桑干河，刚走十余里，雨就倾盆似的倒下，赶到铁路旁的刀河村，衣服已全部湿透了。我想赶上前行的队伍，不打算进村休息，一个老乡热情地招呼我："同志，避避雨，喝口水再走吧。"他一面说，一面拉我进他家里避雨，老太太慌忙地点火烧水，比招待亲戚还热切。休息了一会，雨下得小些了，我正要走，老太太端出一大盘热烘烘的豆面条："同志饿了吧？吃上两碗再走。"我再三推谢不脱，只得吃了。他们告诉我他家前几天有八路军住过，大官小兵都是和和气气的，老百姓给啥吃啥，吃了都开粮票，借了啥全还回来，住到哪里都是规规矩矩。老太太欢欣地说："一辈子头一回见这样好的军队！"以前他们也见过军队，日军、伪军、阎军经常从他们村路过，打骂着要好吃的，抽大烟，见东西就偷，见女人就欺侮，真把人糟蹋坏了。老太太送我出门外时说："见了那些灰鬼们不要说招呼他们，真恨得想吃他们嘞！认下门，以后路过可要进来歇歇！"

（《晋察冀日报》1946年8月18日，《副刊》第81期）

访问刘善本上尉

林间

在延安卫戍司令部里，我见到了刘善本上尉，他已经换去了空军的飞行衣，穿一套延安的灰布军衣。在记者说明来意后，他回答我第一句话是："我是响应毛主席的反内战声明和响应上海十万民众反战示威游行而来的。"六月二十二日毛泽东同志关于反对美国军事援蒋法案的声明，他在成都已经看到了，他坚持地说："中国不能再做西班牙第二！我们要拒绝作战，求取和平。"这是个热情的青年，他向我列举了许多事实，说明美国反动派对政府当局援助，以加强国民党政府的独裁机构，致使内战严重化。最近杜鲁门总统在国会作报告，说输送中国军队到东北"解除日军武装"，单运输费即达三万万美元。"事实上，美国输送中国军队到东北是为了帮助国民党进行内战，这事每个中国人看得很清楚。"

"现在就要签字的七万万美元对华贷款，要拿来做什么呢？自然大部分是用来进行内战的。美国已公开宣布将军事上援助政府进行内战，这于中国老百姓是极不利的。"

他继续向我讲述政府最近利用美机大批输送军队由徐州到济南的事实，十分感慨地说："我们第八大队是负责空运器材到成都装设陆空联络汽车，准备到北方平原作战的，我飞延的 B24 式 530 号机便是其中一架。政府只管空运、船运军队、军火和军粮去进行内战，却不肯运输粮食到湖南等省去救济灾民，竟坐视数百万老百姓饿死。去冬我去上海，一周的严寒即有五百万人冻毙，政府并没有任何有效的措施。这难道就是奉行总理的民主主义吗？！"

刘上尉是一九三五年考入杭州航校的。抗战后，他一直随空军辗转于汉口、成都、兰州、西安等地，一直到一九四三年被派到美国道格拉斯（阿瑞藏纳州）高级航空学校学习，毕业后，在阿博克尔克（新墨西哥州）作B24式基本训练飞行，等到他回国，日本已投降了。

刘上尉笑着说："国民党政府是准备步希特勒、墨索里尼的后尘，过去有中德合办的欧亚航空公司，空军中有意大利的顾问，在南昌还有一个中意合办的飞机制造厂——这个飞机制造厂费钱不少，但却没有一架飞机制造出来。而意大利的顾问在七七事变后，却首先跑到日本人那里，领队来轰炸这中意合办的飞机制造厂。并且，希特勒还亲自送了一架容克式的运输机给蒋先生呢！"

刘上尉是没有来过延安的，七月二十六日的天气是那样坏，我说："你怎么找到延安？""是呀，真危险得很，从成都起飞，三十分钟后，我将机身折转方向北飞，三个小时就完全在浓云与大雨中，天气恶劣极了，只能靠罗盘预定的方向飞行。到了洛河上空，见到两条河流的交叉点，我想：这是延安吗？我真想降落了，低飞了一刻，发现没有机场，我有些着急。我相信这里是解放区，因为此刻离开成都已飞行了将近五百五十英里了。再看看地图，看看河流，我断定它是甘泉，于是冒雨向北飞行。我下了决心，找不到延安，我找张家口。十分钟后，我看见机场，我狂喜了。延安，我甚至想大声叫喊。"

刘上尉诚恳、朴质，接触以后，就更感到这个山东人果敢刚毅和直爽的气质。他还不满三十岁，飞行技术就使他的同学钦佩和羡慕。他有良好的习惯，不喝酒不抽烟，在延安举行舞会的时候，他才第一次学步。在国内或国外，他的生活并非十分愉快。当他在甘青交界的玉树地方勘察机场时，他是以打猎消磨时间的；当他在阿瑞藏纳的飞行余闲，他用了很多时间研究中国文字的改革，现在带来的一本手册上有他对于新文字改革的意见，他并携一架英文打字机，他想把它改成新文字打字机用。在空军中他苦闷得很。"连一份《大公报》都禁止看。"他说,"在上海驻地,我代理了一个时期第八大队的三科科长,忙得很,因为那里大家都不做事,堆在我一个人身上,晚上睡得晚,我一个人就开启收音机,听一听延安或张家口的广播,这就是唯一的慰藉了。"他赞美延安,常常感动地说:"这里太好了,太好了,多可爱的地方。"当一次我们散步在机场跑道上时,他甚至羡慕延安气候的凉爽。我问:"你将来打算做什么呢?"他用欣慰的口吻说:"我希望能继续新文字的改革工作。"

(《晋察冀日报》1946 年 8 月 18 日,《副刊》第 81 期)

误 炸 无 罪

胡椒

官方关于轰炸延安的解释有云:"空军之所以毅然采取此项消极行为,在防止中共利用此迷途飞机以破坏都市,荼毒人民。"原来是怕人民受荼毒,故作此"防患未然"之举,用心亦良苦矣!

连日张家口、阳高等地复遭蒋家飞机轰炸扫射,其目标是政府口口声声叫着要恢复的交通工具——铁路列车,以及手无寸铁的和平居民。这当然也是出于"防患未然"的"好"心肠。

炸毁铁路火车大约是防止美货倾销吧,至于轰和平居民当然是防止他们"为匪作乱""荼毒政府"了。

既然轰炸人民是无罪的,且可"防患未然",那又何必急急忙忙要去轰炸延安那架飞机呢?倘若中共真的利用那飞机去"荼毒人民",岂不正合"孤意",大可赞扬吗?

可见为了怕人民受荼毒而炸毁延安那架飞机不是真心话。其实是恨中共永远也不会利用它去"荼毒人民",所以一天也不容它存在。

倘无勇气挺起胸膛这样承认,那还有"下策"一条,嬉皮笑脸向世界说:"对不住,飞机迷途,误落炸弹!"

张家口、阳高的轰炸和扫射,一概都可以"误落误射"赖过去。这样,世界上将永远找不到有犯罪的人。

"自行失足落水"(注)早有先例,何妨再试一次。

(注)鲁迅先生曾写过一篇杂文,说到有一次上海滩上的外国巡捕行凶,推落无辜市民入水淹毙,事后官方以"自行失足落水"了案。

(《晋察冀日报》1946 年 8 月 18 日,《副刊》第 81 期)

赛阎罗王季芗

魏伯

康保万隆店有个王季芗,敌人一来就当了伪大乡长,叫众百姓给他修盖一座庄院。堡子上安了六座炮楼,堡子里盖有八十来间房屋。从此万隆乡十几个村的老百姓,一个个望着这堡子落泪,早上进去愁着晚上出不来。去年七月日本快投降时,王季芗逃走了。后来康保解放,一个个望着堡子骂连天,这个说把王季芗捉住要刀子刮,那个说捉住伪乡长用油锅炸;女人骂他枉披人皮不如狗,老头骂他黑心烂肠赛阎罗。这非是众人心狠,确因王季芗太坏。

霸占良田三百顷

王季芗原是昌平县人,民国二十年才搬到康保万隆店,跑马圈地,指山溜水。原只二十多顷地,自从当了伪乡长,就想尽办法去霸占别人良田,他最拿手的是加派款项,拿款逼地。王玉龙营子的常吉祥第一年欠一百元的派款,王季芗装说"不要紧",第二年狠狠地又派了他三百,他出不起。王季芗脸色一变,说:"不怪我无情,怪你无钱。"这样就把常家三顷多地夺了过来。用这方法他霸占了王营子的温元多二顷多地,蓝城子曲百顺三顷多地、窦从义四顷地……另外就是挨着他的地边向外侵占,吴锡龄两顷多地,给他侵占去一顷多。吴锡龄说趁早卖给王季芗吧,王说可以。吴锡龄要地价,王季芗说:"哼,这么一点地,地价连写字钱还不够呢!"分文不给白占了去。当了三四年伪乡长后,王季芗就霸统了三百顷地,被霸的人有的成了他的佃户,没明没夜给他受苦,有的全家哭哭叫叫四散投亲。

白给他种地还得倒贴

王季芗三百多顷地,远处分收,近处自种。分收是秋后挑大个子,按三七交。说是"自种",他自己却一年三百六十天大甩手,小一半靠长工,多一半还要佃户给他白种。他叫管账的天天出条子,叫乡兵拿到各村去派工。万隆店这个乡有十几个村,天天都有人来万隆店王季芗家"应工",背着自己铺盖,还得自带粮食,一早下地黑了回来,自己做饭自己烧水,冷炕上没有半条席。做活时候,乡兵拿马棒跟在后面,稍微一慢,一声"操你妈的王八蛋",就棒子打下来不论点。从春天到秋天,每日价总有几十号人来应工,从把地给他种上,一直到把粮食给他打下来倒进仓里,平均拉起来一个人一年得给他做半年。不管你庄稼荒得多厉害,不管你家里有人病得死去活来,你有天大的事都得放下来给他应工。就这王季芗还嫌剥削得不够,他给每家佃户在春天发几斗小麦或是莜麦种子,叫张三给他"代种"三亩,叫李四给他"代种"五亩,你有地没地在你,种不种也在你,到秋天按一亩地四斗五斗问你要粮食。察北地气寒,好庄稼好收好打一亩也高不过四斗,因此每家佃户给他白种还得倒贴。

累死长工不给一口棺材

逃难的人要逃到万隆店,就算你错投了胎,只准你落户,不准你下户口册子搬走。有个贾海逃到这里,全家给他当长工,每天不准歇晌,雨天不准收工,白天做活,夜里"下夜",早上起得晚一会就挨马棒。弟兄两个这样受苦,老娘还给王季芗喂猪洗衣服。三口人一年到头却是吃不饱,饿不死,穿不暖,冻不坏的日月。张容月父亲给王季芗做长工,自己给做牛半子(牛官),整整做了五年,分文未落,起早睡晚,挨打受气,父亲一下给累死了。儿子跪着磕破了头,王季芎却不肯买一口薄棺材，只让乡兵用一条破席把死尸卷出去。张容月被压迫得太厉害，跑了两次，都给捉了回去狠狠毒打一顿。

王季芎吃的是四盘四碗，没酒不下饭。长工吃的莜面糊糊小米粥，一筷子挑不起十颗米。上工时也说有三千两千工钱，可是天阴不下地要扣，病倒了误工要扣，晚起了要罚，迟到了要罚，一年终了扣的罚的比工钱还多，工人倒欠下了钱，可恨他一见长工病了就拿扎马的粗铁条给你扎，你若不叫扎就赶你去干活。

马棒不离手害死三十条人命

王季芎靠着老百姓的血汗，吃得肥头大耳，天天马棒不离手，谁不顺眼就揍谁。贺店阁自小给他当牛官，嫌牛不肥，就揍他。某夜猪皮被狗嗡去了，就打猪官邸井，说："你妈的混蛋东西，为什么不把猪皮看好！"秋天下大雨房冲垮了，说长工没有照看好，也是一顿毒打。他为了孝敬鬼子，叫老百姓到多伦、贝子庙、张北、化德应工。到那里五冬腊月喝冷水，没衣穿，吃不饱，睡冷草地，有三十多个人丧了性命，尸首也拉不回来。王万金的父亲被王季芎派到大同去给敌人挖煤，整挖了四个月，前年二月回来，王季芎却说还得去。王万金父亲被吓成稀屎痨，二月二十二日夜死去。怕韩锐应工跑了，给打得满腿流血，六十天起不来。最惨的是邸英的小孩金喜。去年王季芎叫邸英应工，邸英逃跑，王季芎便把九岁的小孩金喜捆起来，拿马棒指着小孩子说："你得去替你父亲！"金喜吓得青一阵，红一阵，一会便在绳索中死去了。

十三岁的艾南被奸死

王季芎到万隆店没有带老婆，他随意调戏女人，不论谁家的闺女媳妇，他想糟蹋就糟蹋。白天里他叫远近佃户的妇女们来应工，几十个人在他家给他缝洗衣服、切山药、磨面，他看中哪个晚上即强留在那里睡觉。任凤英才十五岁，被他看上了，就拉在堡子里强奸，一直住了两个月。后来王季芗儿子来了，把她赶出来。任凤英和苗秀相结了婚。儿子走后，王季芗又要任凤英回去，苗秀相便领着任凤英逃到哈拉银台去。米来永媳妇被他叫去洗衣服，强奸了还把米来永找了去问："你当王八不？"米来永说："不！"甩开马棒打得米来永满裤子流血。裴照荣的妹妹明天要出嫁了，今天晚上就被他拉去强奸，女孩不从，他就炕上地下打，一夜被他糟蹋成半死不活，第二天赶了出来。韩有常的闺女艾南才十三岁，同几个闺女在街上玩，王季芗一见起了奸心，就骗她到家里给送了一件衣服，第二天又出条子叫她去。这晚他就强奸了这十三岁娃娃，早上艾南回来肚子疼得忍不住，在炕上爬了一天死了去。

受不尽的剥削诉不完的苦

谁也不敢查王季芗的账，谁也不敢不出王季芗派的款。没有过五天不接派款条的，高兴时给你说这是乡兵款、招待费、"剿匪"款……不高兴时就光甩给你一张条子。春天欠款十元，秋天得出一百。今天说个出户口捐，拿你一个缸，明天说个纳驴尾巴税，背你一口锅。王万金家被拿得桌子、纺车、碗筷一个不剩，最后全家给王季芗扛活。佃户种一亩半亩分收地，都得纳"国款"，衙门银粮簿里他只有一二十顷地，归根是"国款"十个有九个下了他的腰，叫老百姓出款恨不得骨里榨油。敌人配给下来的东西都一点不往下放，反拿过来自己开了个杂货铺，把价钱抬得高高的又来赚穷人的钱。

他看中哪个狗的皮了就打狗。老汉成永祥至今提起来王季芗打死他那个大黄狗还止不住水巴巴流眼泪："那狗好身架，好毛片，王季芗诱到家里打死做了褥子！"他想吃肉就打猪，打死了猪叫你领回去杀好给他送五斤肉，还得搭一斤盐。有时打死以后又嫌猪小，就硬叫你赔一块三毛的子弹钱。十个鸡蛋他要七个，两只母鸡他捉一只。叫你修院去修院，叫你磨面去磨面，没你回的口，没你讲的理，真是受不尽的剥削诉不完的苦……

　　去年八路军解放了康保，万隆店的老百姓才跳出苦海，冲进了堡子，打开二十八间仓房扒出五百来石粮食，牵出了他的马群和牛羊，没收了王季芗的三百多顷地全部分给农民，大家翻身了。可是一提起往事，大家就不由恨上心头，发誓说："什么时候捉住王季芗，一定拿他千刀万剐报冤仇！"

（《晋察冀日报》1946 年 8 月 19 日）

八面山中
——南征散记之九

马寒冰

一九四五年八月,我们已经先后在鄂南、湘北、湘中、湘南、赣南、粤北等地区,建立起抗日游击根据地,或者是已经开始了广泛的人民抗日游击战争。但是在国民党"卖国者赏,抗日者惩"的政策下,这简直是"大逆不道"了,应该受到"讨伐"的。于是国民党第九战区司令长官薛岳和第七战区司令长官余汉谋,就组织了七、九战区联军,用比王陵基更多的兵力(共七个军,二十一个师和工兵团、特务团等共十五万八千余人),配合着敌寇,进行反复的"扫荡",尤其是对湖南的安仁、永兴、来阳、□县、桂东、汝城,江西的崇义、南安和广东的南雄、始兴地区,大举"围歼"起来。我们为了生存,为了替中国人民保存这支英勇的子弟兵,我们只好起而应战,坚决地进行自卫战争!

战线从鄂南到粤北,漫长两千余华里,不论黑夜和白天,我们都处于敌伪顽的围歼、夹击之下,每个战士的心坎里,都燃烧起愤怒之火,摩拳擦掌,予进攻者以打击。他们说:"为什么我们抗击敌伪有罪?我们收复失地、解放人民,还得受国民党反动派的'围歼'!"战斗从六月开始,一直到九月里,尤其是湘南的部队,在界首墟、汤边墟、船形墟、桥头墟都受到了国民党反动军惨重的追击、堵截和侧击。由于兵力的悬殊,我们被迫在雨季中进入万山丛林中的八面山。

八面山是在湘赣边境上连接桂东、桂阳的大山,最主要的一个山峰上下六十华里,爬过一个山头,还得继续爬第二个、第三个、第四个……山沟里长满了荆棘和长可及腰的野草。在万山群中的小道真像羊肠那样细小——简直是没有路。往往走上几十里路，还不能看见一户人家，即使在那山沟山腰里，偶然看见了一两家农户，他们住在那用桦树皮搭成的小屋里——只要刮一阵稍大的风，就可以把屋顶吹走。他们穿着缝补得不能再缝的衣服，就在山中种着很少的土地，砍伐些树木，挑到离山中百多里地的村镇中去换些米糠杂粮回来，混合着树根树皮做些稀粥吃。他们说除了红军长征的时候曾经从这里过了一次，从来没有一支军队或山外的人到这里来。当我们的部队进入了这□山区的时候，他们都惊奇得发呆。他们起初以为我们是国民党的军队，被日寇击溃，逃到山中来。我们告诉他们是八路军，也就是过去的红军，现在我们又回来了。虽然年代久了，但他们仍然没有忘记当年红军给他们的好处。他们给我们挑水喝，跟我们讲朱毛红军的故事，经过了他们一番描述，故事完全变成为很难令人相信的神话，但那是他们出于对人民的军队的热爱所编撰出来的。

我们在安仁的时候，早知道环境是越发险恶，每人都背上十天的米（每天一斤半，共十五斤），准备在搞不到粮食的地方，不至饿肚子。从安仁到八面山的途中，我们受到了堵击和追击，只好走着弯路，多走了好几天，把所带的粮食都吃掉了。进了山以后，人民虽然对我们这样热爱，但户数既少，而且他们自己也没余粮可以卖给我们，大家只好面对面地挨饿。一些人到山沟里去捡菌子煮着吃，但是还不能解决饿的问题。我们已经三天没有饭吃了，白天里要走路爬山，还得打仗，夜里就睡在这被雨淋得湿湿的草地上——没有房子给我们住，全军都在野外露营。

夜里，没有月亮，也没有一颗星星，夜是黑得可怕。风刮开了，吹得树枝上的叶子吱吱地叫着，猫头鹰在树梢上悲惨地叫着，山谷里的烤火一闪闪地射着微弱的光芒。我们生起了一堆堆的野火，把早晨被雨淋湿的衣服取出来，烤干它，有的整理鞋子。吃烟的人好久没法子找到烟,他们用着枯叶子烧起来吸。我和战士们都蹲在火的旁边,用着力量摩擦着我的手掌,并不是寒冷袭击着我,我想起了《铁流》里的人物,我总觉得现在的我们真像《铁流》里的游击队了。不知道谁在那树林的深处,唱起了凄凉的悲歌:

"天长地久有时尽,此恨绵绵无绝期!"这首诗是过去被那些旷夫怨女用作叙述自己失恋的哀曲,现在却被我们的同志用来申诉对敌人的仇恨!火堆中有人骂起来:"他妈的,这是什么时候,还在唱歌,又是那股酸溜溜的气道。"

排长徐和祥,方块的脸孔,矮矮的个子,从忽明忽暗的火光中站了起来,用一根粗大的树枝,向着传来歌声的树林里丢过去:"妈的,小资产阶级知识分子的老毛病又来了,向敌人哭泣有个卵子用!"他握紧着右手的拳头,在那黑得可怕的夜的天空里划了几下,"有种的好好准备着天亮的时候,和敌人们拼命吧!"

"也不能这样说,他们知识分子,从来就没有受过这样罪,能够跟我们老粗们一天走一百三四十里路,打它二三次仗,也够不错了。"战士刘金子不同意排长的意见,反驳了他说。"你真是成了小资产阶级知识分子的尾巴,什么时候你都替他们辩护,你真想当律师了……"

"你可不能这样说。"战士金虎把排长拉到身旁说,"你看咱们司令员的秘书周立波同志,人家是大学生,能懂英国话、日本话,在我们报上写了那么多的文章,这次还不是和我们一样,背起包袱走着,两只脚都走烂了,一块好肉都没有,走起路来真像扭秧歌。昨天,我在阵地上,正瞄准打敌人,炮火正打得红火的时候,他一点也不害怕,从后面跑上来,要我给他打一个手榴弹看看,他说他也要学习打仗。你说,这小子倒真不错,扔到三十几米远,把两个敌人打死了,他乐了,抱着我的脖子叫开了,真像一个小孩子。"

"是呀！过去我们老是瞧不起知识分子，说他们不会打仗，专会吹牛皮和写那些空话的文章，这次，一路上多少知识分子，还不是一样拿大枪，和咱们一道儿打吗？你看，马处长还不是知识分子，那天他还不是带一个连冲锋……"绰号"小皮球"的谭明小鬼瞟了我一眼，就不再说了。

徐排长被说得没话说，他半笑半气地说："你们好，你们都联合起来打击我，我是个□瓜！"

夜还是那么黑沉沉的，天好像快要坍下来似的，从远处传来了陆陆续续的子弹声，徐排长又把肚子上的皮带，扎紧了一个小孔，他倚在那柳树上，掏出了手帕子，把那杆三八大盖慢慢地擦着，他用那两片干枯的嘴唇，吻着枪杆子："我的宝贝，明天你可要争点气，多杀几个混蛋呦！"

大家笑开了："排长在和枪杆子谈恋爱哩！"

王震将军走近了火堆，他已经三十六小时没有合过眼，眼睛完全红了。他卷起了袖子，也蹲在战士们的中间，烤起火来。"你们没有找到饭吃吧？"大家摇摇头，"大家都是一样，吃点苦把肚带扎紧些，明天翻过了那座大山，就有人家，也可以弄饭吃了"。

"司令员，我们到底到哪里去？"有人问着。

"走到哪里去？"他抬起头来，用那锐敏而有力的眼睛看一看他，"敌人已经把这山里的七条道路，封锁住了六条，只留下一条路给我们走；明天就得打出去，走到哪里可以休息，咱们就休息，哪里可以站住了脚，就站住了脚。"他又低下头去，事实上在这个时候，连他自己也不知道要走到哪里，只是哪里有空子就得钻过去。

"你们打怕了吗？"他正经地问着，仔细地看着每个人的脸孔。

"不，怕他个球呢！我们一个人还可打他十个□……"

"□不怕，我只是怕挂彩，"□"打死了倒干净，两脚朝天，埋和不埋□□□分别；打伤了，没有老百姓抬，没有后方休养，掉到后面去，国民党反动派赶上来，还不是一刀一个，我可不愿意这样死去。"

"是的，没有后方的作战，是比较困难的，我们离开了湘中军分区足足八百多里了。"司令员点了头，"挂了彩也没有什么可怕的，只要你和老百姓搞好了，住到老百姓家里，等到好了再归队，又有什么可怕的。大家提起了勇气，打出这山沟去，敌人就再没法子奈何我们了。"

我们的歌手徐立同志走上来，他什么时候都抱着那支梵哑铃，就在猛烈的战斗下，他什么都丢光了，这个琴始终没有丢掉。他说："司令员，您辛苦了，我给你唱个歌听听！"

司令员笑了，好几天来，过分地紧张，他脸上总像黄梅天那样阴沉，现在是进山后第一次笑着，像平时一样地笑，大家也跟着笑了。

红红的炉火炼成钢，
乱马营中出了龙虎将，
我们的司令——王震将军，
率领了五千人马下江南，
打得鬼子和汉奸，
头破又血流，
建立了民主抗日的根据地！

王司令听着，疲倦地睡倒在那润湿的草地上，战士们围绕着他，在火光闪闪中守卫着这全军最高的指挥员。

第二天，我们又进入战斗了，当我们刚刚渡过一条既狭又深的河，敌人尾追的部队已经追赶到了我们，后卫部队接上了火。副官处一匹驮文件的牲口，不知怎么不慎地掉到河里去了，警卫员蹇兆荣同志把裤子脱下了，到河里去捞，敌人发觉了他，用密集的炮火和机枪扫射着，打中了他的右臂，他还是不慌不忙地解开了绳子。你知道麻绳浸过水后是非常难解开的，他不管炮火怎样猛烈，还是解开了驮子，把文件丢到岸上来。他又被击中了胸部，扑倒在水里，沉到河底去。我们每个人抢着拿文件，一个跑步就登上了大山。左右侧的敌人包围拢来了，子弹在我们的身旁□□地叫着，前面又发现了另一股敌人挡住了我们的前进道路。我们被围得水泄不通了。走在前卫的连长袁金生同志，咆哮起来，他决心冲过去，他叫嚷着："不怕死的，跟我来，打过去哟！"接着就是三十几个跟他走，每个人带上了六个手榴弹，把刺刀装上去，冲呀，冲下山去。他们打到眼睛红火了，一个刺刀一个仇敌，替全军打出来一条血路，后续部队就紧紧地跟着这三十多个勇士前进，走下了山。敌人的攻势被我们打坍了，我们的勇士们却越打越远了。贺代支队长命令司号员把他们调回来，军号声响了好几道，他们却没有回来，他们冲到了天涯海角，他们不放松一个敌人地追击前进。四个月后，一个战士归队来了。我们问他，你们听到了军号没有，他说听到了；问他们为什么不回来，他说："战士们冲下山之后，像发了疯样地一直打上去，我们已经失去了理智，只知道杀伤敌人。那个时候我们是没法听从指挥员的命令的！"他们是永远追击前进着，三十八个人仅仅回来了一个人。

那时候，我奉命带了两排，掩护掉队的伤病员，走在最后面，刚刚下了大山，我们幸运地找到了一些米。人们的疲劳状态，给这些米兴奋过来，恢复过来了，他们忘记了三十二天来不间断地战斗和行军，五个整天整夜没有吃过一颗米的饥饿。大伙儿集合起来做饭吃，也讲不得卫生了，连米都没有淘洗就下了锅。战士们除了一些放警戒的，都围拢在灶旁，闻着那从锅里蒸发出来的米香。饭熟了，人们像饿虎似的猛吃起来，几天来没有吃饭，一下子吃得那么多，又吃得那么快，好几个人都胀得肚子痛了。放下了饭碗，后面的敌人又追来了，我们迅速地渡过了另一条河。王司令传来了命令，要我们渡河后把河上那座木桥炸掉，我们没有带一块炸药，我们改用将十几个手榴弹捆在木桥上,把引火线连接在一起,躲到河的对岸拉断了它,砰砰地响了,一座木桥被炸成了好几段。敌人追到了河岸,水是三四人深,他们望着那激流的河水,看看我们爬上了那二十里高的大山,只是没法子追过河来!

又翻过了一个高山,两个掉了好几天队的战士也跟上来了。我问他:"你们怎样跟上来的?"他们说:"敌人追来了,我们两个人,我用枪打敌人,掩护他退却到一个隐蔽地,瞄准了敌人之后,他就掩护我退到另一个隐蔽地。就这样,他掩护我,我也掩护他,一个个地退了下来,赶上咱们的队伍。"他们又告诉我另一个故事:

五支队三连的三个战士,叫作周俊发、李春生和刘水涛,他们都是走得把脚走烂了,而且都在打摆子。他们和五十几个掉队的一起走,敌人赶来了,周俊发他们就催着人们快走,他们三个人就登上了山,找好了阵地,和敌人打开了,掩护那五十几个人走。他们就是凭着三支步枪和革命战士的勇气,和敌人抗击起来,坚持了一个多钟头的战斗,敌人始终没有法子前进。子弹打到最后一颗了,周俊发的病最厉害,脚也烂得肿成面包那么大,他眼看自己走也走不成了,李春生和刘水涛他们俩还可以走,他立即下了决心说:"你们快点走,我掩护你们!"

"不,要死就死在一块,咱们怎能丢下你一个人!"

"你简直糊涂了,我走也是死,不走也是死。你们还可以走,何必三个人死在一道,快点走!"他站了起来推他们。

他们两个人没话说了,流着感动的泪问着:"你还要什么?"

"要吗?"周俊发想了一下,"把你们的手榴弹给我!"

他们给了他手榴弹,留恋不舍地走了。周俊发用他所有的手榴弹和敌人打,敌人几次的冲锋,都给他打了下去。最后,只剩一颗手榴弹的时候,他用这最后一颗手榴弹,为革命流尽了最后一滴血。

我听完了这故事，感动得哭了，我和他一比，自己是那么渺小，而他——我们的英雄，人民的英雄——周俊发同志，却显得那么崇高和伟大，他是那样英雄地死去了。

我们继续一面打一面走，又进入另一个荒山丛野中，肚子饿得咕咕叫，当我们爬越高山，没有力量的时候，政工人员们总是爱这样说：

"把肚带（指扎在腰上的皮带）扎紧些，翻过山就有饭吃了！"

有人问他们："你走过这条路？怎知道过了山后就有饭吃？"

"地图上告诉我的！"指导员被迫得这样答复。大家都笑开了，也都知道这是替我们加油呀！事实上翻过了这道山，还要翻另一座山，还是没找到一颗米下肚；饿得走不动的，生了病、烂了脚的，一天天地掉队下去，以后就再没有看见他们跟了上来。个别的人抱怨地说："为什么不好好地和那些王八蛋拼一下，就拼死了也甘心，这样掉下去，将来还不是掉到司令员孤家寡人？！"

人们立即反对这种论调："打吗？谁又怕打？你看司令员那股劲还怕打吗？队伍这样疲劳，又没饭吃，人家早愿意和我们死拼，把我们拼掉，那不就省事吗？不行的，还得走，走才是出路！"

就这样，我们走出了八面山，走出了湘赣粤边的高山峻岭，整整地走了四十二天，走过来又折回去又是走过来地转圈子，就这样我们迎击着反动军十五万人的堵截、侧击和尾追，消灭了他们，击溃了他们。就这样，我们和饥饿、疾病、疲劳斗争，我们没有屈服，反而壮大起来！

一九四六年三月二十八日初作于南京
一九四六年八月五日改作于张家口

（《晋察冀日报》1946 年 8 月 19 日）

三〇二次客车遇难记

刘流

八月十三日早晨，阳高车站上停着三〇二次客车。

头、二、三等清洁的车凳上，坐着欢乐的旅客。他们有些带着笨重的行李到外地去经商，有些带着色艳味香的果礼去探访亲友。这是和平的人民在解放区和平的行进。

九时二十分，一声车笛长鸣，火车的机轮旋转着向前开动了。人们继续地谈论着、欢笑着，伴着机轮的节奏，《张老汉的光景大不同》的歌声从车窗飞出去，锄地的农民、树荫下做活的妇女，好像也张着嘴接着唱起来……

列车刚刚行进到二点四公里的地方，车厢中突然飞进了无数机枪子弹，大家才知道飞机来了！

旅客们惊慌地在车板上卧倒，司机很快地关上了非常闸，车停止了，机枪在疯狂地继续扫射。

老头的脑浆崩裂了！老太太的肚肠流出来了！年青的司炉遍体鳞伤了！一个十九岁的女同胞被打穿了胸膛。有的腿断了，有的臀部被打穿了，一洼一洼的鲜血，从车板上流到了地下，花红脑子溅满了车厢……

飞机走了，我们青年英勇的列车长林修，在列车前面，流着汗向人们高声叫喊："同志们！车务员们！赶快救护负伤的人员！"在他的号召下，包的包伤，背的背走，抬的抬着，车守、车童、路警，所有的车务员以及未负伤的旅客们，立即做起了救护工作。

三架飞机很快又贴着地皮飞过来了，目标仍然是客车，向着伤者、向着救护伤者的人们扫射！扫射更凶了：燃烧弹飞进车厢，客车冒起烟火，客车上还有我们受伤的同胞呵！

人们冒着枪弹，冒着烟火，用一锹锹黄土，一捧捧泥沙来扑灭车上的烈火。车被隔离了，烟还翻卷着，一个十九岁女同胞的尸体，因为抢救不及，同车厢一道烧毁了。

车站东侧的土房里，一对中年夫妇，躲在炕底下。子弹从房顶上，从窗子外穿进去，是美国的达姆弹，它穿进了女的肚子，打透了男的胸膛。和平的商人，从此再不会做生意了。

飞机飞得低低的，追逐田地做活的农民，他们跑到狼烟台下，飞机追过东边来，他们转到西边，飞机又追过去，人怎么跑得过飞机呢？眼看跑不脱，他们悲愤地说："看它能把我们杀光吗？"飞机飞得那么低，飞机里坐着的刽子手全看得清清楚楚。他们赤着背，露着胸，在和平人民面前张牙舞爪。

一个中年农民，在距车站三华里外的地里，拿锄头锄着苍草，三架飞机在他头顶盘旋，飞走了，又转回来，像老鹰一样要向他搏攫；他愤激地举起锄头："奔我干什么？看不见我是……"一串子弹落在他跟前。

人们把他抬到村里，他是从山西来的单身的农民。有人说："农民都是一家，把他好好埋了吧。"棺材刚拉到村口，飞机又来了！向着村民，向着棺材，又是一阵凶狠的扫射。"打死了我们的人还不让埋葬吗？"放下棺材急急藏躲着。

下午六点以后，飞机第八次来扫射，飞过阳高城上，城上守卫战士们抵抗的枪声响起来，飞机才仓皇窜走。

原来这些国民党飞机是专门破坏和平列车、残害和平人民的啊！这加强人们一个信念：要自卫才有和平。

（《晋察冀日报》1946 年 8 月 19 日，《副刊》第 82 期）

羊圈夜话
——山村纪事之七

萧也牧

水口村里有一个老羊倌,看样子准够七十岁了,人们都惯叫他"丙福老汉"。他是一个单身汉,一年四季刮风也好下雨也好,白天领着羊群在山坡上转,羊卧地的时节,就整宿伴着羊群,在野地里睡觉,冬天就住在羊圈里。

这老汉生来古怪,说他记性坏,也真是坏透了,连他自己今年到底多大也弄不清;说他记性好,也真是好到家了,村里出了针孔眼那么点点事情,也瞒不过他的耳朵,而且记得那么确实。装在他肚子里的故事,真是讲一辈子也讲不清。冬天的夜晚,谁家的娃娃不见了,那就不用到旁处去找,准在羊圈里听丙福老汉讲故事。

前半月,村里的群众展开了控诉复仇运动,斗争了一个叫贾亮的大恶霸,所以这几宿,羊圈里显得格外挤。要是谈论贾亮的事,丙福老汉真像是本"万年流水",贾亮哪年哪月,在什么地方,害死了谁……哪一件也漏不了账。

天气已经不早了,丙福老汉忙催着大伙儿回去:"明儿你们起不了炕,人们又该说了'都叫丙福那老汉哄坏了,黑夜不想睡,白天不想起,都快成精啦'。"

可是人们还是不想走。

年青人里边,有一个本村的外甥,家在城里,日本人占着的时候轻易不来,这一回解放了,就赶紧到老娘家来望望,已经住了快一个月了。斗争贾亮的时候,他也在场,每天黑夜,也断不了到羊圈里来凑热闹。他忽然自言自语地说:"这一回反正也够贾亮受的了!人们也真舍得下手，一石头就砸下了他一嘴门牙，一股股的血，把他那胡子也染成红的了！唉！其实这又何必呢，我看着实在有点心软哩……"他的话还没说完，丙福老汉早□了他几下，狠狠地说："这就叫作一报还一报呵！"

那年青人又正想说什么，人们七嘴八舌地嚷开了。

原来正开大会的那天，本村有个叫连连的年青人，是个八路军，恰好也回家来望望。主席让大家发表意见的时候，他第一个跳上了台，说着说着，冷不防捡起块大石头来，对准贾亮的脸，狠狠地给了一下。贾亮剩下的门牙，本来也不多了，这一下全给打落了，把鼻子也砸成了几瓣瓣，像一颗兰花豆似的。可是人们还嚷着要把贾亮捆起来。一伙青年人就拥上台去，不知在什么时候早预备了一条指头般粗的绳子，像捆莜麦秸子似的，把贾亮捆了个结结实实。

当天晚上，人们把贾亮捆在五道庙里，七八个青年人轮流看着他。贾亮的老婆端了一碗鸡蛋煮挂面来看贾亮，要求见一面，苦苦地哀求道："可怜可怜我这老头子已经遭下罪了，这一回也不想活了！求求众位看乡亲的面上，让咱老两口见一面，说一句话。"又是啼哭，又是下跪，又是磕头，人们却给了个三不理。连连背着脸对她说："好！你今天倒也向我们下跪了，当年我们向你下跪的工夫，你为甚也不可怜可怜我们呵？"全村的人也都咬牙切齿地说："该！""不把那老婆子也揍一顿，算是便宜她哩！"就只有这位本村的外甥，这位城里来的客人，心里总是有点不好受，今天他又有意无意地替贾亮辩护了。

丙福老汉狠狠地瞪了他几眼之后，又装上了一袋烟，慢吞吞地说：

"这就叫作没吃过黄连，不知道黄连是苦的。我说这一次人们对贾亮，可一点也不过分。就拿连连和贾亮的事儿来说吧，连连的爹叫个黑喜子，也是穷得灰不溜溜的，人多地少，断不了给人家打短工。老婆生下两个儿，大儿叫庭庭，老二就是连连。

"贾亮家有条大黑狗，那真是条'灰'狗哩！给它咬过的人，也不知道有多少了。有一次，黑喜子到他家去做活，还没跨进大门，那灰狗一声不响地冲出来，一口就把黑喜子的腿肚子咬住了，还一个劲摇晃着脑袋，真想咬下口肉来。黑喜子痛得哪里受得住，顺手举起镰刀砍了下去，事也凑巧，一下子就把那狗砍死了。

"贾亮哪里肯依，说要把黑喜子'非送到衙门里去重办不可'。三番两次地求情，贾亮提出了三条条款：一是给狗买一口棺材；二是要黑喜子披麻戴孝；三是用吹鼓手送葬，黑喜子还得三跪九叩首。有一条办不到，就'非送到衙门里去重办不可'。那年月，有钱人一句话，就顶上一道'圣旨'，'衙门八字开，有理无钱莫进来'。你敢不依吗？可是黑喜子却是人穷志不穷，左想右想，宁死不能干这，就在前山上跳崖死了，贾亮却还说：'人是一条命，狗也是一条命，一命顶一命不算甚！'

"留下的大小三口，那日子过得才惨呢！幸好儿子们有志气，小小的年纪，不论说话、做活……都跟大人一模一样，常常跑到爹的坟前，悄悄地啼哭……

"城里占了日本鬼子那一年，八路军来到这一带，穷人们都说：'翻身的日子到了！'也像这一回，村里什么会也有了，庭庭当了青救会的主任，就挑头儿告了贾亮一状，事不机密，竟透了风，贾亮逃到太原去了。

"就在当年冬天，日本人在山前山后，一道川里，紧按着修了八个炮楼。贾亮却又回来了，给日本人当了联保主任，上任以后，第一件公事，就是把庭庭捉住了。这一回倒没有把他'送到衙门里去重办'，自己也就办了。庭庭的娘赶紧前去求饶，贾亮就当着她的面，把庭庭剥了个浑身上下光，绑在板凳上，先是打，后是灌，再后用了一根二尺半长捅炉子用的铁条条，烧得通红，对准庭庭的肛门插了进去。你给他一个痛快也好，他不，他一节一节……往里插，痛得庭庭身上每一个汗毛管管，都裂了口，汗珠子一颗一颗地冒出来。庭庭的娘看到这情景，就昏倒在地。

"就在那夜，连连听到这风声，就跑掉了，从此就不见回来。有人说他走了口了，有人说他当了兵了，也有人说死在外边了。他的老娘就得了疯病，披头散发白天黑夜地在野地里乱转……死了三个多月，人们才在前山的岩堂里，见到了她的尸首，烂得已经快认不的了。

"真是老天爷有眼，连连没有死，还当了八路军！年上九月九，八路军解放这地方，正当大伙儿要斗争贾亮的时候，他恰好回来了。

"你们想想，像这样的事，谁能受得住？谁不是爹娘养活的？砸了贾亮几颗门牙，那还算什么哩！"

夜深了，微弱的油灯下，人们一个个都睁大了眼睛。就连那个本村的外甥，那个城里来的客人，也紧握着手，好像准备要和谁去决斗似的。

野地里的大风沙，"啪啪"地正打着羊圈的纸窗。

（《晋察冀日报》1946年8月19日，《副刊》第82期）

胜利的会师中原

——南征散记之十

马寒冰

一九四五年十月,国共双方签订《双十协定》,我党允诺了国民党将江南的部队撤退到江北来。我们在十月十二日的午夜,接到了中共中央的命令,王震将军亲率主力从湘粤赣边的南雄、大庾、汝城一线,沿着湘赣边北返了。留在湘中、湘北、赣北、鄂南的部队,也奉到王震将军的命令,依次地北撤。照理来说,我们是遵守《双十协定》,执行了我们党的诺言撤退北上的,国民党是没有任何理由来阻止我们的。但是反动派从来就不讲理,他们调动了一切正规军和地方兵团,联合了伪军,沿途向我们堵截、侧击和尾追,使用的兵力是我们在华南整个时期中所未有。他们首先企图消灭我们在湘粤赣边未遂,第二次想消灭我们在湘鄂赣边,又是碰了钉子,最后更下了最毒的心肠,下令七十二军的卅四师和新十三师,沿着九江到武汉一线,封锁了全部的长江渡口,企图消灭我们在江南地区。我们被迫不得不且战且走,要走得快和走得巧妙。就以北渡长江来说吧,幸亏我们走得巧妙,从梁子湖上走,这么大的队伍在湖沼地带行军,都是为古今中外兵家所不敢尝试的。但是我们知道了别的道路都已经被国民党军和他们所联合的敌伪军封住了,再没有更安全的路走,也顾不得什么兵法所忌而冒险前进。国民党的"战略家"们从来没有想到我们会走这"下策"的道路,而我们却恰恰地走了,而且又胜利地通过了。我们走得快,每天走上一百里,或者一百三四十里路,四十多天的急行军和强行军,没有休息过一天。在北渡长江时,如果慢半个钟头,沿长江各个口岸,都会被国民党反动军封锁得紧密,那个时候,即使我们变成为长了翅膀的飞禽，也难于飞越长江了。一句话说，我们是在最激烈和最频繁的战斗中，边打边走，走得妙和走得快，为了履行我党的诺言胜利地北返了。当我们离开江南时，老百姓们哭了，牵拉着我们的衣角说："你们刚刚把我们的日子搞得好过了，怎又忍心抛弃了我们，让那些反动派再来屠杀和压迫我们，怎么说也不让你们走，我们要生就生在一道，死也得死在一起！"我们向他们解释，为了全面的和平，为了使他们过着和平而安乐的日子，我们不得不忍让地北撤，在未来的联合政府中，我们还是要和大家在一起生活，在建设工作中一道儿工作。

一九四五年十一月五日，我们和新四军第五师李先念将军所部，以及河南人民抗日军王树声将军所部会师在中原，会合在祖国的心脏地区！

我们和李先念将军部队的会合，这已经是第二次了。第一次是在一九四五年二月间，我们从延安南下，路经鄂豫皖边区的时候，是十个月前的事了。让我们重新地忆起那愉快的往事吧，我在当时的日记里，曾经这样写着：

> 当我们在淮北地区看见了五师的北进兵团，彼此都那么兴奋地欢呼，他们口口声声，亲热地把我们喊作"老大哥"，不论战士或干部，一看见我们就很有礼貌地向我们敬礼。新四军和八路军都穿着同一颜色、同一式样的军装，你说他们用什么方法来辨别出八路军呢？据他们后来说，八路军都戴着皮的或棉的手套，以及穿着半寸厚底子的鞋。在北方，山地多，又多是石子路，老百姓做的鞋底是非常厚和很结实的；在湖北，因为他们那里山少，平原多，他们喜欢穿着底子薄些的鞋子，走起来很轻便。
>
> 在朱堂店的墙上，看见了五师第二军分区的捷报，用"天

亮了"的标题报道了两军在河南地区的会合,从此以后凡是我们经过的道路,都张贴着非常醒目的欢迎标语,尤其是进到了汪洋店以后的基本地区,更使我们感动了:一群群的队伍和人民,拿着各式各样的旗子,打起了锣,敲起了鼓,燃放着爆竹。从汪洋店到陈家大湾,整整十五里地,都站满了人。李先念将军也从离陈家大湾二十里的司令部,赶来欢迎我们,向我们道贺。同志的热爱和庆贺交流起来,织成了一幅极其动人的图画。

五师的同志把他们的营舍让给我们住,替我们准备了锅灶,甚至烤火的木炭和柴火,都是非常充足的。他们送来了无数的猪牛羊鸡和菜蔬来慰劳我们。尤其引人注意的是慰问袋,袋子里装着花生、麻糖、慰问信,有的还放了照片或钞票,我们每个人最少可以得到两包,慰问袋的每一封慰问信,都是写着非常恳切而真挚的话语。一个十二岁的小"四老板"(当地老百姓热爱地叫新四军的称号)在一封信中写着:"收到这封信的一定是个最勇敢的英雄,希望能够把你当作我的亲哥哥,让我叫你声哥哥吧!"还有一位年青的女孩子装了一张相片,并在信中说:"我虽然不认得你,但我相信你一定是个大英雄,我希望我未来的爱人,会是像你一样的英雄人物!"一个老太太写着:"我希望能有你这样争气的儿子!"

三万多人的欢迎会举行了,它的热闹和充满了喜悦、愉快、胜利的气息,只有我们的誓师大会可以比拟。李先念将军代表鄂豫皖的人民和队伍,在这个会上讲着:"我们天天想老大哥,天天盼望老大哥,简直比想老婆、想自己的父母还厉害些,因为你们是我们的同志,是最亲密的战友,比起自己的家人还要亲热哩!……鄂豫皖边区是个突出的地带,这里的人民和部队,孤军和敌伪苦斗了七八年。现在我们不是孤军了,你们来了,把华北、华中打成了一片,将来你们南下,又要把华中和华南打成一片,我们的队伍——人民的军队,从遥远的东北向南摆开了,一直摆到华南,摆到海南岛。从北到南,也从南到北,结成了一条漫长的、坚强的、宽大的战线,给敌人以更大的打击与杀伤,争取反攻阶段的迅速到来!"

我们在抗战中,虽然也和其他的兄弟兵团会合过,也曾经受到了广大人民热烈的欢迎,但总没有这次使我们感动得深,每个人在接受了这热烈的接待的时候,都立下了志愿,要更好地和敌伪战斗,为保卫人民的生存、利益而斗争,来回答这兄弟部队和鄂豫皖八百万人民的期望!

从这段日记里,当可以想象到在我们初次南下会合的时候,他们给予我们多么热烈的欢迎和慰问。这次的会师,鄂豫皖的人民和部队,仍如第一次的样子,用同样的心情热烈地欢迎我们的归来,送慰劳品给我们,让房子给我们住。特别是那个时候已经是十一月的季节了,我们这支转战万余里的队伍,仍然穿着一身破烂的单衣;被子和一些换洗的衣服,早已在几次的轻装中,丢个干干净净。天气开始冷了,我们迫切需要的是棉衣、被子和鞋子。我们的兄弟部队,把他们自己做好的新棉衣和被子,先让给我们穿和盖,而他们自己却仍然穿着单衣和草鞋在那北风已经刮起来的冬天里守卫和战斗着!这又怎能不使我们感动呢?! 这是同志的爱、战友的爱,只有在共产党领导下的兄弟兵团才能见到的真挚和高度的革命友爱!

从一九四四年十一月出发,到一九四五年十一月,整整一年中,我们这支人民的队伍,走过了或是战斗在陕、晋、豫、鄂、湘、赣、粤七个省份,前后计有陕西的延安、延川、清涧、绥德、吴堡;山西的临县、离石、汾阳、介休、沁县、沁源、安泽、沁水、垣曲；河南的渑池、新安、宜阳、永宁、伊川、嵩县、伊阳、临汝、鲁山、叶县、舞阳、遂平、确山、正阳、息县、罗山、信阳；湖北的礼山、黄安、黄陂、黄冈、蕲水、□春、广济、黄梅、阳新、大冶、鄂城、咸宁、通山、通城、蒲圻、崇阳；湖南的平江、临湘、岳阳、湘阴、浏阳、长沙、宁乡、湘潭、湘乡、衡山、衡阳、攸县、安仁、耒阳、永兴、□县、桂东、汝城；江西的南安、崇义、上犹、遂川、宁冈、永新、莲花、萍乡、铜鼓、修水、武宁；广东的南雄、始兴，共七十八个县。这些地方有的仅仅是过路，有的是在那里建立起抗日游击根据地和政权；有的走了全县，也有的仅在县边境的一角走过。我们全部行程是一万五千八百四十里，这仅仅是依照军参谋处在军部的行军中的统计。如果把每个支队他们在单独接受任务和在战斗中走的路，也一起计算，当不止此数。我们有时候一天走两三个县，甚至有一次一天走了湘鄂赣三省，那就是从江西修水的全丰出发，经湖北通城的麦市，进入湖南平江的汪崎宿营。也曾经在江西永新县境里，绕大圈子，走了五六天还没有离开永新县。有好些地方仅到过一次，也有好些地方到过十来次以上的。读者们如果有兴趣的话，请打开你们的地图，依着上面开列出来的地名，用你们的红铅笔一画，就可以看出我们所走的路程，是那么漫长和弯曲的道路。在这弯曲的中间，苦难和困难是时刻地折磨着我们，我们是不断地和敌伪军血战，也必须应付国民党反动军的堵截、侧击和尾追，以及和饥饿和疲劳斗争；尤其使我们痛心的是国民党反动军配合敌伪向我们的进攻和夹击。我们是人民的队伍，打日本、救中国是我们应尽的责任和义务，即使在千万个困难和艰危的日子里，当祖国需要我们去为千万人民的生存而牺牲的时候，我们也是会很愉快地"杀身成仁"，毫无怨言的。但是，我们在国民党反动政策之下，抗日成了有罪，卖国者得到了奖赏；杀敌变成了该受"肃正讨伐"，叛国者却可以"升官晋爵"。怎叫全军将士不怒愤填胸、痛哭失声，不得已起而抗击一切向我们的进攻者！我们应该把国民党反动派这种丧心病狂、认贼作父的卑劣而丑恶的行为，向全中国、全世界正义人士控诉！这应该是我们的另一个责任。

尽管敌伪和国民党反动军，居心之险、用计之毒，他们完全没有达到消灭我们的目的，他们一切围歼的计划都被击成了肥皂沫，吹到天上去，不，应该说是到地狱里去了。我们壮大了，我们回来的时候，不但没有被消灭，我们的人数还多出了好几倍，我们的战斗力提高了，我们的装备加强了。我们唱着胜利的歌，奔驰与战斗在广大的华中平原上！

一九四六年六月二十四日初作于宣化店
一九四六年八月十日改作于张家口

后记

写完与改作了本文之后，我感觉很大的惶恐和惭愧，王震将军和他的英雄部队，在他一万五千八百四十里漫长的征途上，在他战争与行军的三百六十天中，创造了许多英勇无比的史诗，也涌现出无数杰出的英雄人物；他们每一个史迹，都足够"惊天地而泣鬼神"的。我这支笔，是那么贫乏和笨拙，不能把他们活生生地描绘出来，告诉我们亲爱的读者。我知道在这十章里所报道的，还不及这英雄部队所创造出来的伟大史诗的万分之一，仅仅是一个概括的图画罢了。然而，作为这英雄部队之一员的我，却是用着那么兴奋和愉快的情绪，来歌颂这支人民的军队的战绩，为未来我们伟大史诗的作者，贡献这极其贫乏和一部分的材料。

最后，让我们祝福我们中国人民的英雄之一，天才的军事指挥员——王震将军的健康；祝福这支英雄部队，在这次国民党反动军撕毁协定、背信弃义、不间断地追击堵截和侧击下，在陕豫鄂边的自卫战争中，获得更光辉的战绩，创造出更丰富的伟大史诗和涌现出更多的英雄人物来！

一九四六年八月十七日于张家口养病中

（《晋察冀日报》1946年8月20日）

"还乡队"的凯旋

刘刚

太阳的红光已射出地平线,空中挂起几片红霞。拔了半宿麦子的民兵们,正打着响鼾睡甜觉,哨兵抱着大枪在高房上蹲着打盹,有时睁开眼看看顽军的炮楼,又回到甜蜜的梦乡去。

轰!哒、哒——哒、哒、哒……炮弹和清脆的枪子从空中掠过去嘶嘶地叫,××村顿时混乱了。

民兵们机警地提了枪跑到村口,伏在简陋的工事下,从枪眼里监视敌人的动态。

"喂!'还乡队'过来了。"

"瞄准再打!"

啪!一个敌人应着枪声倒下来。机枪疯了似的狂叫,敌人的距离近了,一团一团的黑烟随着炮声在民兵的背后升起,但是,民兵们却非常沉着地用冷枪还击超过他们数十倍的敌人。

敌人从村东口的房子上冲下来了,民兵们转移了阵地,敌人在密集的炮火掩护下逐步逼近。

"小伙子们,交枪吧!"穿洋服的大肚子向民兵喊。

"交给你们子弹头,接着吧!"武委会主任说。

"交枪吧,中共代表不要你们了,我来收编你们。"

"你们是什么东西?"

"我们是国民党,遵照三民主义来搭救这里的老百姓。"回答得结结巴巴的。

"咱们早看透了你们这国民党王八蛋的'特'号土匪。三民主义叫你们牵老百姓的牲口吗?三民主义叫你们杀害老百姓吗?叫你们赶着大车抢老百姓的东西吗?"这几个问号使大肚子和大肚子的一伙,大眼瞪小眼地互相望着没法回答,于是露出流氓的本性嘻嘻哈哈一阵。

敌人一次又一次的冲锋被民兵们的手榴弹挡住了,双方对峙着。一点钟又一点钟地过去,天已到做午饭的时候,哒、哒——清脆的机枪声夹杂着吓人的冲锋号从敌人的背后传来。乍听才响的像是咱们的机枪,民兵们兴奋地探着脖子。

"八路、八路!赶快——"是大肚子急促的喊声。

"杀呀!杀呀!"号声、枪声、隆隆的炮声乱成一片,张皇失措的"还乡队"东一股西一伙地逃窜,整个阵营乱了。

"交枪!交枪!"这回是战士们的刺刀对着七八个"还乡队"的胸膛。

"我——我——我们是××村的民兵。"

另七八个"还乡队"真冒充着民兵的模样,用枪射击着跑在前面的同伙,这样给混走了。

民兵和战士们看着一摊摊的血迹和敌人丢下的死尸嘻嘻地笑。

第二天一早,"还乡队"来起尸了。战斗从清早到天黑,他们没有起了尸走,又抛下几具新的死尸夹着尾巴逃回老巢。

第三天,"还乡队"请炮楼里的顽军替他们出这口气,顽军军官想想这两天的劲头,对他们说:"为什么不叫老百姓去呢?"当天的黄昏,剩下的几个"还乡队"花了三万元,后面跟着几个被打伤的要饭的,用绳子套住两具死尸的脚腕,像拖死狗一样拉回去。

民兵们看着只是嘻嘻地笑。

七月二十一日

(《晋察冀日报》1946 年 8 月 21 日,《副刊》第 83 期)

美化的北平

孙铭

一踏上阔别十三年的故都，第一个深入眼际的，是背衬着西山苍翠的西苑美军飞机场上停着的机群，机头上涂着裸体美人画的，或涂着动物头部的各式美军飞机，都密密地停放在机场上。按说日本投降已经一年了，但这些作战用的武器，却还尽都留在中国，而且当我走进候机室时，看到木匠们还正忙着加工修筑这美制的房子，看来这些飞机似还打算着长期地滞留中国。

一到夜间，天空中还依然响彻着隆隆的机声，这哪里是故都之夜呢？在我的记忆中，故都之夜是恬静而安宁的呀！

天空的夜间尚不清静，那么地上的白天，就更是惊人地烦扰了。美国的吉普车和密密地蒙着帆布的大卡车，整日价以纵横于战场的速度，在闹市中疾驱而过。前几天八面槽大街美国吉普车撞死了一个十一战区政治部的课长，各报上还多少拨出一点空隙来登这个新闻，但是第三天在珠市口碰上一个小市民时，仅一张小报上登了一些，因为这种新闻在北平早已不是"新"的了。

吉普车以外，美军的坦克车也辚辚地总在大街上驰驱，如到西苑或平津公路附近去看看，简直好像离那里不远就是战地一样。

北平的市政当局，为了怕那些异国的盟友在中国染上了怀乡病，真不惜想尽办法，来尽一番东道之谊。于是为了使盟友们观光得到好印象，勒令拆去天桥的棚摊，以壮观瞻；宁可使小巷里垃圾堆得快齐了墙，但大街上的牌楼箭阁则必须漆修得金碧辉煌；也宁可使全市三分之二的小学校没有校舍，但最好的洋楼总要腾出来招待美军和美军眷属住；也尽可把雅叙园等接收过来的地方，专供美军当舞场用。为了美军夜间不至于寂寞，尽管各大饭店的大门旁，都贴着行营禁止携妓冶游的布告，可是我住的××饭店的大门正对面的"半楼"门上，却挂着英语的"预防性病室"的牌子，一到午夜就有茶房伴着烫发的女郎，和美军在比手势打着交道。

北平市的酒排间、咖啡馆，主要的主雇也都是美军。有一天我和朋友在一个酒排间里喝了些啤酒，我打算付钱，朋友摇摇头微笑说："用不着。"我说："是呀！用不着客气，我来付钱。"他说："你付了人家也是不要的，还是听从我。"于是朋友叫过来仆欧。算了账，一元二毛钱，这真是破天荒地便宜呀！但结果朋友付的是美金，我才知道中国的国土上，还有不用中国钱的，怪不得王府井一条街上，兼营买卖美金的铺子，就有三十来家。

有一个深夜，我伴朋友到东交民巷××饭店，找一个美国新闻处的记者，大家正在闲谈时，楼下的街上正发生美兵和车夫的凶殴，声音是那样嚣张，那样嘈杂。

"这就是我们美国的孩子！"记者摇摇头深有所感。我知道这个记者还是个纯洁的女孩子——虽然已经有三十岁左右了，她在我面前表示出一种歉疚，觉得让我们看到了美国人不体面的一面，但她也表示着一种郁悒，同情自己祖国的孩子们在战后还被祖国远抛在异国，过着不自由的同时是放荡的厌倦的生活。可是她也许还不能理解这些人留在中国，也把中国的老百姓给坑苦了呀！

"八一五"是盟国的胜利日，北平当局决定那一天举行盟军的大慰劳。仅是金钱一项，就预备募集一亿五千万元，所有北平市的公务员，八月份的全部"底薪"都得捐出来。每个盟军还可以得到全市市民签名的纪念册、刻有中英文的玉石图章……但是反顾我们的士兵呢？八年来流了血的士兵们呢？这里有一个叫作刘同文的残废上等兵，他给天津《大公报》的公开信里，这样写着：

"如今流了血，尽了天职，成了残废无用之人，希望国家想一个适当的办法给我们……也为年迈父母及苦儿孤妻们想出一个具体的办法来，使他们无冻饿之虞。"

其实呼吁尽管呼吁，但当局是不会加以什么眷顾的。前十天安平解放区遭到了美国巡逻队的袭击，八路军起来自卫，双方都死伤了人。可是在中国国土上袭击了中国人民的美国兵，挂了不荣誉的彩回到北平时，第二天协和医院的哲公楼前，就变成门庭若市。李宗仁、郑介民、熊斌……以及各式各样的御用团体，拿着各式各样的珍贵礼品，涌进来郑重慰劳；而且国民党中宣部的《华北日报》也不惜一论、再论、三论地向美军表示"悋念与沉痛"，甚至还觉得国民党丧权辱国尚不够，今后"还要给予盟军必要的可能的便利"。我想，我们早已把领空、领海、内河、税关、驻兵等权送给了美国，如果认为还不足，那大概还要明文发表一下，美军有生杀予夺中国人生命之权利吧！如果这样，那《华北日报》也不如把要求国民党政府对被杀了的中国人民——八路军战士——"予以严加制裁"，改成为"让美国海军陆战队把中国的一片干净——解放区——通通烧杀光"来得干净。真的说出这样话来的政府，哪里还有半点中国人的气息呢！真可以把该报所说的"他们是和日寇侵略时期，长春、北平、南京的傀儡组织一样"这顶大帽子奉还给他们戴上，真是顶合适不过的帽子。

难怪这样政府统治下的北平，医疗不好日寇的创伤，就又变为美化的城市了。那么美货的涌进北平，玻璃世界的光临北平，各街头巷尾的纸烟摊上，都摆设着美国骆驼牌、飞利浦牌、第蒙诺牌的纸烟……这毕竟是微不足道的事情了。

八月十三日

（《晋察冀日报》1946 年 8 月 21 日，《副刊》第 83 期）

"入主出奴"

苗力沈

从报上看到吴国桢亲自出马镇压学生的消息。六月二十二日，上海大同大学的同学，因为参加反内战运动，请求延期举行期考，吴国桢就亲自赶去辱骂学生"形同暴徒"，"并且立即下令戈登路警察分局和警备司令部，派大批军警荷枪实弹赶来，把同学们团团围住，拳打脚踢打得许多同学血流满面，受了重伤"。吴国桢竟率领大批武装军警，凶狠地殴打手无寸铁的书生，这是一副多么残暴的景象！

但在六月一日，新任上海市长吴国桢和他的夫人在国际饭店举行鸡尾酒会，招待中外各界，到会的有吉伦将军、李凡将军、鲁斯特将军等"一千人左右"。"吴国桢夫妇从五点□十分到七点，始终站在电梯门的左边，和来客握手，殷勤招待"，"最引人注目的是市长夫人的玻璃皮鞋，和蒋纬国夫人的白玻璃皮鞋"。这一次招待会，吴国桢"发了六百份请帖，还很担心，恐怕有漏掉没请到的，结果到了一千人左右，此去彼来，川流不息"。吴国桢带着穿玻璃皮鞋的老婆，招待碧眼红发的山姆大叔，这又是怎样的一幅醇酒美人、对外献媚的景象。

记得蒋介石曾经说过一句有名的话："入主出奴。"就是说在外国人面前是奴隶，在中国人面前是主人的意思。今天，我听见了这种人的声音，我看见了这种人的面貌。

（《晋察冀日报》1946 年 8 月 21 日，《副刊》第 83 期）

必须勇敢地自卫

于□□

离开上海来张家口,一个朋友送我上船。当他要走的时候,我们紧紧地握着手。这时间,他睡眠不足的眼睛忽然流露出一种坚决的和极力地压抑住的激动的神情,他向我说:"请你告诉解放区的人民,不要忘记了我们!"

我马上回答说:"是的,我将要告诉他们,他们是不会忘记在国民党区的广大人民的英勇斗争的!"

"不是!"他截住说,"我的意思是,为了全中国人民,我要求他们坚决地保卫解放区!"

这样,他的短小的身躯从人丛中挤着、跳着,慢慢地走上岸去了。

显然,我对于这个问题是作了愚蠢的理解。因为我仅仅想到全中国人民争取民主与和平的斗争,自然是互相交流的。然而我这位朋友却尖锐而具体地提出了更重要的问题:为了全中国人民免于饥饿死亡的命运,解放区人民必须首先勇敢、坚决地保卫他们已经得到的光明、自由和幸福!于是我脸红了。

今日的中国,一方面是天灾遍地、人祸横流,全国十九省七千万农民正直接陷在饥饿的深重危机中,美货倾销、工商破产、特务横行、遍地恐怖,民不聊生,真可说到了绝点。这就是集一切历史上的黑暗之大成的国民党反动派统治区的真相。

而在另一方面,解放区的人民是自由和幸福的,灾荒在迅速地被克服,生产在日渐发展,实现了清算减租,农民们正在历史深长的痛苦生活中翻过身来。这里没有特务,没有官僚,没有欺压人民的宪兵警察，这就是解放区的光明面目。

可以想象到，在黑暗中的国民党统治区的人民，正是因此才有了生活与斗争的勇气，正是从解放区人民光明幸福的生活中，他们看到了自己未来光辉的前途，从解放区人民的坚决英勇的自卫战争中，看到反动派的战争资本正在迅速地垮台，他们是一定会被打败的！

因此，保卫解放区，就是保卫中国，就是支援了国民党暴政统治下澎湃的民主运动。

为了那个朋友热情的嘱咐，为了缩短呻吟在国民党暴政下的兄弟姊妹们的痛苦与死亡，为了我们自己的不被屠杀与蹂躏，为了全中国迅速得到和平、安定和自由，在反动派的血腥进攻之前，我们必须勇敢地自卫！

（《晋察冀日报》1946年8月22日，《副刊》第84期）

架梯勇士

吴群

今年正月,集宁自卫战中,我军用血写成了史诗。

团给予三营的任务,是坚决地占领西南城墙,让集宁再恢复为人民的城市!

虽然当时三营已占领了城边距敌仅三十米远的阵地和居民点,但要再前进三十米那确不是一件易事。因为眼前是一堵两三丈高的城墙,下边还有一对半圆形的低矮地下炮垒,像一对守门的狮子一样坐在那里,城墙的中层是一个紧挨一个的枪眼,上层也都挖有工事,几百个伪军□守着这最多三十米长的一段。因为他们知道我们要夺城一定在这里攻击,所以顽军除了大量步枪手榴弹外,还配置了有充足子弹的两挺重机枪和六挺轻机枪在西南城墙上。

这是连续强攻的第二夜,是个月亮挺亮的晚上。

眼前三十米是一片开阔地,月亮照得连地上积雪的气孔也看得清楚。三营就要从那里开始勇敢地攻击了,他们要在那两个突出的地下炮垒之间架梯登城,就犹如一群老鼠要跳过老虎嘴,踏着它的鼻梁强登它的头一样。这须要奋不顾身,这须要机灵果敢。

准备好五个大小梯子,自告奋勇担任架梯的勇士,首先出动。

头一回,七连的架梯组扛着一个大梯子冲过去了,才冲出几米远,迎面是一片机枪火舌,三个人全被射倒,梯子也倒在他们跟前。紧接着九连的两个人架着梯子又冲上去,虽然我们的轻重火器在掩护他们,但无情的炮火仍使他们倒在半路。第三个架梯组继续无畏地前进,两个人冒着枪林弹雨把梯子运过去,当他们将要到达墙根,子弹和手榴弹又□倒了他,梯子也被子弹打穿几个窟窿,梯上沾染了勇士

的血。敌人的顽固激起勇士们更顽强的攻击，他们眼睛红了，心燃烧着复仇的怒火。第四次架梯的勇士紧接又扛梯飞奔向前，勇敢使他们增加了力气，他俩扛着一个梯子，在敌弹织成的网中，弯腰急进。子弹穿过他俩耳边，穿透了衣角，打中了梯子，几乎打到紧扶着梯子的手掌。他俩不管，一秒钟也不迟疑地飞冲过去，终于把梯子靠上了。这两个勇士是九连的，一个叫牛凤和，一个叫邢二松。

梯子靠上，一场更激烈的血战就开始了。

八连九连的突击队，把背包扔下，上了刺刀，掏出手榴弹的火线，他们在冲锋号吹起，重火器又开始配合攻击时，一字形冲向架好的梯子跟前去，他们一路踏着架梯勇士所流的血冲得更猛。

越接近城墙，炮火越稠密，城墙脚下成堆成排的手榴弹开着花，重机枪打在城墙垛口上，激起一长串火星，这方圆三十米的地方顿时变成一片火海。附近的泥沙，随着火药的爆炸腾空掀起。

两个地下炮垒的两挺重枪机——刚才架梯勇士的死对头——被我们突击队把手榴弹塞进去制死了。但就这样，三营的突击队来不及顺梯登城，却全部伤亡在梯子附近了，有的枪给炸断，有的棉衣也给炸得烧起来，城跟前的积雪染成了一片片的红色。

就在这场壮烈搏斗中，架好的那个梯子又被炸倒了，它压在几个负伤躺着的勇士们的身上。几个腿部和肚子负伤的勇士不约而同地在血泊中爬起来，用自己两手仅有的力气拉起梯子，梯子重新竖起了。他们牢牢地紧抱着梯子腿，让梯子稳靠在城墙上。

后来他们就挣扎着，咬紧牙关，忍受伤口的痛苦，他们静静地期待着，期待马上就要继续冲杀过来占领城墙的二营。

（《晋察冀日报》1946年8月22日，《副刊》第84期）

汉奸主犯

程钧昌

由美国反动派所操纵的远东国际法庭丑态百出,由中国反动派所串演的审奸喜剧更不堪闻问。然而它们还是有价值的,其价值就在于它们提供了丰富的旁证,揭露了一名掩蔽的汉奸主犯。

两三个月以前对于陈公博、褚民谊、陈璧君诸逆的"审判"中,早已确凿地证明了"蒋汪两先生'救国'心同",表里为用。只不过"蒋先生"乖巧一些,留在峨眉山巅悄悄地牵着所有"曲线救国"的线,而"汪先生"则站在东京与重庆之间,担负着较为"复杂"较为"艰难"的任务。最近在远东国际法庭上,日本战犯的美籍辩护律师史密特更明白宣称:日本侵华乃由于"蒋介石曾要求日本合作",连在场的国民党代表也只好默然承认。既然汉奸的通敌叛国都是"奉委座谕",日寇的侵略中国也是蒋介石的"要求",这就足够说明,审来审去,原来真正的汉奸主犯不是别人,恰恰是那不但逍遥法外,而且厚着脸皮装作最高的"判官"的"主席"和"总裁"、"领袖"和"元首"。正因为如此,所以对于日本战犯,远东国际法庭的每一次审判都变成了一次开心;而对于国民党代表,则弄得常常处在被告的地位,几乎每一次出席作证都是一场难堪的煎熬。

但最值得注意的还是蒋介石亲自为褚逆民谊开脱所下的那道手令:

> 褚民谊过去附敌虽罪有应得,姑念其追随国父奔走革命多年,此次敌宣布投降,即能移心转志,准备移交,维持治安,当可从轻议处。

在这里,蒋介石除了对褚逆民谊表示了极大的嘉奖和无限的温情

之外，还企图以此作为先例，给自己留下一条后路。因为蒋介石自知罪孽深重，难逃将来人民法庭的裁判，所以他强调地提出"姑念其追随国父奔走革命多年"这样一条奇特的理由，希望打动善良而糊涂的人们的恻隐之心。但是蒋介石啊，谁不知道你是孙中山先生革命三民主义的叛徒？谁不知道你是罪恶滔天的杀人凶手和汉奸主犯？你再提起孙中山先生，都是对于伟大死者的最大侮辱。你杀了这么多的人，作了这么多的恶，出卖了这么多的国家主权，你还怙恶不悛，变本加厉，中国人民对你是决不会"从轻议处"，一定严惩不贷的。

（《晋察冀日报》1946年8月23日，《副刊》第85期）

美军在中国

马力

半年来,我认识了许多美军,从他们口中听到了许多他们在华的"文明行动",下面就是这些"行动"的实录。

美军来到昆明和重庆不久,他们在街头上看见了较漂亮的女人,不管是高官达人的太太,还是待守闺中的姑娘,是一手就拉到兵营或旅馆里去。有时候,他们竟公开地在街上,用着不熟练的华语问着:"好多钱?"好像问商品的价格一样。这样一来,连那些奴才相十足的国民党当局,也觉得太欠"文明"了,于是就到处代这些远征的"盟军"们物色了八百多个漂亮女人,放在重庆近郊的"安乐乡"。她们的任务是"慰劳""盟军",并且给了他们一个未见经传的雅号,叫作"乐女"。"乐女"们分好几等,年青漂亮的专给高级军官,其次依照姿色、年龄的优劣,分别配给各级军官和士兵。这个"安乐乡"的周围,都由他们自己守卫,除他们的人员谁也不准涉足;这些"乐女",除了疾病和死亡,被他们像垃圾似的扔出去之外,是没有法子走出这禁地的。

美军的补给品非常丰富,包括香烟、饼干、口香糖、巧克力、啤酒等等。他们的政府对于一切供给军用的物品,都予以免税的优待,一包美国香烟在他们国内要卖到二角五分,但在海外军中仅需五分美金。他们就利用这条件,大量地把这些军用品倾销到市场上,使中国的土产成品受到了极大打击;这还不说,他们的宪兵却又像猎犬似的搜寻这些走私品,一经发觉,就全部没收,有时还要把卖走私品的华人毒打一顿,或者索性把他捉到军营里去审问,弄得贩卖这些走私品的人们财物两空。至于兵舰的大批走私,简直更不是我们所能想象的。

在上海，吉普车经常开到华人身上，美军总部为了怜悯这些遇难的华人，规定碾死一个华人，发给美金五十五元；可是早些日子，同样是这个美军总部，却规定了碾死一条洋狗，给予美金七十元的赔偿。一家报纸曾经用《阁下身价值美金五十五元》做标题，报道这一类新闻，我们看了确另是一番风味。

北平的北京饭店和六国饭店，是国民党政府专门招待美军的堂皇富丽的招待所。每个夜晚，房间外站满着化妆得花枝招展的女郎，她们是专门为给美军"慰安"而来的，每晚的代价是美金三元。这么少的价钱，在美国仅能买一瓶酒，而在中国却可以侮辱一个异族的女郎。许多美军一个晚上要玩几个女人，或者同时叫两个女人陪他同眠。

人们或许以为吉普女郎"慰安"了美军之后，可以收到一批美金，其实错了。美军们是顶实利主义的，并不如有些人想象那样大方，她们陪伴他们玩个整天，受尽了他们的抚摸、接吻，往往所得到的只是五分美金——可怜的一包口香糖的代价。

有一次，一个美军坐黄包车，到了目的地才发现没有带钱，他总算还有良心，把自己的衬衣脱下来，付给车夫做代价。过了几天，这位车夫穿着这件衬衣在街上拉车，给美军宪兵看见了，硬把他的衬衣脱下说是军用品，并且要他供出从哪里偷来的？！一个车夫，怎有胆量去偷洋大人的衣服，这个宪兵的理解力也太差了。

在汉口，一个美军上校，为了一件事情，不满意武汉当局的一件措施，他向一个国民党上将军官说："我命令你，立即撤销那件事的命令！"而这位上将却唯唯应命。多大的口气，一个上校可以命令另一个上将，真是古今中外史无前例的。

至于打人、骂人、酗酒，以致侮辱中国人的人格，简直到处皆有，不足为奇。这些"文明"行动，同时只见诸殖民地的菲律宾和被征服的日本，只有那奴才成性的国民党反动派才会不顾国家面子，硬拉着后腿不让美军撤退，对于人民的被欺凌、奴役，倒处之泰然。"去了口中口，来了天上天"，这个歌谣的流传，绝不是偶然的。

  我曾问过美军一些人员，为什么要这样"文明"？他们说这是中国民族性的特点，他们喜欢用这种"文明"来维持中国的"秩序"。仅仅对那些奴才成性的国民党反动派来说，这种了解有某些根据；但是中国人民传统的毅力和气概，就可以给这种荒谬见解以有力的答复。一位六十岁的联总美籍医生米勒先生，视察了中原军区司令部所在地的宣化店，回来之后向我说，当他看见了解放区人民的毅力，他感动了，进一步了解了中国人民的力量。一条八十五里长的公路坏了，他们可以在一夜里修复；一个估计要用十五天工夫完成的街道建设计划，五天之内成功了。联总的物资，在国民党地区是大小老鼠都偷，要不然就堆积起来，让它发霉；但在解放区，两天之内就可以把收到的物资，全部分配到人民手里……"我看见了新生的中国，看见了中国人民的力量。他们不但有力量把日本匪徒送到坟墓里去，而且谁如果再要欺侮他们，也会遭受到了同样的命运！"

  这位六十岁老医生的视察是不错的，中国人民的力量，是强大无比的，谁要欺侮中国人民，他们就会把谁埋葬到坟墓里去。一切梦想把中国作为冒险家的乐园，作为菲律宾或者是被征服的日本来看的人，只有一个前途，那就是搬起石头砸自己的脚！

一九四六年八月二十日

（《晋察冀日报》1946 年 8 月 25 日，《副刊》第 87 期）

新题目老文章

夏禾

最近报载：“上海英商电话公司职员陆文达、朱世杰近被捕押，该两人因有反美嫌疑，在警察分局羁押六日，又送警备司令部……”"反美嫌疑"，这个名字挺新鲜。

再想想，不太健忘的人们总还记得报纸上"××" "□□①" "□□②"最多的年头。那时候，"日本"两个字像祖宗名讳、生殖器官一样是不敢写或恭留空白的。那时候蒋介石一开口不是"侈言抗日者杀毋赦"，就是"制裁一时冲动及反日行为，以示信谊"。那时候许多热血的青年就为着给加上"反日"的罪名，脑袋搬了家，或是"自行失足"落了水。

为什么"反日"成罪呢？民国二十二年（1933年）黄郛、何应钦与日本代表冈村在北平的秘密谈判里透露了这个秘密：原来日本答应用借款和军火供给蒋家"剿共"。

"强盗乐土"的"满洲国"当时也不甘落后，后来还赶上了蒋家："九一八"后一两年，哈尔滨反日组织的"大破坏"，七年前吉林、黑龙江、安东的"教育界大检举"，四年前全东北文化界的"大检举"，安东工人的被杀，大连"放火团"的被处死，承德各界人士的被捕……大大小小的"检举"，几乎没有一天不发生。只要被认为有"抗日反满"的嫌疑，那不死也得去一层皮。

因此，说"反日"的罪名与镇压人民的"剿共"内战分不开，与投靠异族的儿皇帝统治分不开，是丝毫不冤枉的。

---

① 原文为"□□"
② 原文二字空白。

现在，日本法西斯垮台了，"满洲国"也云散烟消了，"反日"有功是大家公认的事实，蒋家帮闲的脸皮即使比城墙厚几百倍也不敢哼半句："当年'反日'有罪是我主人讲的，讲得对。"可是，新的题目也就跟着出现：反美嫌疑。

题目即便崭崭新，文章还是老一套。不信，你就看：援华借款、飞机、军舰、达姆弹、火箭炮……一批一批运进来；内河航行、地下驻兵、海上演习、空中照相……一堆一堆"权"字号的礼物送过去。去年一位某方面军司令官在双十节前夕干部会上早讲得明明白白：

"暴日的投降，使吾国进入一崭新的时代，此后已由抗日战争转入反共战争。在此国际性战争中，美国已答允予我以支援。吾人唯一之任务，厥为在第三次大战以前，首先肃清本国的后方，以迎接新的大战，俾该时可无后顾之忧。"（见上海《时代杂志》一七〇期）

今天不已经乒乒乓乓打进解放区了吗？

前些时候，北平大大小小的国民党报纸拼命把刘豫、张邦昌、洪承畴、吴三桂、溥仪、汪精卫等等恶谥掷向人民的政权及其武装，曾几何时，事实无情，这回是请君入瓮。

（《晋察冀日报》1946年8月25日，《副刊》第87期）

悲惨奇闻

魏伯

当长工为了挣工钱，
想不到三年赔一千。
给地主粮食他不要，
立逼卖老婆把账还。

薛进财一家五口，张北大石头人氏，只因张北土地全被恶霸地主占为己有，特别敌人来后，恶霸多当了汉奸，和敌人一鼻孔出气，加款加捐，贪污敲诈，造成富人越来越富，穷人越过越穷。薛进财弟兄三个和老父亲都"受一身好苦"，给人家整年扛长工，却还买不到一块地，老母亲吃不上一顿干饭。民国二十八年薛进财的父亲说："这里咱们命苦留不住，上康保去吧，那里地面宽，也许穷人有个发的。"于是把挣下的工钱买了一条大黄牛，驮住破褴东西和吃饭锅，让老母亲骑上，全家五口便穿过草地直奔康保蒙古营子来。原来薛进财的姐夫谢孝早先几年已由张北搬到这里给地主种分收地，这时便由谢孝引他们到东火房村去见地主张背锅。张背锅的地号称七百顷，在康保张北宝源到处立伙房，招"分收"，白天夜里打算盘剥削穷人肥自己。他原名张珍，因他驼背，背地里都叫他"背锅"，可是当面谁也是称他"老掌柜"。他一见薛进财弟兄三个都是二十岁上下年纪，臂大腰圆，浑身上下晒得酱黑，真是有无穷力气，可就像恶狗见了肥肉，不由馋得流口水，他满口答应放给他们三顷分收地，并拿出几根木椽，说："你们拿去先盖一间房。"

薛进财家留老娘做饭，爷四个整天在地上做活。土地不哄人，你犁铧扎得深深的，它滚得欢欢的；你撒得种子饱饱的，它长得穗长长的。第一年好雨水，他们起五更熬半夜，一年手脚不使闲，年终倒也余剩些粮食。可巧村里刘家穷的没法子卖闺女，薛进财他爹便□了点粮食，和从前留下的几个工钱凑成一百元买进云儿给薛进财当童养媳。为这件事全家春天吃一两个月干山药蛋。可是大家没怨言，实指望往后会发家。

张背锅是个剥削鬼，看见佃户得了些什么，就觉得自己是丢了什么，不把你的东西设法弄进他家就夜里睡不着觉。他是伪甲长，又是地主，两手抱住算盘子成天拨算。他把薛进财家的牛私下合了一百元的价，他向他们家要罢驴尾巴捐要猪捐，要了猪捐要锅捐，要完锅捐又要缸捐，一张条子接着一张条子，出不完的欠款五分利，利滚利二年就上了一百多。大年初六去牵薛进财家的大黄牛。牛是薛家的命根子，没有牛就种不成地，薛进财母亲捉着牛尾巴不肯放，牛也流泪不想走，薛进财父亲给张背锅磕响头。张背锅一努嘴，叫管账的一拳打得薛进财母亲松了牛尾巴，硬把牛拉走。几天后母亲得了病，春天转成出水症死去。隔了两个月父亲也得了出水病见了阎王，把全家东西卖光，才闹了两口柳木薄棺材。老大薛明亮发誓不跟人家扛长工，到前面一个村里，一家有牛的伙种分收，拿人工换牛工。薛进财和三弟进宝跟地主张殿荣家扛长工，讲定每年每人五百元工钱。薛进财媳妇云儿给张家烧火做饭只管个吃。张殿荣和张背锅走的一条路，张背锅怎样剥削穷人他也怎样剥削。长工工钱不零支，要什么东西他给代买，五块钱一尺扯的布算你十块，一年一个人穿两个布，加上烟钱、洋火钱、灯油钱，五百块工钱得倒贴。这内情薛进财弟兄都蒙在鼓里。直到扛了三年长工，老大叫去伙种地，信上说："扛一辈子长工还是两手空。"薛进财一算账，才发觉三年还倒欠了地主一千元。康保规矩：一个长工可稍种五亩地。薛进财弟兄两个三年打了三石荞麦，一石小麦。那时荞麦二十五元一斗，三石就顶七八百，还有一石麦子，合起来就一千元开外，想拿粮顶账。

张殿荣心里打算盘，薛进财弟兄两个力气顶两犋牛，性情比牛还老实，骂一句不还嘴，打一棒不还手，这样长工你就背着干粮也难找。因此薛进财一说要走，拿粮食来顶账，他就不答应。薛进财说："你不要粮，我粮食卖了还你。"张殿荣却说要立时还。薛进财说："我只有那点粮食，粮食不卖拿啥还？"张殿荣就狠着心说："你卖老婆还！"

  提起老婆薛进财心头三丈火。开初一到张殿荣家，弟兄两个在外面睡，云儿在张殿荣内宅和他儿子张钦英睡。张钦英本有老婆，却还调戏云儿。云儿守住薛进财哭，薛进财叹一口长气，忍住眼泪劝她："咱们穷在难处，忍一点吧。"一回回哭，一回回劝，可挡不住张钦英作恶的手，后来他就强奸了她。云儿知道和丈夫讲也是白讲，左思右想就变了心。现在薛进财把全家要离开张家的事和云儿商量，云儿就不想走："穷人到哪里还不是给人家扛长工！"张殿荣又在背后烧火，云儿就越来越死心。薛进财的兄弟劝，众长工劝，托亲戚劝，云儿就像喝了迷魂的酒，越摇越不醒。

  张殿荣的羊倌薛明插进来劝薛进财："你还是留下扛活吧。"薛进财说："我这辈子就是扛活也再不在张家！"薛明说："那你就干脆把你老婆卖了，我看云儿是准定不跟你了。"薛进财抱住头闷哭了半天，临了说："我卖老婆也不卖给张殿荣。"后来就卖给了后滩梁喜仁，卖价六千。薛进财弟兄给了张殿荣一千，弟兄两个就低拉着头眼黑巴巴掉着泪离开了。

  薛进财弟兄三个重下张北去种分收地，还是闹不上吃穿，只盘算这一辈子要穷到底，没想到八路军来劳动人民大解放，种子发芽，仇恨生根，一听说蒙古营子要清算张殿荣，他们弟兄由张北赶来参加斗争——申冤报仇。现在在蒙古营子农会帮助下他们有了地，有了房子，还有人帮牛犋，开始了幸福的日子。可是挨过子弹的地方终有疤，薛进财一提起当年张殿荣逼自己卖老婆，就止不住流眼泪。

（《晋察冀日报》1946年8月26日，《副刊》第88期）

人民的幽默

正在农忙的时候,东家总是想长工给他多干点。有一天天气还不亮,长工被蚊子、臭虫咬得整夜地睡不着。已经过了半夜,刚睡着,东家就在窗子下面叫了:"这会还不起,快起,快起,太阳快照见了你的屁股。"长工懒洋洋从坑上爬起来,用手搓了眼睛,抬头看了一看,天还没有亮,心里很气,又躺下了。不一会,窗子外边又催了:"快起,快起,这么一大会儿还不起来,干什么呢?"长工在坑上答道:"捉虱子哩!"东家发了火说:"这么黑的天气,你看见捉虱子了吗?"长工慢慢地答道:"你不是说太阳快照见我的屁股了吗?"把东家说的一句话也不能回答。

(《晋察冀日报》1946 年 8 月 26 日,《副刊》第 88 期)

从两封信谈起

瀔

很偶然的机会，我看到这样的两封信，我想，使更多人读到它更有意义，就把它摘录下来。

给哥哥的信

亲爱的哥哥：

……你虽然死了，我要把悲痛变为对敌人的仇恨，变为学习上的恒心。父亲去年九月死在日寇之枪杀下，现在你又死在国民党反动派收编的伪军刀下。但这热血并不是白流的，因为它更增加了我对革命的坚定。我要向你看齐，我不怕他们的刀杀，我决不会向敌人屈膝求饶，我一定给你报仇……

……我们的事业一定会胜利，到那天再到哥哥的墓头前面，用我热热的泪滋润着你所躺的土壤……

给嫂嫂的信

嫂嫂：

……从来没有见过你的面，今年六月才知道你和哥哥结婚……他现在虽然牺牲了，我们决不能光悲伤。不要再悲痛了，悲痛是打不倒敌人的。希望你在工作上用最大的努力，将他未完成的革命责任继续做下去，为他报仇……

写这两封信的是一个十八岁的青年，名叫田进义，他现在张家口念书。他的哥哥田进良是中共武清县委书记。今年六月十五日，他的哥哥在本县北靳庄被国民党加委为"义勇壮丁队"的武清伪保安队柳小五匪部杀害了。这两封信是他写给武清县委的。

一年来，国民党反动派在我解放区边沿不断用血的恐怖镇压人民的反抗，企图杀尽为人民服务的先锋，以达到在这片自由天地里恢复他奴役、屠杀人民的统治。虽然有些共产党员、农会干部、地方行政工作人员惨遭毒手，但是，这些事实使广大人民更看穿反动派的赤裸裸的丑恶。我们年青的一代跟反动派结下更深的冤仇，田进义这两封信就够作充分的说明；而许多复员战士自动回到部队，要求发给他们枪支，以保卫自己的父母、妻子、土地、财产，更是事实的补充。

　　陈毅将军悼彭雪枫同志的诗句云："新生几百万，浩荡慰英魂。"浩荡的人潮将是不可抗拒的力量——无疑地，反动派如果不悬崖勒马，一定葬送在这浪潮的冲击中！

八月二十六日

（《晋察冀日报》1946 年 8 月 27 日，《副刊》第 89 期）

壮丁的虐杀和买卖

恒

我由陕西宝鸡到张家口来不久,看到马建翎先生写的《血泪仇》剧本,引起我回忆在国民党统治区的生活片断。

有一次我到一个男同事家看他太太去,正碰着他家来了远路的客人,是一对年龄不相称的夫妇。男的有三十七八的样子,身子很高,但不壮实,穿一身质料很好的绿色军服。女的是一个十六七岁的小女孩子,眼睛睁不开似的,像几夜都没有睡觉的神气,脸色黄里带青白色,身子活像一把干柴。虽然穿了那么鲜艳的绸子旗袍,擦了许多胭脂,也遮盖不了那被过度蹂躏的可怜相。

主人向我介绍:"这位是张大队长,由广元开来宝鸡的,不久就上前线去。这位是张太太,四川佬,娃娃货。"说最后两句话的时候,他笑起来了,那女的半撒娇的样子,瞪他一眼,说一声"呸"。当时那位张大队长哈哈大笑着说:"您不要轻看了我这个娃娃货,她一路上压死过八个新兵哩。"我们都一齐惊奇起来,我同事的太太追问是怎么一回事。他笑着说:"叫她先坐汽车到这里来,我说我押着队伍迟不几天就到。我这娃娃货硬不肯,非要跟我走不行。"女的沉着脸说:"跟你走,那是你在结婚那晚上说的……"男的没等她说完,轻轻地说:"小糊涂虫。"又接下去,"没有办法,我只好找一个滑竿(四川流行的简单轿子),叫两个新兵抬着她走。那些新兵都像棉花做的一样,一倒一个,他妈的,也不知道是什么病,一歪下去就不能动了。"女的还带着生气的样子插着说:"那开头给我抬的死鬼,我真恨死他!出广元没半天就差一点把我摔死,箱子瓷盆都摔坏了,送给您的印度绸被面和那两匹阴丹士林布都从箱子里摔出来。第二个家伙不是我两只手把滑竿儿抓得紧,也会把我摔下来;倒在地上,口里还淌出一大摊水,他们说扔到沟里,还睁开眼看一看呢。"男的又接着说:"后来我就让两个抬着,两个陪着走,一看神气不对就赶快换下来。他妈的,换下来的就软瘫在地上不能动。真叫人又急又气,滚他妈的吧,都叫他们扔到麦地里去。最后那一个当我们走的时候还在哼呢。就这样还没到汉中就完了八个。"他说完这段话用眼睛瞟一下他的"娃娃货",一面用劲地吸一口大前门。

★★★★★

另一次,我们徒步由重庆到成都,走到乐至县的一个偏僻的村庄。天快黑了,那里住了很多兵,我们找不着房子正在发愁的时候,对面走来一个服装整齐的军官,一见面原来是我丈夫过去在保定时候的学生。我们把找不着房子的事告诉他,他满口答应:"这一点小事我可以想办法。"马上叫勤务兵把我们的行李搬进他住的院子里的一个小房间。

半夜,我们给惊醒了。连续地"哎哟!我不敢了"。声音像从喉咙里逼出来,那样尖,那样惨,不细细地听简直不敢相信是人的叫声。渐渐地叫得不成句,声音也小了,我们只听到扁担打在肉上的响声,和打人的使劲声。静一小会儿是喷水的声音,再一会儿是微弱的哼声。忽然一个极凶狠的声音:"你们看见了没有,他妈的,跑吧,再打!"又是打人声和叫痛声,停了,又是喷水声。这么反复了几次,那凶恶的声音说:"拉到后院去。你们哭什么?"接着是许多脚步走动的声音。这时候天也快亮了,我们整晚没睡好。

第二天,我们问他是怎么一回事,他还很气愤,一开口就骂:"他妈的,这些新招来的壮丁真可恶,把他们弄到操场里操练,大天白日在操场上就敢跑,前几天当场毙了两个。后来锁到屋里也偷着跑,夜里跑得更凶,没办法,叫他们都光着身子关在屋里,昨夜一个光着屁股也还跑，气极了，叫人用军棍揍，没揍几回就死了。"他狞笑了一下，"活像一群肉猪。"讲完，他皱起眉头对我丈夫说："唉！王老师，真难管。"

★★★★★

又一次我正和一个姓陈的同事在办公室闲谈，勤务领一个穿黑灰纺绸褂裤的中年男人进来说："陈先生，金先生找您。"老陈赶忙站起来笑着说："啊！保长来了，请坐请坐，小李泡壶茶来。"这时我就回到自己的办公台上翻着公事，心里想：保长找老陈干什么呢？正当我心里的疑问得不到解答的时候，保长喝了几口茶开口了："陈先生，您明天可以凑齐了吧，我们后天或外后天就要交上去。□县长可厉害哩，到期不交我们也要受累。"老陈说："您再帮帮忙吧，九万块钱是太多了一点，兄弟是知好歹的，上鸿宾楼、金台宾馆都算我的，哈哈哈哈。""您我都是自己人，您在机关上，我也是办公家的事，还有县里周科长也对我说过，还能向您多要，您不信到外面打听去，哪一家不是十二万，只有您才九万元，再少呢，要我赔出来不成。要真是要人，到外面买买看，花上十六万也买不了一个。"这一下是老陈赔了笑脸："别生气，就是那个数吧。明天一早我一定送到府上。明天晚上上金台宾馆。"保长一面笑一面站起来："不是我生气，人家十二万，您只出九万还嫌多。哈，哈，新从西安来的小秋红真不错，那对小眼睛儿！就够……"大约看到我坐在那里就没说下去。

保长走后，老陈深深地叹了一口气坐回他座位上，半天没说话。我听了他们的对话，虽然明白了几分，想知道个究竟，就问他："刚才您和保长说的是什么钱呀？"他望了我一会儿才说："壮丁钱。"我问："什么？一个壮丁涨到九万元！"老陈再叹一口气："九万元其实不算多，在外面买真是十六万也买不着。""那他不是要赔本吗？"

"哪里，他们怎么会赔本，您不知道里边的情形，让我讲给你听听。"他叫小李重泡了一壶茶慢慢地说，"这里抽壮丁早就要钱不要人了，就是交人，也东挑剔西挑剔地不愿收。"这一下真把我弄到鼓里了："什么！要钱不要人？"老陈接着说："是的。给您打个比方，保里派十个，一个收十二万，十个就是一百二十万元，保长收了一百二十万，他按十万一个交给乡长，自己装进腰包廿万。乡长接着一百万元，按八万一个交给县长，一百个壮丁就是八百万，他装了二百万元下腰包。县长按六万一个给师管区，一千个壮丁就是六千万，又装上二千万。"我问："师管区怎能一口气弄上一千个壮丁呢？"老陈说："那还不是抓，抓不来就少交几个。"我对他的话有点不大相信："怎么？少交能成吗？"老陈望一望我说："到底您们和社会的隔离比我们远得多，这笔钱自然不是师管区独吞，得分一部分给接收壮丁的军官。军官们还得叫他们手下能干的弟兄分一点油水，师管区交不出来的，军官就带着士兵到路上分头抓，还有抓不够的。您是不出城，出城也走不了几步子路。现在大小路上都有抓壮丁的，老百姓白天黑夜都不敢走。要不然城里的粮食为什么会这样贵呢，我的家离这里不到三十里路，那里麦子不到二千元一斗，这里卖到三千五百元了。谁敢来城里卖呀！"我说："谢谢您，我明白了。您总算不错，只出九万元，省下好几万块钱啰！"他说："这还不是因为我和县政府有往来吗？可是，请他喝稀饭就得花几千块钱。"我很惊奇地问："什么稀饭这样贵？"他笑着不答，我想了好一会儿才明白。

(《晋察冀日报》1946 年 8 月 27 日，《副刊》第 89 期)

大同——就这么一团糟!

——一个大同汽车工人逃出后的谈话

石丁

大同人,本命苦,

来了个司令本姓楚;

折了南庙修碉堡,

莜面涨到两千五,

你看命苦不命苦!

别说,您就听听人们编下的这个唱,你看惨不惨!八路军再不去大同搭救那边的人们,那就都得往死饿。

先说他们那些个兵,穿的是美国衣服,可是咱这小民百姓一瞅就堵心!中国兵嘛!吃的呢?尽都是连皮带骨的粮食,吃不下去,那就刁抢老百姓吧!这会儿,钻在城里不敢露头,那会儿是三日两头地出城抢劫。嘿!一进了老百姓的家,眼就红了,只恨你瓮底刮不烂。

粮食抢进城,兵们还是个轮不着。滑头一点的,讨个差事,下乡放马!哪儿是放马?是找着老百姓吹胡子瞪眼睛!自己打闹一点自己吃,你怎么说呢?人一饿急了,什么事情也干得出。心眼活动一点的,一出来就给它一个脚蹬西瓜皮——溜了。就这样今天一个班没了,明天一个排没了,哪儿去了?我猜想,差不多都到了这一边。

好都好了那些上级官长,日本投降,坎下的大米白面,直到如今,没见露过一点,谁吃了?楚溪春是金戒指,成斗往家里量。多少汉奸为了买活命,抢着给他献宝进贡。楚溪春在大同这么久,大汉奸办了几个?都升了官哪!狱里押着的,法院里审的,拉出去崩了的,没一个是数得着的,最大不过是日本手下当警长的。

上官是这样,下官还好得了?今年春,云中饭店这个长结婚、那个委员结婚,小汽车满街跑,几十万、几百万,花钱像流水,不贪赃卖法,钱从哪儿来?倒霉的,是咱这号老百姓。黑炭一样的饼子没有耳朵边厚,二十多天前我从大同出来时就要二百元一个。莜面早就两千五了,可哪儿是莜面啊?净草麦面,略许有点儿莜面味。白面?嘿!比金子还贵!像我一家四五口子人,一个月饱一顿,饿一顿,总得十几万的花销。您说,凭咱这号穷跑车的,一个月才能挣多少?

阎王不嫌鬼瘦!就到这步田地,还一天三四遍逼着要捐款,甚也有捐,名目多得很,数也数不过来。前些日子,又要下三个月的粮食、灯油。你穷?交不上?偷也得偷给他!

跟太原还通火车的那会来过一列车的东西,光洋面就有几万袋,还有衣服,听说是洋人救济老百姓的,可压根儿谁也没看着,就见发过一回代乳粉。咱?领不上,说小孩要证明他娘没有奶,那是由人家说呢!归根结底,要有门子,要有面子才行。

街上买卖,哪会门也开着,但进来出去的,不是官,就是官太太,穷人只好老远地偷着眼瞅瞅,比一比,有的真有,穷的真穷。

还有个军事操,青年团、儿童团、妇女队,一早起来三个钟头的操,人家说是,"不耽误你们干营生"。可你下了早操回来,腰痛腿痛,什么也不能干了。那些个拉洋车的,害的连拉车的工夫也没有,操完了就得去修碉堡。妇女队呢?起初抱小孩子的、肚子里有了犊儿的,都得去。后来免了,净是些大姑娘、小媳妇,管你良家妇女不良家妇女,高低不去不行。到了操场,还□逼着要唱个歌,给官们、兵们开开心,这一命令,不会唱也得唱,不唱就要受罚;下了操,也要搬砖修碉堡。日本,据我知道,不下千数人,还是旧日的"威风"!听人说,因为阎锡山的小老婆是个日本人,所以总护着日本。是不是因为这,咱不管,反正他护着日本!现在听说城门不开了,这以前人们出来进去，要有日本时候的"良民证"，再打上城防司令的戳子；不了，任怎么也不成！

大同，就这么一团糟！

（《晋察冀日报》1946年8月28日）

珍贵的考验

诚

在毒刑与监狱中能昂头不屈,在金钱与美女面前犹信守理想不移,在战争中曾经视死如归,唯有经过真正严重考验的人,我才承认他们是真的勇敢的战士!

说一个勇敢的故事总算容易,实际扮演一个勇敢的角色却比说的要难得多。有嘴上说得坚硬而结果屈膝的人,有笑话别人软弱但在自己严重的关头变了节,有忍受了九十九次痛苦,而在最后一次现了原形的人。在和平安定的环境里,一切毕竟比较容易;而在战争的面前,越在严重的关头,对于一个勇敢的战士来说,越是一次珍贵的考验。

一个经过考验的战士,认为迎接再一次的考验是自己最大的光荣。让我们尚未经历过严重考验的人,用忠诚、坚定去忍受与迎接未来的日子。一个激烈的场面、一段可怕的路程、一件冒险的事情,都是测量你勇敢的程度的标尺,严重的考验好像一杆秤,它会公平地告诉你自己分量的轻重。

我们面临着自卫战争来衡量自己为人民服务的忠心,在这条道路中所要通过的激烈、惊险与困苦,甚至要贡献自己的鲜血与生命,但珍贵的考验会给我们严峻而公正的评判。

(《晋察冀日报》1946 年 8 月 29 日,《副刊》第 91 期)

死 不 瞑 目

李召

蒋介石从他娘胎子里就确定了中国共产党是他的死对头,这是没有问题的。他近年来曾对人忿忿地说:"我不消灭共产党,死也不瞑目!"这可以说是他的自白,也可以说他在这一点上总算说了句老老实实的话。而且他这一句话,一定会博得他的周围的狐群狗杂们的摇头摆尾,欢腾鼓舞地把笏板高高举起而低首连连地道着"万岁!万万岁"了。

自然,我们也用不着研讨与考究他的"瞑目"不"瞑目"的问题,即使他死后还会瞪着眼睛,甚至把眼珠子瞪出来,这倒与我们老百姓没有丝毫的关系。不过我们不能不看到这样一个问题,他的所谓"……我死也不瞑目",不仅是他的自白,同时,更不过是他从心底深处已极感技穷乏术的时候,而发出来的羞怒交加的伤心语罢了。因此,我想起了小时候读过唐诗上"杜鹃啼血篱园树,不信东风唤不回"的残句。这是当时的诗人们眼看春日已去心有所感,而假托宫人贵妇们叹自己的韶华不久在(也许有另一种解释,这里倒不需要考究)而写的绝句。今天,我全国人民要实现和平民主,已成了大势所趋、人心所向的必然发展规律,这犹如宇宙自然之演变的必然规律一样,是非人为的任何大力所能阻挡的。三岁小孩也知道,当这春日已被炎炎的夏季接替了的时候,即使痴心的杜鹃哀啼得两眼鲜血淋淋,也是唤不回东风的;同样,中国社会几千年来的历史推演到今天,即使蒋介石(及其狐群狗杂们)在他(和他们)每个细胞里印上了"一定要实现一党专政",从而实现他登上久已梦想的宝座,当上以秦始皇与袁世凯综合了变相的大皇帝;即使他们搜尽了他们每个细胞，而施行着极其凶恶残忍的，同时又是极其卑鄙下流的手段，来屠杀中国共产党、八路军、新四军、民主联军以及全国民主党派和人民，以期达到他扑灭全国人民的和平民主，而便于他永远骑在人民脖子上的目的，然而，客观事实却始终是而且永远是钢铁般的无情，随时随地给着他碰得头破血流的钉子，以至他最后的被毁灭。

(《晋察冀日报》1946年8月30日，《副刊》第92期)

拉 和 撞

方之中

早些年，上海的汽车杀人倒是司空见惯。那是讲什么流线型，汽车开得越快，越显得汽车阶级威风，来不及让开路的两足动物，就沦为车下之鬼了。乘客拿点恤金，命案从此了结。也有一种蒋记公司的黑牌汽车，停在街旁弄口，专拉"爱国犯"乘坐。不幸遇到这种免费汽车，不是请你到上海市公安局去尝电刑，就是请你到龙华警备司令部去行解剖。幸而不死，也得面壁几年。著名文化人楼适夷、李剑华都是乘的这种汽车，好几年不见天日。

上海沦陷后日化了七八年，国民党"接收"后又美化了一年多，自然其进步应该而且实已骇人听闻，且看郭沫若先生报道：

"有人说上海已组织了一个杀人的吉普车团，有百多部吉普车，专门在街头撞杀注意人物……"

去年国民党反动派还小住在峨眉山下时，他的山姆大伯的吉普车，专在重庆街头拉中国的漂亮女郎。"吉普女郎"四个字，不知浸渍着多少血和泪！现在吉普车到了上海，变为"专门在街头撞杀注意人物"了。对中国人民，由"拉"到"撞"，是象征了美帝国主义分子侵略方式的一种进步；其次国民党特务分子从前在上海用汽车绑人，绑了之后，还得杀或埋，怪麻烦，况且社会上凭空少了一个"注意人物"，引起"注意"者妄加猜疑甚至"造谣"且不说，稍一不慎，暴露真相，还落得一个恶名。现在用吉普车"撞杀"后，可以说死者违犯警章，死得活该；可以说司机失手，至多赔口棺材。既文明，又科学，一了百结，岂不干脆省事也哉。这是国民党杀人方法的进步，也就是上海"文明"的进步。

只是在中国人民面前，"吉普车"实在是"凶普车"，"美化"就是"恶化"。郭氏继而叹道："现今的世道，也真是无奇不有了！"我说国民党反动派十余年所做的事，就是"无有不奇"，其杀人方法的进步，也就"不足为奇"了。不过如果蒋介石的统治还能万寿无疆，那么秦始皇的天下应当维持到现在；而我们"庶民"呢，就应该早已灭种了。然历史对秦始皇的判决是"二世而亡"，对蒋介石呢，当"不可一世"。因为中国自从出了蒋皇帝，十年倒有九年乱，中国人民，有力量有勇气要活下去。

（《晋察冀日报》1946年8月31日，《副刊》第93期）

北平漫记

张蓓

一

从延安出发,越过冀晋区的山岳地带,飞机加速度地接近了北平的郊空。以仰慕的心情,我们俯视这历代帝王用人民的血汗点缀得金碧辉煌的故都,于是万寿山、昆明湖、西山、北海、景山和深藏在一片绿荫中的紫禁城,都迅速掠过。曾经到过不少名山大川的人,在飞机上俯瞰一下夏季的绿色的北平,也得惊叹一声:这是一个可爱的北方大城!

但是,当飞机在西苑机场降落以后,周围事物使你的情绪立刻起了变化。各种各样涂着白五角星的战斗机、运输机,布满了这个巨大的机场,一排活动房屋是美国兵的营房,吉普车奔驰在纵横交叉的沥青跑道上,无边的铁丝网隔断了和外界的联系,而当我们外出时,美国哨兵实行了使人难以忍受的检查。在以后,我曾经有一个机会进入这个机场,会见一位美国的中校机场司令,坐着他的吉普,看了一番,整个机场中除了中国的苦力和餐厅的中国仆役外,找不出一点国家主权的象征。这是黄昏,一大群中国苦工排着长行站在铁栅门口,每个人都举起双手,让美国兵在他那破烂的衫裤上进行严密搜查,然后才放出去。沦陷八年中,日本人也是用这个方法来对待中国的苦力的。

夏季的晴空是一片碧蓝,北平的人们被酷暑的热流压得喘不过气。然而,另一种声音对他们的压力比热流还大,那就是自晨至暮隆隆不绝的飞机声。有三天工夫,三十余架美制战斗轰炸机,每天从早晨九时起即在北平市空作大编队巡逻和战斗飞行，一直到深夜，天空中仍不时有战斗机的尖锐得令人恐怖的响声。于是人们私下议论了："这又有什么事要发生了，日本人在时，也没有这样多的飞机！"

胜利以后，北平的汽车增加了，你如果留意一下，街上十辆汽车中至少有五辆是美国的。全副武装的美国兵耀武扬威地在大路上疾驰而过。白帽子上印着"MP"的美国宪兵，每一条大街小巷都有他们的踪迹。小商和摊贩最怕他们，有一次在王府井大街，两个白帽子（老百姓这样称呼他们）开着一辆吉普，到路边一列纸烟摊前下了车，不讲理由，把好几个摊子的纸烟乱翻一顿，然后把几条美国骆驼吉士烟挟持而去，说是他们自己的烟被偷窃出来的。小贩号啕叫冤，"MP"则扬长而去。一天，我去钢笔店买派克笔，等了半天，伙计才从铺子后面拿了出来，很为难地说："先生，不敢放在外面，'MP'来了又说是他们的，拿了就走。"

夜晚十一点钟以后，宽广的长安街，优美的王府井，行人已很稀少，这时常常传来一阵阵狂妄的戏谑声夹着淫荡的笑声，烂醉如泥的美国兵，带着为生活所迫而强作欢笑的吉普女郎，成群结队而过。

美国人并不"大方"，他们使用中国人的劳动力像使用奴隶一样。北平的三轮车和人力车夫，已逐渐消失了对这些高鼻子顾客的欲望，见了他们跑得远远的。常常来回拉了几十里路，美国人才给一百元。有一次星期天，一个美国兵坐着黄包车，从早到晚在各处玩了一天，到了××饭店，这个美国兵将手一挥，登上电梯就走了，一个钱也没有给，而这个车夫只是早晨吃了两个窝窝头，肚子里正饿得发叫。

最近，北平报纸连续登载着一条行人注意的新闻：在北平香河地区，美军与中共的军队发生冲突。于是北平城的美军就全体动员起来，武装整队示威，弄得全城人心惶惶。

然而这一切，美国兵和部分下级军官不能负主要的责任，我在××饭店一个酒吧间，看见几个酗酒烂醉的家伙，大声呼嚷："回家！回家！"可是美国反动派要他们帮助蒋介石打内战，这些头脑简单的青年，只能找一切享乐来发泄自己的苦闷了。

随着美国商轮在大沽口的靠岸，美国货已是大百货公司的重要出售品。美国烟和上海烟的到来，使本地的纸烟全部垮台。玻璃雨衣、玻璃袜子、玻璃皮包虽不像上海那样流行，但这个噬人的浪潮已侵蚀到北平城，三十多万一件的玻璃雨衣也出现在街头。在商店里买东西，如果你觉得价钱太贵，伙计一定会说一声："先生，这是美国货！"

二

一个可纪念的日子——抗战胜利后第一个"七七"，我们乘车到一个可纪念的地方——卢沟桥去。日本人修了这一条平坦的柏油路，使我们在二十分钟内就走完了将近四十里的路程，穿过宛平城，到达卢沟桥。和这古老的桥相平行的，是近代化的平汉路铁桥。永定河黄色的浊浪，扑打着桥身，急湍而过。九年以前，日本侵略者从这里出发，跑了几万里路，一直打到贵州省。今天，日本投降后一年的今天，在这里仍找不到一点和平影子，很少人敢来欣赏一下这闻名的"卢沟晓月"。这里是军事要地，桥头上矗立着黄色的堡垒，哨兵的枪上着刺刀，像敌人在时一样，对来往桥上的人民，实行严格检查。

在桥边，我遇到一个伏在石狮子上凝望着河水的某下级军官（姑隐其名），这是一个结实的河南人，隶属于九十二军某团。他告诉我参加部队八年了，前不久才从西郊温泉调来。"这附近有八路军吗？"我问他。"在树林那一边，离这十来里的地方就有，前不久还打了一仗。"他说话的神情并不得意，"上级叫我们去'剿匪'，可是老百姓对他们很好，我们一到那边，连八路军的影子也看不见了。"我接着问他："想回家吗？"他压低了嗓子说："老打内战，没意思。"我们的谈话没有完，突然从远处传来轰轰的摩托声，三分钟后，一长串巨型的军用卡车由远而近。前三辆满载了武装半美化的部队，最前面的一辆车顶上架着一挺机关枪，目标对着正前方。车到桥中间士兵们纷纷跳下来，看了看奔腾的河水，又爬上车走了，这时□□"辎汽□R"的绿色卡车就一辆接着一辆共有四十辆左右，向长辛店方向疾驰，威风凛凛，据说这是到长辛店装运军火弹药的。

卢沟桥没有胜利的光彩，每一个不同表情的石狮子都似乎比九年前更显得灰暗。国民党军践踏它，从它身上走过去，袭击人民的军队。我们往回走穿过平汉路，远远地看见一长列虎斑色的铁甲车来了，长长的炮筒伸在外面，寻找着敌对者。这又好像九年前日本侵略者对付二十九军的那种"雄姿"。

像卢沟桥一样，宛平城也显得荒凉。城里除了士兵看不到老百姓，野草到处滋长，城四周有残破的泥屋，脸色焦黄的老百姓，烈日下弯着腰在高粱地里劳作。我问一个卖瓜的老乡："现在生活过得去吗？""唔，比日本在时还差！"这个五十多岁头发花白的老汉，摇摇头只说了这一句话。就是这一句话，饱含着今天呻吟在国民党统治区无数人民的辛酸与血泪。

又有一次，我们驰车西郊去香山和颐和园，踏上均是绿荫夹道的沥青路，清华和燕大就在它附近，这是人人赞美的西郊。过去慈禧太后经常坐着轿子在这里来回看风景。可是今天人们到这里来都存着戒心。首先在西直门，你要遇到苛刻的检查。一路上均筑有黄色碉堡，令人触目惊心，这是最近几个月的"新建设"。因此，昆明湖上的游船比往年减少了，而闻名的香山则残破不堪，那里驻扎着美式部队。绵延的西山阻隔了人们的去路，只有一次，妙峰山举行盛大的庙会,人们有机会过到山的那一边看一看,于是解放区安居乐业的好消息,被偷偷地带到了北平城。

在北平城里,充满好战分子所制造的战争气氛。东单、西四、灯市口、新街口等七处马路交叉点的交通伞被拆除了,代替它的是新式的堡垒。军警宪机关门口都堆满了沙袋,交通要道经常布置有三人哨,宪兵队则不断巡逻于各街衢,这一切据说是为了防止"奸党暴动"。不久以前,报纸上宣布了一个奇特的消息,说长江以北的防空总部在北平成立了,接着正午十二时的□□□□止呼叫,并且宣布如果汽笛再响,就是空袭到来。这些花样,明眼人看得很清楚,特别是那位陆军总司令以及伴随他来的一大批好战将军们,在北平举行军事会议以后,人们就了解到这葫芦里到底卖的什么药。

三

一个可靠的消息在暗中流传:特务机关正在大批捕人,××监狱已经关了好几百民主分子。恐怖侵袭着每个有良心的北平人,随着反动派在全国范围内发动的新进攻,残酷的镇压来临了。

我曾经到过一个以"军统"为中心的秘密特务机关(就是这个机关非法扣留中共卡车)。它在景山东街叶剑英委员公馆的斜对过,一道红色的围墙,两扇朱漆大门。从白天到深夜,这里有穿着各式各样不同衣服的人来来往往,有男有女,每人一辆自行车,腰间挂一支手枪。同一个人,在一小时前他是一个穿绿衣服的邮差装束,一小时后他变成了一个穿中山装的公教人员。在三小时内,我曾亲眼看见几十个特工。这还只是特务机关的一小部分,那么压在北平一百八十万人民头上的特务,将是一个可怕的数目。

血腥的杀人犯的统治,再加上无限制的贪污和"劫收",多少年来陷在苦海里的人民,今天陷得更深。青年人的眼睛不约而同地朝着张家口,可是青龙桥是一座鬼门关,它隔绝了光明的人间。于是悲惨的故事接踵发生。有三天工夫,每天有人跳北海自杀。七月二十四日,一个石庄籍名夏安靖的二十四岁的青年,因为失业四个月,在物价高压下,典房卖光以临绝境。这天下午,隐瞒着妻子,带着自己的两个孩子走到北海公园,这时适值雷雨大作,公园里没有游人,夏安靖左手抱着五岁的男孩,右手抱着三岁的女孩,父子三人,在雷雨交响中投入北海。第二天一个女学生跃海自尽,第三天一个妓女也完成同样的悲剧。这就是这些被损害者的最后一条路。他们的惨死,对于一挥百万金的大员们,仍然没有丝毫感动的力量。另一方面,盗匪案则层出不穷,白昼黑夜大大小小的盗匪经常出现,北平的某些记者把警察局当作很好的新闻来源,哪怕你每天出去,总会告诉你一大堆盗匪新闻。

从飞机上只能看见北平动人的外衣,看不出被反动派搅得乌烟瘴气的真正的北平,北平在受难中——殖民地化、恐怖、混乱与好战分子所挑起来的内战气氛,是今天北平的特征。

(《晋察冀日报》1946 年 8 月 31 日,《副刊》第 93 期)